未来の記憶

エレナ・ガーロ
冨士祥子/松本楚子 訳

現代企画室

未来の記憶

目次

ホセ・アントニオ・ガーロへ

第一部

I

ここに、この石のように見えるものの上にわたしは座っている。石のうちに封じ込められていることどもを知っているのはわたしだけだ。石を見る、と思いだすのだ。水が水へと流れるように、わたしは沈んだ気持ちで石の姿にわれとわが身を見る。塵に覆われ、雑草に囲まれ、自分自身に閉じこもって記憶となり、またそれをさまざまな姿に映しだす鏡となるように定められた石の姿のなかに。わたしは石を見、自分を見、さまざまな色やさまざまな時に姿を変える。いまも、そしてこれまでも多くの目にさらされてきた。わたしはただの思い出、わたしについての記憶でしかない。

この高みからわたしは干上がった谷間に大きく横たわる自分を眺める。険しい山々とコヨーテが住む黄色の平野がわたしを取り囲んでいる。わたしの家々は低く、白く塗られていて、雨期か乾期かによって、屋根は陽に照らされて乾いていたり、水に濡れて光っていたりする。今日のように、思いだしては悲しくなる日がある。記憶さえなければ、あるいはせめて情け深い塵にでも変身して、自分自身を見つめるという呪いから逃れることができるならば。

別の時代もあった。建設され、包囲され、征服され、軍隊を迎えるために飾りたてられもした。混乱と思いがけない冒険をもたらす戦争の言いがたい喜びも知った。その後は長い間放っておかれたが、ある日別の戦士たちがやってきてわたしを奪い、他の場所に移した。わたしには緑で明るく、行き来のたやすい谷間にいた時期もあったのだ。だがそれも若い将軍たちに率いられたもうひとつの軍隊が太鼓を響かせて入ってきてわたしを戦利品にし、水が豊かにあふれる山に連れていくまでのことだった。そこでわたしは滝や大量に降る雨を知った。数年の間そこにいたが、革命が風前のともしびとなったとき、追いつめられた最後の軍隊がわたしをこの干からびた土地に捨てていった。わたしの家々の多くは、持ち主が射殺された後で焼き払われてしまった。

いまだにわたしの通りや広場を恍惚として横切る馬、馬上の男に攫われて宙づりに運ばれていく女たちの、恐怖に満ちた叫び声を思いだす。彼らが姿を消して炎が灰に変わる頃、青ざめた内気な娘たちが暴動に加わらなかった自分に腹をたてながら、井戸の縁石の陰からそっと出てきたものだ。

わたしの人々は黒い肌をしている。白いポンチョを着てワラッチェを履き、金の首飾りをつけるか、ばら色の絹のハンカチを首にまく。ゆっくりと動き、あまりしゃべらずに空を眺めている。午後、日が沈む頃に歌をうたう。

土曜日ごとに、アーモンドの木が植わった教会の中庭は売り買いの人々で一杯になる。色つきの冷たい飲み物や色とりどりのリボン、金色の数珠玉、ピンクやブルーの布地が陽に輝き、揚げ物の熱気とまだ木の香りがする袋入りの炭、口元から垂れる酒やろばの糞の匂いがあたりに立ち込める。夜になると花火と喧嘩が炸裂し、とうもろこしの山と石油こんろの傍らで山刀がきらめく。月曜日の朝早く騒々しい侵入者たちが姿を消すと、わたしのもとには死体がいくつか残され、役所が片づけにくる。わたしが記憶というものを持つようになってからこの方ずっとこうだった。

わたしの通りの主なものはタマリンドの木の植えられた広場で合流する。そのうちのひとつはさらに延びて下りとなり、コクーラの出口へ続く。中心から離れると石畳はまばらになり、道が下りとなるにつれ、両脇の小高い土手の上に家々が浮かびあがる。

この通りに、正方形の回廊のある石造りの大きな家が建っている。草木のおい茂った庭はほこりだらけだ。そこでは時は流れない。さんざん涙が流された後で空気が動かなくなってしまったのだ。モンカダ夫人の遺体を運びだした日に、誰だったかは覚えていないが、扉を閉ざし、使用人たちに暇を出した。そのときから、マグノリアが花を咲かせても眺める者もなく、中庭の敷石には横暴な雑草がのさばっている。額縁やピアノの上を長々と散歩する蜘蛛がいる。日陰をつくる棕櫚の木が枯れ、回廊のアーチの下に飛び込んで来る声が聞かれなくなってから、ずいぶん時がたった。こうもりが鏡の金色の花飾りに巣を作り、向かいあって立つ「ローマ」と「カルタゴ」が、相変わらずたわわに実っては熟した実を落としている。そこには静寂と忘却があるだけだ。しかし、記憶のなかで庭は太陽に照らされ、晴れやかな鳥の鳴き声と走りまわる靴音や歓声に満ちている。ジャカランダの紫色の陰に建つ台所から煙が立ちのぼり、食卓ではモンカダ家の使用人たちが朝食をとっているところだ。

叫び声が朝を貫く。

「おまえ、塩まくぞ！」

「てまえがもし奥様だったら、あそこの木は切ってしまうように言いつけるでしょうな」使用人のなかで最年長のフェリクスが意見を述べる。

ニコラス・モンカダは「ローマ」のてっぺんの枝に立ち、「カルタゴ」の二股の枝にまたがっている。

自分の手を眺めている妹のイサベルを見張っている。少女は「ローマ」には沈黙で勝てると知っている。

「子供たちの首を、ぶった切るぞ!」

「カルタゴ」では枝の透き間から空のきれはしがのぞく。ニコラスは木から降りて台所に斧を探しに行き、走って妹の木の根元まで戻る。イサベルは高みからその様子を眺め、ゆっくりと枝から枝を伝って地面に降りたつと、じっとニコラスをにらみつける。ニコラスは武器を手にどうしてよいかわからない。三人兄弟の末っ子のファンが泣きだす。

「ニコ、姉さんの首、切らないで!」

イサベルは落ち着き払ってふたりから離れ、庭を横切って姿を消す。

「ママ、イサベルを見た?」

「放っておきなさい、悪い子なんだから本当に」

「消えちゃったんだ! 魔法の力があるんだよ」

「ばかね、隠れているだけよ」

「違うってばママ、イサベルには魔法の力があるんだ」ニコラスはくり返す。

すべてはフランシスコ・ロサス将軍がやってくるまえのことだ。いまこの石のように見えるものの面前でわたしの気を滅入らせている、あの出来事よりもまえの。記憶はあらゆる時をはらみ、しかもその現れ方は予測できない。わたしはいま、自分の誕生の前兆のようなこの架空の丘を作りだした光の幾何学と向きあっているのだ。ひとつの発光点がひとつの谷を決める。その幾何学的瞬間はこの石の、また想像の世界を作るいくつもの空間が重なりあう一瞬へ連り、記憶がわたしにあの日々をそっくりそのまま取り戻させてくれる。いま、イサベルはそこにいて、オレンジ色のランタンに照らされた回廊で、巻き毛をくしゃくしゃにし、唇に憑かれたような笑いを浮かべて、かかとでくるくるとまわりながら兄のニコラスと踊っている。明るい色のドレスを着た少女たちの一群が彼らを取りまき、母親は咎めるように娘を見る。使用人たちは台所で酒を飲んでいる。

「ろくな目は見ないだろうよ、あの子たち」火のまわりに座った連中が決めつける。

「イサベル！　誰のために踊っているの？　まるで気が狂ったみたいじゃないか！」

Ⅱ

フランシスコ・ロサス将軍が事態を収めにやってきたとき、わたしは恐怖に襲われて祭りのやり方を忘れてしまった。あのよそものの無愛想な兵士たちのまえで、わたしの人々が踊ることはなく、夜十時に石油ランプの灯が消されると、あたりには闇が立ち込めて恐怖がみなぎった。

村の守備隊長、フランシスコ・ロサス将軍は暗い顔をしてわたしの通りを歩きまわり、挨拶ひとつせずに軍靴をむちで叩きながら、よそ者がやるように冷然とわたしたちを眺めていた。背が高く激しい性格の持ち主で、青ざめた目つきがその身に巣くう獣性をあらわにしていた。副官のフスト・コロナ大佐が首に赤いハンカチをまき、テンガロン・ハットを斜めにかぶって、いつも将軍につき従っていたが、これも陰気な男だった。ふたりとも北部の人間ということで、それぞれピストルを二丁持ち歩き、将軍のピストルには小さな鷲と鳩をぶち飾りにして金文字で「君を見たこの目」、「甘やかされた女」という銘が彫りこまれていた。

軍人たちの存在はわたしたちにとって愉快なものではなかった。政府側の人間であり、力ずくで入ってきて力ずくで居座っていたのだ。それはわたしを雨も降らず、希望もないこの土地に置き忘れていったあの軍隊の一部だった。おかげでサパティスタたちは目の届かないどこかへ行ってしまい、それ以来ずっとわたしたちは彼らが現れるのを、馬がいななき、太鼓が鳴り、たいまつが煙をあげるのを待っていた。そのころはまだ歌声に驚かされる夜、彼らが戻ってきた喜びに目覚める夜があると信じていた。その輝かしい夜は時のなかで無傷であり、軍人たちはそれをわたしたちの目の触れないところに隠していたが、ほんの無邪気な身振りや思いがけないひとことで取り戻すことができた。だからわたしたちは口を閉ざして待っていたのだ。木に死刑囚を吊していく無言の男たちに近くで見張られながら待つのは、悲しくまた恐ろしかった。将軍が通るとわたしたちは震えあがった。酔っ払いも悲しげに歩きまわり、長いきれぎれの苦痛の叫びがときおり、急ぎ足で過ぎ去る午後の日差しのなかに響いた。酔いは暗闇で死とともに終る。わたしの上でひとつ環が閉じようとしていた。息苦しかったのはおそらく自暴自棄のせいであり、目的をなくした者の奇妙な感覚のせいだっただろう。日々が重くのしかかり、わたしは奇跡を待ちながら落ち着かず、不安だった。将軍も人生の設計図を描くことができずに、時間の外で過去も未来もなく生き、目下の欺瞞を忘れるために愛人フリアへのセレナータを仕立て、部下や軍楽隊を従えて夜の町を彷徨っていた。わたしは閉じられたバルコニーの後ろで沈黙し、セレナータは歌を振りまきながら銃弾と共に進んでいった。朝早く男たちが何人か、コクーラの木戸で木の横枝に吊されているのが見つかった。舌の先をのぞかせて頭を垂れ、貧弱な脚を長々とぶらさげた男たちを、わたしたちは見ない振りをしながら眺めた。軍当局の発表によれば泥棒または謀反人だということだった。

「フリアのせいだよ、罪つくりな」朝早く雌牛の足元で牛乳を一杯飲むためにコクーラの木戸のそばを通りかかると、ドロテアは言うのだった。

「主よ、彼らの御魂を天へ！」縛り首にされた男たちを眺めながらドロテアはつけ加えた、といっても裸足で粗布をまとった男たちは老女の哀れみには無関心のようだった。「神の国は取るに足らない人たちのもの」と老女は思い起こした。黄金の光に輝く神と真白い雲が彼女のまえに出現した。この純粋な瞬間に触れるには、ただ手をのばしさえすればよかった。しかしドロテアはそうするのを差し控えた。一瞬間のうちに罪が巨大な深淵となって、自分をこの永遠の現在から引き離すことを知っていたからだ。吊されたインディオたちは全き秩序に従ったのであり、すでに彼女には到達できない時間のなかにいるのだ。「貧しいからって、こんなことに」、言葉が舌から離れ、縛り首にされた男たちの足元に届くのが見えたが、足には触れなかった。自分の死は決して彼らの死のようにはならないだろう。「人間すべてが完璧な死を迎えられるというわけではないのだから。死ぬ人間と死体になる人間とあって、私なんか死体の方だろうよ」彼女は悲しげに独りごちた。死人というのは素足の自分であって神の秩序に到達する純粋な行為。しかし死体は遺産や年金や利子に養われて生きる。ドロテアには自分の考えを聞いてもらう相手がいなかった、というのもドニャ・マティルデの家の塀の陰の壊れかけた家にひとりで住んでいたからだ。両親はテテーラにあるアルアハとエンコントラーダという鉱山の持ち主だった。ふたりが亡くなったときドロテアはその大きな家を売り、コルティナ家のものだった家を買って死ぬまでそこに住んだ。天涯孤独の身になると、教会の祭壇用のレースを編んだり、幼子イエスのためのガウンに刺繍をしたり、聖母のための宝飾品を注文する仕事に専念した。「心のきれいな人だ」とわたしたちは言っていた。祭りが近づくとドロテアとドニャ・マティルデが聖像を着飾らせる役目を引き受ける。ふたりは教会に閉じこもって、うやうやしく自分たちの役目を果し、彼女たちをふたりだけにしておくために、聖具係のドン・ロケは聖像を降すと敬意をこめて引き下がる。

「はだかのマリアさまが見たい！」イサベルとその兄弟がふいに教会に走り込んできて叫ぶ。婦人たちは急いで聖像に覆いをかける。

「頼むからあんたたち、これは見せものじゃないの！」

「ここから出ていってちょうだい！」子供たちの伯母、マティルデは困りきって頼んだ。

「おばちゃま、お願い、一度でいいから！」

子供たちの好奇心としつこさに、ドロテアは笑いだすところだった。笑うことが冒瀆だなんて残念なことだ。

「私の家においで。お話をしてあげよう。そうすれば知りたがりやがなぜ長生きしないのか、わかるだろうからね」ドロテアはそう約束した。

老女とモンカダ家のこの友情はいつまでも続いた。子供たちは彼女のために庭の掃除をしたり、蜜蜂の巣を降ろしたり、ブーゲンビリアの枝やマグノリアの花を切ってやったりした。というのもドロテアは持ち金がなくなったとき、金を花で代用することにして、祭壇を飾るための花飾りを編むのを仕事にしたからだ。すでにかなり年をとっていて、ものを火にかけてはそれを忘れるので、彼女のタコスはいつも焦げた味がした。イサベルとニコラス、そしてファンは会いにやってくると叫んだものだ。

「焦げた匂いがするよ」

「そうかい？　サパティスタが私の家を焼いてしまってからは、いつも豆が焦げるんだよ……」老女は背の低い小さな椅子から立ちあがりもしないで答える。

「でもドロはサパティスタじゃないか」子供たちは笑いながら言った。

「あの人たちはひどく貧しかったのに、私たちは彼らから食べ物やお金を隠したのさ。だから神様は私たちのところにロサスなんぞを送り込んでこられたんだ。サパティスタたちを懐かしく思うようにってね。貧しい人のことをわかってやるためには、自分も貧しくなければならないのだよ」彼女は花から目をあげずに言う。

子供たちが口づけしようと近寄ってくると、日毎にあんまり変るのでもう誰なのかわからないとでもいうように、びっくりして目をこらした。

「なんて大きくなったの。さあさ順番にお入り。悪魔のしっぽにさらわれないようにね」

子供たちはそろった白い歯を見せて笑った。

「ドロ、あたしにお部屋を見せてくれる？」イサベルはねだった。

ドロテアが使っていたたったひとつの部屋は、壁一面に母親のものだった扇子がかけられ、聖人像が置かれて、灯芯と蠟の焦げた匂いがした。いつもひっそりと暗いその部屋はイサベルをわくわくさせた。扇子のなかの月光に照らされた微細な風景や、輪郭も定かでない豆粒のような恋人たちが口づけしあう薄暗いテラスを眺めるのが、イサベルは好きだった。それは暗闇にしまわれている形見の品々に閉じ込められた、細かく小さな架空の愛の姿だった。長年にわたって何度となく、彼女はゆっくりと時間をかけてその込み入った変わることのない光景に眺め入ったものだ。他の部屋は黒い壁で仕切られ、忍び足の猫が通ったり、青い花をつけるつりがね草の蔓が入り込んだりしていた。

「ニコラス、あたしがうんと年とったらこんなお部屋が欲しいわ!」

「おだまり、嬢ちゃん! あんたはひとりでいるようにはできてないよ……結婚するときには一番好きな扇子を持っていくんだっただろう?」

ニコラスは暗い気持ちになり、その黒い髪と目が動揺した。

「結婚するの、イサベル?」

廊下の柱にもたれて、ニコラスはイサベルがドロテアの部屋から出てくるのを見ていた。すっかり別人のような表情で、彼の知らない世界に迷い込んでしまっている。彼を裏切り、ひとりぼっちにし、幼いころからふたりをつないでいた絆を、断ち切ってしまおうというのだ。しかしニコラスは知っていた。ふたりは一緒でなければならない。ふたりしてイステペックから逃げだすはずだった。塵が後光となって輝く道、勝ち戦のための戦場がふたりを待っていた。どの戦いの? それが自分たちの指の間から滑り落ちてしまわないように、ふたりで見つけださなければならない。そうして喇叭の鳴り響く栄光の世界から彼らを呼んでいる英雄たちと合流するのだ。彼ら、モンカダ家の人々はベッドの上の湿ったシーツのなかで汗にまみれ、まるで蛭のように命にしがみついて死んでいったりはしない。街がどよめき、彼らを呼んでいた。昔の革命騒ぎはまだ身近にあって、家の扉を開けさえすれば、何年かまえの驚慌の日々へ入り込むことができた。

「僕は通りの真ん中か、酒場のけんかで死ぬのがいいな」ニコラスは恨みがましく言った。

「いつだって自分が死ぬことばっかり口にするんだね、あんたは」とドロテアが応じた。

ニコラスは妹に気をとられて答えなかった。イサベルが変わってしまったというのは本当だった。兄の言葉は妹には何の効果もなかった。イサベルは出ていこうと思っていたが、それは兄とではないのだ。「イサベルの夫って、どんなやつだろう」ニコラスは愕然として自問した。イサベルも同じことを考えていた。

「ニコ、その人もう生まれていると思う?」

「ばか言うなよ!」ニコラスは叫んだ。妹は彼をいらいらさせた。

「いまこの瞬間、どこかにいるはずだわ」イサベルは表情を変えずに答えた。その人を探しに見知らぬ場所へ行き、自分に影を投げかけ、そしてこちらを見もせずにそばを通っていったひとりの人物を見かけた。

「いいえ、あたし結婚するとは思わないわ……」

「ありもしないことを想像するものじゃないよ。ろくなことにはならないからね」子供たちが出ていこうとすると、老女は忠告した。

「ドロ、想像に価するたったひとつのことって、ありもしないことなのよ」玄関からイサベルが答えた。

「そんなばかかな、いったい何を言いたいんだい?」

「天使を想像しなくちゃだめってこと」少女はそう叫ぶと戸口で考え込んでいる老女に口づけした。

老女はこの世に残された最後の三人の友人が、石畳の道を遠ざかっていくのを眺めていた。

Ⅲ

「おまえたちを、どうしたものやら……」

ドン・マルティン・モンカダは読書を中断し、途方にくれて子供たちを眺めた。言葉は書斎の穏やかな時間のなかに落ち、こだましないで部屋の隅々に消えた。子供たちはチェッカー盤にかがみ込んで動かなかった。父親はずい分まえから同じ言葉をくり返すようになっていた。部屋のなかに広がったランプの灯は、輪を作って微動だにしない。ときどき駒が盤の上を動いてかすかな音をたて、負けた駒が出ていくための小さな扉を開けたり閉じたりした。ドニャ・アナは本をおろすと、そっとランプの芯を持ちあげながら、夫の言葉に答えて声をあげた。

「子供って難しいものですわ! 別の人格なんですからね……」

白黒のチェッカー盤ではニコラスが駒をひとつ動かし、イサベルはその動きを検討しようと身をのりだし、年長のふたりの間にけんかが起きないように、ファンが何度も舌打ちをした。時計がマホガニーのケースのなかでたたきつけるような音をたてて秒を刻んでいる。

「夜だというのにやかましいな」ドン・マルティンが険しい目つきで時計をにらみ、脅かすように人差指を向けた。

「九時でございますね」フェリクスは部屋の隅の自分の場所から答え、椅子から立ちあがると時計のところに行き、家の古いしきたりに従って小さなガラスの扉を開けて振り子をはずした。時計は黙った。フェリクスはそのブロンズの部品を主人の机の上に置き、自分の場所に戻った。

「これでもう、今日は追いたてられなくてすむな」マルティンは白い磁器の盤上で動かなくなった針を見て言った。

チクタクという音が消えると、部屋とその住人は新たな物憂い時のなかに入る。そこでは動作や声は過去のなかを動くのだ。ドニャ・アナとその夫、若者たち、そしてフェリクスは未来とのつながりを断って彼ら自身の思い出と化し、それぞれの黄色い光のなかに迷い込んで、現実から引き離された単なる記憶上の人物となってしまう。いまにしてわたしは思う。彼らは彼ら自身の外で、また家々が毎晩よろい戸を降ろす頃にわたしを襲う悲しみの外側で、それぞれが自分の光の輪にかがみ込み、忘却に身をまかせていたのだと。

「未来、未来……！　未来っていったい何なんだ？」マルティン・モンカダはいらいらして叫ぶ。

フェリクスは頭を振り、妻と子供たちは沈黙したままだ。未来について考えると、ぎゅう詰めにされた日々が雪崩となって自分に、また家や子供たちにつぎつぎと襲いかかってくる。マルティン・モンカダにとって、日々は他の者たちの日々と同じではなかった。彼は「月曜日にはこれこれのことをしよう」などとは、決して言わない。月曜日と自分の間に現実のものではないあまたの思い出があって、「その月曜日にそれを」する必要性はどこかへ行ってしまうからだ。彼はさまざまな思い出のなかでもがき、実際に起こったことの記憶ほど彼にとって非現実的なものはなかった。子供の頃には、実際には見聞きした経験のないことを思いだしながら、長い時間を過ごしたものだ。雪に覆われた国があると聞くより、自分の家の中庭にブーゲンビリアがあることの方が驚きだった。記憶のなかで雪は沈黙のかたちをとった。ブーゲンビリアの下に座っていて白の神秘にとり憑かれるのを感じたが、それはその黒い目に自分の家の屋根と同じくらい確かなものとして映っていた。

「何を考えているの、マルティン?」母親が、息子の思いつめた様子に驚いてたずねる。

「雪を思いだしているの」彼はその五歳の記憶のなかから答える。大きくなるにつれて記憶は、未来の姿や行為と混じりあった過ごしたこともない過去の影や色を映しだした。マルティン・モンカダは、いつも自分のなかでひとつになったこのふたつの光のなかで生きていた。その朝、彼がいどみかかるようなブーゲンビリアの花を疑わしげに眺めていたとき、息子の心の奥深くではっきりとしたかたちを取りつつあった記憶のことなど考えもせず、母親は笑いだしたものだ。イステペックでは誰も知らない匂いを彼だけが感じていた。女中たちが台所のかまどに火をつけると、焼けたメキシコ松の匂いが別の記憶のなかの松の木の姿を思い起こさせ、冷たいやにをふくんだ風の匂いが体をめぐって記憶にその跡を残した。びっくりしてまわりを見まわすと、自分が暖かい暖炉のそばに座って、庭からやってくる湿った匂いのする空気を吸っていることに気づく。そして、自分がどこにいるのかわからず、どこか危険な場所にいるのではないかという奇妙な印象のせいで、乳母たちの声や顔の見分けがつかなくなるのだ。そして、台所の開けっぱなしの窓の向こうの燃えるようなブーゲンビリアに恐怖を覚え、見知らぬ場所に迷い込んだと感じて泣きだす。「泣かないで、マルティン、泣くんじゃないの」女中たちは三つ編みにした黒髪を子供の顔に近づけて何度も言う。が、彼は見も知らぬそれらの顔のなかで、かつてないほど孤独に感じ、ますます悲しくなって泣いた。「いったいどうしたっていうのかね」女中たちが後ろを向きながら言う。彼はといえば、少しずつ自分がマルティンであり、トゥレ編みの椅子に座って自分の家の台所で朝食を待っているのだということがわかってくるのだった。

夕食の後でフェリクスが時計をとめると、マルティン・モンカダはのびのびと経験したことのない過去の思い出にふけった。暦もまた彼を無味乾燥な時間のなかに閉じ込め、彼の内部で刻まれているもうひとつの時間を奪いとった。その時間のなかでは、ある月曜はすべての月曜日であり、言葉は魔術となり、老いも若きもかたちのない登場人物となって、風景はさまざまな色に変化する。彼は祭りの日が好きだった。人々は祭りの忘れられた思い出に取りつかれて広場をさ迷った。その忘却からあの頃の悲しみが生まれたのだ。「いつの日かきっと思い出すことがあるだろう」人間のすべての行為と同じように、祭りの起源は時のなかに手つかずで存在する、時のなかに時の歴史を読むには、見たいと望み努力するだけで十分なのだ、そう彼は確信していた。

「今日アリエタ先生に会いに行って、坊ちゃま方のことをお願いしてまいりました」とフェリクスが言うのが聞こえた。

「先生に?」マルティン・モンカダはたずねた。フェリクスがいなかったらどうするのだろう? フェリクスは彼の毎日の記憶だった。「今日僕たちは何をするのかね?」「昨日の夜は何ページまで読んだっけ?」「フスティノはいつ死んだんだい?」フェリクスは主人が忘れたことをすべて覚えていて、間違いなく質問に答えた。フェリクスは彼の分身であり、そばにいて違和感がなく異質でもないたったひとりの人間だった。両親は謎の人物だった。彼らが死んだ日がではなく、彼らと自分と、生まれた日がこれほど近いとは信じられなかった。記憶のなかでは、両親はキュロスやクレオパトラよりも前に生まれた人たちだった。それでは彼らはこの世にずっと存在していたわけではなかったのか。幼いころ聖書を読んでもらってモーゼやイサクや紅海と対面したとき、預言者たちの神秘に匹敵するのは自分の両親だけだと思った。その古代の印象があったから、両親へ尊敬の念を抱いたのだ。ほんの子供のころ、父親のひざの上に座らせてもらうと、その心臓の鼓動を聞いて不安になった。終わりのない悲しみの記憶、人間のはかなさについての消えがたい記憶が、死について聞かされるまえでさえ彼を悲しみで打ちのめし、言葉を奪ったのだった。

「何かお言いよ、いい子だから」と大人は機嫌をとって言った。しかし、自分の深い悲しみを言い表せるような言葉を知らなかった。自分の両親そのものだった遠い時を同情が消してしまい、そのせいで世間に対して用心深くなり、能力の最後の可能性すら奪われてしまった。それゆえ彼は脆弱だった。さまざまな職業についたが、どれもやっと食べていくだけの稼ぎしかもたらさなかった。

「わが家の経済状態をご説明いたしましたら、先生はご自分の鉱山で坊ちゃまたちを雇うことに同意してくださいまして」とフェリクスは締めくくった。

ランプがちらちらして黒い煙を出している。また油を入れなければならない。若者たちはチェッカー盤を見守っていた。

「心配ないよパパ、僕たちイステペックを出ていくよ」ニコラスは笑顔で言った。

「これで坊ちゃまたちが歯のある虎か歯のない虎かわかるというもので。なにしろ子羊はごくわずかしかいませんからな」フェリクスが自分の場所から応じた。

「イサベルが結婚してくれるといいんだけど」母親が口をはさんだ。

「あたし結婚なんかしないわ」娘が答えた。

イサベルは自分と兄弟たちの間に違いが置かれるのが気に食わなかった。結婚が女の唯一の将来であるという考えは屈辱だった。結婚が問題の解決策であるかのように言うことは、彼女をどんな値段でも売らなければならない商品にしてしまう。

「もしも、お嬢ちゃまが出ていっておふたりが残られたら、この家は同じ家ではなくなってしまいます。ニコラス坊ちゃまが言われたように、三人が一緒に出ていく方がましというものです」フェリクスはきっぱりと言った。彼にとってイサベル嬢ちゃまが見知らぬ人間と行ってしまうという考えは耐えがたかった。

いまだに、フェリクスの言葉が居間の壁の間をくるくると回転し、すでにこの世にはない耳にまとわりつくのがわたしには聞こえる。それはわたしだけの時間のなかでくり返されているのだ。

「わからない。おまえたちをどうしたものやら、私にはわからないよ」マルティン・モンカダはくり返した。

「みんな疲れているんです」フェリクスはそう断言すると姿を消したが、まもなく六個のグラスとタマリンド水の入った水差しを盆にのせて運んできた。若者たちは一気に飲みほした。その時刻になると暑さはいくぶんおさまり、夜の匂いとジャスミンの香りが家をやわらいだ空気で満たしはじめていた。

「若い人たちには良いことかもしれませんな」フェリクスは空になったグラスを片づけながらつけ加えた。ドン・マルティンはその言葉に感謝のまなざしを返した。

遅くなって床に就いたとき、ひとつの疑問に襲われた。息子たちを鉱山に働きにやるのは彼らの意志を踏みにじることではないのか。「神が答えてくださるだろう、神が！」不安になってくり返した。眠れなかった。彼と家族にかけられた何世紀もまえの呪いがその夜かたちを取りはじめたかのように、家は見知らぬ霊に取り囲まれていた。子供たちにつきまとう危害を思い起こそうとしたが、毎年聖金曜日になると襲われる恐怖を感じただけだった。祈ろうとしたが、ひとりで取り残された彼に、脅迫的な暗闇を追い払う力はなかった。

Ⅳ

ファンとニコラスがテテーラへ発っていったときのことを思いだす。準備にはまる一か月かかった。ある朝、仕立屋のブランディナが、眼鏡と裁縫道具の入った箱をたずさえてやってきた。その浅黒い顔と小柄な体が、裁縫室に入るまえにしばらくためらった。

「この壁は気にいらないね。裁断は木の葉が見えるところでやらないと」重々しく宣言し、部屋に入るのを拒んだ。

フェリクスとルティリオがシンガーミシンと仕事机を回廊に運びだした。

「ここでいいですかい、ドニャ・ブランディナ？」

仕立屋はミシンのまえにゆっくりと腰をおろして眼鏡をかけ、体をかがめて仕事をしているように見えたが、やがて途方にくれて顔をあげた。

「だめだ、だめ、だめだよ！　あそこへ行こう。あのチューリップの向かいに……この羊歯が気になるんだよ……！」

使用人たちはミシンと机をチューリップの花壇のまえに置いた。ブランディナは頭を振った。

「えらく派手だねえ、派手すぎるよ」と不快そうに言う。

フェリクスとルティリオはうんざりした。

「もし面倒でなかったら、あのマグノリアの向かいにしたいんだけど」彼女は穏やかに言って、ちょこまかとマグノリアの木の方へ歩いていったが、木のまえに着くやがっかりして叫んだ。

「重々しすぎて、気持ちが落ちこむよ」

ブランディナがしっくりする仕事場を見つけられないでいるうちにその朝が過ぎてしまった。正午に彼女は真剣に考え込んだままテーブルにつき、まるで彫像のようにうわの空で身じろぎもせず、何が出されたのか見もしないで食事をした。給仕をしたのはフェリクスだった。

「そんなふうに私を見ないでおくれ、ドン・フェリクス！　私の身にもなっておくれよ、つらいんだから。壁だの不愉快な家具だのに囲まれて、高価な布地にはさみを入れるなんて……落ちつかないったらありゃしない！」

午後になって、ブランディナは回廊の一隅に落ちつける場所を見つけた。

「ここからだと木の葉しか見えないからね。他のものは緑に紛れてしまってさ」そして笑顔で仕事を始めた。

ドニャ・アナがそばに来て相手をし、ブランディナの手からは、シャツや蚊帳、ズボン、枕カバー、シーツなどが次々に作りだされた。数週間、彼女は毎日夜の七時まで夢中で縫いつづけ、モンカダ夫人が子供たちのイニシャルを衣類に縫いつけた。ときおり、ブランディナが顔をあげる。

「フリアのせいだよ、子供たちがあんな遠くまでふたりっきりで行くなんて。危険な男たちや悪魔の誘惑の真只中だよ！」

その頃、わたしたちみんなの運命を決定していたのはフリアだった。わたしたちはささいな不運まで彼女のせいにした。彼女は自分の美しさに隠れて、わたしたちには気づいていないようだった。

テテーラはイステペックから馬でほんの四時間ほどの山のなかにあったが、時代とはひどくかけ離れていて、すでに過去のものとして見捨てられてしまっていた。記憶のなかでシンバルのようにふるえるその黄金時代の名声と、焼き払われた屋敷がいくつか、残っていたのはそれだけだ。革命の間中、鉱山の所有者は姿を消し、もっとも貧しい者たちも鉱山の出口から去って、陶器作りの数家族だけが残った。毎土曜日の朝早く、作った壷をイステペックの市場で売りさばこうと裸足でぼろをまとってやってくる人々を、よく見かけたものだ。山を横断して鉱山へ通じる道は、飢えと熱病で憔悴した農民たちのなかを横切っていく。そのほとんどはサパティスタの反乱に加わった者たちで、二、三年戦った後、十分の一に減ってしまい、まえと同じように貧しいままでかつての自分たちの場所に戻ってきていたのだ。

メスティソたちにとって田舎は恐ろしいところだった。それは自分たちの仕業であり、略奪の象徴だった。彼らは暴力を既定事実にしてしまい、敵意に満ちた土地で幽霊に取り囲まれているように感じていた。自分たちが作りあげた恐怖の秩序によって自ら貧しくなってしまったのだ。わたしが傷ついたのもこのときからだ。「ああ、インディオどもを絶滅できればなあ、やつらはメキシコの恥だ！」インディオたちは口を閉ざした。メスティソたちはイステペックを出るまえに、食料や薬、衣類とピストル――よいピストルだぞ、インディオのくそったれ！――で身を固めた。彼らは集まると疑い深く見つめあい自分たちを不当に得た金のみで養われ、不自然なかたちで暮らしている祖国も文化もない人間のように感じた。彼らのせいでわたしの時は止まってしまった。

「もうおわかりでしょうが、インディオには厳しく、ですよ」

兄弟を送りだすために開かれた集まりのひとつで、トマス・セゴビアがモンカダ兄弟に忠告した。セゴビアは薬局にいるときの学者ぶった態度が習い性になっていて、薬を処方するのと同じ声で忠告を与えた。「もうおわかりでしょうが、二時間ごとに一服、ですよ」

「まったく油断がならない連中なんだから」フスティノ・モントゥファルの未亡人、ドニャ・エルビラがため息をついた。

「インディオのやつらはみんな顔が同じで、だから危険なんですよ」トマス・セゴビアは笑いながら言い添えた。

「昔はやつらをあしらうのはもっと簡単だったわ。私たちを尊敬していましたからね」ドニャ・エルビラが言い返した。「かわいそうに私の父が――安らかに憩わんことを！――この反抗的なインディオどもを見たら何て言うでしょう。いつだってあんなに堂々としていたんですもの」

「気を引き締めて行くことです。ゆっくり行っちゃだめですよ、いつもピストルを用意してね」セゴビアがしつこく言った。

フェリクスは自分の席に座って平然と彼らの言うことを聞いていた。

「わしらインディオにとっては、いまは限りない沈黙の時だ」そしてそれを守った。ニコラスは彼を眺め、椅子の上で落ち着きなく身体を動かした。一家の友人たちの言葉に恥じ入ったのだ。

「そんなふうに言うものじゃないよ。僕たちだってみんな半分はインディオじゃないか！」

「私にはインディオの血は一滴も入っていませんからね！」未亡人が息を詰まらせて叫んだ。

わたしの岩や人々の上を吹く暴力の風は椅子の下にうずくまり、空気がねばねばになった。訪問客たちはわざとらしくほほえんだ。エルビラ・モントゥファルの娘、コンチータはうっとりとニコラスを見つめながら、「思ったことを言えるなんて、男の人はなんて幸せなのかしら！」と憂鬱そうに独りごちた。自分は決して会話に加わろうとはせず、控えめに座って、にわか雨をやりすごす人のように超然と降ってくる言葉を聞き流していた。会話が行き詰まった。

「ごぞんじですか、フリアが冠《ティアラ》を注文したそうですよ」トマスはニコラス・モンカダの言葉が引き起こした怒りを紛らそうと笑顔で言った。

「冠ですって?」未亡人が驚いて叫んだ。

フリアの名前がインディオについてのきわどい話題を吹きとばし、会話は活気づいた。フェリクスがまだ時計を止めていなかったので、その針がドニャ・エルビラやトマス・セゴビアの口から発せられる言葉を空中で捕え、無意味な音節を編んだりほどいたりする蜘蛛の軍団に変えた。彼らは自分たちがうるさい音をたてていることに気づかず、興奮してイステペックの恋人、フリアの名前を奪いあった。

遠くで教会の塔の鐘が鳴るのが聞こえた。モンカダ家の客間の時計がもっと低い音でそれをくり返し、訪問客たちは昆虫のように素早く、逃げるように出ていった。

トマス・セゴビアがドニャ・エルビラとコンチータに付き添ってわたしの暗い街路を通っていった。闇を利用して未亡人は薬剤師お気にいりの詩を話題にした。

「で、教えてくださいなトマス、詩の方はどうですの?」

「誰も見向きもしませんな、ドニャ・エルビラ。時々でもいくらか時間をさいているのは私くらいなもんです。文盲どもの国ですからね、この国は」彼は苦々しげに答えた。

「一体何様のつもりなんだろう」夫人はむっとして口をつぐんだ。

モントゥファル家につくと、セゴビアは紳士的に女たちが玄関に鍵をかけてかんぬきを下ろすのを見届け、それから人気のない通りに戻った。イサベルとその少年のような横顔が頭に浮んで、

「冷淡な性格なんだ」だから彼がつれないのも仕方がないのだ、と自分に言い聞かせた。思わず「冷《エ》淡《スキーボ》な」にかけて「傲慢《アルティーボ》な」と韻を踏む。すると突然、人気のない夜の街で彼の生命は形容詞の一大宝庫となった。驚いて足を速めると、足音もまた音節を刻んでいる。「書き過ぎているからだ」と戸惑いつつ考え、家につくとソネットの最初の四行詩のうちの二行を書き下した。

「ばかみたいにニコラスばかり見てないで、もうちょっとセゴビアに注目したらどうなの！」エルビラ・モントゥファルが鏡のまえに座って大声で言った。

コンチータは答えなかった。よくわかっていた。母親は何でもいい、ただ言いたいだけなのだ。エルビラは沈黙が怖かった。沈黙は夫のそばで過ごした不快な年月を思いださせた。その暗黒の日々のなかで、未亡人は自分自身の姿すら忘れてしまった。「変だわ、結婚したとき自分がどんな顔してたか忘れてしまったわ」女友達にそう打ち明けたことがある。「もう鏡を見るのはおやめ！」子供のころ大人たちによく注意されたが、やめることはできなかった。世の中を知るための彼女のやり方は自分自身の姿を見ることだったからだ。自分の姿を見て葬列や祭り、恋愛そして月日のめぐりを知った。鏡のまえで言葉を、また笑うことを学んだ。結婚したとき、フスティノが鏡も言葉も独り占めにしてしまい、彼女は沈黙と空白の数年間、盲目の女のように自分のまわりで起こっていることを何ひとつ理解しないままに過ごした。何の思い出もない、それがこの時期のただひとつの思い出だった。その恐怖と沈黙の日々を過ごしたのは本当の彼女ではなかった。いま娘に結婚をすすめながら、娘がそれを無視するのを見て満足し、「女がみんな未亡人という身分を享受できるわけじゃないんだから」とひそかに考えた。

「言っておくけど、さっさと行動しないとオールドミスになってしまうわよ」

コンチータには母親の小言が聞こえたが、黙って「悪霊」を追い払うための水が入った皿をドニャ・エルビラのベッドの下に置き、聖母の祈りとロザリオを枕カバーのなかに入れた。子供の頃からドニャ・エルビラはベッドに就くまえに予防策を講じることにしていた。寝顔をさらすのが怖かったのだ。「目を閉じたら自分がどんな顔をしているのかあたしにはわからない」、寝顔は無防備なのだからと思い、自分も知らないその顔を誰かが見たりしないようにシーツに顔を埋めた。

「インディオの国に住むのはうんざり！　人が寝ている間に悪さをするんだから」夜のこんな時間に寝に行くかわりにこうして用事をこなしている娘を見て、恥ずかしくなって言った。力をこめて髪を梳き、鏡のなかの自分を見てぎょっとした。

「まさか！　これがあたしだなんて……鏡のなかのこの年寄りが……こんなふうに見られてるなんて……もう二度と外へは出ないわ。同情してもらいたくないもの」

「そんなふうに言うもんじゃないわ、ママ」

「神様に感謝するよ、かわいそうなおまえの父さんが生きていなくて。いまのあたしを見たらどんなに驚くか想像してごらんよ……で、おまえは一体結婚に何を期待しているの？　セゴビアはイステペックで最高の結婚相手だよ。たしかにおかしな男だけどね。彼のおしゃべりを一生聞かなきゃならないのは苦痛だろうからね……それにしてもこれがあたしだなんて、ねえ」エルビラは鏡のなかの自分のしかめ面に見入りながらくり返した。

コンチータは母親が呆然としているすきに自分の部屋に引き取った。ひとりになって気儘にニコラスのことを考えたかったのだ。涼しい自分の部屋で、彼女は若者の顔を思い浮かべ、その笑い声を思いだすことができた。自分があえて一言も口に出さなかったのは残念だった。それにひきかえ母親はしゃべりすぎて魅力をだいなしにしている。トマス・セゴビアを夫にだなんて、よくもそんなばかなことを！　セゴビアがしゃべると、コンチータの耳はねばねばした糊が詰まったようになる。トマスの髪を見ると脂身でさわられたような感じがした。「もし明日もママが彼の名前を口にしたら、かんかんに怒ってやるわ」娘の立腹はいつもドニャ・エルビラには脅威だったのだ。

いじわるくほほえむと気がすんで頭を枕に落ち着けた。枕の下にはニコラスの笑いがあった。

「もう、ふたりともテテーラに行ってしまえばいいんだわ！」訪問客が門をくぐるのを見て、イサベルは怒りをあらわにして叫んだ。しかし兄弟たちがイステペックを出ていくらもたたないうちに、彼女は自分の言葉を後悔した。彼らのいない家はからっぽの殻に変わってしまって自分の家とは思えず、両親の声も使用人たちの声も知らない人の声のように響いた。家族から離れて後退りをすると、宇宙に紛れ込んだひとつの点になってしまい、ひどく怖くなった。ふたりのイサベルがいた。ひとりは中庭や部屋々々を彷徨い、もうひとりは宇宙のなかにとどまって、はるかかなたの天体に住んでいる。彼女は迷信深くものに手で触れて目に見える世界と接触を保とうとした。虚空に落ち込まないように、本や塩壺をつかんで支点にするのだ。こうして現実のイサベルと現実のものではないイサベルとの間に魔術的な流れが通うとほっとした。「お祈りをするのよ、いい子になるようにね」とまわりの人たちは言った。イサベルは魔術的な祈りの文句をくり返し、文句は分裂して意味のない言葉になった。祈りの力とそれを形作っている言葉の間には、ふたりのイサベルの間にあるのと同じ位の隔たりがあって、アヴェ・マリアも自分自身も、どちらも自分のものにすることができなかった。イサベルは宙に浮いていて、いつでも自由にそこから離れ、隕石のように宇宙を横切って未知の時に落ちることができた。母親は娘とどう接したものかわからず、「これはあたしの娘、イサベルよ」と、長身でもの問いたげな娘をまえに、疑わしげにくり返すのだった。

「紙があたしにしかめっ面をするときがあるのよ……」

娘が驚いて母親を見つめたので、彼女は赤くなった。夜、自分と娘を隔てる垣根を取り払うような手紙を考えたのに、朝になって白い横柄な紙に向かうと、夜考えた言葉は庭のもやのように消えてしまって役にもたたない言葉だけが残っている、そう言いたかったのだ。

「夕べはあたし、あんなに賢かったのに！」と彼女はため息をついた。

「夜はみんな賢いのだよ、でも朝になると自分はばかだったってわかるのさ」マルティン・モンカダは止まったままの時計の針を見つめながら言った。

妻はふたたび本に読みふけった。マルティンは彼女が本のページをくる音を聞き、いつものようにその姿に眺め入った。妻は自分と人生を共にしてはいるものの、必死になって人に伝えることのできない秘密を守っている、不思議で魅力的な存在だ。彼は彼女がそこにいることを感謝した。自分が一緒に暮らしたのが誰なのか知ることはないかもしれない。しかし知る必要もないのだ。誰かと一緒に暮らしたという、そのことさえわかれば十分だ。ひじ掛け椅子に身を沈めて灯油ランプの炎を見つめているイサベルに目を移した。娘もまた彼にとってはわけのわからない存在だった。

「子供たちは別の人間なのよ」子供たちが自分とは違うのに驚いて、アナは口癖のように言っていたものだ。イサベルの苦悩は的を違えず父親に伝わった。しかしそれぞれのランプのそばでじっと動かずにいる妻とフェリクスは、危険に気づいていないようだった。イサベルは流れ星に変身して逃げ、もののいやしい形のみがあらわなこの世界には目に見える痕跡を残さずに、宇宙のなかに落ちることができるのだ。「隕石って、逃げようとする激しい意志なんだわ」そう考えると、その燃えつきた不思議な塊、われとわが身の怒りに焼かれ、自分が逃げだしてきた牢獄よりもさらに陰気な牢獄のなかに閉じ込められた巨大な塊を思い起こした。「神から離れようとすることは地獄なのだ」

イサベルはひじ掛け椅子から立ちあがった。椅子が攻撃をしかけてきたからだ。紙だけではなく家全体がしかめっ面をしてみせていた。おやすみを言って彼女は部屋から出ていった。「ふたりが行ってしまってから、もう七か月だわ」兄弟たちが時々イステペックに帰ってきて数日を自分と過ごし、またテテーラの鉱山へ戻っていくことを彼女は忘れていた。「あした、パパにふたりを連れてきてくれるようにお願いしてみよう」そう考えると、なま暖かい暗闇と、耳をつんざくような音をたてて寄り集まったり、分裂して無数の黒い点になったりする影を見なくてすむように、頭からシーツをかぶった。

ニコラスもまた、妹から離れて元気をなくしていた。イステペックへの旅の途中、乾いた不毛の山地を越えていくと、馬のひずめの下で石が数を増し、巨大な山々が行く手をさえぎる。彼は無言で馬を進めた。その石の迷路に道を切り開くことができるのは、ただ意志の力だけなのだと思いながら。想像力の助けなしには決して家にたどりつくことはできず、彼に呪いをしかけてくる石の壁に捕まってしまったことだろう。ファンは兄とならんで進み、自分の部屋の灯のなかに、父親の暖かいまなざしと禁欲的なフェリクスの手のもとに戻れることが嬉しかった。

「家に帰るっていいものだな」

「いまに僕は二度と帰らなくなるぞ」ニコラスは恨みがましく予言した。彼はいつも妹の結婚を知ることになりはしないかという、受け入れがたい恐れを抱いて村へ帰ったが、この恐れに苦しんでいることは認めたくなかった。そして父が自分たちを鉱山に送り込んだのは、悪くなる一方の貧乏のせいというよりも、妹に夫を受け入れさせるためなのではないかと考えた。

「イサベルは裏切り者だ。それにパパは恥知らずだ……」

「僕を水ための沈めたときのこと覚えてる？　いまみたいな気分だった。ほら、いま僕の上にあるこの暗い夜のようだったよ」ファンは兄の言葉にぎくりとして答えた。

ニコラスはほほえんだ。妹とふたりでファンを深い水ために投げこみ、その後で弟を救おうと競争したことがあったのだ。命を賭けて救いだし、「おぼれかけた子」を背負ってひそかに英雄を気取りながら、これ見よがしに村へ帰ってきた。三人がこの世に存在することの無限の驚きを分かちあっていた時代のことで、その頃は行ったりきたりしながら蜜蜂やひな菊を作りだす母親の指ぬきさえも、特別な光を帯びて輝いていた。それらの日々のあるものは別にとっておかれ、特別な空間にぶら下げられて、記憶のなかに永遠に刻みこまれた。その後世界は輝きを失くし、鋭い匂いを失なって光は弱く、毎日が同じようなものに、人々は小人のようになってしまった。黒い光を放つ炭置場のように、時が触れることのなかった場所がいくつか残った。何年かまえに、サパティスタたちが村に入ってきたとき、子供たちは炭の山に腰かけて、震えながらその銃撃の音を聞いていた。闘士たちの侵略がつづいていた間、フェリクスが子供たちをそこへ閉じ込めたからだ。イステペックを出てサパティスタたちは一体どこへ行ったのだろう。緑と水のある土地へ行き、とうもろこしを食べ、住人たちと何時間か遊んで大笑いしようと出ていったのだ。いま明るい日々をもたらしに来る者は誰もいない。時はフランシスコ・ロサスの影であり、国中に「縛り首」しかなかった。人々は将軍のきまぐれに何とか自分たちの生活をあわせていこうとし、イサベルもまた落ち着き先を、結婚相手を、そして退屈を揺さぶってくれるひじ掛け椅子を求めていた。

その夜遅く、ふたりはイステペックに入った。イサベルは馬から荷を下ろすのを手伝い、食堂では両親が待ち受けていた。フェリクスが給仕する家庭料理は、彼らにテテーラの青いトルティジャや古いチーズを忘れさせた。三人の子供たちはテーブルにかがみ込んで見つめあい、互いに確かめあった。ニコラスの言葉はイサベルだけに向けられていた。ドン・マルティンは遠くで彼らが話すのを聞いていた。

「戻りたくなければ、鉱山には戻らなくてもいいんだよ」父親は低い声で言った。

「マルティン、あなたどうかしてるわ！　私たちにはお金がいるのよ」妻がびっくりして答えた。

彼は何も言わなかった。「マルティン、お前どうかしているよ！」失敗をしでかす度にくり返された言葉だ。しかし子供たちの気持ちを踏みにじることの方が、わずかな金を失なうよりもっとひどい過ちではないだろうか。空の下、金が唯一の太陽だという世のなかの不明瞭を彼は理解できなかった。「僕が貧しいのは天命だ」と、歯止めのきかない没落の言い訳のように口にした。人の一生は金をかせぐために費やしてしまうには耐えがたいほど短い。彼は自分が「灰色集団」と名づけたイステペック社会を形成する主だった連中と一緒にいると、息が詰まりそうになった。連中はささいな私利私欲におぼれて破滅し、自分が死すべき存在であることを忘れて、恐怖のあまり間違いをおかしていた。マルティンは、未来とは死に向かって急速に後戻りすることであり、死とは全き状態、人がそのもうひとつの記憶をすべて取り戻すことのできる、かけがえのない瞬間だということを知っている。それで「月曜日にはこれこれのことをしよう」という記憶はどこかへ行ってしまい、有能な人々を見ると驚いてしまうのだ。しかし「不死」の人々は自分たちの過ちのなかで満足しているように見え、あの驚くべき邂逅に向かって後戻りしているのは自分ひとりだと、彼はいつも思うのだった。

庭に向かって開け放たれた扉から、夜が絶えまなく忍び込み、部屋には虫が住みついて暗い香りが漂っている。神秘的な川が容赦なく流れ、モンカダ家の食堂とははるか彼方の星たちの中心を結んでいた。フェリクスは皿を片づけてテーブルクロスをたたんだ。食べる、そして会話をかわすという不条理がこの家の住人に降りかかり、言葉にならない現在をまえにして彼らは動けなくなっていた。

「僕、この体に入りきらないよ！」ニコラスは打ちのめされて叫び、泣きださんばかりに両手で顔を覆った。

「みんな疲れているんです」フェリクスが自分の椅子から言った。家全体が数秒の間、空を渡って天の川の一部となり、それから音もなくいまいる場所に落ちた。落ちたときの衝撃でイサベルは椅子から飛びあがり、兄弟たちを見て安心した。自分がイステペックにいること、思いがけない身振りが自分たちを失なわれた次元に突き戻すことがあるのを思いだしたからだ。

「今日汽車が爆破されたわ。もしかするとやってくるかも……」

他の者は夢うつつで彼女を見た。夜行性の蛾がランプのまわりで粉をまき散らしながら飛びつづけていた。

V

毎日午後六時に、首都《メヒコ》から汽車が着く。わたしたちは町のニュースをのせた新聞を待っていた。もしかするとそこから奇跡が起こって、わたしたちがはまり込んでいるこの膠着した呪いを打ち破ってくれるかもしれない。しかし目に入るのは死刑囚の写真ばかり。銃殺刑の時代だった。わたしたちは自分を救ってくれるものは何もないと信じるようになった。銃殺用の壁や、とどめの一発、縛り首のための縄が国中に出現した。恐怖は倍加され、わたしたちはまた次の日の午後六時まで、ほこりと暑さのなかで待った。ときどき汽車は何日も到着せず、「今度こそ来るぞ」という噂が流れる。が、別の日に汽車が彼らの消息とともに到着すると、わたしはまたどうすることもできない夜の闇に包まれるのだった。

ベッドのなかでドニャ・アナは夜のざわめきを聞いた。歩みをとめた時が家の戸や窓を見張っていて、窒息しそうだった。息子の声が聞こえた。「僕、この体に入りきらないよ」。北部の家の騒々しかった子供の頃を思いだした。兄弟たちが出たり入ったりする度に、マホガニーの扉が開いたり閉じたりし、冬には燃やされた木の匂いがたちこめる上の部屋で、彼らの名前が乱暴にくり返し響いていた。窓の敷居に雪が積もるのを見たり、冷たい空気がうずまく玄関のホールでポルカの演奏を聴いたこともあった。

山猫が山から降りてくると、使用人たちは笑い声をたてて「ソトル酒」を飲みながら狩りに出かけていく。台所では肉が焼かれ、松の実が配られ、にぎやかな声が家中に響いて、かん高い言葉が飛び交う。喜びの予感が石のように固まった日々をひとつずつほぐしていき、ある朝革命が勃発して時の扉がわたしたちのために開かれた。その輝かしい瞬間に兄弟たちはチワワの山へと去り、後に軍靴と軍帽に身を固めて騒々しく家へ戻ってきた。将校たちと一緒で、通りでは兵隊たちがラ・アデリータを歌った。

アデリータがほかの男と逃げでもしてみな
追っかけてくぜ、どこまでも
軍艦に乗って、海ならば
軍用列車で、陸ならば……

兄弟たちは二十五歳になるまえに、チワワで、トレオンで、そしてサカテカスでひとりまたひとりと死んでいき、母親のフランシスカに残されたのは、彼らの写真と喪服を着た娘たちばかりだった。後に革命が勝ちとった戦いは裏切り者カランサの手でつぶされ、暗殺者たちがやってきて、自分たちが開いた売春宿でドミノをやりながら分け前を奪いあった。陰鬱な沈黙が北から南へひろがり、時はふたたび石のようになってしまった。「ああ、またアデリータが歌えたら！」と夫人はつぶやき、首都《メヒコ》から来る汽車が爆破されると喜んだ。「これで生きるはりができたわ」もしかするとわたしたちにのしかかる血なまぐさい運命を変えるような奇跡が、まだ起こるかもしれない。

午後、勝ちほこったように汽笛を鳴らして汽車が到着した。あれから何年もの時がたつ。モンカダ家の人々はもう誰も残っていない。わたしだけが彼らの敗北の証人として残り、毎日午後六時に首都《メヒコ》から汽車が到着するのを聞く。

「大地震でも起これぱいいんだわ！」ドニャ・アナは怒りのあまり刺繍布に針を突きたてながら叫んだ。彼女もわたしたちと同じように何か大きな事件が起こるのを待ちこがれていたのだ。娘は汽笛を聞いたが沈黙を決め込んでいる。夫人は将軍が通るのをカーテン越しにのぞき見ようとバルコニーに向かった。将軍はいつもこの時間に村を横切ってパンドの酒場へ飲みに行くのだ。

「なんて若いの！　三十まえだわ、きっと」

「なのにあんなに不幸だなんてねえ」と、長身の将軍が背筋をまっすぐのばして脇目もふらずに通っていくのを見て、気の毒そうにつけ加えた。

酒場から涼しげな気配が漂ってきた。さいころつぼが鳴り、さいころがテーブルの上を転がってコインが手から手へ渡される。将軍はいっぱしの勝負師である上に、つきにも恵まれて稼いでいた。

勝つにつれて節度を失ない、やけになって飲んだ。酔うと危険になった。部下たちは将軍に勝とうとできるかぎりのことをしたが、彼がとめどなく勝ちつづけるのを見て不安げに顔を見あわせた。

「さてと、陸軍中佐殿、将軍とひと勝負お願いしますよ」

クルス陸軍中佐はほほえんで、フランシスコ・ロサス将軍をやっつけることに同意した。ただひとり、彼だけが難なく将軍に勝つことができたのだ。フスト・コロナ大佐が上司の背後に立って注意深く勝負を見張り、酒場の亭主、パンドは軍人たちの動きを目で追った。危険な状態になったとき、その表情を見ればわかるからだ。

「将軍が勝っておられます。そろそろ出ていっていただいた方が」

すると、酒場の客たちはそ知らぬ振りでひとりまたひとりと姿を消す。「勝つのはフリアが彼を愛していないからさ。それであんなに荒れているんだ」わたしたちはそう言って大喜びし、通りで大声をあげては、それが酒場に聞こえて軍人たちの怒りを買った。

やがて夜が更けると、フランシスコ・ロサス将軍の馬が蹄で闇を蹴散らした。わたしたちは彼が悲しみに打ち沈んで通りを駆け抜け、暗い村を歩きまわるのを聞いた。「こんなに夜遅く、何をしようというんだろう」「彼女に会いに行くのに勇気を奮い起こしているのさ」将軍はいつも馬に乗ったままホテル・ハルディンに入り、愛人フリアの部屋まで行った。

VI

ある日の午後、黒っぽいカシミヤの服を着て旅行用の帽子をかぶり、小さな旅行鞄を手にした見知らぬ男が汽車から降りた。男は割れたレンガのホームに立ちどまり、自分の行く先が本当にここでいいのかどうか迷っているようだった。「これは何だろう?」と自分自身に問いかけるようにあちこち見まわし、アヤテ織の荷が貨車から降ろされるのを眺めながら、しばらくそこにいた。旅行客は彼ひとりだった。人夫たちと駅長のドン・フストが驚いて彼を見つめた。若者は自分が好奇心のまとになっていることに気づき、自分と泥だらけの道をへだてるホームの一角をのろのろと横切ると道を渡ってまっすぐ川に突きあたるまで進んだ。川には水がほとんどなかった。川を歩いて渡ってイステペックの入口に向かい、そこから、まるで一番の近道は知っているとでもいうように、驚いているドン・フストの目の前で村へ入っていった。そのよそ者は自分自身に向かってほほえみかけているように見えた。カタラン家のまえを通りすぎるとき、弾丸が片頬につけた穴のせいで「献金箱」というあだ名をつけられたドン・ペドロが、店のまえでラードの缶を降ろしながら彼が通るのを目にした。知りたがりやの妻、トニータが入口に出てきた。

「あの人、誰?」と答は期待しないでたずねた。

「検査官のようだが……」夫は自信なさそうに言った。

「検査官じゃないね、この辺では見かけない人種だね」トニータは確信をもって言った。

よそ者の男は歩きつづけた。その視線はおだやかに家々の屋根や木々に注がれていて、自分が人々の好奇心を刺激したことに気づいているようには見えず、メルチョル・オカンポ通りの角で曲がった。衝立の後ろでは、マルティネス姉妹が大声で彼のことを取りざたしていた。姉妹の父親、ドン・ラモンは遠大な計画を持っていた。五十年もまえから広場のタマリンドの木の下にたむろしている馬車を自動車に取って換え、電力設備を作り、通りを舗装しようというのだ。妻のドニャ・マリアが市場の商人たちに売る松の実入りのココナツ菓子、卵黄のケーキやパベョネスなどを作っている間中、彼は籐椅子に腰かけ、その問題について娘たちと話しあっていた。

娘たちの大声を聞いて、マルティネス氏はバルコニーに出た。かろうじて見知らぬ男の背中が見えた。

「現代人だ、行動する男だ！」彼は興奮して叫んだ。そして頭のなかで自分の改善計画への男の影響力を推しはかった。「陸軍司令官――彼は将軍をそう呼んだ――があんなに時代遅れだったとは、まことに残念！」

間違いなくこの男はよそ者だった。わたしもイステペックの最年長の者も、こんな男は見たことがなかった。しかし、彼はわたしの通りのすみずみまで知り尽くしているようで、迷うことなくホテル・ハルディンの入口までやってきた。主人のドン・ペペ・オカンポは、青々とした植物と蚊帳つきの白い鉄製のダブルベッドが置かれた、レンガの床の広い部屋に彼を案内した。よそ者の男はそこが気に入ったようだった。ドン・ペペはいつも話し好きで世話好きだったから、新しい客が来たことは彼を活き活きとさせた。

「もう長いこと誰もここには寄っていかないもんでね。つまり遠くからやってくるような人はいないってことで。インディオどもは数に入りませんからね。彼らは入口や中庭で寝るんです。以前はセールスマンが新製品をどっさりスーツケースに入れてやってきたもんですよ。もしかしてだんなもそういうお方のおひとりで?」

よそ者は首を横にふった。

「政治がこんな有様で、私がどんなに落ちぶれちまったかご覧のとおりです。イステペックは旅行者の多い村でした。商売が盛んでホテルはいつだって一杯でしたよ。お見せしたかった! 回廊に小さなテーブルを置いて、ずいぶん遅くまで食べたりしゃべったりしていたもんです……。あの時代には生きがいがあった。それがいまじゃ客はほとんどいない。まあロサス将軍とコロナ大佐、下士官が数人と……その愛人のほかはってことですがね」

最後の言葉を言うときは、よそ者に近寄ってぐっと声をひそめた。若者はにこやかに彼の言うことを聞いていたが、たばこを二本取りだして一本を主人にすすめた。ドン・ペペはずっと後になって気がついたのだが、若者は空中からそれを取りだしたのだという。ただ腕をのばしただけで、すでに火のついたたばこが現れたというのだ。しかしそのときドン・ペペは何事にも驚かず、不思議だとも思わなかった。客の目を見つめると、その目は深く、なかには川が流れていて羊が悲しげに鳴いていた。ふたりはおだやかな気分でたばこをふかし、湿った羊歯が覆いかぶさる回廊に出た。そこではこうろぎの声がした。

将軍の愛人、あの美しいフリアがきらきらしたばら色のガウンをまとって髪をおろし、金のイヤリングを髪の毛にからませて、近くのハンモックでまどろんでいた。まるでいつもとは違う人がいるのを感じたように目を開け、眠そうな顔でもの珍しそうに若者を見た。びっくりしたようには見えなかった。もっともフリアは驚きでも何でも隠すことができた。軍用列車から降りてくるのを見たあの午後以来、わたしは危険な女だと思っていた。イステペックに彼女のような人間がいた例はなかった。習慣も話し方も歩き方も男たちを見つめる目つきも、フリアの場合すべてが違っていた。何もかもとるに足りないとでも言わんばかりに、あたりをうかがいながらプラットホームを行ったり来たりしていたあの姿がいまだに目に浮かぶ。一度でも目にすればその姿を忘れることは難しい。だからあのよそ者がフリアをすでに知っていたのかどうか、わたしにはわからない。はっきりしているのは彼がこの出会いにも、彼女の美しさにも驚いた様子がなかったことだ。近づいていって、その美しい顔に身をかがめ、長いあいだ話していた。ドン・ペペはついにそこで聞いた会話の内容を思いだすことができなかった。フリアはガウンを少しはだけ、もつれた髪でハンモックに横になり、若者の言葉に耳を傾けていた。

彼女もドン・ペペも危険を冒していることを忘れていた。いまにも将軍がやってきてふたりがしゃべっているのを目にするかもしれなかった。他の男が自分の愛人と話しをするのではないか、彼女がほほえんだときに、その歯並びやばら色の舌の端を眺めるかもしれない、将軍はそう考えるだけでいつも嫉妬にかられる。だからドン・ペペは将軍が戻ってくるとあわてて迎えに出て、フリア嬢はどなたともお話しになりませんでしたと報告するのだ。夜、フリアが一面に白いビーズのついたピンクの絹のドレスを着て、金のネックレスと腕輪で身を飾ると、将軍は苦悩に満ちた面持ちで彼女を連れだし、広場を散歩する。彼女は夜を照らす丈の高い一輪の花のようだったから、誰だって目を向けずにはいられなかった。ベンチに座ったり仲間と連れだって散歩している男たちは、うっとりと彼女を眺めたものだ。一度ならず将軍は厚かましい男たちを鞭で打ち、男たちに視線を返したといって何度かフリアを平手打ちにした。しかし彼女には将軍を怖がっている様子はなく、怒られても平然としていた。ひどく遠いところから攫われてきたのだとうわさされていたが、誰もどこからなのかはっきりとは知らず、さらに、彼女を愛した男は大勢いたといううわさもあった。

ホテル・ハルディンの生活は情熱的で、秘密めいていた。人々はバルコニー越しにそうした恋愛ざたやそこに住む女たち、それぞれが美しく個性的でみな軍人の愛人だった女たちの様子を、ほんの少しでも覗き見ることはできないものかとかぎまわった。

双子の姉妹でふたりともクルス陸軍中佐の愛人のロサとラファエラの笑い声は、よく通りにまで聞こえてきた。北部の人間で気まぐれだったから、腹をたてると靴を外に投げ捨て、機嫌がよいと赤いチューリップを髪にさし、緑色のドレスを着てこれ見よがしに通りをぶらついた。ふたりとも背が高くがっしりしていて、午後になると自分たちの部屋のバルコニーに腰をおろし、果物を食べながら通行人に愛敬をふりまく。いつもよろい戸を開け放して、自分たちの私生活を気前よく外に見せていた。そこでふたりは一緒に、白いレースのふち飾りのついたカバーがかかったベッドに、すらりとした脚をあらわにして寝そべり、間にはさまれてクルスがとろんとした目つきでにんまりしながら、ふたりの太腿を同時に愛撫していた。クルスは気のよい男で、ふたりを平等に甘やかしていた。

「人生は女だ、快楽だ！　女たちが俺に何ひとつ拒まないのに、ねだられて俺がそれをこばめるか！」

そして口を大きく開け、人食い鬼の若者のような白い歯を見せて笑った。彼が姉妹に贈った額に白い星のついた二頭の灰色の馬は、長いことイステペックの感嘆のまとだった。このよく似た馬を見つけるために、中佐はソノラ州中を駆けまわったのだ。

「満たすべきはただひとつ、気まぐれな欲望だ。こいつをじゃまにすると恐いことになる。あの娘たちが欲しがったものを、俺はやったまでさ」

アントニアは海岸地方で生まれた金髪の娘で、性格が暗くよく泣いた。愛人のフスト・コロナ大佐が贈り物をしたりセレナータを雇ったりしても効果はなく、夜中にはひどくおびえるといううわさだった。女たちのなかで一番若く、ひとりでは決して外出しなかった。「まだ子供じゃないの！」毎木曜日と日曜日、アントニアが青ざめ、おびえた様子でコロナ大佐と腕を組んでセレナータにやってくるのを見て、イステペックの婦人連はあきれて大声をあげた。

ルイサはフローレス大尉の女だったが、気難しい性格のせいで大尉からもホテルの他の泊まり客からも恐れられていた。大尉よりかなり年上で背は低く、青い目に黒っぽい髪をし、襟を大きく開け、胸を揺すって歩いた。彼女がフローレスと争ったあと廊下に飛びだし、靴のかかとをカタカタとひきずって歩くのが、毎晩フリアの耳に入った。

「盛りのついた雌猫め、また歩いてやがる。フローレスはやつのどこが気に入ったっていうんだ！」将軍は不快そうに言った。彼はフリアに対するルイサの敵愾心を本能的に感じとり、部下の愛人に反感を抱くようになっていた。

「あたしの人生だいなしにしたじゃないか、悪党！」ルイサの叫び声がホテルの壁を突きぬける。

「やれやれ、人生短いのにあんなふうに過ごすってのは！」クルスは言った。

「いつだって、やきもちを焼いてんのさ」双子がベッドの上で伸びをしながら答えた。

アントニアは震えており、フスト・コロナはコニャックを一杯やっていた。

「で、おまえはどうなんだ、俺もやっぱりおまえの人生をだいなしにしたのかね？」

アントニアは黙ってベッドの隈にさらに深くもぐり込んだ。フランシスコ・ロサスはわめき声がしている間中、たばこをふかしながらあおむけになって、かたわらで平然と横になっているフリアを窺っていた。一度でいい、自分を非難してくれることでもあれば？　そうすれば、ほっとするだろうにと考えた。いつもこんなふうに物憂げで無関心な彼女を見るのは苦痛だった。ロサスが来ても、何日も来なくても同じだった。フリアは顔色ひとつ、声ひとつ変えない。彼女のまえに出る勇気を奮い起こそうと、ロサスは酒を飲む。深夜、ホテルに近づくにしたがっていつも新たな身震いに襲われ、目を曇らせて馬に乗ったままフリアの部屋まで行く。

「フリア、一緒に来ないか？」

この女のまえでは声が変わる。ひどく小さな声になるのだ。というのもそばにフリアがいると、のどが麻痺してしまうからだ。彼女の目を見つめ、そのまぶたの奥、彼女自身の向こう側に、何があるのか知りたいと思う。しかし愛人はその視線から逃れ、ほほえみながら首を傾けてむきだしになった自分の肩を眺め、まるで幽霊のように音もたてずに遠い世界に閉じこもってしまうのだ。

「来てくれ、フリア」打ちのめされて将軍が懇願する。すると彼女は服を着かけたままほほえみは絶やさずに、愛人の乗っている馬にまたがり、ふたりは速足でわたしの通りを駆け抜け、水源地のラス・カニャスまで月夜の散歩に出かけていく。ずっと後ろから部下たちが、やはり馬に乗って彼らを追った。イステペックは彼女が夜中に笑うのを聞いたが、黙りこくった愛人に連れられて月の光のなかを駆けているその姿を見る資格はなかった。

ホテルでは他の女たちが男の帰りを待っていた。ルイサはネグリジェ姿で片手にランプ、もう一方の手にはたばこを持って廊下へ出ると、まわりのドアを叩いてまわった。

「開けてよ、ラファエラ」

「いいかげんにして、もう寝たらどうなの」双子が答える。

「男たちはフリアを迎えにきたんだ。夜が明けるまで戻ってこないんだよ」ルイサはドアの透き間に唇を押しあてて懇願した。

「で、それがどうしたのさ。寝ちまいな」

「どうしちゃったのか、あたしにもわかんないんだよ。おなかが冷たいんだ」

「なら、アントニアのとこにお行きよ。あんたと同じで騒ぎやだからね」双子の姉妹が眠そうな声で答えた。

アントニアは隣の部屋でこの会話を聞くと、眠った振りをした。とうとうラファエラがランプに灯をつけるのが聞こえ、彼女は目を大きくあけたまま暖かいシーツの下に身を隠し、その見慣れぬ闇に紛れ込んだ。「いまごろパパは何をしているかしら。きっとまだあたしを探しまわっているわ……」コロナ大佐があの海辺の土地で彼女を攫ってから、もう五か月たっていた。

ルイサが部屋のドアを叩いた。アントニアは手で口を押さえて悲鳴を押し殺した。

「あたしたちと一緒においでよ！　ひとりぼっちで何してるのさ、そこで？」

彼女は答えなかった。こんなふうにあの夜、彼らは家の扉を叩いたのだ。「こんな時間に誰が来たんだろう、アントニア、見てきておくれ」と父親が言った。扉を開け、目がいくつかきらめくのを見た、と同時に頭から毛布をかけられ、包みこまれ、持ちあげられて家から連れ去られた。大勢の男たちだった。彼らの声が聞こえた。「速くこっちへよこせ」アントニアは腕から腕へ渡され、馬に乗せられた。毛布を通して動物の体のぬくもりと、自分を運んでいる男のぬくもりが感じられた。彼らは全速力で駆けた。彼女は毛布のなかで彼女は窒息しそうだった。ルイサに呼ばれて、理由もなく頭からシーツをかぶっているいまと同じように。恐怖で動くことができず、空気を吸うためにあえて体を動かす気もしなかった。

男が馬をとめた。

「一晩中女をくるんだまま走るわけにはいくまい。窒息してしまう」

「でも大佐殿から、そのまま連れてくるように言われてます」他の男たちが答えた。

「到着するころになったらまたくるもう」彼女を運んでいた男の声が応じた。そして馬から降りずに毛布をゆるめて顔の覆いをとった。

アントニアはまじまじと自分を見つめている若者と目があった。

「金髪じゃないか！」と男は驚いて声をあげ、目が好奇心から憧憬へ変わった。

「えっ、そういえばそうだ、父親はスペイン野郎のパレデスですからな」男たちが答えた。ダミアン・アルバレス大尉は彼女を抱きしめた。

「そんなに怖がらないで、何もしやしません。フスト・コロナ大佐にお引き渡しするだけですから」

アントニアはまた震えだした。男はますます強く抱きしめた。夜が明け初めるころ、彼らは大佐が待つテスメルカンに到着しようとしていた。

「あたしをその人に渡さないで……それより、あなたと一緒に連れてって」彼女は懇願した。大尉は答えずに、女の視線を避けて目を伏せた。

「その人に渡さないで……」

アルバレスは黙って彼女を抱きしめ、接吻した。

「おねがい、あなたと一緒に行かせて」アントニアはすすり泣いた。

しかし、彼は答えずに彼女の顔を毛布で覆い、一言も発せずにそのままコロナに渡した。毛布ごしにすえたアルコールの臭いがした。

「みんな、解散だ！」大佐が命じた。アルバレス大尉の足音が遠ざかっていき、臭いが耐えがたいものになった。こんなに怖かったことはいままでになかった。あの夜、あの質問を聞いたときでさえも。

「アントニア、グエロ・モニコはもう来た？」

繁った枝が影を作る自分の家の暗い回廊で、なじみのない女の子たちが好奇心に満ちた顔を近づけ、貪欲そうな目をして答えを待っていた。

「来ないわ」

「ハハハ!」彼女たちは意地悪そうに笑った。「月が降りてきてあんたの脚の間を咬んだらわかるよ。血がたくさん出るんだから……!」

アントニアはぞっとして、白い漆喰の壁に枝が投げかける濃い影のなかで、動くことができなかった。

「グエロ・モニコは毎月降りてくるんだよ!」

そして女の子たちは走り去った。

それ以来、あんなに怖い思いをしたことはなかった。毛布にくるまれてフスト・コロナ大佐のまえにたったひとりで放りだされるまでは。毛布がはぎとられ、見知らぬ男の黒く小さな目が彼女の唇を求めて近づいた。アントニアは汗ばみ、ベッドの上で寝返りを打った。「海から吹いてくる風はないのかしら。こんな谷間にいては窒息してしまうわ」……隣で話し声がしていた。

「あの金髪娘を見にお行きよ、泣いてるに決まってるんだから」

「あたしは行かないよ。ドアをノックすると悲鳴をあげるの、あんたも知ってるじゃないか」

ルイサは座り込んで神経質にたばこを吸いながら、半裸の柔らかな胸と松の実のようになめらかな肌をみせて、ひとつのベッドに寝そべっている双子の姉妹を眺めていた。この時刻、子供っぽく見えるふたりの眠そうな目と口は、ルイサこそ行けばいいのにと言いたげだった。

「どうしてあんななんだろうね？」ロサがアントニアのことで疑問を口にした。

「知るもんか。あの娘には落ち着いて、大佐に抱かれたときは慣れてきた振りをしなって、さんざん言ってやってるのに。そうすりゃ大佐だってあの娘をそうは困らせないだろうにねえ」ラファエラが考え考え言った。

「どっちみちいやな時間はすぐに経っちまうし、そのうちに好きになったりもするんだから」ロサがつけたした。

「まったくそのとおり！」ラファエラは叫び、いまの意見で元気が出たとでもいうようにベッドから飛び降りると、果物籠に手をのばした。

「男たちが帰ってくるまで、果物でも食べていようよ」

「あたしたちが出ていって大騒ぎしたら、何て言うだろう？」ルイサがオレンジをかじりながら言った。

「男たちは乗ってこないよ。将軍をひとりにはしておけないもの。どんな様子か知ってるだろ？　フリアの雌狐め、しまいにはひどい目にあうだろうよ」

ルイサはかんかんに怒って立ちあがった。

「ひと思いに殺しちまえばいいのに！　そうすりゃあたしたちも、もっと落ち着けるってもんだ」

「おだまり！　とんでもないことを言うもんじゃないよ」

ルイサは女たちのなかで孤独をかみしめ、自分はこのふたりとは違うんだと苦々しく思うのだった。

「あたしはね、あの人について来るのに子供たちを置いてきたんだ。彼のために全部を犠牲にしたのさ。ただ楽しみゃいいっていう、あんたたちとは違うんだよ。あたしには自分の家があった。それにひきかえフリアは売女だ。違うって言うんならベルトラン神父に聞いてごらんよ」

「ほんとにそのとおり。でもあたしたちみんな同じ穴のむじなだよ」ラファエラが同意した。

「あたしは違うよ！」ルイサは肩をそびやかして答えた。

「あれま、あんたは正妻だとでも言うのかい？」ロサがにやにやしながら言った。

「過ちは犯したけど、愛情のためだった。目がくらんでたんだよ。あの男にはそんな値打ちはなかったのに！」

「どこかよいところがあるはずだよ。目がきれいだし、池でみんなで水浴びしたとき見たけど、いい肩してたよ」

ルイサは恨みがましくラファエラを見た。みんな売女だというのは本当だった。ひとつの光景が頭に浮かんだ。自分の愛人の肩がラファエラの肩に覆いかぶさっているところだ。むさぼるように果物を食べているふたりのあいだでルイサは不安を覚え、乱れたベッドに裸に近い格好で腰かけている女たちが馬鹿みたいに見えた。出ていこうとドアの透き間に目をやると、夜が明けようとしている。フリアが愛人とその部下たちを引き連れてホテルに戻ってくるまでに、そんなに長くはかからないはずだった。

女たちは昼間はずっと、軍人たち相手のお役をご免となる。髪を梳いたり、ハンモックで揺られたり、気のない様子で食事をしたりして、わくわくする夜がやってくるのを待つのだ。午後には馬に乗って散歩することもあった。ロサとラファエラは自分たちの灰色の馬で、フリアは彼女の栗毛の馬で、金の飾りと銀の拍車をつけ、三人とも小鳥のように胸はずませて笑いながら、自分たちに向かって帽子をとらない男たちには、手に持った鞭でその帽子に一振りくれてやるのだった。愛人たちがその後を追った。イステペックは女たちが通っていくのをうっとりと眺め、女たちは高みからわたしたちを見おろし、馬の尻の動きにあわせて体を揺らしながら、土ぼこりのなかを遠ざかっていった。

こうした散歩はルイサにとっては苦痛のたねだった。馬に乗れなかったからだ。ルイサは女たちを追うお付きの一団にフローレスを見つけては苦い涙にくれた。バルコニーに腰をかけ、通りかかった男たちの気を惹こうとして、むきだしの肩でたばこを吸いながら挑発的な視線を投げた。酔っ払った兵士がひとり立ちどまった。

「ねえさん、いくらだい?」

「お入りよ!」

男がホテルに入るとルイサは水場で上官の長靴を洗っていた兵隊たちを呼んだ。

「この男を柱に縛りつけて打っておやり!」兵隊たちは顔を見あわせた。ルイサは激怒し、そのどなり声にドン・ペペ・オカンポが駆けつけた。

「おねがいだ、ルイサ、落ち着いて!」

「打つんだよ、いやなら将軍に頼んでみんな銃殺だ」

自分の頼みが無駄だとわかるとドン・ペペは両手で顔を覆った。血を見るとめまいがした。おびえながら男が柱に縛りつけられるのを見、犠牲者の体に鞭が振り下ろされるのを聞いていたが、その後兵隊たちが血だらけの男を通りに放りだすのを見ると、ホテルの主人は気分が悪くなって自分の部屋に引っ込んだ。夜、彼はフローレス大尉に向かって大尉の留守中に起こったことを話して聞かせた。若い士官は唇をかみ、愛人の部屋から離れた一室を所望した。部下たちが大尉の衣類を取りに行くと、ルイサは泣きながら廊下に飛びだしてきた。「それでも大尉は自分の部屋に閉じこもり、彼女は一晩中そのドアのまえでうめいていたってわけで……」後になって、ドン・ペペはイステペックの隣人たちにそう話して聞かせた。

VII

そのよそ者の青年は、この秘められた熱情的な生活を知らなかったので、将軍がホテルに着いたとき、まだフリアと話し込んでいた。後のうわさによれば、彼がフリアの上にかがみ込んでいるのを見て、将軍は青年の顔を鞭で打ち、ドン・ペペをポン引き呼ばわりしたということだ。フリアはおびえて通りへ逃げたが、将軍が追いついて一緒にホテルに戻り、彼女の部屋に入った。

「なぜ怖がったんだ、フリア?」

将軍は彼女に近づいて顔を両手ではさむと、その目を覗き込んだ。フリアが彼の怒りをまえにしておびえたのは、これが初めてだった。女は男にほほえみかけ、唇を差しだした。よそ者の男の顔に紫色の鞭の跡を見てなぜ怖がったのか、決して言おうとはしなかった。

「フリア、どうして怖がったんだ?」もう一度将軍は懇願したが、彼女は猫のように愛人の肩に顔を埋め、そののどに唇を寄せた。

「誰なんだ、言ってくれ、フリア……」

フリアは愛人の腕から逃れ、一言も発せずにベッドに横たわって目を閉じた。将軍は長い間彼女を見つめていた。たそがれの最初のオレンジ色の影がよろい戸越しに部屋に差し込み、太陽の最後の光が反射して、ばら色のガウンに包まれたその体とは別に、フリアの足がつかのま半透明に輝いた。部屋の隅々にたまった午後の暑さがチェストの鏡に映っている。壺のなかではヒヤシンスが自らの香りにむせ、庭からはむっとする匂いが、通りからは乾いたほこりが入り込んできた。フランシスコ・ロサスは忍び足で部屋を出た。愛人の沈黙には勝てなかった。注意深くドアを閉めるといらいらとドン・ペペ・オカンポを呼んだ。その日、わたしの運命が決まったのだ。

顔を殴られて、よそ者の青年は無言で鞄を取りあげ、ゆっくりとホテルを出た。わたしは平然として玄関に立っているその姿を見た。彼は通りを下って角を曲がると、ゲレロに向かって降りていった。狭い歩道を、脇目もふらずに何か考え込んでいる様子で歩いていた。その時刻に「街の女」の家からいつもの散歩に出てきたフアン・カリーニョとすれ違った。青年は彼のフロックコートにも、肩から胸にかかる大統領の飾帯にも驚かなかった。フアン・カリーニョは立ちどまった。

「遠くからおいでになったのですかな、セニョール?」

「首都《メヒコ》からです、セニョール」青年は礼儀正しく答えた。

「大統領閣下、です」ファアンはしかつめらしく訂正した。

「失礼しました、大統領閣下」青年は即座に応じた。

「明日大統領府でお会いしましょう。謁見係の女性たちがお迎えしますよ」

これまでわたしのところにいた気ちがいのなかでも、このファアン・カリーニョは最高だった。わたしが覚えているかぎり、彼が無礼だったり悪事を働いたりしたことは一度もない。やさしくて親切な人間だった。彼のシルクハットをねらって悪童どもが石を投げ、帽子が地面に転がっても、ファアン・カリーニョは黙ってそれを拾いあげ、堂々たる態度で夕方の散歩を続けたものだ。貧しい人々に施しをし、病人を見舞った。市民のまえで演説をし、塀に声明文を貼りつけた。ウーパとは大違いだった！　この男は恥知らずで、ひがな一日しらみに咬まれた体をぽりぽり掻いたり、通行人を脅かしたりしていた。角を曲ったところで待ち伏せて相手の腕をつかみ、黒くて長いつめをくいこませ、「ウーパ！　ウーパ！」となった。あんな死に方をしたのは当然だ。頭を石で割られ、胸には刃物で入念に入れ墨のような傷をつけられてどぶに捨てられていたのを、男の子たちが見つけたのだ。彼こそまさしく気ちがいだった。

ファアン・カリーニョは、いつも「街の女」の家に住んでいた。彼の部屋の壁には、イダルゴ、モレロス、ファレスといった英雄の肖像画がかけてあった。女たちが彼自身のものもそこにかけるように言う度に、ファアン・カリーニョは怒った。

「どんなに偉い人間だって、生きている間に自分の像を作らせたりはしないもんだ、カリグラででもなければな！」

その名前に恐れ入って、女たちは口をつぐんだ。女たちと客の兵隊の間でいさかいが起こると、ファン・カリーニョは実にうまくとりなした。

「君たち、少しは礼儀をわきまえなさい！　お客人がどう思われるか！」

ピピラがナイフで刺し殺されたときには、ファン・カリーニョが取りしきって盛大な葬儀をだし、音楽と花火つきの埋葬式を行なった。化粧して、短い紫色のスカートに黒いストッキング、かかとのすりへった靴という格好で、女たちが青い棺の後ろに続いた。「職業はどれも同じように貴いのです」と、大統領閣下は開いた墓穴のふちで宣言した。行列は戻り、家は九日間閉められて、祈りが捧げられ、ファン・カリーニョは丸一年間、喪に服した。

あの日の午後、彼はよそ者の青年を助けようとした。青年は好意に礼を述べて先を続けた。ファン・カリーニョは少し考え、それから彼に追いつこうと踵を返した。

「お若いの、明日は必ずおいでなさい。時代はとても厳しいのです。敵の侵略で、やりたいことは何ひとつできません。しかし、何がしかあなたのお役にたてることもあるでしょう」

「ありがとうございます！　大統領閣下、本当にありがとうございます！」

ふたりは互いに頭を下げて別れた。若者はわたしの通りを何度も歩きまわり、アルマス広場へ戻ると、どうしたらいいか決めかねてベンチに腰をおろした。日が暮れようとしていた。まるでみなしごみたいに座っていたと、見知らぬ青年を連れて家に戻ったドン・ホアキンは妻のマティルデに説明した。

ドン・ホアキンは、パティオと庭でほとんど二区画分は占める、イステペックで一番大きな家の持ち主だった。こんもりとした木々が植えられた第一の庭園は、黒々とした葉の茂みで太陽の光から護られていた。家の真ん中にあって回廊や壁や屋根で囲まれたその場所には、どんな物音も届かず、日陰に護られて巨大に育った羊歯に縁どられて、石畳の小道がついている。右手には四室からなる別棟が建ち、この「羊歯の庭」と呼ばれる庭園に向ってサロンが、「小さな動物たちの庭」と呼ばれる裏庭に向かって個室の窓が開かれている。サロンの壁には油絵が描かれていたが、それはいわば公園の延長だった。どこまでも続く木立の薄暗がりのなかで、赤い上着を着て腰に角笛をさした狩人たちが、木々の茂みをぬって逃げていく鹿やうさぎを追っている。イサベル、ファン、ニコラスの三人は小さいとき、何時間もかけてこの細密な狩猟図を隅から隅まで辿ってみたものだ。

「おばちゃま、これはどこの国？」

「イギリスよ……」

「イギリスに行ったことがあるの？」

「私が？」と言ってドニャ・マティルデはなぞめいた笑い声をあげた。子供たちが大きくなったいま、別棟は閉じられ、「イギリス」のことは家族も忘れてしまっていた。

闇と静寂が家中にはびこっていた。石壁の部屋はいかめしく田舎風に整えられ、よろい戸は閉められたままで、糊のきいた薄地のカーテンが引かれている。家は規則正しく厳格なリズムで生活していた。ドン・ホアキンは、その奇妙で孤独な営みをさらに完璧にするのに必要なものしか買わなかった。彼の内部にある何かが日々くり返される孤独と静寂を求めていたのだ。彼の部屋は小さく、やっとベッドが置けるほどで、通りに面したバルコニーもなく、天井にそって開けられた小さな窓だけが外に通じていた。白木の化粧台の上で水差しと磁器製の洗面器が光を放ち、部屋の厳格さの証しとなっていたが、上質の石けんとフランスのラベルのついた小びんのなかのローションや香料入りのひげそりクリームだけが、部屋とは不釣り合いな香りをたてていた。彼の部屋は妻のドニャ・マティルデの部屋とつながっていた。若いころ、弟のマルティンとは反対に、ドニャ・マティルデは陽気でにぎやかな少女だった。結婚して年月がたち、婚家の静寂と孤独が、彼女をにこやかで温和な老婦人に変えた。他人と気楽につきあえなくなり、知らない人のまえに出る度に、思春期の少女のように内気になって、顔を赤くしたり笑ってしまったりする。「私はいまじゃ家のまわりの道しか知らないのよ」甥や姪が無理にも彼女を外に連れだそうとすると言うのだった。誰かが死んでも、葬式には行かなかった。なぜか知人の死顔を見ると笑いだしてしまうからだ。

「どうしましょう、アナ、オルベラ家の人たちは、お父上の死顔を見て私が笑ってしまったの、許してくれているかしら?」

「大丈夫よ、心配しなくても、そんなことはもう忘れているわ」義妹は答えた。

「本当に申し訳ないと思っているのよ……」

しかしそう言いながら夫人は、黒い服を着て黒いネクタイをしめ、黒い靴をはいた死人の悲痛な顔を思いだすと、吹きださずにはいられなかった。

「なんとまあ、かわいそうな死人に正装させるなんてねえ!」

夫が突然、見知らぬ若者を連れて帰宅したとき、夫人は動揺し、一瞬頭がくらくらした。何年もかけて積み重ねられた孤独と秩序が、崩れてしまったような気がしたのだ。

「このお方にはお好きなだけ、この家に泊まっていただく」と、ドン・ホアキンは妻の目に浮かんだ不機嫌な様子にはおかまいなく告げた。彼女はといえば、若者と交わした最初の二言、三言で怒りは忘れてしまった。夫がありとあらゆる種類の動物を拾って帰宅するのは見慣れていたが、人間を拾ってきたのは初めてだ。泊まり客があると台所に行って使用人に告げたが、本当は「もう一匹ふえたわ」と言いたいところだった。その後で、夫とともに客を別棟に案内した。自分のまわりからは遠ざけたかったのだ。

「この「イギリスの間」なら、ずっと自由にお過ごしになれますわ……」

そう言って、彼女は恥ずかしそうに青年を見た。女中のテファが狩りの間と寝室の扉を開け、ランプに灯をともす。青年はそこがとても気に入ったようだった。ドニャ・マティルデは一番大きな部屋を選び、テファに手伝わせてベッドを整えて「小さな動物たちの庭」に面する窓を開けると、蚊帳の閉め方を客に教えた。害にはならないが、こうもりが入ってきてしまうからだ。

若者はフェリペ・ウルタードと名のり、小さなテーブルの上に鞄を降ろした。女中は水差しの水を替え、フランス製の石けんを持ってきて、ふろ場の棚に清潔なタオルを置いた。夕食を共にして、夫人は客の笑顔に心を奪われた。若者が部屋に引きあげてふたりきりになると、ドン・ホアキンは妻にホテル・ハルディンで起こった騒ぎを話して聞かせた。ホテルのまえを通ったときに、ドン・ペペ・オカンポから聞いたのだ。

「これで私たちは将軍の敵になったってわけね」

「いくらあの男でも、乱暴狼藉やりたい放題というわけにはいくまいよ!」

「でも、やってるじゃないの！」夫人は笑いながら言った。

翌朝、よそ者の青年はまだ早いのに、びっくりして目を覚ました。ベッドの上に猫の一団が飛び降りてきたのだ。「小さな動物たちの庭」には何百匹という猫が棲んでいて、毎朝その時刻になると腹をすかせて使用人が置いておくミルクと肉の入った鍋をめがけて屋根から降りてくる。家の主はそれを客に言うのを忘れていた。ウルタードは一体何が起こっているのか理解できなかった。開いた窓から猫が出たり入ったりする一方で、あひるがそうぞうしく庭石の間を行進している。鹿や子山羊や犬、それにうさぎもいた。客はしばらく驚きから抜けだせないでいたが、やがてやさしさと皮肉がないまぜになった気持ちに浸された。動物たちも自分も同じように拾われたのだということに気がついたのだ。

遅くなって、やっと部屋を出ることにした。陽はすでに高く、生い茂った枝の透き間からはほとんど見えない。彼は植え込みや羊歯の間を遠慮がちに歩きまわり、石をひとつ動かしてそこに生き物を一匹見つけて不快そうに後退った。

「さそりですよ！」遠くから彼を観察していたテファが言った。

「やあ！　おはようございます」よそ者の青年は丁重に答えた。

「殺しちゃってくださいな！　悪いんですから。ご存じないとは、お国にはいないってことですか？」女中は意地悪くたずねた。

「いませんね。僕は寒い地方の出だから……」

庭からは蒸気があがり、植物が湿ったさすような匂いを放っていた。猛烈な暑さにもめげず、水分をたっぷりふくんだ茎の先で、大きな肉厚の葉がぴんとしている。たわわな実をつけたバナナの木のしげみは妙なざわめきに満ち、土は黒く湿っていて、噴水が吐きだす緑色を帯びた水の面には腐りかけの葉やおぼれた蝶が浮かび、そこからも腐敗した沼地の臭いがただよってくる。夜はなぞめいた葉やきつい香りでそれとわかる花々であふれ、黒く輝いて見える庭も、昼間は青年の鼻孔を刺激する、脅迫的な臭いやものがはびこっていた。彼は吐き気がした。

「だんな様は何時に戻られるのかな?」

「お出かけにならないのに……」女中は皮肉っぽく答えた。

「なんだ、仕事に行かれるのかと思ってた」

「ええ、行かれますよ。あそこまでは、ね」

女中はそう言って、頭で「小さな動物たちの庭」へつづく壁に開けられた戸口を示した。

「どうも、邪魔しない方がよさそうだね」

テファは答えなかった。客は敵意を感じた。急に何かを思いだしたように言った。

「大統領閣下はどこに住んでるんだい?」

「フアン・カリーニョですか? アラルコンですよ。ラス・クルセスの出口の近くの川岸へ出たところです」女は驚いて答えた。何かきこうとしたが、若者の無関心な様子に口をつぐんだ。

「会いに行ってくる。食事の時間には戻るよ」若者は何気ない調子で言った。

フェリペ・ウルタードは出口へ向かった。テファは彼が出ていくのを見ていたが、植物を踏みつけているのに、跡が残らないという印象を持った。

「どこの誰やら、あの男！　浮浪者を拾って歩くなんて、とんでもない旦那様だよ」そして台所で食事中の仲間のところに走っていった。「あの男がホテルで何をしたか、知ってる？」部屋係の女中、タチャがたずねた。

「フリアにちょっかいをだそうとしたもんで、将軍はもうちょっとでフリアやドン・ペペと一緒に、あの男を殺すところだったのさ」

「まっとうな暮らしをしている人間とは思えないね。今日ベッドを作りに行ったら、もうちゃんと作ってあって、あの男はあかの本を読んでたよ」

「わかるだろう、考えてごらんよ、どんなふうに夜を過ごしてるか？」

「いま、どこへ行ったと思う？」テファがそう言うと、みんな興味津々で彼女を見つめたので、得意になって報告した。

「街の女たちの家だよ！」

「なんと！　せっかちなお人だのう」陽気なカストロが言った。

「ろくでもないことを持ち込んだと思うよ、イステペックに」テファは自信たっぷりにつけ加えた。

「男の行くところ、かならず女ありだ」カストロがおごそかに締めくくった。

フェリペ・ウルタードは陰口をよそに、村を横断してホテルのまえを通り過ぎた。ドン・ペペは彼がやってくるのを遠くから見て、あわてて玄関に引っ込み、若者が通り過ぎてから、好奇心にかられ、後ろ姿を見ようとしてつま先立った。「ずうずうしいやつだ、人がまだ落ちこんでるってのに、またこのあたりをうろついてやがる！」老人は恨みがましく独りごちた。事実まえの晩、将軍は廊下に出てきて彼を問い詰めたのだ。あんなに暗い顔をした将軍を見たのは初めてだった。

「あの男は誰なんだ？」

ドン・ペペはロサスの氷のような表情に当惑して、何も言えなかった。彼が誰なのか知らなかったからだ。

「知らないんですよ、将軍、部屋を探していたよそ者なんで。やつに質問する暇なんかありませんでしたよ、すぐにあなた様がお着きになったんですから……」

「で、あんたはなんの権利があって、おこがましくも私の許可をとらずに部屋を貸そうとしたのかね？」ロサスはホテルの主人はドン・ペペだということを無視してたずねた。

「いいえ、将軍、部屋を貸そうなんて思ってませんでしたよ。あなた様がお着きになったとき、空いてる部屋はないと言っていたところでして……」

ルイサがハンモックに寝そべって、この会話に聞き耳をたてていた。

「将軍、あの男、一時間以上もフリアと話し込んでいたよ」

フリアやドン・ペペへの仕返しというわけだった。

フランシスコ・ロサスは彼女に目もくれなかった。

「コリマの町のことを話しているのを聞いたよ」ルイサは意地悪くつけ加えた。

「コリマだって！」ロサスは暗い顔でくり返した。そんなことは聞きたくもなかったに違いない。

将軍は何も言わずに部屋に戻った。ドン・ペペは憎々しげにルイサをにらみ、ルイサはハンモックに揺られてしばらく居残っていたが、やがて自分の部屋に引きあげていった。ホテルの主人はこっそりふたりの部屋の戸口に近づき、なかの会話を聞こうとした。

「教えてくれ、フリア、なぜ怖がったんだ？」

「わからないわ」彼女は落ち着いた声で答えた。

「本当のことを言うんだ、フリア、あいつは誰なんだ？」

「知らないわ……」

ドン・ペペは、猫のようにうずくまって頭を片方の肩にあずけ、哀願する将軍をアーモンドのかたちをしたその目で眺めているフリアが、目に見えるような気がした。「性悪なやつだ！　わしだったらぶん殴ってでも、本当のことを吐かせてやるのに！」と老人は思った。クルス陸軍中佐がホテルに入ってきたので、彼はあわててその場を離れ、頭を現実に戻した。

「おやおや、盗み聞きとはね！」中佐は笑いながら言った。

「笑わないでくださいよ……」老人はおびえながらいきさつを話して聞かせた。

陸軍中佐は心配そうだった。

「ああ、フリアめ！」と笑う気にもなれずに言った。

フランシスコ・ロサスがふたたび部屋から出てきた。青ざめて仲間に声もかけずに外出し、時計が十二時をさす前に酔って戻った。

「フリア、ラス・カニャスへ行こう……」

「行きたくないわ」

フリアは初めて愛人のきまぐれな誘いをことわった。将軍はヒヤシンスの花瓶をチェストの鏡に向かって投げつけ、鏡はこなごなに砕けた。フリアは目を覆った。

「なんてことをするの？　縁起でもない！」

　他の客たちはこの騒ぎを聞いてまゆをひそめた。

「静かに暮らせないのかね、まったく！」ラファエラが嘆いた。

「家に帰りたい！」とアントニアが叫んで、フスト・コロナ大佐はその口を両手でふさいだ。

　フェリペ・ウルタードはめざす家のまえに到着した。その家はまるで割れた鏡のなかに浮かびあがる映像のように、他の家々からは離れていたから、すぐに見わけがついた。瓦礫となった塀は小さく崩れていくはずが、石ころだらけの道の行きどまりで巨大に成長しつつあった。

「そこだよ！」彼を食い入るように見つめていた子供たちが叫んだ。よそ者はペンキのはげたドアを眺め、壁にうがたれた祠に放浪の聖者、聖アントニオが祀られているのを見た。呼び鈴のひもを引いた。

「お入り、開いてるよ！」けだるい声が答えた。

　ウルタードが扉を開けるとそこは石敷のホールになっていて、そのさきに客間として使われている部屋があった。赤いビロードのひじ掛け椅子に汚れた紙の造花、テーブルがいくつかと曇った鏡が置かれ、赤塗りの床にはたばこの吸い殻やガラスのびんがちらばっている。乱れ髪、下着姿にかかとのゆがんだサンダルというでたちのタコンシートスが迎えに出た。

「朝の早い物乞いだねえ」女は金歯を光らせて笑いながら言った。

「失礼、大統領閣下を探しているんですが」

「あんた、よそ者だね？　お客だって、知らせてくるよ」

そう言うと女は笑みを浮かべたまま出ていった。大統領閣下は待たせなかった。客に丁重にひじ掛け椅子をすすめると、自分はその隣に腰をおろした。ルチが金属製の盆に小さなカップをふたつのせて現れた。

「あんた、フリアのともだちだって？　気をつけたほうがいいよ」ルチはなれなれしく笑いながら忠告した。

「ともだち？」ウルタードはつぶやいた。

ファン・カリーニョは客がどぎまぎしているのをみると、背筋をのばし、咳払いをしてから話しだした。

「われわれは占領されておりまして、侵略者たちからはよいことは何ひとつ期待できません。商業会議所も市役所も警察も彼らが掌握しているのです。私も私の政府もまったく無防備です。でありますから、行動には気をつけていただかないと」

「誰かがへまするとね、あたしたちみんながやばいってことよ」ルチが口をはさんだ。

「なんという言い方をするんだね、君は！」大統領閣下は恥じ入って彼女を叱り、気まずい沈黙の後でつけ加えた。「女の気まぐれが男を狂わせる、ということがよくあります。誇張でなく、あの若い女がロサス将軍を狂わせた、と言えるでしょうな」

「ここには長くいるつもり？」ルチがたずねた。

「さあ……」

「なら、彼女にはあんまり近づかないことだね」

「ルチの忠告をお聞きなさい。フリア嬢に腹を立てる度に、将軍はわれわれを牢にいれ、縛り首にするのです。迫害が辞書にまで及んでいないのが、せめてもの幸いというもので……」

「大統領閣下は辞書がお好きなのよ」ルチがあわてて言った。

「あたりまえでしょうが？　辞書には人類のあらゆる知恵がしまい込まれていますからな。辞書がなかったらわれわれはどうすればよいのでしょう？　そんなことは想像もできません！　辞書がなければわれわれの話しているこの言葉だって理解不可能だ。「彼ら！」彼ら、とは何を意味するのか？　何も意味しやしません。単なる音にすぎない。しかし辞書を引けば「彼らすなわち三人称複数、現在形」ということがわかるでしょうが」

　客は笑いだした。大統領閣下は客の笑い声が気に入った。使い古したぼろ椅子にゆったりと腰をかけて、コーヒーに砂糖を何杯も入れ、ゆっくりとかきまわした。彼は満足だった。というのも、若者に一杯くわせたからで、自分が言ったのは本当のことだったが、言わなかったことのほうが重要だったからだ。つまり、言葉というものはそれ自体独立して存在しているために危険であり、辞書を守ることでわたしたちは想像を絶するような災難を回避することができるということだ。言葉は秘密にされていなければならない。人々がその存在を知れば、その悪意につき動かされてそれらを口にし、世間に放つだろう。無知な者どもが知っている言葉はすでに多すぎ、それらは苦しみを作りだすために利用されているのだ。彼の秘密の使命はわたしの通りを歩きまわり、その日に発せられた邪悪な言葉を取り除くことだった。ひとつひとつこっそりと拾いあげ、シルクハットの下に隠すのだが、それらはひどくよこしまで、逃げだしたのをつかまえるにはいくつもの通りを走りまわらなければならない。蝶を採るための網が役に立ちそうだが、目立ちすぎてかえって疑われてしまうだろう、日によっては収穫が多すぎて言葉は帽子の下におさまらず、街をきれいにするためには何度も出ていかなければならなかった。家に戻ると自分の部屋に閉じこもってそれらの言葉を文字に戻し、決して外へ出ていかないように、もう一度辞書のなかにしまい込んだ。邪悪な言葉はよこしまな舌へ通じる道を見つけるやかならず抜けだすので、困ったことに仕事にはきりがなかった。くる日もくる日も、絞殺する、拷問にかける、という言葉を探し、逃げられてしまったときには意気消沈して家に戻り、夕食も取らずに一晩中寝ずに過ごした。翌朝コクーラの木戸に縛り首がならぶことはわかっていて、その責任は自分にあると思うからだ。彼はよそ者の青年をじっと見つめた。まえの晩からこの青年には信頼感を抱いていた。大統領府に来るようにと青年を招いたのは、自分の力の秘密を伝授するためだった。「もし私が死んだら、誰かがこの清掃の任務を受けつがなければならない。でなければこの村はどうなることか!」まず第一にこの後継者が純粋な心の持ち主かどうか知らなければならない。

「変身！　辞書がないとすると、変身とはいったい何なのか？　ちっぽけな黒い文字でしかありません」

そして、青年の表情に言葉の効果を探った。と、青年の顔は十歳の少年の顔に変わった。

「じゃあ、紙吹雪は？」

その言葉でフェリペ・ウルタードの目に祭りの灯がともったので、フアン・カリーニョは嬉しくなった。

ルチは何時間も彼の話を聞きながら過ごすことがあった。「残念だねえ！　狂ってなけりゃ、すごく力のある人だから、世の中観覧車みたいに明るくなっていたにちがいないよ」だから、ルチは売春宿にいるファン・カリーニョを見ると悲しくなった。ファン・カリーニョが大統領閣下となる瞬間を見たいと思ったが、ふたつの人格を分ける境目を見つけることはできなかった。その割れめからこの世の幸せが逃げていき、このあやまちによって哀れにも彼は自分の輝かしい運命を取り戻す望みを絶たれて、売春宿に閉じ込められてしまったのだ。「きっと、寝てる間に大統領閣下だった夢を見て、その後二度と夢から覚めなかったんだね、いま目は開いているにしても」ルチは自分自身が見た夢と、その夢のなかで自分がとったとっぴな行動を思いだして独りごちた。だからこそ彼女は彼にコーヒーを何杯もいれてやり、夢遊病者とでもつきあうように彼を大切に扱ったのだ。「もしいつか目が覚めるものなら……」そして、それらの夢の驚くべき世界を発見しようと、大統領閣下の目をのぞき込んだ。空にらせんの弧がかかり、言葉は威嚇するようにひとりで回転し、木々が風のなかに立って、屋根の上には青い海があるはずだった。もしかして自分が夢のなかで飛ぶことはなかっただろうか？　いくつもの街の上を飛び、街は街で自分の後を追って飛んでいて、下では言葉が待ち受けている。その夢の最中に起きあがるようなことでもあれば、自分には翼があると永遠に信じることになるだろう。そして人々はこう言って笑うのだ。「ルチをご覧、狂ってるよ。自分を鳥だと思ってる」ファン・カリーニョの目を覚ますことはできないものかと、彼をこっそり観察していたのは、そういうわけでだった。

「もしもひととき、言葉のなかに埋もれて過ごす気がおありになれば、ここにおいでなさい。いつでも私の辞書をお使いになれますよ」ルチは彼がそう言うのを聞いた。

「ご招待を無駄にするようなことはないと、申しあげておきましょう」青年はにこやかに答えた。

「英語の辞書を三巻まで持っております。全部手に入れることはできませんでした……まことに残念！」

そして、ファン・カリーニョは深い悲しみに襲われた。誰がこれらの本を使うというのだろうか？ 世の中に不幸が蔓延しているのは当然だった。

ルチは部屋を出ると、やがてオレンジ色の表紙に金文字が入った辞書をかかえて戻ってきた。ファン・カリーニョはうやうやしく本を手に取ると、友人にお気に入りの言葉の手ほどきを始めた。その力があまねくイステペックを覆い、街路やフランシスコ・ロサスの司令室で使われる言葉の力から村が解放されるように、音節を区切って言葉をくり返した。が、突然中止して真剣な面持ちで相手を見た。

「あなたはミサに行かれるでしょうな」

「ええ……日曜日には」

「祈りの言葉に、ぜひあなたのお声を唱和させてください。実に美しい言葉です！」

そう言うと、ファン・カリーニョは連禱を暗唱しはじめた。

「もう一時半を過ぎたっていうのに、まだかまどに火が入ってないよ」タコンシートスがだらしのない頭を客間のドアからのぞかせて言った。

「一時半だって?」ファン・カリーニョは祈りを中断してたずねた。自分をこの汚れた壁とベッドの家のみじめな生活に引き戻す無作法な女の声など、忘れてしまいたかった。

「一時半だよ!」女はくり返すと、戸口から姿を消した。

「自由主義者というやつですよ、彼女は……世の中をこんなにひどくしちまったのは、ああいった連中です」ファン・カリーニョは怒りをこめて言い、立ちあがってゆっくりとフェリペ・ウルタードに近づいた。

「私の秘密をもらさないように。将軍は貪欲で満たされるということがありません。美女と秘め事を追い求める自由主義者なのです。彼は辞書を迫害する措置をとることができますし、そうなれば破滅は避けられません。人は無秩序な言葉のなかで道に迷い、世界は滅んで灰になってしまうでしょう」

「あたしたち、犬みたいになっちまうってことさ」ルチが説明した。

「もっとひどいことになりますよ。私たちには理解できませんが、犬たちには犬たちなりのほえ方ってものがありますからな。あなたは自由主義者というのがどんな人たちかおわかりかな? 考えることを放棄した者どもですよ」

そう言って大統領閣下は客を門口まで送った。

「ドニャ・マティルデとドン・ホアキンにくれぐれもよろしくお伝えください。といっても残念ながら、この家であの方たちとお会いすることはないでしょうが」

門口に立ち、午後二時の光のなかを遠ざかっていく青年に手を振りながら、ファン・カリーニョは考え込んだ。そして悲しげに扉を閉めると汚れた客間に戻り、さきほどまで座っていたひじ掛け椅子に腰をおろした。部屋にはびこる汚れやたばこの吸い殻からは、つとめて目をそらした。

「大統領閣下、いいことあったじゃないの！　すぐにお昼のタコスを持ってくるからね」ルチは彼を元気づけようとして言った。この時間、他の女たちはまだやっと起きだしたばかりだった。

あの頃、わたしはあまりにもみじめだった。わたしの時間はただ積み重なっていくばかりで、記憶は茫漠としていた。不幸は肉体の苦痛と同じように時を均質化する。日々はみな同じ一日となり、行為はみな同じものに、人々はただひとりの役たたずの人物となってしまうのだ。世界はその多様性を失なって光は失せ、奇跡ももう起こらない。そうした無気力な日々がくり返されるにつれ、わたしは自分の時がいたずらに逃げ去るのを眺め、一向に起ころうとしない奇跡を待ってただじっとしているしかなかった。未来は過去のくり返しだ。わたしはじっと動かずに、村を隅々まで蝕む渇きに焼き尽くされるがままになっていた。硬直した日々を打ち破るのに残された道はただひとつ、暴力というむなしい幻影に過ぎず、女たちやのら犬、インディオたちを残虐の嵐が襲った。悲劇のなかの人物のように、わたしたちは動かぬ時に封じ込められて生き、その停止した瞬間のうちに捕えられて滅びようとしていた。ますます残虐になっていく行為はむなしかった。わたしたちは時を捨ててしまっていたのだ。

よそ者がやってきたという知らせは、祝い事が広まる速さで朝のうちに広まった。時は何年かぶりにわたしの通りを駆けめぐり、石ころや木の葉の上に光をまき散らした。アーモンドの木には鳥たちが群がり、太陽は歓喜して山の端にのぼり、どの家の台所でも女中たちがにぎやかに彼の到着をうわさしていた。オレンジ茶の香りが婦人たちの部屋に届き、彼女たちはその愚かな夢から覚めた。予期せぬよそ者の存在が沈黙を破ったのだ。彼はわざわいに汚されていない使者だった。

「コンチータ！　コンチータ！　マティルデのところに首都《メヒコ》から来た男がいるんだって。服を着るのよ！」女中から話を聞いたドニャ・エルビラが大声をあげた。

夫人はベッドから飛びだした。まっさきにそのよそ者について知るために、七時のミサに早く行きたかったのだ。一体誰なの？　どんな男なんだろう？　何が欲しいのかしら？　何しに来たっていうの？　急いで服を着ると、落ち着いて鏡に映った自分の顔を眺めた。しかめっ面ではなかった。

「なんてよい顔色だこと！　かわいそうなおまえの父さんに見てもらえないなんて残念だわね！　きっと羨やましがるに違いないわ、いつも血の気のない顔をしていたもの！」

コンチータは鏡台のそばに立って、しんぼう強く母親の自画自賛が終わるのを待っていた。

「あそこにいるわ！　あそこで鏡の奥から私を見張ってる。未亡人なのにまだ若いからって、気を悪くしているんだわ。出かけてきますからね、フスティノ・モントゥファル！」

そう言うと、夫人は鏡の水銀のなかに鎮座する夫の顔に舌を出した。「あんまり自分を眺めすぎたもんだから、あんなところに閉じ込められてしまったのよ」と教会へ行く道々考えた。「あれほどの見え坊には会ったことがない！」そしてアイロンがけが必要だったワイシャツのカフスや、完璧でなければならなかったネクタイ、裾に折り返しのついたズボンなどを思いだしてはいらいらした。夫が死んだとき、服を着せるのはごめんこうむりたかった。「簡素な経帷子がいいわ」と泣きながら友人たちに頼んだが、実は何年ものあいだ彼女を苦しめてきたわがままをもうさせないですむのが嬉しかったのだ。「わかったでしょ!」友人たちがありきたりのシーツで夫の遺体をくるんでいる間に胸のうちで言い、その瞬間彼女はふたたび自分の意志を自分で決められる者に立ち戻って、青白く硬直し、妻に怒りをぶつけているように見える死者に仕返しをしたのだった。

「マティルデったら遅いじゃないの! 年寄りは何をやってものろいんだから」友人がまだ教会の前庭にも到着していないのを見ると、がっかりして大きな声を出し、不快感をあらわにして地面をふみ鳴らした。母親の言葉や身振りが他人の注目のまとになっているような気がして、コンチータは目を伏せた。彼らもやはりいらいらと待っていたが、それを顔には出さずにいた。

「来ないかも知れないよ、目立ちたがりやだからね。かわいそうな坊やだこと! 知らずに気違い屋敷に住み込んだなんて」

コンチータは母親を黙らせようとして合図を送った。

「何の合図なの? ホアキンが狂ってるのは誰でも知ってることよ。自分は動物たちの王様だと思い込んでいるんだから……」そう言って、自分の思いつきに笑いだした。

それ以上話を続けることはできなかった。というのも息子のロドルフォにつきそわれて、ローラ・ゴリバル夫人がやって来るのが見えたからだ。

「あのデブが来るよ!」腹立ちまぎれに言った。

ドニャ・ローラが家から出ることはほとんどなかった。あんなに途方もなく太っていたのはそのせいだったに違いない。彼女は恐れていた。それはわたしたちの恐れとは違う恐れだった。「もしかして一文なしになってしまったら、誰も手を差しのべてくれないだろう」と心配そうに言い、同じ高さにぎっちりと積まれた何百枚もの金貨が入った由緒ある戸棚のそばから離れなかった。毎土曜日と日曜日、使用人たちは夫人が自分の部屋に閉じ込もって金貨を数える音を聞いた。そして残りの日々は猛烈な勢いで家のなかを点検してまわるのだ。「神様が何をたくらんでいなさるのか、私たちにはまったくわからない」と思うと夫人は背筋が凍りつく。神は彼女を貧乏にしてやろうと思うかもしれない、それで用心してますます財産をため込んだ。敬虔なカトリック教徒で家のなかに礼拝堂があり、そこでミサにあずかっていた。いつも「敬虔なる神への畏れ」を口にしたが、「敬虔なる畏れ」は金銭に対するものに過ぎないことは誰もが知っていた。「信用してはいけないよ、信用しては」そうロドルフォの耳に吹き込んだ。わたしたちは夫人が息子の腕にすがってこちらに来るのを見て、あっけにとられた。「こっちを見てるよ」母親は低い声で言った。わたしたちは青年のギャバジンのスーツと、夫人の胸に輝くダイヤモンドのブローチに見とれた。彼は首都《メヒコ》で服を買い、ネクタイは千本以上も持っていると、使用人たちは言っていた。それにひきかえ、母親の方はいつも縫い目が緑色に変色しかかった同じ黒い服を着ていていた。モントゥファル夫人は彼女を迎えに出たが、ドニャ・ローラはコンチータに疑いの目を向けた、というのも、彼女にはこの若い女が危険に見えたからだ。ロドルフォは娘の方は見ないようにした。「あの娘に期待を持たせたくないんだ。女ってものは理解できないからね。ちょっとしたことにつけこんで男を窮地に立たせるんだから」

　ドニャ・ローラ・ゴリバルは、よそ者が息子の平穏無事な生活を危険にさらすような、何かよからぬもくろみをたずさえてきたのではないかと恐れていた。

「不公平ですよ、それは不公平というものです！　ロドルフィートはもうさんざん苦労したんですから！」

「僕のことなら心配ないよ、ママ」

ドニャ・エルビラはうんざりしながら、母親と息子が交わす会話に耳を傾けていた。ゴリバル夫人はロドルフォをほめちぎった。というのも息子のおかげで自分たちの土地を返してもらえたし、サパティスタの被害も政府が補償してくれたからだ。みんなのまえで感謝の気持ちをあらわすのは当然だった。息子のためにあたり前のことをしただけではなかったか？

「あの子、それはよい子なのよ、エルビラ！」そう言ってドニャ・ローラはダイヤのブローチに手をやり、モントゥファル夫人はその宝石をほめようとかがみ込んだ。「フスティノだって、よい息子だったのよ……」皮肉っぽく、そう思った。ロドルフォはしょっちゅう首都《メヒコ》へでかけ、イステペックへ戻ってくると、軍司令部へ行って将軍と話し込んだ。

「境界線を動かしたね！」将軍の事務所から笑顔で出てくる彼を見て、わたしたちは言ったものだ。

実際、ロドルフォは旅から帰る度に、タバスコから連れてきた殺し屋どもに手伝わせて自分の農園の境界線を動かし、人夫や小屋や土地をただで手に入れていたのだ。教会の前庭のアーモンドの木の下で、パン屋のアグスティナの兄、イグナシオが七時のミサを待っていた。長いことドニャ・ローラの息子を眺めていたが、やがて礼儀正しく近づいていき、ふたりだけで話をしたいと申し入れた。イグナシオは農地改革主義者と言われており、事実サパタ軍に入って戦ったこともあったが、いまはふつうの貧しい農民の生活をしていた。粗木綿のズボンも棕櫚の葉の帽子も日に焼け、使い古されてぼろぼろになっていた。

「いいですかい、ドン・ロドルフォ、境界線はそのままにしておくことですな。改革主義者たちはあんたを殺すって言ってますぜ」

ロドルフォは微笑し、彼に背を向けた。イグナシオは屈辱を感じて引き下がり、遠くからロドルフォ・ゴリバルの小さな影を眺めた。ロドルフォはイグナシオに一瞥すらくれなかった。それまで何度脅されたことだろう？　彼は安心していた。自分がささいな傷をこうむっただけで、何人もの改革主義者たちの命が失なわれることになるのだ。政府の確約によって自分が欲しいと思う土地を手に入れる許可は得ていた。ロサス将軍の支持があったからだ。ロドルフォ・ゴリバルが自分の農園を拡げる度に、将軍は多額の金を受けとり、それがフリアのための宝石に姿を変えていた。

「女がどのくらい男を操れるものか、わかったかい？　あの恥知らず、あたしたちを破滅させようっていうんだよ！」

フリアの破廉恥な行為に侮辱されたと思っている母親をなだめようと、ロドルフォは口づけをした。そしてその侮辱をつぐなうために彼もまた母親に宝石を贈った。

「あの子はちゃんと支払いをしているのに、インディオどもは働かないのよ」と母親が言うのが聞こえた。

ロドルフォは母親に近寄った。母親の声はイグナシオの言葉の痛烈な響きをやわらげてくれた。彼はやさしい無二の愛情によって母と結ばれていると感じており、夜、ベッドに入ってから開け放した扉ごしに母と熱っぽい内密の話を交わすのは最高のひとときだった。不幸な結婚の犠牲者だった母にとって、息子は小さいときから慰めだった。父親の死は、ふたりを結びつけている他人を寄せつけないその愛情の強烈な喜びをかえって強いものにした。ドニャ・ローラの目に息子は小さくて臆病な甘えん坊と映っていたから、際限もなく甘やかした。

「男をものにする秘訣は、口先じょうずと美味しい料理……」といわくありげに言い、息子の気まぐれや食事に抜け目なく気を配った。まだ小さかった息子が椅子や机につまずくと、悪いのは椅子や机の方だと子供に示すために、それらを鞭でたたくように命じたりしたものだ。「フィートはいつだって正しいんだから」と真面目くさって断言し、ほんのちょっとした癇癪でも、もっともらしく弁護した。

「エルビラ、あなたにはわからないでしょうけれど、フィートのような息子を持ててあたしは幸せ……あの子、結婚なんか絶対にしないと思うわ。母親ほどにあの子を理解できる女性なんていやしないもの……」

ドニャ・エルビラには答える暇がなかった。ドニャ・マティルデがやって来て、そちらに気をとられたからだ。

「見たかい、なんとも厚かましいったら?」母娘がその場を離れるやいなや、ドニャ・ローラはコンチータを指して言った。

「うん、ママ、でも心配しないで」

「お前を物欲しげに見てたじゃないか」

ドニャ・マティルデはちょこまかと、軽快な足取りで中庭を横切った。家の下宿人のことでホアキンと話し込んでいたために遅くなってしまい、走ってきたので息をきらしていた。ミサが終わるまえに着きたかったのだ。待っている友人たちを見ると、笑いをこらえるのに苦労した。「好奇心のかたまりだわ！　招待してあげなくちゃね！」

夜、ドン・ホアキンの家では、椅子が回廊に持ちだされ、ランプがともされ、冷たい飲みものと菓子をのせた盆が用意された。イステペックで人が集まることなど長い間なかったから、家全体がわきたった。しかし招待客がやってくるとたちまち陽気さは消え、よそ者の青年をまえにして友人たちはみなおじけづいてしまった。おずおずと短いあいさつを交わしたあとは、黙々とそれぞれの椅子に腰をおろして夜の闇を見つめていた。焼けつくような暑さが庭に漂い、羊歯が暗がりのなかにのさばり、わたしを囲む山々が、屋根の向こうに空高く鈍重な姿をどっしりとすえて、闇をいっそう暗くしていた。婦人たちは無言だった。彼女たちの人生、恋、役たたずのベッドなどが、暗闇とよどんだ暑さのなかでゆがみ、列をなして行進した。よそ者の青年は、それらの見知らぬ顔のまえで疎外感を紛らせようと、扇子が行ったり来たりして刻む陰気なリズムに逃げ込んだ。壁に囲まれて家のなかで朽ちていくしかないイサベルとコンチータは、熱い蜜をしたたらせた菓子を気乗りのしない様子で食べていた。トマス・セゴビアはビーズ玉をつなぐように華麗な文章をつむごうとして、仲間の沈黙のまえで糸を見失ない、言葉がわびしく床を転がって椅子の脚の間に消えていくのを見た。マルティン・モンカダは離れた場所で夜の闇を見つめていた。彼のところにまでセゴビアの言葉がいくつか転がってきた。

「とっても変わった人なのよ！」ドニャ・エルビラがよそ者の耳にささやいた。集まりが失敗だったのを見て、夫人は打ちとけた話をするきっかけを探していたのだ。ウルタードはびっくりして彼女を見たが、未亡人はマルティン・モンカダがあえて孤立しているのだということを身振りで示した。自分が友人のことをどう思っているか青年に言いたかったが、アナに聞かれるのはまずかった。

「マデロ党だったのよ！」マルティンの奇行を一言で説明しようと、小声で言った。ウルタードはエルビラ夫人の打ち明け話にほほえんだが、何と言えばよいかわからなかった。

「私たちの災難は、マデロから始まったのよ」未亡人は友人を裏切ってささやいた。とだえた会話は議論でよみがえることを心得ていたのだ。

「フランシスコ・ロサスの原点はマデロだ」ずばり、トマス・セゴビアが言った。

するど、ロサス将軍の姿が暗い庭の真ん中に現れ、ドニャ・マティルデの家の回廊に集まった寄辺ない人々に近づいた。「あの男にだけ生きる権利があるのさ」と彼らは苦々しく心のなかでつぶやき、金も愛も未来をもはぎ取っていく見えない罠にはまったような気がした。

「あいつは独裁者だ！」

「そんなこと言わなくたって、この方はご自分の目でご覧になってるわ」

「将軍がイステペックに来てからしたことといえば、犯罪だけだ、犯罪だけですよ」

セゴビアの声にはどこかあいまいな響きがあった。その辺の家の回廊に座ってくだらないおしゃべりをするかわりに、改革主義者たちを縛り首にすることにかかりきっているロサスの幸運を、うらやましいとさえ思っているみたいだった。「すごい瞬間を経験するにちがいない」と強い感動を覚えた。「ローマ人にだって慈悲なんて、それも敗けた者に対する慈悲なんていうばかげた考えはなかったんだ。インディオどもは負けたんじゃないか」頭のなかで親指を動かし、ローマ史の本の挿絵で見たような、死刑の合図を送ってみた。「この国は一握りの貴族が支配する奴隷の国だ」そして自らフランシスコ・ロサスの右側の貴族たちの席に着いた。

「マデロを暗殺してからというもの、僕たちは長いこと闇の中で償いをするしかないんだ」あいかわらずみんなに背を向けたまま、マルティン・モンカダが大声で言った。

友人たちはむっとして彼を見た。マデロは自分の属する階級を裏切ったのではなかったか？　裕福な白人の家の出なのにインディオの反乱を指揮したのだ。マデロの死は正当だったし、必要だった。この国が無政府状態に陥ったのは、ほかでもない彼のせいだ。その死につづく内戦の、自分たちのものでもない権利や土地のために一団となって争いをしかけてくるインディオどもに苦しめられた年月は、メスティソたちにとっては悪夢だった。いっとき、ベヌスティアノ・カランサが革命を裏切って権力をにぎり、金持ち階級をほっとさせたこともあった。その後、エミリアノ・サパタが、フランシスコ・ビジャが、そしてフェリペ・アンヘレスが暗殺されて彼らはほっとした。しかし、革命を裏切った将軍たちが作ったのは専制的で貪欲な政府だった。彼らはほかならぬかつての敵で裏切りの共犯者でもあるポルフィリオ・ディアス時代の大地主と、富と特権を分ちあっただけだった。

「マルティン、どうしてそんなことが言えるの？　ロサスはあたしたちにとって当然の報いだと、本当に思ってるの？」

ドニャ・エルビラ・モントゥファルは、友人の言葉が恥ずかしかった。

「ロサスだけじゃない、ロドルフィート・ゴリバルとタバスコ人の殺し屋どももだ。君たちはロサスを非難するが、やつよりもっと血に飢えた共犯者がいるのを忘れてる……。まあ、マデロを殺すためにビクトリアノ・ウエルタに金を渡したのは、また別のポルフィリオ派の人間だがね」

他の者たちは口をつぐんだ。実際、カトリック教徒のポルフィリオ派の連中と、無神論者の革命家の血に汚れた友情には驚いていたからだ。彼らは貪欲さと、恥ずべきメスティソの生まれという共通の絆で結ばれていた。この二派の連中によって、わたしの記憶するかぎり、前代未聞の残忍な時代の幕が切って落とされたのだ。

「マデロを暗殺するのに彼らがお金を払ったとは思わないけど」と、未亡人は自信なげに言った。

「いいかね、エルビラ、ルハンはウエルタに六百万ペソ払ったんだよ」マルティン・モンカダは憤激して言った。

「マルティン、君の言うとおりだよ。それに、これからますますひどいことになるだろうよ。ロドルフィートがなぜ、タバスコから殺し屋どもを連れてきたと思う? のら犬狩りでもするためかね?」

ドン・ホアキンはそう言うと、渇きに追いたてられてわたしの石畳の通りを駆けまわる、数えきれない飢えた介癬かきの犬どもを思いだしてぞっとした。悲惨でのけ者扱いされているという点では、政府によって略奪され、残忍な仕打ちを受けた何百万というインディオたちも同類だった。

「殺し屋!」いまだに耳慣れないこの言葉はわたしたちを当惑させる。殺し屋というのは裏切りの革命とポルフィリオ派との婚姻から生まれた新しい階級だ。彼らは高価なギャバジンのスーツに身を包み、目には黒いサングラス、頭には防護用のフェルト帽といういでたちで、男たちを失踪させてはばらばらの死体にして戻してよこすという、背筋の凍るような仕事をしている。この手品のような技を将軍たちは「国造り」と呼び、ポルフィリオ派は「神の正義」と呼ぶ。それらは不正な取り引きと野蛮な略奪を意味しているのだ。

「サパタの方がましだったかもしれないわ。少なくとも南部の出でしたからね」と、ドニャ・マティルデがため息をついた。

「サパタですって?」ドニャ・エルビラは叫んだ。その晩、友人たちはみんなおかしくなっていたのか、それともよそ者の青年のまえで彼女を笑い者にしたかっただけなのか。彼女はエミリアノ・サパタが暗殺されたとわかったとき、みんなでほっとしたことを思いだした。あのときはサパタの体がチナメカの農場の中庭に倒れる音が聞こえたような気がして、その後幾晩も安らかに眠ることができたのだ。

「マティルデは政府の将軍みたいな話し方をするね」セゴビアは面白がっているような様子で言い、新しい公用語のことを考えた。「正義」だの「サパタ」だの「インディオ」だの「農地改革運動」といった言葉は、土地の略奪や農民たちの暗殺を容易にするのに役立つに違いなかった。

「そうそう、政府がサパタの銅像を作るっていうの、ご存じ?」ドニャ・エルビラが嬉しそうにたずねた。

「自分たちが革命派じゃないって言われないようにだよ……そうするしかないのさ。いちばん優れたインディオは、死んでしまったインディオだった、というわけだ!」薬剤師は、ポルフィリオ・

ディアスの独裁政治を操った言葉を思いだし、暗殺されたインディオ、エミリアノ・サパタの名前を出すのにいま悪意でそれを応用したのだ。みんなどっと笑ってセゴビアの才気に喝采した。「くだらない冗談だと思うがね」とマルティン・モンカダが応じた。

「怒らないでくださいよ、ドン・マルティン」とセゴビアは言った。

「何もかも、悲しいことだ……」

「本当に。いつも得をするのはフリアだけですからな、ここでは」薬剤師はにがにがしげに答えた。

「そうよ、あの女のせいよ」モントゥファル夫人が叫んだ。

「で、首都《メヒコ》ではここで何が起こっているのかみんな知らないのかしら?」ドニャ・マティルデがフリアの亡霊を払いのけようと、気をきかせてたずねた。

「ところで、イステペックに劇場はないんですか」よそ者の青年は、答えるかわりにたずねた。

「劇場ですって? あなた、あの女が見せてくれる芝居のほかにまだ劇場が欲しいっておっしゃるの?」コンチータの母親はびっくりし、あきれ顔で相手を眺めながら答えた。

「残念なことですね!」青年は落ち着き払って言った。

他の連中は何と言ったらよいかわからずに顔を見あわせた。

「人間、芝居を見ると幸せになれるんです。芝居は夢です、これですよ、イステペックに必要なのは、夢ですよ!」

「夢!」家の主人は気を滅入らせてくり返した。すると、暗く孤独な夜が襲いかかってきて、彼らを悲しみで一杯にした。郷愁の念にかられ、彼らはあいまいでかたちにすることのできない何かを探した。犯罪や結婚式、広告などが時間の外に忘れられた意味のない事柄として、脈絡もなく混じりあった古新聞の巨大な光景のような日々、眼前にひろがる数え切れない日々を渡って行くために必要な何かを。

疲労感が女たちを襲い、男たちは意味もなく顔を見あわせた。庭では虫たちが、目に見えない活発な戦いをくり広げて殺しあい、地面をざわめきで満たしていた。「ねずみが台所に穴をあけているわ」そう思って、ドニャ・エルビラ・モントゥファルが立ちあがった。他の連中も夫人にならって立ちあがり、一団になって暗闇にくりだした。フェリペ・ウルタードが送って行こうと申しでた。彼らは下を向き、静まり返ったわたしの通りを進んでいった。水たまりやでこぼこをよけるのに気をとられて、ほとんど話をせずに歩いた。人気のない広場にさしかかると、フリアの部屋のバルコニーからよろい戸ごしにもれている灯が見えた。

「あそこにいるんだわ、あのひとたち！」と、ドニャ・エルビラが悔しそうに言った。

一体何をしているのだろう？　自分たちには関係のない幸運を想像して彼らは黙り込んだ。おそらく、フランシスコ・ロサスは正しかったのだ。たぶん、フリアの笑顔だけがあの新聞紙のような日々を追い払うことができ、そうすればかわりに陽光と涙の日々が熟すのだ。彼らは釈然としないままその選ばれたバルコニーから遠ざかり、同じような変りばえのしない毎日が続くなかで、人の出入りを見守るそれぞれの家の玄関めざして暗い通りに消えていった。

家に帰る途中、フェリペ・ウルタードはイステペックの恋人の部屋のバルコニーのまえで立ちどまった。それから通りを横切り、広場のベンチに腰をおろすとそこからフリアの部屋の窓を眺め、頭を抱えて無限の悲しみにふけったまま夜が明けるのを待った。

朝、家の主人は驚いて彼を眺めた。何か悪いことでも起こったのではないかと心配で一晩中帰りを待っていたのにと言いたいところだったが、あえて言いはしなかった。青年は猫のようにおとなしくおっとりと現れ、友人たちは彼を許して迎え入れた。

Ⅷ

わたしの不運の発端となった言葉を最初に口にしたのは、誰だったのだろうか。すでに何年もたつのというのに、いまもってわからない。いまなお、わたしにはあの言葉につきまとわれたフェリペ・ウルタードの姿が見える。まるで危険な小動物に、夜となく昼となくつけねらわれているみたいだった。「彼女のために来たんだ」という言葉だ。イステペックで彼女といえばフリアしかいない。「彼女のために来たのよ」バルコニーから、背の高いよそ者の青年を見て、ドン・ラモンの娘たちは言った。父親は彼を待ち構えて好意と気づかいを示し、打ち明けた話をさせようとした。

「私たちの村に、ずっと滞在なさるおつもりかな?」マルティネス氏は青年の目をじろじろ見ながら言った。

「いや、まだわかりません……場合によっては」

「まあ、お若い方にはご自分のやりたいことはわかっておいででしょうが……ぶしつけなことを言って、お気に障ったかもしれませんな」相手が自分の言葉に示した反応が冷たかったのを見てあわてて言った。

「いや、どうしてですか？　関心を持っていただいてむしろ感謝していますよ」若者は答えた。

「初めてお見かけした時は、何かこう華々しい商売のたねでも探している元気な若者のおひとりかと思いましたよ……いっちょう、もうけてやろうという……」

「商売ですって？」フェリペ・ウルタードは、そのような考えが彼の頭を通過するのは初めてだ、と言わんばかりに聞き返した。

「いやいや、そんなことは考えたこともありません」と笑いながらつけ加えた。

「まあ、想像してごらんなされ。カタランのやつ、あなたのことを検査官だと思ったんですぞ。私はやつにはっきりと、それは見当はずれもはなはだしいと言ってやりましたがね」

フェリペ・ウルタードは愉快そうに笑った。

「検査官ねえ！」ドン・ペドロ・カタランの思いつきは本当におかしい、とでもいうように言った。

「おしゃべりな男でね！」ドン・ラモンは会話のつぎ穂を探して、自分の好奇心のいいわけをしたが、フェリペ・ウルタードが立ち去る素振りをみせたので、通してやるしかなかった。

「まちがいない！　まったく疑いの余地はないぞ！」老人は家に入って、鬼の首でもとったように叫び、娘たちが大急ぎで駆けつけてくると、太鼓判をおした。「フェリペ・ウルタードと称するあの男は、「彼女のために来た」のだよ」

女たちは青年が通るたびに同情してこの言葉をくり返したので、言葉は彼を追ってわたしの通りを行き交った。本人は口から口へ伝わるその言葉には気づいていない様子で、悠然として、開けた野原へ出かけていった。地面は太陽の強い光に焼かれ、いばらのとげでささくれだって、石の間には毒へびが眠っていた。馬引きの男たちが、ナランホの近くで、一冊の本を手に見たこともないような悲しみに打ちひしがれて、歩いたり石の上に座ったりしている青年の姿を見かけている。

帰り道、青年はホテル・ハルディンの歩道を通りかかった。フリアは窓辺にいた。ふたりが挨拶を交わすのを見た者はいない。ただ互いに見つめあっていただけだ。彼女は毅然として、彼がポーチの向こうに姿を消すのを眺めていた。通りすがりの者たちはいわくありげに顔を見あわせ、身振りで「彼女のために来たんだ」とくり返した。

あきらかに、何かが起ころうとしていた。よそ者がやって来てから、ロサスの態度はひどくなった。誰かがロサスの耳に、彼以外のすべての人々の耳に行き渡っていたあの言葉を吹き込み、それで疑惑の虜となって悶々としていた、多分そんなところだったに違いない。

わたしたちはこの情熱的で危険な関係を意地悪くも大喜びで見守り、ひとつの結論に達した。「彼女を殺す気だ」と。この考えはわたしたちにひそかな喜びをもたらした。きゃしゃな襟元をのぞかせて黒いショールを首に巻いたフリアを教会で見かけると、わたしたちは顔を見あわせ、そろって無言の非難の声をあげた。将軍は落ち着かない様子で、中庭で待っていた。決してミサには行かなかったし、信心深い女たちや信仰に凝り固まった男たちと交わることはなかった。アーモンドの木に寄りかかって、いらいらしながらたばこを何本も吸った。部下たちも一緒にミサが終わるのを待った。愛人たちはみな信心深くて、ミサには欠かさず出席していたからだ。ロサスの不機嫌なるのを見ると、わたしたちは出口で触れあったりすることのないように注意を払い、遠くから見かける態度を見て、用心してその場を離れるようにしたものだ。

「あの女は神を恐れるということがない！」

夫人たちは、愛人と腕を組んで遠ざかっていくフリアをむさぼるように見つめながら、暗い気持ちで一団となって出ていった。

「あの女を教会に入れないように、ベルトラン神父に文句を言いにいった方がいいよ」マリアの娘でイステペックで小さな学校の校長をしているチャリートが言った。

「誰にでも神を求める権利があるのよ」とアナ・モンカダが反対した。

「でもアナ、あの女は若い娘たちには悪いお手本だよ、気がつかないかい？　それにまっとうな女たちを侮辱してるじゃないか」

フランシスコ・ロサスに連れられてフリアは教会の中庭を去り、敵意に満ちた陰口を聞くことはなかった。彼女はひとりぼっちでイステペックに紛れ込み、わたしの声も、通りも、木々も、そして人々も知らなかった。その暗い目のなかには、わたしたちの知らない遠い町や塔などの痕跡があった。ロサスはフリアを連れて足早に歩いた。長身でもの思わしげなその姿を追うねたましげな視線から、彼女を守ってやりたかったのだ。

「歩きたいわ」自分の気紛れを取りつくろおうと、ほほえみを浮かべて彼女は言った。

「歩きたいだって？」と、フランシスコ・ロサスはたずね、肩越しにフリアを見た。彼女の横顔はいつものように平然としていた。将軍は彼女の額の線をじっと見つめた。何を考えているんだろう？　あんなにものぐさなのに、歩きたいなんて、なぜなんだ？　ひとつの名前が頭に浮かび、彼はホテルへ足を向けた。

「教えてくれ、フリア、なぜ歩きたいんだ？」

ロドルフォ・ゴリバルがタバスコから来た殺し屋どものうち、ふたりを従えてホテルの入口で将軍を待っていた。遠くから将軍がフリアとやって来るのを見ると、彼女がいては都合が悪いと知りながら声をかけた。

「将軍……」ゴリバルがおずおずとロサスに呼びかけると、ロサスは初めて見る顔だと言わんばかりの視線を向けた。

「将軍、ほんのひとこと……」

「後で会いに来たまえ」ロサスは相手を見もせずに答え、フリアとともにその場を離れた。

ロドルフォ・ゴリバルは仲間を振り返った。

「待とう」と言うと、ホテル・ハルディンの入口のまえを行ったり来たりしはじめた。経験で、将軍が出てくるのにそんなに時間はかからないとわかっていた。彼がフリアに腹をたてると、その瞬間に殺人がすべて許可されるのだ。ロドルフィートはほくそ笑んだ。

「インディオのくそったれ！」

手下どもはそれを見ると、奮いたって帽子をあみだにかぶり直した。彼らは何時間待っても平気だった。獲物が確実なら、時間はあっという間に過ぎるからで、ボスの落ち着いた様子から、確実なのは明らかだった。

「時間の問題だな」彼らはタバスコなまりで言った。

フリアは俯せになってベッドに倒れ込んだ。ロサスはなす術も言葉もなく窓のそばに寄った。フリアのうんざりとした様子が抱かせた不安でうつろになったロサスの目に、よろい戸越しに差しこむ強烈な太陽の光がまともにあたった。泣きたくなった。彼女が理解できなかったのだ。なぜ、あえて自分とは違った世界に生きようとするのだろう？　どんな言葉をもってしても、どんな態度をとっても、彼を知る以前の街や生活から彼女を切り離すことはできなかった。ロサスは自分の意志やフリアの意志よりもさらに強い呪いの犠牲になったような気がした。どうやって、過去を消したらいいのだろう？　きらめく過去のなかで、フリアはさまざまな部屋や、形のないベッド、名前のない町々を光に包まれて漂っている。その記憶はロサスのものではなく、かたちのないこの永遠の地獄の苦しみに耐えねばならぬのはロサスの方だ。その遠く不完全な記憶のなかに、彼はフリアを眺める目と彼女に触れる手を見つけるが、彼女はすぐに別の場所に連れ去られ、そこで彼女を探そうとしても、道に迷ってしまうのだ。「フリアの記憶、それは喜びの記憶なんだ」と苦々しく考えていると、フリアがベッドから起きあがって女中を呼び、熱い風呂を用意するように言いつけるのが聞こえた。背後で動く気配がし、香水のびんを探し、せっけんとタオルを選び取る音がした。

「お風呂に入ってくるわ」フリアはささやくように言って部屋を出た。ロサスはひどく孤独に感じた。フリアがいないと、部屋は空気もなく未来もない、殺伐たるものになった。振り向いてベッドの上にフリアが残したくぼみを見ると、自分が空中でぐるぐるまわっているような気がした。ロサスには記憶というものがない。フリアと出会うまえは、チワワの山々を馬で越えた長い夜が彼の人生だった。それは革命の最中だったが、彼は仲間のビジャ派の連中が求めていたものを追っていたのではなく、我を忘れてのめりこめる、なにか熱く完全なものに憧れていたのだ。星を見るしか慰めのない山の中の夜から逃げだしたかった。ビジャを裏切ってカランサ側についたが、山の夜は同じように続いた。ロサスが求めていたのは権力でもなかった。フリアと出会った日、山の上の空にまたたくひとつの星に触れたような、そしてその光の輪を突っ切って彼女の汚れない体にまで到達したような気になり、フリアの発する光以外のすべてを忘れてしまった。しかし、フリアは忘れなかった。彼女の記憶のなかには、身振りや声やいくつもの街、そして彼に出会うまえの男たちがくり返し現れつづけた。彼女をまえにしたロサスは、包囲された町にひとり立ち向かう戦士のようだった。町のなかでは目には見えない住民たちが食べたり、みだらな生活にふけったり、考えたり、思いだしたりしている。彼がいたのは、フリアのなかに存在する世界を守る城壁の外側だった。怒りも暴力も涙も役にたたない。町は手つかずのままだ。「記憶なんて災いのもとだ」とつぶやくと、部屋の壁をこぶしが傷つくまで叩いた。もしかしていまやっているこの行為が時のなかに永遠に残りはしないだろうか？　ロサスが友人たちと話をしている間に、何度フリアは彼の想像の世界を全裸でさ迷ったことだろう？　彼はそのあとを追い、しっとりと濡れた羚羊たちの世界で揺れ動くその目と首を見ながら、耳では部下たちがトランプ遊びや金のことを話しているのを聞いていた。そして「記憶は目に見えないからな」と苦々しげにくり返した。フリアの記憶をたどると、眠っている彼女を腕に抱えてイステペックの通りを渡っていった自分にまでは遡れた。彼女のなかで何が起こっているのか見ることはできない。それは如何ともしがたい悲しみだった。現にいま彼が乾いた太陽の光を見ながら彼女が過去を忘れないことで苦しんでいるというのに、そのロサスのことなど忘れ去って、フリアは水と戯れている。水につかって別の時の入浴を、いらいらしながら待っている他の男たちのことを思いだしているに違いない。彼もその大勢の男たちのなかのひとりだった。答が返って来ることは期待せずに問いかける。「一体何を考えているんだ、おまえは？」

香水の香りが漂よってきて、フリアが裸足で赤いタイルの床を歩いてくるのが聞こえた。そして、つかのまのかすかな湯気とともに消えてしまう濡れた足跡を残しながら、似たようなあまたの部屋を歩くその足音を聞いた。フリアはさまざまな部屋に入り、さまざまな男たちがその音を聞いて、目には見えない失なわれた世界へ渦をまきながら立ちのぼるバニラの香りを吸い込んでいた。

「フリア！」振り向きもせずに呼んだ。

女が近づいた。フランシスコ・ロサスはあの額の後ろに隠された広漠たる世界が近づいてくるのを感じた。その額は、彼女と自分を隔てるあまりにも高い塀だった。「あの奥で俺を騙しているんだ」と考えると、彼女が見たこともない風景のなかで馬を駆けさせているのが、村の薄暗いサロンで踊っているのが、顔のない男たちといっしょに巨大なベッドに入っていくのが見えた。

「フリア、おまえの体で誰もキスしたことのないところがあるか？」ロサスは背を向けたままたずね、自分の言葉にぎょっとした。女はさらにそばに寄ったが、沈黙したままだった。

「フリア、俺がキスしたことのあるのはおまえだけだ」へりくだって懇願するように言った。

「あたしもよ」と女の嘘が彼の首筋に触れた。フリアの記憶とともに、フランシスコ・ロサスはよろい戸を通して入って来る太陽の光のなかに、フェリペ・ウルタードの穏やかな顔を描いてみた。

一言も言わずに部屋を出て、大声でドン・ペペ・オカンポを呼びつけた。

「フリア嬢の部屋の窓を開けさせないようにしてくれ！」

通りへ出ると、青ざめた目つきでよそ者を探した。ロドルフォ・ゴリバルが彼を待ち受けていたが、将軍はそのまま歩きつづけた。青年は手下に合図を送り、三人はかなりの距離をとって後をつけていった。将軍が通るのを見た人々は意地の悪い笑いを浮かべた。「ロサスは何を探しているんだろう？」

夜も更けてからロサスはホテルに戻った。真っ赤な目をし、顔は陽に焼けて唇はほこりでぱさぱさだった。フリアはほほえみを浮かべて待っていた。男はベッドに身を投げだして天井の暗い梁をじっと見つめた。不完全ゆえに自分を苦しめる記憶につきまとわれているのだ。そして「思い出せたらなあ」と、頭をほこりだらけにしてしまうひからびた望みを抱いてくり返し思っても、「やっぱり顔は思い出せない」。フリアが近づいてきて、そのほてった顔をのぞき込んだ。

「ずいぶん、陽に焼けたのね」額に手を触れながら言う。フランシスコ・ロサスは答えなかった。過去にもフリアは同じ仕種をしたことがあり、しかもおそらくいま彼女が手を触れたのはロサスの額ですらなかった。ロサスには、フリアが記憶のなかで見知らぬ男を愛撫するのが見えた。

「おまえが額に手をふれている男は、本当に俺なのかね？」

フリアはやけどでもしたかのように手を引っ込め、おびえてその手を胸元に隠した。ロサスがやっと目にしたぼんやりとした記憶が、彼女のまぶたの奥にすばやく消えた。あまたの夜を過ごした部屋とそっくり同じの香水の香りにつつまれた部屋のなかで静かに座っているフリアは、同じフリアその人であるように見えた。しかし彼、ロサスは異なる体と顔をもった別の男だった。彼は起きあがって彼女に近づいた。別の男となって、過去に男たちがしたように、彼女に接吻しようとした。

「来るんだ、フリア、誰とでもいいさ。フランシスコ・ロサスがいくら不幸だろうと、そんなことはどうでもいい」


朝、女中たちが仕入れてきたうわさによれば、コクーラの木戸のマングローブの林で五人の男たちが吊されており、そのうちのひとりはパン屋のアグスティナの弟、イグナシオだということだった。彼女は弟の体を木から降ろす許可をもらおうと交渉しに行っていたから、わたしたちはみな朝食のビスコチョにありつけなかった。

「かわいそうな人たちだわ。きっと自分たちの土地を渡そうとしなかったんですよ！」と、ドニャ・マティルデは自分の考えを口にするのをはばかりながら客に説明した。この件では仲間のひとりを非難することになるので、黙っている方がよいと思ったのだ。彼女は恥じ入っていた。フェリペ・ウルタードは何と言ってよいかわからなかった。イステペックに来てから、死人がでたのはこれが初めてだった。朝食の用意されたテーブルを眺め、自分で熱いコーヒーを一杯ついで、つとめてほほ笑もうとした。夫人はそれ以上何も言わなかった。

「フリアよ！　何か起こるのは、みんなフリアのせいなんだから……あの女、いつになったら満足するのかしら？　朝食なんかいらないわ！」ドニャ・エルビラは大声でわめき、イネスがテーブルの上に置いたばかりのコーヒーポットを乱暴に押しのけた。コンチータは自分のコーヒーをつぎ、正面から母親を見た。イグナシオが哀れにも死体となって悲惨な姿で陽にさらされてぶらさがり、それもあんなに悲惨な人生を送ったあげくなのに、朝食のパンがないからと言って腹をたてるなんてことが、どうしてできるのだろう？　裸足でつぎだらけの古い粗末な木綿の服を着て村を通っていくイグナシオの姿を、コンチータは子供の頃からよく見てきた。何度彼女に話しかけてくれたことか？　その声が聞こえるような気がした。「こんにちわ、コンチータ嬢ちゃん」彼女は泣きそうになった。

「おまえが泣くんなら、あたしだって泣くわ」娘が涙をこらえようとしているを見てとって、ドニャ・エルビラは脅し文句を吐き、そしらぬふりでコーヒーをつぐと、いま初めて脳裏をかすめた考えにふけりながらゆっくりとそれを飲んだ。「気の毒なイグナシオ！　気の毒なインディオたち！もしかすると、あたしたちが思っているほど悪い連中じゃないかも知れないわ」そして、母と娘は何を言えばよいのかわからないまま向きあっていた。イステペックではなじみの、長く重苦しい、死と不吉な前兆に満ちた日々のなかの一日がふたりを待ち受けていた。

ドニャ・ローラ・ゴリバルは早々と起床し、細心の注意を払って家のなかを点検した。不安だったからだ。息子は危険な一日が始まっていることには構わず、ぐっすりと眠っていた。それをじっと眺め、敵に囲まれていると知ったときの衝撃を乗り越える力はないと思った。「なんてことなの！　なんてこと！　どうしてみんなあたしたちにつらく当たるんだろう？」そう思いながら、同情を込めて息子を見た。子供の頃から彼女はおびえていた。みんなが自分の不幸を願っていたからだ。小さいときから自分のなかにある種の隔たりがあって、彼女は遊びから遠ざかり、また長じてはパーティーでひとり孤立した。みんなの目にある羨望が彼女と世界の間に溝を掘ったのだ。やがて自分で買ったこの妬みに苦しめられ、そのせいで彼女は友人たちから離れ、ひとりぼっちの決まり切った生活にはまり込んだ。息子が生まれると彼女は恐怖にかられ、自分を苦しめまた息子をも苦しめることになりそうなこの災難から子供を守ろうとした。母親が買った妬みを、息子もまたイステペックの人々から買ったからだ。この災難を切り抜けるには、細心の注意を払うよりほかにな す術がないのは経験で知っていた。「忘れるんじゃないよ、すぐに与えてしまうとまたねだられるよ」しかし、村人たちの陰謀をよそに、ロドルフォは何も知らず子供のように眠っていた。このときすでに、人々の舌と目がその脅迫的なほこ先を彼らの家に向けはじめていた。もの思いに沈んだまま、彼女は廊下に出て使用人たちを呼びつけ、抜け目なく目を光らせた。

「音をたてないでおくれ。フィート坊ちゃまは夕べ遅かったんだから……眠らせといてやらなくちゃ。ひどく疲れているからね」

使用人たちはそれを聞くとむっとして、何も答えずにその場を離れ、ドニャ・ローラの目のまえで庭の草木をぬって行ってしまった。彼らが夫人を憎んでいるのは明らかだった。家に憎しみがただようと、夫人はいつもここぞとばかり居丈高な態度をとる。彼女は食堂に向かい、いつもの香り高いチョコレートが出されるのを待った。

「奥様、ビスコチョはありません」

「わかってるよ。罪深い連中のために、あたしたちまっとうな者がばかを見るのさ」そう言って、女中が用心深く行ったり来たりするのを満足そうに眺めながら、チョコレートを少しずつ飲んだ。

台所では、他の女中たちが何も入れないコーヒーに塩を添えただけのトルティジャで朝食をとっていた。

「あのマザコンの仕業だよ。ロサスの嫉妬心を利用したのさ」

「あいつ、ろくな死に方はしないだろうよ……」

使用人たちは裸足で、その足はひっきりなしに石の上を歩くためにひび割れていた。幸運から見放された悲惨な者たちだ。できることなら喜んでドニャ・ローラの家を出ていったに違いない。しかし飢えの苦しみを思うと、夫人の台所にとどまるしか道はないのだった。

「あの娘のいるところで、その話はしないで!」イグナシオが死んだという知らせを聞いて、アナ・モンカダが叫んだ。夫は妻が叫ぶのを悲しそうに聞き、草木にやすらう青く輝かしい朝を眺めた。何年もまえに、母親が同じことを叫んだものだ。「この子のまえでそんなことを言わないでちょうだい!」女中たちはなぜ、その朝サリータが死んだということを言ってはいけなかったのだろう? あの日、彼は教会と、サリータが頭に冠っていた白い布をすぐに思い浮かべた。祭壇にひざまずいた彼女と、白いサテンの靴とその黄色い底革とを。いまアナの悲鳴のまえで沈黙している女中たちと同じように、女中たちは口をつぐんでいて、母親はチョコレートのポットを覗きこみ、その香りを楽しんでいた。彼は何も言わずに台所を出て、その時間には開かれている玄関の扉から外に出た。ひとりで外に出たのは初めてだった。死んだ少女がいる窓辺が大急ぎで彼を呼んでいた。その五歳の身の丈で、彼は石畳の上を歩いていった。死者の家を包み込む硬く凍りついた空気が子供を立ちどまらせた。塀をよじ登り、窓の桟から家のなかをのぞくと、スカートと自分がのぞいている窓へつま先をむけて微動だにしない白い靴が見てとれた。サリータはひとりぼっちで死んでいた。人が死んだというそのことにではなく、死んだのがほかでもないサリータだということに驚いて歩道に降り、うなだれて家に戻った。

「どこをうろついていたの?」両親や姉のマティルデ、使用人たちが非難の声をあげたが、彼は答えずにひとりぼっちで、実際には起こらなかったことの思い出で一杯のその日に足を踏み入れた。夜ベッドのなかで、自分自身の死を思いだした。彼は過去に何度もそれが起こるのを見、そして未来において起こるまえのそれを何度も見た。しかし不思議なことに過去に死んだのは彼、マルティンで、未来に死ぬのは見知らぬ人物だった。部屋の天井に陣取って自分自身のふたつの死を見つめている間に、現実のものである彼の小さなベッド、その五歳の身体や部屋は意味のない次元へ移動してしまい、天井の暗い梁が朝日に染まると、また乳母たちの手にゆだねられた平凡な現在に戻った。その夜以来、彼の未来は起こったこともない過去や、日々起こる現実のものではないできごとと混じりあった。

彼は退屈しきったように秒を刻む時計を見た。振り子が朝の終わることのない時のなかで揺れているイグナシオを思い起こさせた。

「もう、降ろしてやったのかね?」

「いや、旦那様」フェリクスは遠慮がちに答えた。仲間に感じる悲しみを誰にも気づかれたくなかったのだ。「わしら貧乏人は邪魔者なんだ」……

「返してもらえるように、頼みに行こう」経験したことのない朝だと確信して、マルティンはそう言ったが、どの遺体を引き渡してもらおうというのか、またどこから降ろしたいのか、彼にはわかっていなかった。

「旦那様には返してくれるかもしれませんな。あの人たちが敬意を払うのは、いつだってよい身なりをした人の方ですから」裸足の人々がどういう扱いを受けるのか知っているフェリクスは言った。


「みんな！　みんな、起きてくれ、お願いだ！」イグナシオと四人の仲間が死んだと知って、ファン・カリーニョは大声で呼びたてた。女たちは呼ばれているのを聞きながらそのまま眠りつづけた。大統領閣下は女たちの部屋のドアを叩いた。こんなに不安になったことはいまだかつてなかった。前の日、ロドルフォ・ゴリバルが殺し屋どもを従え、町のなかをあてもなく迷う将軍の後をつけているのを見て、「この若者は血を見たいんだな」と思い、彼は彼で一日中ロドルフォの後をつけた。ロドルフォが将軍と話すところは見なかったし、夜になってフランシスコ・ロサスが酒場に入ったところで、ゴリバルとその殺し屋どもの足跡は消えてしまったから安心して家に帰ったのだ。ロドルフォは物陰にひそんで酔った将軍が酒場から出てくるのを待っていると、夢のなかで何かが彼にささやいた。いまとなっては、あの不注意は許されるものではなかった。彼はもう一度ドアを叩いたが、女たちは眠りつづけていた。

「君たち、改革主義者が五人殺されたんだ！　軍司令部まで行こうじゃないか！」

「大統領閣下、あたしたち笑い者にされちまうよ。抗議なんかしたって無駄だよ」ルチは抵抗した。

「無駄だって? なんて無知なんだ! もしこの世の人間が全部君のような考えだったら、われわれはいまだに石器時代だ」ファン・カリーニョはまじめな顔で答えた。石器時代という言葉は彼を戦慄させたから、女たちにも同じ効果を期待したのだ。彼女たちをしっかり見すえると、暗い声でくり返した。

「わかったか、石器時代だ!」

女たちは仰天して黙りこみ、命令に従うことに決めた。彼は衣類のなかをくまなく探して黒いリボンを見つけだし、念を入れてそれをフロックコートの襟に縫いつけた。悲しかった。年をとって力がなくなっていたからだ。自分の部屋に閉じこもり、辞書に囲まれて過ごした。フランシスコ・ロサスとロドルフォ・ゴリバルの力を打ち砕くことのできる言葉で武装して、司令部へ行くつもりだった。女たちが助けてくれるだろう。

「君たちがやらなきゃならないのは、ただひとつ、私が将軍に言う言葉を一斉にくり返すことだ」

「わかったよ。でも大統領閣下、あたしたちはイステペックのにぎやかな通りを歩いてはいけないことになっているのを忘れないでおくれ」

「ふん! ばかげた話だ!」

午後の五時頃、ファン・カリーニョは顔を伏せて後につづく「街の女」たちを従えてわたしの通りを行進した。女たちは困惑して黒いスカーフで顔を隠そうとした。人々は驚いてたずねた。

「どこへ行くんだね?」

「軍司令部ですよ。ご一緒に行進されてはいかがかな?」

わたしたちは笑い、ファン・カリーニョの誘いに卑猥な言葉で応じた。彼はその言葉を空中でつかみ取ろうとした。一日中思いをめぐらした後で、彼は自分の呪いの言葉がフランシスコ・ロサスを打ちのめすだろうと確信していた。これからは、暴力には暴力でもって応えることになるだろう。罪のない人々が苦しめられるのをこれ以上見ているわけにはいかない。彼らが軍司令部に到着したの見て、兵隊たちは大喜びだった。

「よう！　何しに来たんだい？　ここに引っ越して来たってのか？　なら俺たちにゃ好都合だぜ！」

女たちは答えなかった。屈辱をかみしめながら、フランシスコ・ロサス将軍の待合室まで、落ち着きはらった大統領閣下の後についていった。フローレス大尉が事務をとっており、びっくりして顔をあげた。

「何の用だい、大統領閣下？」目を丸くして大尉はたずねた。

「私が来たことを将軍にお伝え願いたい。五人の犠牲者を代表して来ました、とな」

突然のことでフローレス大尉は何と答えたらいいかわからなかった。彼は狂人の目にすくんだようになって立ちあがり、ロサス将軍の部屋に通じるドアから姿を消した。

「君たち座りなさい。私があの男に言う言葉を声を揃えてくり返すんだ。忘れずにな」

女たちは待合室の椅子にじっと腰かけて待った。ファン・カリーニョは低い声で呪いの言葉をくり返した。言った瞬間に弾丸のような凄まじさで飛びだしていくように、言葉に力をつけたかったのだ。女たちの声が助けてくれるはずだった。一時間たち、さらに一時間がたって、教会の鐘が夜の八時を告げた。ファン・カリーニョはおかしいと思い、フローレス大尉が姿を消したドアに近づいて、数秒耳を澄ましてからノックした。ドアの向こうに人の気配はなかった。少し待ってもう一度ドアを叩いた。同じ静けさが返ってきた。彼は驚いた。もしかすると呪いの言葉の激しさが、まだ発せられないうちに効果をあげ、フランシスコ・ロサスもフローレス大尉もロドルフォ・ゴリバルも倒れて死んでいるかも知れない。ドアを押し開けた。確かめようと思ったのだ。フランシスコ・ロサスの執務室には誰もいなかった。

「ひとをばかにしおって！」彼は激怒してだしぬけに叫びだし、まるで気が狂ったように大声でわけのわからない文句を口にしはじめた。女たちは仰天して取り静めようとした。兵士が数人現れた。

「これは何の騒ぎだ？　ここから出ていけ！」

「フランシスコ・ロサスはどこに隠れているんだ？」

「まあ、怖い！」ひとりの兵士が女の声をまねて言った。

「出ていくんだ！　将軍閣下はな、ずっと前に外出された！　出ていけ、さもないとおまえたち全員を逮捕するぞ！」

兵士たちは力ずくでファン・カリーニョと女たちを追いだした。表に出たときスカーフはちぎれ、シルクハットはどこかへ行ってしまっていた。大統領閣下は脅し文句を吐いた。

「あの人殺しに言っておけ、二度と大統領府に姿を見せるなとな！」

「そうか、商売女のストライキか！」

兵士たちはどっと笑い、一方でファン・カリーニョは石のあいだにへこんだ帽子を探しだした。

家に戻るとドアに鍵をかけた。

女たちは彼の言葉を受け入れた。夜遅く兵士と士官が数人やってきてドアをがんがん叩いたが、ルチは開けてやらなかった。

秘密の話を告げる声が口から口へ駆けまわり、イグナシオと四人の仲間たちを暗殺したのはロドルフォ・ゴリバルだと告発した。おそらくすべての行為は空中に書き残されていて、わたしたちは自分たちでも気づいていない目でそれを読み取るのだ。わたしたちは何度もドニャ・ローラの家のまえを通った。「ここに、人殺しが寝ているよ」家を取り囲んだ光がそう告げ、その光の壁を通して、わたしたちは彼が遅くなってから目を覚まし、母親が食べものをのせた盆を持っていってやるのを見た。

「気分はいいの、坊や?」

ドニャ・ローラは身をかがめて、心配そうに息子を見つめた。「いま、食べているところだ」と、わたしたちは家のなかで起こっていることを見て言った。わたしたちは彼の部屋から目を離さず、友人たちはそれぞれの家に閉じこもって、揚げ物やサラダやスープを持って息子のところへ行ったり来たりするドニャ・ローラを眺めていた。

午前中、マルティン・モンカダは、ロサスから縛り首になった連中の遺体を降ろす許可をもらうのに何時間も待った。午後、フアン・カリーニョが軍司令部で待たされていたときに、ドン・マルティンはアリエタ医師とフェリクス、それに何人かの兵士と一緒にコクーラの木戸に向かい、夜の七時に手足を切られた五つの死体とともにアグスティナの家に着いた。

「ああ、旦那様、何のためにこんなことを?」アグスティナは泣いたが、その目は涸れていた。

この夜から、イステペックで一番の孝行息子、ロドルフォ・ゴリバルは、町にとって恐怖のまとになった。人々は彼のことを考えないようにつとめ、その母親の肥満した身体や奇怪な言葉を忘れようと、本の世界に逃げ込んだ。

日が暮れると、わたしの人々は突然恐怖に襲われた。おじけづいたドニャ・エルビラが叫んだ。

「マティルデに会いに行こう!」

ひとりでいたくなかったのだ。ドン・ホアキンの家に着くと、いつもの仲間たちが回廊に集まって、驚きの視線を交わしているのに出くわした。何をしたら、何を言ったらいいのだろう? あえてロドルフィートの名を口にする者はいなかった。「気の毒なイグナシオ」という言葉が何度か彼らの口から漏れたが、「街の女」たちを従えて現れたフアン・カリーニョについては誰も何も言わなかった。黙りこくって冷たい飲物を飲むと、椅子を引き寄せて固まって座り、この取りつくしまのない夜の孤独を少しでも紛らそうとするのだった。切り刻まれたイグナシオの体にこれ以上脅やかされることがないように、彼のことに触れてはならなかった。それにもし、本当の犯人が他にいるとしたら? 彼らにとって、それがロドルフィートだと認めるのはつらいことだ。ドニャ・エルビラが椅子の上で落ち着きなく体を動かした。フェリペ・ウルタードのまえで自分たちを責め立てているこの沈黙を破るために、何か言う必要があった。

「あの男を夢中にさせてるって話よ……」未亡人は言って、話題をフリアに向けたことでほんのり顔を赤くした。フリアこそ、真犯人だ。うわさ話はホテル・ハルディンの女中たちから家々の台所へ伝わり、そこから食卓や人々が集まる場所へ広まっていく。仲間たちは、イグナシオの死にフリアがどうかかわったのか知っていることを話させようと、未亡人を見てうながした。

「今朝の将軍の顔、ご覧になった?」

「うん、底意地の悪い顔つきだったな」

「どう思います? きのうホテルに帰ってきたのは夜中の十二時頃ですってよ。あの気の毒なイグナシオを――神が彼の罪をお許しくださいますように――吊した後に違いないわ。おまけにフリアがお腹がすいたから特別に食事を用意しろって、朝の三時にドン・ペペをたたき起こしたそうよ」

「そんな時間にふたりで何をしているのか、知りたいものだわね。夜中にうろうろするなんて」ドニャ・カルメン・アリエタが声を荒げた。

「気がとがめて眠れなかったのよ」ドニャ・マティルデが無邪気な意見を述べる。

「よしてよ、マティルデ! あの女たちの悪い癖じゃないの!」

男たちは耳を傾けながら考え込んでいる。イサベルは子供の頃からなじみの人々のなかで、ひとり違和感を抱いていた。彼女はウルタードのそばに寄った。彼には安心できたし、兄弟たちが不在のいま、イステペックの知りあいよりずっと身近な感じがした。

「ミサに連れていくときだけよ、外出させるのは。気がつかなかった? 今日はバルコニーにも出てこなかったわ」

「そうだったわね。で、他の女たちは何をしているのかしら?」

「何をするって、ご主人様が悲しいときには、召し使いも悲しい振りをするものでしょ」

ドニャ・カルメンが友人の言葉をさえぎって、首都《メヒコ》からの汽車は毎日、フリアのための贈り物をぎっしり積んで到着するのだと言い、将軍が彼女に贈るドレスや宝石、極上の食べ物について微に入り細にわたって話して聞かせた。みんな唖然としてその話に聞き入った。

「なるほど、村の金はそういうことに消えるのか！」とアリエタ医師が言った。

「将軍は彼女を黄金で飾りたてているのよ！」

「ああいった女たちのために、僕たちは革命を起こしたっていうわけか！」と医師は結論を下した。

「革命はあなたがたが起こしたわけじゃないわ。だからいま、戦利品がもらえないのはあたりまえのことよ」イサベルが赤くなりながら思い切って言った。

「戦利品！」アリエタ医師は当惑してくり返した。

「先生、イサベルの頭のなかはローマ史の授業なんですよ」トマス・セゴビアが口をはさんだ。

イサベルはむっとして彼をにらみつけた。フェリペ・ウルタードは立ちあがって彼女の腕をとり、一座の人々から遠ざけて一緒に庭に出ると、羊歯の茂みに姿を消した。コンチータは羨ましそうにふたりが遠ざかるのを見送った。彼女もまた毎日のようにくり返される同じ言葉にうんざりしていたのだ。母親がドニャ・カルメンの耳元に身をかがめた。

「裸で寝るんですって！」

「え、何ですって？」

「フリアは、裸で寝るんですって」

医師の妻はこのとっておきの情報を隣の人に伝える役目を引き受けた。イサベルとウルタードが戻ってくると、トマスがこの秘密をウルタードに伝えた。青年はイサベルを振り向き、小さな声で言った。

「この世では、人はときどき余計者になるんだ」

「あたしはいつだって余計者だわ」イサベルは答えた。

夜は昼の犯罪を背負って苦しげにふけていった。庭は太陽の熱と雨不足のせいで焦げつきはじめ、客たちはフリアの名が呼び起こした興奮が冷めると、いつもの陰鬱な物思いに沈み、せめて羊歯でも眺めて気を紛らそうと努めた。日照りのなかでもなお湿り気を帯びていたからだ。その年の猛暑とロドルフィートの犯罪のせいで、みんな落ち着きをなくしていた。ふたたび「またフリアが将軍とけんかでもしたら大変だ」と考え、ゴリバルを弁護する言いわけにした。フリアはわたしたちの罪を背負いんでくれる、貴重な人物でなければならなかった。一体彼女自身は自分の立場を自覚していたのだろうかと、いまわたしは考えている。自分がわたしたちの運命でもあったことを知っていたのだろうか。あるいは知っていたのかもしれない。ときどき、わたしたちにやさしいまなざしを投げかけることもあったのだから。

IX

何日か過ぎると、いまわたしが見ているイグナシオの姿、太陽が鏡のなかにこなごなの光をまき散らすように、木の高枝に吊されて朝の光を乱していた彼の姿は、徐々にわたしたちの記憶から遠のいていった。わたしたちが彼について話すことは二度となかった。結局のところ、インディオがひとり減ったにすぎないのだ。ほかの四人の仲間については、その名前を思いだすことすらなかった。すぐにもまた別の名もないインディオが、同じように木の枝を占領することになるだろう。わかりきったことだ。ファン・カリーニョだけは、かたくなにわたしの通りを通ろうとはせず、自分の部屋に閉じこもって、わたしを眺めるのを拒んでいた。彼が散歩をしない午後はもはやいつもと同じ午後ではなく、わたしの歩道は野菜の皮や南京豆の殻、そして汚い言葉で一杯になった。

　モンカダ兄弟が村に戻ってきたとき、ルチの家はまだ閉ざされたままだった。ふたりが到着すると、わたしたちはにぎやかになった。彼らは陽気にやってきてわたしの通りを横切り、笑い声や叫び声をまき散らした。フェリペ・ウルタードが一緒になって行ったり来たりしていた。

「まるで兄弟みたいね」ドニャ・マティルデは彼らが笑ったり、競ってしゃべったりするのを見て言った。

「イサベル、話の腰を折るなよ！」とニコラスはどなり、そう言いながら自分は自分で妹の話を中断させた。

　少女は、兄の叱責に楽しげな高笑いで答え、その笑い声が他の者たちにも感染した。その日は日曜日で、ドニャ・マティルデの家でいつもの集まりがあった。冷たい飲み物や菓子をのせた盆が気の向くままにまわされ、着飾った客たちが最新のニュースや政治の話をしていた。

「カジェスが再選をねらいそうだぞ」誰かが浮わついた調子で言った。

「それは憲法違反だな」医師が口をはさんだ。

「再選じゃだめだ、ちゃんとした選挙でなくてはね！」トマス・セゴビアがイサベルをちらりと見ながら物知り顔で言った。彼女はそれにはおかまいなく、ウルタードや兄弟たちと笑っていた。コンチータと薬剤師は、一晩中でも続きそうなその楽しげな会話からこぼれる言葉を捕まえようとした。

「ああ、どうやら恋人たちのことを話しているようだね」セゴビアが自分では上流階級のものだと思い込んでいる身振りで口をはさんだ。若者たちとウルタードは何のことかわからずに、セゴビアを見た。

「誰のことだって？」

「あの女が昨日の夜何をしたか、知ってらっしゃる？」ドニャ・エルビラがフリアを話題にできることでうきうきしながら言った。

「何をしたっていうの？」ドニャ・カルメンがたずねた。

「酔っ払ったのよ」コンチータの母親は満足そうに答えた。

「彼女のことは放っておけよ！」ニコラスがいらいらしながら言った。

婦人たちは異議をとなえた。あの女の方よ、私たちをそっとしておいてくれないのは。なのにニコラスはよくもそんなことが言えるものだわ。あのあばずれの気紛れのせいで、私たちはいつもおびえて暮らしているというのに。

「あれほどの美人だもの、将軍の代わりを務められるものなら僕らだって」

ニコラスの言葉に女性たちが抗議の雨を降らせた。

「じゃあ、ウルタードさん、あなた近くでご覧になったんでしょ。みんなが言うように、彼女はそんなに美人なの?」ドニャ・エルビラがぷんぷんしながらたずねた。フェリペ・ウルタードは考え込んだ。そして未亡人の目を見つめながら言葉を選んでいるようだったが、きっぱりと言った。

「ぼくは、奥さん、フリア・アンドラーデほど美しい人は見たことがありません……」

話がとぎれた。その言葉でみんなが沈黙した。どうやって、いつ名字まで知ったのか、誰もたずねようとはしなかった。イステペックでは彼女は単にフリアの名で知られていたのだ。よそ者の無意識の告白で会話がぎこちなくなった。仲間たちは、わざとしたのではないまでも、彼に言うべきではないことを言わせてしまったと感じた。

「みんな、やけに悲しそうじゃないか!」ニコラスは仲間を元気づけようとして言った。

ドニャ・マティルデの家にまで、広場で軍楽隊が演奏する行進曲の音が聞こえてきた。

「悲しそう?」みんなは驚いてくり返した。

「セレナータに行こうよ!」ファン・モンカダが言った。

「そうだ、フリアが見られるぞ」ニコラスは他の連中をうながして立ちあがった。

広場につくと、セレナータは最高潮だった。野外音楽堂に陣取った軍楽隊がまわりに陽気な行進曲を響かせ、男たちは左まわりに、女たちは右まわりに歩いた。こうして三時間ぐるぐるとまわり、すれ違いざまに視線を交わしあうのだ。イサベルとコンチータは若者たちから離れ、婦人たちはアリエタ医師と一緒にベンチのひとつに腰をおろした。

それぞれの愛人と腕を組んだ軍人たちだけが場違いだった。女たちは別世界の人たちとでも言うべきか、いつものように明るい色のドレスを着て髪を輝かせ、金の飾りを身につけて歩いていた。フリアの存在は、熱気をおびた夜の空気を何かが起こりそうな予感で満たし、その淡いばら色のドレスが、遠くから彼女の夜の姿の美しさをわたしたちに伝えた。彼女はかすかなほほえみを浮かべ、平然として怠りなく警戒するフランシスコ・ロサスの傍らを歩いた。

「なんだ、やきもちか！」わたしたちは悪意をこめて言った。

将軍は落ち着かない様子で、陰気な影を帯びた青ざめた目つきをし、肩をそびやかして自分の不幸から目をそらしながら、災難がどこから降りかかってくるのか知ろうとしていた。ウルタードがモンカダ兄弟と一緒に広場にやってきたことは将軍をぎょっとさせた。フリアは動じなかった。透明な血の気のないハートの形をした繊細なむぎわら細工の扇子を手に、その透けるような肌と黒っぽい髪でわたしたちの目をくらませながら、人々のあいだを夢遊病者のように歩きまわり、そうやって何回か広場をまわると、いつものベンチへ行って腰をおろした。するとそこには光の入り江ができ、自分が作ったその魔術的な輪の真ん中で、愛人の女たちに囲まれ、軍服の男たちに護衛されて、フリアは最後の輝きを見せる悲しげな光のなかの捕らわれ人のように見えた。木々の枝がその顔にゆらめく青い影を投げかける。バンドの酒場から飲み物が届けられると、将軍は身をかがめてそれを彼女に渡した。

男たちはそわそわと歩きまわり、フリアのいる場所へ行こうと急いだ。彼女を見逃すことはあり得なかった。通ったあとに残されるバニラの香りをたどりさえすればよかったからだ。離れているときには彼女を非難したが、無駄なことだった。というのもフリアのまえに出てしまえば、われ知らず彼女を見ずにはいられないからだ。フェリペ・ウルタードはフリアの近くを通るとき、まるで見るのは妙に苦痛だとでもいうように伏し目がちに彼女に目をやり、仲間の言葉にはほとんど答えなかった。

フリアがホテルから出ない夜は、広場は火が消えたようだった。男たちは遅くまで待ち、結局その晩彼女を見ることはできないとわかると、がっかりして家に帰っていった。あれはわたしたちがフリアを見た最後の頃の一夜だった。彼女は悲しそうで、すこし痩せ、鼻筋がさらに青ざめてほっそりとしていた。

全身に悲しみをたたえていて、心は遠くにある様子だった。おとなしく愛人について歩き、将軍が飲み物のストローを取り替えてやるとかすかにほほえんで、もの寂しげに扇子を動かしながら、フランシスコ・ロサスを眺めた。

「なぜ彼が好きじゃないのかしら?」遠くからふたりを見つめながらイサベルが言った。

「さあ、どうしてかしらね!」公園の片隅からこっそりとフリアを見ているニコラスを目で追いながら、コンチータは答えた。若者はフリアの透明な姿形を永遠に自分のなかにとどめておきたいとでも思っているように見えた。コンチータは顔を赤らめた。他のイステペックの若い女の子たちと同じように、彼女もまたひそかにフリアを羨ましいと思っていた。恐怖に近い気持ちを抱きながらフリアのそばを通り、自分は醜く、間が抜けていると感じた。自分がくすんで見えるのはフリアが輝いているからだ。それはわかっている。しかし、屈辱に思いながらも恋に心を奪われて、少しでもその美しさにあやかろうと、縁起をかついで彼女の近くまで行くのだった。

「あたし、フリアになりたい！」イサベルが衝動にかられて叫んだ。

「ばかなこと言わないでよ！」友人の言葉にあきれて答えはしたものの、自分だって何度もそう考えたことがあったのだ。

ドニャ・アナ・モンカダはうっとりとフリアを眺め、息子たちと同じように感嘆の念を隠さなかった。

「彼女には何かがあるってこと、否定はできないわ……」そう、友人に言った。モントゥファル夫人は非難のまなざしを向けた。

「アナ、それは違うわ！　何かあるとすれば、悪い習慣だけでしょ」

「いいえ、そうじゃないわ、彼女はただ美人だっていうだけじゃない、もっと何かがある人よ……」

ドニャ・エルビラは腹をたてた。目で娘を探しだし、こっちに来るように合図を送った。娘たちは母親のところにやって来た。

「座って、もうあの女を見るのはよしなさい！」コンチータの母親は命令した。

「でも、エルビラ、みんなが彼女を見ているわ……あんなにきれいなんですもの！」

「夜はあれだけお化粧しているから見られるけど、朝の寝起きの素顔を見てみないとね……」

「フリアの美しさに、時間は関係ありませんよ」と、婦人たちのそばに来ていたウルタードが口をはさんだ。数日前から、彼はひどく腹をたてているように見えた。遠くからフリアを眺め、木の幹を背に、そばでフランシスコ・ロサスに見張られながら飲み物を口にする彼女を見て顔を曇らせた。

「君、フリアが好きなんだね」ニコラスが低い声で言った。

フェリペ・ウルタードは、突然耐えがたいことを言われたとでもいうように一団から離れて、ひとことも言わずに大股で広場を出ていった。ニコラスは彼が遠ざかっていくのを見て、恨みがましくドニャ・エルビラを眺め、ホテルのバルコニーに座っている化粧を落とした後の果物のように新鮮な肌をしたフリアを思いだした。夫人が怒るのももっともだ。ウルタードやイステペックの人々と同じように、ニコラスにとってもフリアは愛の象徴だった。眠りにつくまえに彼はよく、他の女たちとは比べものにならない、この世のものとも思えないあの女を自分のものにしている将軍のことを考えて恨みに思った。自分やドニャ・エルビラの言ったことがもとでウルタードが出ていったという事実が、自分の正しさを証明している。横目で母親の友人を見た。「年とってるし、おまけにぶすだ」ニコラスは意地の悪い独り言を言って、よそ者の青年が突然姿を消したことで傷ついた自分を慰めた。

フリアの悲しみは仲間たちすべてに感染し、さらに広場全体に広がっていくように見えた。突然に悲しみを帯びた軍人たちの顔に、木々の枝の黒いレースのような影が不吉なしるしを投げかけた。

白い服を着た男たちがかたまってタマリンドの木の幹に寄りかかり、夜を引き裂く長い嘆きの声をあげた。このように素早く悲しみを表明することなど、わたしの人々にとってはいともたやすいことだった。野外音楽堂ではトランペットやシンバルが黄金色の音を響かせ、曲は悲痛な渦まきとなって回転した。

将軍は立ちあがってフリアに向かって身をかがめ、ふたりは仲間たちの輪から離れた。ふたりが遠ざかり、通りを横切ってアーチをくぐり、ホテルの玄関に入っていくのが見えた。ふつうとは違う光がふたりを包んでいた。あたかもフリアが彼から永久に去ってしまったのを見る思いだった。

セレナータが終わるまえに将軍はまた外に出てきた。ひどく青ざめて、広場にはやって来ず、まっすぐにパンドの酒場に向かった。

「酔っぱらって帰ってきて、ふたりとも一晩中起きていたよ」ドン・ペペは翌日、やじ馬連の耳にささやいた。「将軍が夢中になればなるほど、フリアの方は遠ざかるんだ。彼女を喜ばせるようなものは何もない。宝石でも菓子でもだめだ。放心状態なんだ。彼に近寄られてうんざりした目をするのを、わしは見たことがあるよ。将軍がベッドのふちに座って、フリアが眠るのをさぐるような目つきで眺めているのを見たこともある」

「フリア、俺を愛しているか?」

将軍は軍服の前をはだけ、目を伏せて彼女のまえに立ち、この質問を何度となくくり返した。すると彼女は悲しみに満ちたその目を将軍に向けてほほえみを返す。

「ええ、愛してるわ、とても……」

「いや、そんな言い方はやめてくれ……」

「何て言ったらいいの?」フリアはおきまりの、どうでもよいといった調子でたずねる。

「わからん、とにかくそんな言い方じゃなくて……」

ふたりの間に沈黙が居座った。フリアはその姿勢のままでほほ笑みつづけ、一方、将軍は何か彼女の気を引くようなものはないかと、部屋のなかを行ったり来たりした。

「馬に乗るのはどうだ?」夜の散歩をしなくなってもうずいぶんたつと思い、広い野原に馬を駆けさせたくなって、そうたずねた。

「あなたが行きたいんなら」

「何が望みなんだ、フリア? 何がしたい? 俺に何かねだってくれ!」

「何も、別に何も欲しくはないわ。このままで十分よ……」

そう言うと、フリアはベッドの隅にうずくまった。彼は、彼女に何を思いだしているのか教えてくれと言いたかったが、そうする勇気はなかった。答を聞くのが怖かったのだ。

「俺が生きているのはただお前のためなんだ、わかってるだろう?」将軍は素直に告白した。

「わかってるわ……」フリアはそう言って、彼を慰めようとおどけて見せた。

「俺と一緒に死んでくれるか、フリア?」

「もちろんよ」

将軍は無言で部屋を出た。飲みにいこうというのだ。飲めば彼女と話す勇気がもっと出るだろう。出ていく時にドン・ペペに言った。

「フリア嬢が部屋から出ないように、それと誰とも話をしないように、気をつけていてくれ」

日がたつにつれ、ドン・ペペに対する指図はますます厳しくなっていった。

「フリア嬢のバルコニーを開けさせないようにしてくれ!」

フリアのバルコニーはしばらくのあいだ閉じられたままで、彼女は木曜日と日曜日のセレナータにも出てこなかった。わたしたちは広場で彼女を待ったが、無駄だった。

X

「何か起こるぞ」といううわさが、口から口へ伝わった。「うん、暑すぎるからな!」というのがその答だった。

わたしの人々が不安に陥ったのは、その年の旱魃のせいだったのだろうか、それともあまりにも長く待たされたからだったのか。この数日、コクーラへつづく道のマンゴーの木であらたに死体がいくつか吊され、朝の光のなかで揺れていた。なぜ、彼らが死ななければならなかったのか、そんなことは聞くまでもなかった。答はフリアにあって、彼女はそれを明かすことを拒んでいた。

将軍が街を通っても眺める者はいなかった。部下たちは心配しているようだったが、あえて将軍に言葉をかけようとはしなかった。ドン・ペペはホテルの玄関までついて出て、彼が遠ざかっていくのをこわごわ見送り、それから籐椅子に座って入口を見張りながら、人々に情報を提供しようとはしなかった。

「ああ、何か起こるだろうとも! さあ、行った、行った、何も聞かないでくれ」と、新しい情報をもとめて近よってくるやじ馬たちに答えていた。

「何か起こるよ」ダミアン・アルバレスが部屋を出ていくと、ルチは大声で独り言を言った。この言葉で世の中がひっくり返ればいいのにと思ったが、よごれた部屋の壁はもとのままだった。彼女は乱れたベッドの上に手を突いて、落ち着きなく寝返りを打った。輝く太陽の光が部屋に差し込むと、家のみじめな有様が耐えがたく思われた。「疲れたよ、何か起こってくれないと……」とくり返したが、自分を待ち受けているその日に立ち向かうのは怖かったから、それ以上考えようとはしなかった。「もし、それが今日だったら?」彼女は顔を両手で覆った。ピピラの最期を思いだしたくなかったのだ。「ナイフが刺す人を間違えたんだ」と殺された女をまえにして思ったが、その瞬間から口にはだせない恐怖に取りつかれ、わたしたちをいつ襲うかもしれない犯罪のきっかけを作るのを恐れて、他人の言うことに従うようになっていた。ベッドに腰かけて自分の皮膚や骨のもろさを確認した。ひざのやわらかさと、ベッドの枕元についた鉄柵の固さをくらべ、自分をひどく哀れに思った。「それにあのダミアン、あれでは殺してくれって言っているようなもんだ」……そして裸の若者と、その彼がフスト・コロナの愛人、アントニアのために流した涙を思いだし、もう二度と彼を見ることはあるまいと確信するのだった。ルチはアントニアのことはほとんど知らなかった。一度か二度、遠くからその金髪とおぼろげな輪郭を目にしただけだ。フスト・コロナ大佐に引き渡したあの夜に彼女をさらって逃げなかったのを、ダミアン・アルバレスが悔やんでいることを、アントニアは知らなかった。イステペックでそのことを知っているのは、彼女、ルチひとりだった。アルバレスはベッドでルチにそれだけでなく、ホテル・ハルディンからアントニアを連れだしたいと思っていることまで話して聞かせた。「そんなことしちゃだめだよ、死んじまうよ」ルチはダミアンの身体のもろさを思って言った。「死んでいる!」何年かまえ、彼女がピピラの部屋に入ったとき、あの兵士は言った。男は死んだ女の片腕を持ちあげて、疑わしそうにそれを血だらけの胸に落とし、「こんなに動かなくなってしまうなんて思わなかった」と子供っぽい目でルチを見つめながらつけ加えた。彼女は自分が犯した犯罪におびえる裸の男を見、死んだ女の肌を見てそれが男の肌と同じなのを知って、呆然として部屋を出た。警察を呼ぼうという考えは浮かばなかった。一本のナイフが自分をあの恐ろしい静寂に追いやることができるという事実が、ルチの気持ちを暗くした。ダミアン・アルバレスは、ルチと寝た他のすべての男たちと同じように、彼女のなかに別の女の体を求め、だまされたといって恨みがましく彼女を見た。「あたしたち娼婦には、赤い糸で結ばれた相手はいないんだ」ルチは男たちが「別の女」のことを話題にしている間中、そう考えた。すると裸の男たちは同じひとりの男になり、自分の身体も部屋も言葉も消え失せて、見知らぬ男をまえにただ恐怖だけが残った。彼女の行為はむなしく、彼女と寝る男たちは誰でもない者だった。「俺はここでおまえと何をしているんだ?」と大尉は言って、彼女に背を向けた。「ここで、自分の不幸を追いかけているのさ」夜、アルバレスは売春宿で酔っ払いにけんかを売ろうとし、あわてたフローレスが、いさかいが起こるまえにルチのベッドまで連れて来たのだ。ルチの言葉でダミアンのこらえていた涙が噴きだした。「三度も、一緒に連れてってくれって、俺に頼んだんだ」……ルチは泣かせておいた。ベッドに体を起こし、ダミアン・アルバレスがフスト・コロナの愛人のために泣きつづけている間中、一本また一本とたばこを吸った。「もしもあの娘をホテルから連れだしたりしたら、あんたの命はないよ。イステペックから逃げた方がいいよ」ダミアンはかっとなって彼女をにらんだ。「この売女、愛するってことがどういうことか、おまえなんかにわかってたまるか！」そう言うと、あらあらしくドアを閉めて出ていった。部屋は静かになり、陽に照らされて壁ぎわから離れた家具が空中で踊りだした。「それで、もしそれが今日だったら」とルチはまた思い、真昼の陽光が引き起こすめまいから逃れようと、顔をシーツで覆った。

フアン・カリーニョが部屋の戸を叩いたので、ルチはあわてて服を着た。カリーニョが女たちの部屋に入ってくるのは珍しかった。

「どうぞ、大統領閣下」

「アルバレス青年がめんどうを起こそうとしているぞ。何か起こりそうだ……」

「そう思う、大統領閣下？」彼女はがっくりときてたずねた。

雲の影さえないわたしの青空の高みで、ハゲタカの大群がコクーラの木戸のそばに吊された死体をうかがいながら輪を描いて飛びまわり、その輪がだんだん小さくなっていた。

「何か起こるぞ！」ドニャ・マティルデの家に集まった仲間たちがくり返した。みんな疲れていてほとんど話すこともなかった。夜はいつもの夜と同じように、彼らのまえに長々と単調にひろがり、暑さが星を遠ざけて木々の枝をぐったりさせている。風はなく、会話は動かない時間のなかに滞って、フリアとフランシスコ・ロサスの話だけがくり返し話題にのぼった。

「それに、あのふたりときたら、ホテルに閉じこもって！」

恋人たちがふたりの秘密をかたくなに公開しようとしないので、エルビラ・モントゥファルは恨み骨髄に達していた。ふたりはわたしたちのことを知らなかったし、わたしたちは彼らに近づくことができなかったから、この言葉は、はるか遠くの彼らの影をこなごなにしてわたしたちに投げ返してきただけだった。彼らはふたりっきりで過ごしていて、仲間を求めてはいなかった。ふたりを支配していたのは、自殺行為にも似た尊大さだったから、わたしたちも憤慨して、断片的にホテル・ハルディンの壁越しに洩れてくる彼らの動きをことこまかにあげつらった。

「ふたりが死ぬのを、見てやろうじゃないの！」ドニャ・カルメンが判決を下した。

それを聞いて、イサベルは警戒の口笛とともに聞こえてきた夜中の足音を思いだした。彼女はまだ子供で、通りをやってくる足音が、教会のなかにこだまする乱暴な足音のように響くのに驚いて、目を覚ましたのだった。

「ニコ……こわいわ！」彼女は兄や弟と、その悪魔のような足音が遠ざかり、通りがまた静かになるのを聞いていた。

「こんな時間に誰が歩いているの？」小さなファンがこわごわたずねた。

「死神よ、ニコ！　誰かを探しに行くところだわ……」

「シッ！　それを言っちゃだめだ……ぼくたちの話、聞かれないようにしなくちゃ」ニコラスは震えあがって、シーツの下から答えた。

「フェデリコが通るわ」と、隣の部屋で母親が言うのが聞こえた。

「きっと、誰かがお産なのに、アリスティデスがいないんだよ」父親の声が答えた。

「でも何であの子が、危険なのに？」母親がひどく小さな声で言った。

「怖いから口笛を吹いているんだよ」ドン・マルティンが答えた。

子供たちはその奇妙な会話に耳を澄ました。そして夜中に何を探しているのかいぶかしく思いながら、恐怖を追い払おうと口笛を吹いているフェデリコを眺めた。

「イサベル、先生が外出すると、フェデリコは何を探すんだろう?」

「知らないわ」

「おまえ、何だって知ってるじゃないか」

「そうよ、でもフェデリコが何を探してるのかは知らないわ」

いま、ドニャ・カルメンは日本製の扇子で涼をとりながら、フリアとフランシスコ・ロサスの死を待っていた。

「女中たちから聞いたのだけど、今朝かわいそうにインディオが三人、マンゴーの木に吊されていたそうよ」モントゥファル夫人が、ハイビスカスの花で作った飲み物をすすりながら言った。

「罪深いったら!」インディオのセバスチャンという名が、イサベルの記憶のなかに浮かびあがった。「インディオのセバスチャンに起こったようなことが起きて欲しくなかったら、決してうそをついてはいけないよ」子供の頃ある日の午後にドロテアが言った。

「セバスチャンに何が起こったの?」彼らはこわごわたずねた。

「セバスチャンはモントゥファル家の人夫頭だった。とっても善良な男だったけど、ある日金庫のお金が盗まれてね、ドン・フスティノはセバスチャンを呼びつけたのさ。

『おい、セバスチャン、金を返すんだ』とドン・フスティノは言った。

『自分は何も盗んだりしていません、だんな様』

セバスチャンはふつうのインディオとおんなじで、強情でうそつきだった。ドン・フスティノはまっ正直な堅物だったから、腹をたててしまった。

『いいか、セバスチャン、おまえは俺と何年も一緒に働いてきたんだし、いつだって信用してやってたじゃないか。どこに金を隠したのか言ってみろ』

『自分は何にも盗んだりはしていませんので、だんな様』と、またインディオは答えた。

『おまえに考える時間を五分やろう。盗みが罪なら、うそをつくことはもっと大きな罪なんだぞ』

『でもだんな様、自分は何も盗んだりしちゃおりませんです』

で、セバスチャンがあんまり強情なものだから、ドン・フスティノは彼が白状するまで鞭で打たせたんだ。次の日はエルビラの霊名の祝日だったから、あたしたちはお祝いに行ったんだよ。あの家に着いたとき、何を見たと思う？　すっかりとりみだしたエルビラだった。セバスチャンが死んだんで、召し使いたちがみんな逃げてしまったのさ。あの強情なインディオがどうなったかよく考えてごらん！　あたしたちは裏庭に案内されて、セバスチャンの死体が砂利の上に横たえられているのを見たんだよ。家族が埋葬しに来るのを待っていたんだね」

「かわいそうなセバスチャン！」と、ドロテアの話に度胆を抜かれて、子供たちは叫んだ。

「うそをつくとどうなるか、わかっただろう？　正義の人々の忍耐力も限界に達するということだよ」当のドニャ・エルビラはセバスチャンのことは忘れていて、いまではフランシスコ・ロサスに吊されたインディオに同情しているのだ。

「以前はあなた方が吊してたんだ。いま、あの連中が同じことをするのは当然じゃないか」ニコラスが答えた。

「頼むから、ニコ、蒸しかえすのはやめようじゃないか！」アリエタ医師はいらいらして叫んだが、気をとりなおしてつけ加えた。

「この国は若くて、混乱のまっ最中だ。すべて過渡期の現象だよ……この暑さで気がたつんだ。いまごろは毎年同じことが起こる。太陽のせいでみんな気が狂うんだよ……」

婦人客は扇子を使った。医師の言葉が、庭に居座る暑さをいっそうあおりたてたからだ。みんな無言で夜の重苦しい香りを吸いこみ、オーストリア製の椅子にじっと座ったまま物思いに沈んで、あざやかな色の冷たい飲み物を見つめていた。

「で、ウルタードは？」イサベルが沈黙を破ってたずねた。この客がまだ姿を見せていなかったのは事実で、喉まで出かかっていたその質問を、誰も口にする勇気がなかったのだ。

「ウルタードは？」イサベルはくり返した。

その言葉が不思議な力を呼びさましたかのように、天に稲妻が走って村中を驚かせた。その年の最初の雷だった。客たちは夜空の様子を見ようと立ちあがった。ふたつめの稲妻が空を明るくした。

「雨が降るぞ！」

みんな大喜びで叫んだ。つづけて二度稲妻が走り、大粒で重い最初の水滴が落ちてきた。イサベルは手を外に差しだした。

「降ってるわ！」とうれしそうに叫んで、突風がわたしの大地に嵐をまき起こし、庭をずたずたにするのを食い入るように見つめた。数分とたたないうちに、水が渦をまいてジャカランダやアカシアの葉をむしり取り、雨にたたかれてパパイヤの高木が折れ曲がった。椰子の木のてっぺんに作られた鳥の巣は地面に落ちてしまった。風はうなり声をあげながら屋根の上を吹きぬけ、雨を吹きあげて通り道を作ると、葉をつけたままの枝やあわてふためく鳥たちをさらっていった。

ドニャ・マティルデの客は黙ったまま、屋根越しに庭の上に開けた空の向こうで、教会の塔の先端が稲妻をつぎつぎに飲み込むのを見ていた。

「誰が避雷針を発明したの?」おじけづいたイサベルがたずねた。子供の頃から雨が降る度に、彼女は同じ質問をする。

そしてその度に教えてもらうのだが、いつも忘れてしまう。いままた嵐におびえながら、荒々しさむきだしの光景を見て、同じ質問をくり返した。振り向いたとたんに、風が吹いて黒色の巻き毛が目と口をふさいだ。彼女は笑いながら払いのけた。

「ねえ!」みんなに聞こえるように、大声で言った。「今晩は毛布をかけて寝なくちゃね、寒くなるわよ!」

運悪くやって来た嵐のせいで、イサベルはウルタードのことを忘れてしまった。

「かわいそうに、あそこに来たわ!」ドニャ・マティルデが庭の方を指さして叫んだ。

ウルタードは別棟と本館の回廊を結ぶ石畳の小道を進んできた。ぶつかってくる枝をよけるために身をかがめ、髪も黒っぽい上着も風にあおられながら、手には灯の入ったランプを提げて風に逆らってやってくるその姿は見ものだった。雨と風が渦まくなかを突き進みながら近づいてくる青年を、みんな感心して見つめた。

「ひどく心細かったに違いないわ」ドニャ・マティルデがやさしく言った。

ウルタードはみんながいるところまでたどり着いた。にこやかな顔だった。ランプをテーブルの上に置くと、一息で灯を吹き消した。

「何て風だ！　隣の国の木のてっぺんまで吹き飛ばされるかと思いましたよ」

ずっと後になり、もうウルタードがわたしたちのところにいなくなってから、ドニャ・マティルデの客たちは、彼がどうやってあの嵐のなかを、灯のついたランプを手に、服も髪も乾いたままでやってくることができたのだろうと不思議に思ったものだ。しかしその夜は、無事に到着するまで灯が消えなかったのは当然のことのように思えた。

イサベルは喜びの拍手で彼を迎えた。フアンとニコラスは笑いながら床をふみ鳴らし、ウルタードも理由もわからずに大声で笑いだした。

「何かやらなくちゃ！　あたしたちの運は変わったのよ！」イサベルが大声で言った。

「そうだ、何かやらなくちゃ！」と、兄弟たちが声をあわせた。

ニコラスはズボンのポケットからハーモニカを取りだし、陽気な行進曲を吹きながらひとりで踊りまわった。イサベルはフアンに飛びつき、即興的に楽しむ才にたけた三人は、音楽と雨の音にあわせて踊った。

突然、イサベルが立ちどまった。

「お芝居をしましょうよ！」ウルタードの言葉を思いだして言った。ウルタードは目を輝かせて彼女を見た。

「うん、芝居をやろう！」

大人たちの忠告を無視して青年は庭に飛びだし、ニコラスがそれにつづいた。ふたりは髪の毛からしずくをしたたらせ、顔を雨に洗われて戻ってきた。よそ者の青年は本を一冊毛布にくるみ、小脇に抱えて持ってきて仲間に見せた。彼はゆっくりとページをくり、みんなもの珍しそうに眺めていたが、イサベルは青年の肩越しにそれを読んだ。

「お芝居だわ」

「大きい声で読んでよ」ニコラスが言った。

「そうだ、そうだ！」みんなが声をあわせた。

フェリペ・ウルタードは笑いだし、作品をひとつ選んで朗読を始めた。

屋根の雨どいを水が勢いよく流れ、ウルタードの声の伴奏を務めた。言葉はまるで魔法のような不思議さで雨のように流れだし、三人の兄弟たちは夢中になって聴いた。夜も更けてようやく、まだ小降りにならない雨のなかを家に帰ることにした彼らに、ウルタードが同伴した。その夜、初めて詩というものを分かちあった彼らには、話したいことがたくさんあったからだ。

しかし、村中で雨がこのように人々を興奮させたわけではない。パンドの酒場では不意打ちの雨に常連客が動けなくなり、孤立していた。そこは軍人たちのたまり場で、軍人たちは雨を待ち望んでいたわけではなかった。彼らにとっては、収穫とか生活の豊かさなどどうでもよいことだったから、わたしたちを喜びで満たすこの恵みを一緒に分かちあうはずもなかったのだ。

将軍は取りまき連と一緒に、いつもの場所に陣取っていた。悲しげな目つきで、身をかがめながらときどきぼんやりと外に目をやり、壷のなかのさいころはそっちのけにして、開かれた扉の向こうに雷光によって映しだされる黒い空を眺めた。隣のテーブルでは、ダミアン・アルバレスとフローレス大尉がふたりだけで飲みながら、ふさぎ込んで雨だれの音を聴いていた。

「雨が降ると人が何を考えるか、神のみぞ知るだ」フローレスが言った。

「俺は自分で何を考えているか、わかってるぞ」ダミアン・アルバレスは答えた。

「なら、黙ってろ！」と友人は忠告した。

「俺には死神がついているんだ」ダミアンの声は暗かった。

「わかってる……わかってるよ……」

「いや、おまえにはわからないさ……俺は卑怯者なんだ」

フローレスは彼を黙らせようとして一杯ついだ。しかし、アルバレスはしゃべりつづけた。

「やつらを見ろよ、あいつらはあそこにいて、俺はここだ！」

アルバレスは、将軍と大佐と中佐が座っている一角を指差した。

「もう出よう」驚いたフローレスがあわてて言った。

「出たくなったら自分で出るさ。あわれな男に一杯つきあってくれよ！」

ふたりの会話にも、ダミアン・アルバレスの不幸にも、注意を払う者はなく、それぞれが自分の思いのなかに閉じこもって雨を見つめつづけた。雨が降っているだけで、酒場はもの憂げな懐かしさで満たされ、あたりは穏やかでほとんど物音もしない。不意に雨が降りだしたので、ドン・ラモン・マルティネスが、嵐のなかに出ていく勇気のない他の客たちといっしょに、ドミノを一勝負やっていた。いつもは将軍が仲間を連れてやってくるころまで彼が酒場に居座っていることはなかったが、濡れるのがいやで残っていたのだ。マルティネス氏は対戦相手の後ろに隠れるようにして、用心しながらときどきこっそりと軍人たちを観察した。

「天気は夜から朝にかけて変わるんだ。人の運命も同じことさ」

そう言う将軍の声は寂しげな抑揚を帯びていた。しかし、彼の運命だけは変わらなかった。その瞬間にも別の雨のなかに消えていくフリアの運命に縛られつづけていたのだ。「雨降りのときにキスされるのって好き」と、嵐の夜に彼女が言ったことがあった。「あなたにキスされるのが好き、とは言わなかった……フリアは決して人の言いなりにはならない……」

「まさにそのとおりです、将軍」

クルス中佐の答が彼の考えに確信を与えた。「まさにそのとおり。フリアは決して人の言いなりにはならない」彼女は一滴の水銀のようなきらきらした液体となって彼から逃れ、冷ややかな影を従えて見知らぬ場所へ姿を消した。

「自分がこの村で果てるなどとは予想もしていなかった！」

フスト・コロナ大佐は、あばただらけのまぶたを半ば閉じながら上司を見た。

フリアはこの村を歩いたことはなかったし、地面を踏んだこともなかった。彼女は時間も匂いも夜もない村々に紛れ込んでさ迷っていた。将軍が透き通るようなピンクのドレスの影を見つけるたびに彼女が姿を隠す、輝く塵があるだけだった。

「負けた！」と、コロナが低い声で言った。

「勝つことなんか、何の役にもたたん。そんなことは百も承知だ。北部で山越えの行軍中に日が暮れてしまったあの頃からだ」

愛着を感じたことなどまったくないこの南部の地でふるさとの話をするのは心が痛む、とでもいうように、フランシスコ・ロサスの最後の言葉には不信感がこもっていた。

「北は遠いなあ！」中佐もまた、北部のりんごの木や冷たい風を懐かしく思いだした。

フリアは氷でできた薔薇のように、くるくるとまわりながらフランシスコ・ロサスの目のまえに現れ、山の凍てついた風のなかに見えなくなったかと思うと、ふたたび松の樹上に姿を現した。彼女はあられの降りしきるなかで彼に向かってほほえんでいたが、氷のつぶがその顔や霜で覆われたドレスを隠してしまった。ロサスは追いつくことも、彼女が氷りついた山を通るときに残す凍えたざわめきに触れることもできなかった……。

「あそことここでは人間が違います。あそこでは、子供の頃からもう人生とは何か、人生に何を求めるのかみんなが知ってますよ。だからこそわれわれは目をそらしたりせずに堂々としていられるんだ。それにひきかえ、このあたりの人間は不正直でこそこそしている。どう扱ったものか、皆目見当がつきませんよ」

フスト・コロナ大佐は、苦々しくわたしたちに裁定を下した。

「人が苦しむのが嬉しいとみえる」ロサスが言った。

「けれど、その報いは受けていますよ」と、コロナは暗い顔でつけ加えた。

「北の人間は人が苦しむのを見るのは好きじゃない。われわれは人が好いですから、ねえ、将軍?」

クルスの声がとりなすように響いた。

上司は答えなかった。悲嘆にくれて黙りこくった彼を、言葉がこだましながら遠く離れたフリアの世界へ運んでいった。じっと雨を見つめながら、いまそれを見ているであろうフリアの目で見ようと努め、「彼女のために今夜はずっと降るのだろう」と苦々しげに思い、大声で言った。

「いつになったらやむんだ!」

こぶしでテーブルを叩いた。部下たちは嵐が無礼にも自分たちを標的にしているような気がして、不機嫌そうに外を眺めていた。

「何かすることはないか、動かないでいると死にそうだ!」

ロサスは北部の人間がみんなするように、母音をのばして言葉を引きずるようにゆっくりと言い、ぶっきらぼうに語尾をはしょった。

仲間たちは、何を言ったらよいのか、何を提案すべきなのかわからず、落ち着きなく顔を見あわせた。

「くそっ、雨がやみさえすればなあ!」将軍は周りを見まわし、見つけられないようにかがみ込んだドン・ラモンを発見した。

「おい、あいつなんだってしゃがみ込んでるんだ?」彼は怒って問いただした。

他の者たちは振り返ってドン・ラモン・マルティネスを見た。

「さっき話していたとおりですよ。あいつらは陰口をたたくしか能がない、正面からものに立ち向かうということができない連中なんです」コロナが答えた。

突然、木の葉や畑の匂いを帯びた湿った風が吹きこんできて、アルコールの冷ややかな匂いと混ざりあった。

将軍はコニャックを一杯つぐと、いっきに飲みほした。

「やつをここに連れてこい、一緒に一杯やろうじゃないか！」濁った目で言った。

中佐がドン・ラモンのテーブルへ向かい、ドン・ラモンはそれを見るや、立ち去ろうと身振りで仲間に別れの挨拶をした。

「将軍が、ぜひともご一緒していただきたいと、言っておられます」

「かたじけないが、いま出ようとしていたところでして……家の者が待っておりますんで」

「われわれでは不足だとでもいうんじゃないでしょうな」クルスはわざとらしく言った。

老人は当惑して立ちあがり、クルスはその腕をとって、将軍のテーブルへ案内した。パンドの店の客たちは、おじけづいて何も言えずに連れていかれる老人を見つめていた。

「どうぞおかけください、セニョール・マルティネス」ロサス将軍は礼儀正しく椅子をすすめた。

ドン・ラモンは安心した。なんのかんの言ったところで、あの人嫌いの連中と少し親しくしてみるのも悪くない。自分が少しは重要な人物であることを、彼らに認めてもらえるかも知れないじゃないか。彼は自分のあたためている村の改善策をあわてて思い浮かべた。良いチャンスだから軍人たちとまじめに話をしてやろう。まず何杯か飲み、それから得意の話題、つまり進歩について正面から切りだした。

　将軍は熱心に彼の言うことに耳を傾け、グラスが空になる度についでやりながら、うなずいて賛意を表した。

「ここには優れた人間が必要なんです。誰か時代というものを理解している人間が、です。今や発動機や工場のサイレンや大勢の労働者といった時代ですよ、偉大な思想と偉大な革命のね。あなたのような人が必要なんですよ、将軍！」すでに酔いのまわったドン・ラモンは言った。彼はイステペックのような、時代に取り残された村の目を覚まさせてくれる偉大な指導者の出現を待ちくたびれていたのだ。そういうことになれば、イステペックは新聞で読むような近代の歴史からは取り残された、時代遅れで間の抜けたこの国の他の村々の模範となるだろう。彼にとっては産業、ストライキ、ヨーロッパで戦われた戦争などが大事で、わたしたちのかかえる家族的でささやかな問題などどうでもよかった。「われわれは危機というものを経験したことがありません。現在ドイツは大変な危機に直面していますが、われわれの抱えているのは食えない連中やなまけ者の暴動だけです。われわれは働くことが嫌いだが、労働こそ進歩のみなもとなんです。だからわれわれにはあなたのような指導者が必要なんですよ、将軍！」

「ははあ、誰か私のような者が……あなたがたを働かせるような、ですな？」将軍はからかうように答えた。

「まさにそのとおりで」と老人はうなずいた。

「それはうれしいですな」

「われわれが強国になるためには、あなたのような人が必要なんです……」

将軍は、自分で招待した客のたわごとにうんざりしはじめたようだった。

「じゃあ、くだらない演説はやめて仕事をしたらどうです！」フランシスコ・ロサスはぶっきらぼうに会話を打ちきった。

「しかし将軍、私はあなたに私の考えを説明していたところでして……」

「考えだと！　パンド、ほうきを一本持って来い。ここで、このお方が働きたいそうだ」将軍がどなった。

「将軍、わたしがお話していたのはそういうことではないんで……」

「パンド、ほうきだ！」ロサスはもう一度命令した。

パンドはほうきを手にやって来て、フランシスコ・ロサスに渡した。将軍はそれをドン・ラモンの手に押しつけ、老人は将軍に見つめられてどうしたらよいかわからずに、立ちあがって作り笑いをした。

「酒場を掃きたまえ」ロサスは命令した。

ドン・ラモンは数歩まえに出、士官たちはテーブルについたまま大喜びで彼を眺めた。マルティネス氏が何回かほうきを動かしたので、その従順さに士官たちはいっそう喜んだ。外では雨が笑い声に伴奏をつけ、将軍だけが笑いもせずに知らん顔を決め込んでドン・ラモンには一瞥もくれずにコニャックを飲んでいる。士官たちは老人の頭にコルクや火のついたたばこを投げつけたので、老人はおびえてほうきの周りをぐるぐるまわり、飛んでくるものを避けようとした。数人が椅子から立ちあがって、床にビールをまいたり、ビンをたたき割ったり、つまみの入った皿を投げたり、灰皿の中身をぶちまけたりした。

「ぞうきんだ！」士官たちは大声で呼びつけた。

パンドは自分の場所から動かなかったが、彼らのやり方には反発を感じた。カウンターに両ひじをついてマルティネス氏が自分の酒場を掃くのを見ていたが、老人の煮えくり返るような屈辱感は彼にも伝わった。まゆをしかめて、悪ふざけが終わってくれるのを待ったが、若い士官たちは二度、三度と老人が掃き終わったところを汚した。

「いますぐ、あの娘をホテルから連れだすんだ！」

アルバレスの声が騒音をぬって聞こえてきた。フローレス大尉は真っ青になって立ちあがり、友人を酒場から無理やり連れだそうとした。

「ほっといてくれ、こんちくしょう！」

フランシスコ・ロサスは視線をあげ、まばたきもせずにふたりの士官が争っているのを眺めた。

「おまえ、酔っ払っているんだ。自分が何を言ってるのかわかってないな」

「俺は、いますぐあの娘をホテルから連れだす、と言ってるんだ……くそったれ！」

そう言って、ダミアン・アルバレスは険しい顔をしてよろめきながら、上司たちのテーブルの方に進んでいった。他の士官たちはみんな、ドン・ラモンのことは忘れてしまい、酒場にはふたたび屋根の上に落ちる雨の規則正しい音が響いた。フローレス大尉はダミアンを捕まえ、無理やり外へ引きずりだした。フランシスコ・ロサスのテーブルにまで、入口で友人と言い争っている酔った士官の罵声が聞こえた。ダミアン・アルバレスは誰を連れていきたいというのだろう？　部下たちはすっかり青ざめて将軍を盗み見たが、将軍は目をなかば閉じてコニャックを飲みつづけていた。バニラの香りが漂ってきて、ダミアン・アルバレスに関わりなく、目に見えないフリアの姿が不協和音のように酒場の真ん中に位置をしめた。

沈黙が広がり、ドン・ラモンはこれ幸いとほうきを捨てると、目に涙を浮かべて便所の扉の向こうに姿を消した。

通りからは絶え間ない雨の音だけが聞こえてくる。ダミアン・アルバレスはどこに行ったのだろう？　軍人たちは、彼がよろめきながらフリアに近づく足音を聞く気がして、無言で自分たちの上司を見た。フランシスコ・ロサスはさらに数杯飲んだ。部下たちにおやすみを言って酒場を出たときは、すっかり落ち着いているように見えた。誰にも同伴するように言わなかったので、仲間たちはその場を動かずに、将軍が背をまっすぐにのばして夜のなかに出ていくのを見ていた。まもなく酒場が空になると、パンドは便所で泣きつづけていた老人を呼びにいった。

「あいつはひとでなしだ！」

「気にしないでくださいよ、ドン・ラモン、あれはほんの冗談だったんで」と、酒場の亭主は相手の涙に困惑しながら言った。しかしマルティネス氏にとって、それは容易に忘れられるようなことではなかった。

モンカーダ兄弟とウルタードが、顔を雨に濡らしながら広場を横切ろうとして、道の真ん中に投げだされたダミアン・アルバレスの死体につまずいた。軍服はずぶ濡れで、たっぷり三十分は降り注いだ雨に打たれて髪の毛が不規則に揺れ動いていた。

XI

輝かしく新しい一日が明けた。雨で蘇った木々の葉が、さまざまな色調の緑色をおびて光っている。畑からは新鮮な土の匂いが漂い、しっとりと濡れた山からは森の香りをたっぷりとふくんだもやが立ちのぼって、何か月もの日照りの後で水かさを増した川が、折れた木の枝や溺れた動物たちを運びながらその黄色い川床を流れてきた。朝の新鮮な空気のなかをうわさが流れた。「夕べ、将軍がアルバレス大尉を殺したぞ」雨のなかで叫び声を聞いた者がいるのだ。「こっちを向け、ダミアン・アルバレス、後ろからおまえを殺したくないからな!」しかし、それが誓ってロサスの声だったかどうかはわからない。

「わしは何も知らんよ。将軍は酔っぱらって帰ってきて、自分の部屋のドアを蹴飛ばして開けた。その後で、泣いているようだったな……といっても、確かではないよ。ずいぶん遅かったし、声が聞こえたかどうかも……夢を見たのかもしれないし」とドン・ペペ・オカンポは言った。

誰がダミアンの遺体を収容したのかはわからない、というのも、夜が明けたときにはもう軍司令部の床に横たえられていたからだ。わたしたちは司令部のある建物のまえや、ホテルのバルコニーのまえをうろうろしたが、何の情報も手に入らなかった。いずれの場所でもしっかりと秘密が守られていて、ただひとつわかったのは、すでにみんなが知っている、昨夜ダミアンがホテル・ハルディンの入口近くで死んだということだけだった。フランシスコ・ロサスの命令で、軍服の袖に黒いリボンをつけた軍人たちが遺体のまえで警護にあたった。

午後四時ごろ、哀悼の意を表すために黒い服を着たロドルフィート・ゴリバルが殺し屋どもを従え、村を横切って軍司令部に入っていった。

「おまえだったらよかったんだ！」彼が通るとわたしたちはつぶやいた。「憎まれっ子世にはばかるさ」村人が立ち入ることのできない場所に彼が堂々と入っていくのを見て、わたしたちは自分に言い聞かせた。イグナシオが死んでからは、彼のめかしこんだ姿をわたしの通りで見かけることはめったになく、境界の標も動かされなくなった。おじけづいて、母親のそばに隠れていることにしたのだろう。日が暮れると、ドニャ・ローラの礼拝堂で、アルバレス大尉のための鎮魂ミサが始まった。ロザリオの祈りは夫人が唱え、息子と殺し屋どもと召し使いたちがそれに答えた。わたしたちは招ばれなかった。

ホテルではふたりの声はせず、部屋のドアが開けられることもなく、彼らまでが死んでしまったみたいだった。夜になって、真っ青な顔をしたフランシスコ・ロサスが、大尉の遺体のそばで警備につこうと通夜の場に現れた。双子の姉妹は、彼がいないのを幸いアントニアの部屋に行った。

「かわいそうに、二十三歳で死ぬなんて！」

アントニアは驚いてふたりを見た。ダミアンの体のぬくもりがもはや思い出でしかなく、あの夜一晩中彼女に寄り添ったあのぬくもりを、誰も二度と感じることができないとは、信じられなかった。

「で、どうしてそんなことになったの?」少女はおそるおそるたずねた。

「あんたも知らないの?」姉妹は当惑した。

「ええ……知らないわ」小さな声でアントニアが言った。実際知らなかったのだ。

三人の娘たちはダミアン・アルバレスがなぜ死んだのか、懸命になって考えた。

「フリアのせいさ」ドアの外からルイサが言い放った。しかし、彼女自身も他の三人もその言葉を信じてはいなかった。大尉のなぞの死は、女たちが閉じ込められて住んでいる部屋々々に暗い影を投げかけた。

夜明けに、軍人たちが着替えとひげ剃りのために戻ってきた。不機嫌だった。熱いコーヒーを飲み、その後また軍司令部へ帰っていったが、そこでは死をみとった雨の湿り気と弾痕の残る軍服に包まれて、ダミアン・アルバレスが彼らを待っていた。埋葬は早暁に行なわれ、その月曜日は「ダミアン・アルバレスが埋葬された月曜日」としてわたしの記憶に残った。人々は彼に敬意を表し、みんながその名前を口にした。
二、三日後、わたしたちは、スペイン人、パレデスの娘アントニアのために死んだあの男のことを忘れかけていた。しかしフスト・コロナは忘れなかった。自分のピストルを川に投げ捨て、ダミアンが死んだ夜に何をしたのか、誰にも決して言わなかった。ホテルに戻ったのは陽が昇ってからだった。

それから二度と雨を見ることはなかった。白っぽい、焼けつくような暑さが山々の茂みを焼きつくし、空を隠してしまった。庭も人々の頭も燃えるようだった。

「こういうふうに暑さがひどいときには、不幸なことが起きるもんだ」とドン・ラモンは言い、家から出ようとしなかった。屈辱は時が消してくれるだろうと考え、せめて家のなかでは面子を保とうとしてつけ加えた。

「あの弾丸はわしに向けられたものだった！　ロサスがわしを殺そうとしたのは、はっきりしている。ただわしが勇気を出してなんとか抜け目なく立ちまわったもんで、最悪の事態は免れた。将軍は幼稚で知性には弱い男だからな」

「それであのダミアン・アルバレスが、かわいそうにあんたのかわりに死んだってわけなのね」妻が同情して答えた。

「あたしたち、グアダルーペの聖母様にお礼を言いに首都《メヒコ》へ行かなくちゃ、危険なときにパパに知恵をさずけてくださったんですもの」父親の勇気にすっかり感心した娘たちは言った。

ドン・ラモンは耳を傾けていたが、娘たちの言うことを聞いてはいなかった。自分は孤独だと思い不安になった。彼が酒場を掃いている間中、声をそろえて笑っていた若者たちを思いだし、耳が異常に熱くなった。「みんな知っているにちがいない」と思うと苦々しく、村と彼の屈辱を目撃した知人たちを呪った。

「この村なんか、焼かれて滅びりゃいいんだ、徹底的にな！」と憤慨して言ったが、寝ているときも食事をしているときも、彼は恨みにさいなまれ、あの冒険をおもしろおかしくあげつらう言葉によって、日常生活も家庭もこなごなに砕けてしまった。「ロサスにしてはいいことやるねえ、ラモン・マルティネスを働かせるとは！」

　わたしにとってもそれはつらい日々だった。記憶とは不思議なものだ。過ぎ去った悲しみやもう見ることのできない喜ばしい日々、本人たちもおそらく気づいてはいなかったしぐさが思いださせる、すでにこの世のものではない顔、そのこだまさえ残っていない言葉などを、まるでいま起こっているかのように再現してくれる。イステペックに来た最初の夜、フェリペ・ウルタードは泊めてくれた家の主人夫妻に言ったものだ。「ここに必要なのは、夢なんですよ」と。仲間たちはそれを理解しなかったが、彼の言葉は、わたしの気分によって現れたり消えたりする白熱の煙で、記憶のなかに書きとめられている。あの頃、生活は色あせていて、誰もが将軍とその愛人を通して生きるよりほかになす術を持たなかった。

　わたしたちは、夢を放棄してしまっていた。

　つねにさまざまに色を変え、さまざまな雲を浮かべるわたしの空は、どこに行ってしまったのだろう？　トパーズのような黄色をした谷間の輝きは？　つかのまのオレンジ色の炎に包まれて青い山々の後ろに落ちていく太陽を眺めようとする者は、ひとりとしていなかった。人々は暑さに不平を言うばかりで、美しく燃えあがる大気が、人々の顔やかげろうのたつ木々を、澄みきった底の深い鏡のなかに浮かびあがらせることを忘れ、若い娘たちは、自分たちの目に映る光が八月の静止した光と同じであることを知らなかった。それにひきかえ、わたしは自分が宝石のように見えた。石はさまざまな大きさとかたちをとりつつあった。たったひとつの石が場所をかえただけでも、わたしはみすぼらしくなってしまったに違いない。街角は銀や金に変わり、家々の控え壁が夕暮れの大気のなかで大きくなったかと思うと、暁の光のなかでは細くなって、架空の存在と化した。木々はその姿を変え、男たちの歩みが石から音を引きだして、通りは太鼓の音で満ちた。そして、教会については何と言ったらいいのだろう？　中庭が大きくなって、壁は地面に届かず、風見の人魚が水恋しさにその銀のしっぽで海の方向を指していた。蝉の鳴き声が谷間からあふれ、生け垣からわきあがり、とまったままの噴水のそばに姿を見せた。大空の高みにのぼる太陽を有り難いと思っていたのは、ただこの蝉たちだけだった。玉虫色に光るとかげを見たものはなく、わたしの輝きはすべて無視され、見ることを拒否されて、故意に忘れ去られた。その間に、わたしのはかなくうつろいやすい美しさは燃えつき、そしてふたたび炎のなかのサラマンドラのように生まれ変った。黄色の蝶が、群れをなしてむなしく庭を横切っていったが、この不意の出現を喜ぶ者などいはしなかった。フランシスコ・ロサスの影がわたしの空を覆って午後の輝きを奪い、わたしの街角を占領して人々の会話に忍び込んだ。おそらくわたしを理解していたのは、フェリペ・ウルタードただひとりで、彼はまたわたしの人々が陥っていた無気力のために苦労した、ただひとりの人間でもあった。だからこそ彼は、イサベルの助けを借りて芝居をやろうとしたのだ。夢に寄せるその信念がドン・ホアキンを動かし、それでドン・ホアキンは芝居の上演にフェリペが使っていた別棟を貸すことにしたのだった。

芝居では、イサベルはいつもの自分であることをやめて、若い外国の女になった。フェリペは不意に現れた旅人で、言葉はきらびやかに、花火のような壮大さで現れてはまた消えていった。

ファンとニコラスが働いて舞台装置を整えたが、別棟は「羊歯の庭」に面して窓が大きく開いていたから、実際よりずっと広く感じられた。アナ・モンカダは、客のために自分の家から椅子を運んだり、義姉と一緒に衣装を用意したりした。コンチータは白い衣装を、イサベルは赤い衣装を着ることになっていた。

「月だよ。この場面のこの瞬間にまさに月が出るんだよ」ウルタードはなかばまじめに、なかば冗談めかしてくり返した。

彼女たちは納得してうなずき、せりふの詩句を何度も練習した。ドニャ・マティルデの家で変わった芝居をやるそうだといううわさがイステペックに流れ、イサベルとコンチータは自分たちの美しさにうっとりとして、八月の豪華なスペクタクルのなかに重ねて映しだされるふたつの映像のように、わたしの通りを通っていった。「何かが起こってる」と、実際何が起こっているのかは知らずに、若者たちは言いあった。ファンとニコラスは王様の持つ笏や剣を作り、舞台で着る青いマントを試着した。

舞台装置がほぼ完成した。若者たちは舞台への階段を登ると、すぐに別の世界に入り込み、いつもとは別のやり方で踊ったり話したりした。言葉は不思議な風景で一杯になり、彼らはおとぎ話にあるように、唇から花が咲き、星が生まれ、危険な動物たちが飛びだして来るような気になった。舞台はいいかげんに釘でとめられた何枚かの板でしかなかったが、彼らにとっては無限に変化するまるごとの世界そのものだった。ニコラスはこう言いさえすればよかった。「この怒り狂う海をまえに……」するとなぞめいた舞台の片隅から高波と白い泡が渦まく海が現れ、えも言われぬそよ風が吹いて、部屋が塩とヨードであふれるのだった。

「あたし、海が見たかったのよ、とっても!」兄が長いせりふを言い終えると、イサベルは叫んだ。

みんな笑った。ドニャ・アナ・モンカダは嬉しかった。子供たちが舞台にあがると、思いもよらぬ光がその目を輝かせたからだ。初めて、ありのままの子供たちを見た。それも三人が幼い頃から憧れていた世界のなかで。

「あなたのおっしゃったこと、本当でしたわ。イステペックには夢がなかったのね」そう言って彼女もまた笑いだした。それから物思いにふけり、舞台で嘆きのせりふを述べているウルタードに耳を傾けた。すると突然、借りもののそのせりふは恋愛劇から離れ、まるで将軍がフリアに向かってしゃべっているような響きを帯びた。

「悲しいことばっかり!」と、イサベルがさえぎった。

フェリペ・ウルタードは黙りこみ、誰もがその空想の世界から現実へ戻った。その言葉で、みんなが将軍の痛々しい姿と、まつげの下に感情を隠して平然としているフリアのもとへ立ち返った。

「俺を見てくれ、フリア」と、将軍はフリアに懇願するということだった。すると、フリアはアーモンドのかたちをした目をちらっと開き、うつろな視線を彼に送る。イサベルは沈黙を破って、ゆっくりとせりふを言いはじめたが、なかばでやめると、はっとして兄弟たちを見つめた。

何年もたったいまなお、わたしにはあの夜の人々が見える。舞台の真ん中にイサベルがいて、その脇にウルタードが突然のつらい思い出に呆然とした様子で立ち、ニコラスとファンは、いぶかしげなまなざしでまさに舞台にあがろうと構え、コンチータは母親とモンカダ兄弟の伯母の間に座って、細紐をもて遊びながら呼ばれるのを待っているところだ。いま、わたしは家のなかを一まわりしてみる、と、ドニャ・マティルデの客間で、さまざまな色のリボンや、しつけのかかったケープ、イサベルのマントなどに出くわす。そして別棟に戻ってみると、イサベルが言いかけて突然中断した言葉が、いまだにあたりにただよっているのが聞こえるのだ。「あたしが石に変えられてしまうまえに、あたしを見て！」

イサベルの言葉は、暗く埋めることのできない溝をこしらえた。言葉はいまも別棟のなかにこだまし、あの驚きの瞬間は予期せぬ運命の予感のようにそこに留まりつづけている。兄弟三人は、暴れ馬で墓地の近くを走っていた子供の頃のように、互いに目と目を見つめあった。不思議な、目には見えない熱い火花によって結びついていたあの頃のように。三人の目には、何か限りなく悲壮なものがあった。彼らは常に死に向かってより果敢であるように見えた。だからこそ、子供の頃から不死の人間であるかのようにふるまっていたのだ。

「どうしたの?」子供たちが突然黙りこみ、夢遊病者のような様子でいるのに驚いて母親がたずねた。

「なんでもないわ……ちょっと怖いことを考えただけ」とイサベルは答え、それから不動の姿勢のままで自分から目を離さずにいる兄弟たちを眺めた。

「魔女がおつきをしたがえて通ったのよ」ドニャ・マティルデが十字を切りながら言った。

「あたしたちに呪いをかけたんだわ」イサベルがうつろな声で答えた。

その後、彼らはずいぶん遅くまで練習を続けた。

XII

呪いは解かれ、わたしたちは初めてなすべきこと、不幸以外に考えるべきことを手にした。ドニャ・マティルデの家の別棟に侵入した不思議な力は、数日のうちにイステペックをも侵した。わたしの人々は驚いて「芝居」を話題にし、開演の日を指折り数えて待ちながら、なぜいままでこういう楽しみなしでやってこられたんだろう、と疑問に思うのだった。

「どの町にだって、毎日開いている劇場があるわ」ドニャ・カルメンが率直に言った。

「あんたの言うとおりよ、カルメン。なんであたしたち上演しようと思いつかなかったのかしら。人食い人種みたいなもんだったわね。人食い人種がいるって、知ってる? なんて恐ろしいんでしょ! 今日新聞で読んだんだけど、北極で探険家たちが仲間を食べたって話よ。たぶん、寒さのせいだって! 言いわけよ、そんなの。あたしたちだって、そのうちに暑いからって仲間を食べるかもしれない。コンチータ、おまえ読んだ?」

芝居の練習から帰宅したドニャ・エルビラは、化粧台の鏡のまえに座って陽気にしゃべっていた。

「いいえ、ママ、読んでないわ」

「読んでごらん、あたしが思ったみたいに、おまえも思うかどうか」

そう言うと、ドニャ・エルビラは夢見心地で手に櫛を持ったまま、うっとりとその丸々とした小太りの腕を眺めた。

「金髪の人間の肉はとっても甘くて……プリンの味がするんじゃないかね……」

「ママったら！」

「トマス・セゴビアはどんな味がするんだろうね？　本人が何て言ったってあの男の髪は茶色だもの。あの男が練習に行こうとしないのに気がついた？　自分では劇団を作ろうなんて思いつきもしなかったもんだから、ウルタードにやきもち焼いているんだわ……」

ドニャ・エルビラはいままでとは違う気楽な夢を見みようと、フリアのことを思いだすこともなく眠りについた。

軍人たちの暴力的な生活を傍観する以外にも、自分たちに生きがいがあることを知ってわたしたちは気を良くし、知らず知らずにホテル・ハルディンのバルコニーから遠ざかって、ドニャ・マティルデのバルコニーへ向かうのだった。楽しい日々だった。侵略者たちの気分も穏やかになった。ダミアン・アルバレスの謎の死が、フランシスコ・ロサスの嫉妬を鎮める役を果したのだ。ただフリアだけは、あいかわらず悲しみのなかに閉じこもって何の変化も見せなかった。

日曜日ごとに彼女を目にすることがなくなってから数週間たって、フリアがセレナータに姿を現すと、わたしたちはたちまち芝居以前の日々に引き戻された。フリアが広場に入るのを見ると何もかも忘れてしまった。彼女は水のしずくのようにきらきら光る半透明の小さなガラス玉を一面にちりばめた、彼女好みのあの淡いばら色のドレスを着て、首に宝石を巻きつけ、黒っぽい髪を軽やかな羽毛のようにうなじにそよがせながらやって来た。まるで言葉では言いつくせない夜の美の化身にでも従うように、傍らにはうやうやしく愛人がつき従い、その腕に軽くもたれてフリアは何回か広場を歩きまわった。能面のようなその顔からは、何も読みとることはできなかった。人々はふたりを通すために道をあけ、フリアは光り輝く帆船のように木々の影を蹴散らしながら進んだ。フランシスコ・ロサスは彼女をいつものベンチに連れていった。他の女たちがまわりを取り囲んで陽気に話しかけたが、フリアはほとんど答えず、身動きもせずにじっと広場を見つめていた。将軍はベンチの後ろに立ち、音楽に負けてしまわないように大声で話しかけてきたラファエラの方に身をかがめた。

「ああ嬉しい！　お天気悪いのももう終わりだね」

ラファエラはそう言うと、迷信深く指を交差させて、靴のかかとの木の部分に触れようとかがみ込んだ。ロサスはほほえんだ。

「この世はなんて素晴らしいのかしら！」双子の姉妹の片割れは、出だしの言葉の効果を見てとるとつづけて言った。「愛しあうって、素晴らしいことよね？」

フランシスコ・ロサスはうなずき、たばこを一本すすめた。

彼女はためらいもせずにそれを受け取り、お互い似た者同士だねという仕種で、将軍の手をそっとなでた。双子の姉も将軍の方を向いて気前よく笑いかけた。フランシスコ・ロサスは嬉しそうにふたりの頬を軽くたたき、みんなのために飲み物を注文するのだった。ルイサだけはロサスが幸せそうなのに腹をたてている様子で、飲み物をすすめられてもそれを断り、通行人の方へ顔をそむけた。

「ありがとう、でものど乾いてないわ!」

フリアがいると広場には光と声が満ちあふれた。女たちは声高におしゃべりをしながら歩きまわり、男たちはあえて彼女の方を見ようとはせずにそばを通り、夜の闇をついてジャスミンが放つ強い香りを吸い込んだ。それで彼女は、フリアはいったい誰を待っていたのだろう? 誰のために、あのほほえみをほとんど人に見せることなくしまい込んでいたのだろう?

フリアは広場をそっと観察していた。誰かを探していて、仲間たちの会話には加わらなかった。がっかりした様子でホテルに帰りたいと訴えたのは、やって来てから三十分ほどたってからだ。フランシスコ・ロサスは彼女のまえで腰をかがめ、軽く指先でその髪に触れた。喜んで望みをかなえてやることにしたようだった。

「だけど、来たばかりじゃないの!」双子の姉妹が言った。

「あたしはもう行くわ」フリアは答えると立ちあがってロサスの方を向き、耳元で何ごとかささやいた。

「もうちょっといたらどうなの!」

「白けるじゃないの!」

「放っときなよ、何かわけでもあるんだろうよ!」ルイサが言った。

「眠いのよ」フリアは答えると、きっぱりと友人たちのいるその場を離れる仕種をした。

そのとき、にぎやかな一団が通りを渡って広場に入ってきた。モンカダ兄弟だった。ウルタードやコンチータが一緒で、あの独特の誰もがつられて笑ってしまうよく通る笑い声をたてていた。そのときのニコラスの言葉を覚えている。「イサベル、大笑い一回につき一ペソだよ！」すぐに笑いころげる妹に銀貨を一枚見せながら言うと、彼女は頭をのけぞらせ、きれいに隊列を組んだ歯を見せてあっと言う間にそれを手に入れた。

フリアはぐずぐずしていて、まだ別れのあいさつをしていなかった。気持ちが揺れ動いているのを見て、ラファエラは座るように誘った。

「残ったらどう！　ごらんよ、あの人たちも来たことだし……」

「あんなに笑って、いったい何の話をしているんだろうね？」姉が聞いた。

「あててごらんよ！　ここの人たちと知りあいになりたいって、ときどき思うことがあるよ」ラファエラが答えた。

フリアはふたりのおしゃべりを口実に、何気なくまた腰をおろした。

若者の一団が軍人たちのまえを通りかかり、ウルタードが歩調をゆるめて笑うのをやめた。フリアは彼の方を見なかったと言ってよいだろう。数分まえまでは穏やかだったフランシスコ・ロサス将軍の顔がゆがんだ。そのとき、クルス中佐が会話に割り込んだ。

「で、何のために、知りあいになろうというのかね、鼻たれ小僧や、いかさま野郎などと？」

よそ者など問題にするにも値しないと言いたくて、将軍を横目で見ながら最後の言葉は吐き捨てるように口にした。

「さあ、なぜかねえ……」実のところ彼らと知りあうことになど、何の関心もなかったラファエラは答えた。

「フリアはあのうちのひとりと知りあいだよ」意地悪く、ルイサが言った。

彼女の言葉で、軍人たちの間に沈黙が広がった。女たちはどうしたらよいかわからず、男たちは木々の梢を見つめるだけだった。音楽は騒々しく、広場全体が、青い顔をして動かずにいるフリアのまわりをまわっているように見えた。将軍が彼女のまえで身をかがめた。

「行こう、フリア」

フリアは扇子を手に、宙を見つめたままじっと動かなかった。ラファエラがはらはらして割って入った。

「ふたりとももうちょっと残ったら！　今夜はこんなに暑いんだもの、外にいた方がいいよ」

「聞こえないのかい、フリア？　あんたはいつだって将軍の気持ちに逆らわずにはいられないんだねえ」ルイサはロサスの愛人にうなずいて見せたが、フリアはその言葉を無視した。じっとして動かず、まるでガラス細工のように、ほんのちょっと動いただけでこなごなに砕けてしまいそうだった。将軍は彼女の腕を取って荒々しく椅子から立たせ、彼女は抵抗せずに従った。

「おやすみ」ロサスは怒りに震える声で言うと、それ以上の挨拶はせずに広場を横切って通りを渡り、フリアを連れ去った。

「フリアを殴る気だよ！」

「そうよ、フリアを殴る気だわ！」アントニアがおびえて、フスト・コロナ大佐を見つめながらくり返した。大佐は腕を組んだまま平然としていた。その軍服の袖にはロサスが自分も含めた全員につけるように命じた、ダミアン・アルバレスの死を悼む黒いリボンがついていた。

「まったく手に負えない女だ。ひと鞭、ふた鞭くれてやって当然だ。あとで砂糖をやればいい。お上品な雌馬だからな」

「たっぷり痛い目にあわせてやって欲しいもんだね。それであの厚かましさがなくなるかどうか！」

そう言うルイサの青い目が白くなった。愛人のフローレス大尉は立ちあがった。

「行ってくる。当直なんだ」

彼は広場を出ると、ルチの家まで歩いていった。

「ルチ、おまえ、フリアが羨ましいか？」

ルチはちょっとの間考え込んだ。

「どうしてそんなことを聞くんだい？」

「女たちがどうしてフリアを嫌うのか知りたいんだ」

「たぶんあたしたち、誰もフリアのように好いてもらえないからだろうよ」ルチはいさぎよくそう答えると、彼の首に抱きついた。

ホテルの女中たちは、将軍は部屋に戻ると「情け容赦なく」愛人を鞭で打った、と語った。廊下には、鞭の音とうめいているようなとぎれとぎれの男の声が聞こえてきた。しかしフリアの声は何も聞こえてこなかったという。そのあとで将軍は台所の手伝いをしている老女のグレゴリアを探しに出かけた、というのも、彼女には薬草の知識が豊富にあったからだ。

「アリエタ医師に来てもらいたくはないんだ。あんたにフリア嬢の治療をしに来てもらいたい」

そう言うフランシスコ・ロサスの声は乱れていた。

夜中の十一時にホテルを出て、老女は薬草を取りに自分の家に帰った。ホテルに戻り、愛人たちの部屋の戸を叩くと、将軍は部屋から出て庭の奥へ姿を消した。グレゴリアは湿布薬と洗浄水を用意し、それでイステペックでもっとも愛されている女の血だらけの肌の手当てをした。それから、ロサスの情熱が弱まるように煎じ薬も作った。しかし、フリアは老女の忠告を聞いてはいないようだった。

「いいかい、セニョリータ、彼があんたとベッドに入るまえに一杯やっているとき、グラスにこれを入れるんだよ。ただし、あたしがこの薬をあんたに渡したなんて言わないでおくれ、殺されちまうからね……」

フリアは目を閉じてベッドに横たわり、何も答えなかった。グレゴリアは彼女を慰めようとした。

「いまにわかるよ、お嬢ちゃん。神様のお助けで将軍はあんたを愛さなくなるだろうよ。男がこんなふうになると、女に命で償わせようとするもんだ。だけど、そのまえに神様が助けてくださるさ。いまにわかるよ」

フリアはじっと動かずに、老女に身をゆだね、震えながら気付薬にブランデーを少しずつ飲んだ。頬についた紫色の鞭の跡が、その顔色をよけいに青白く見せていた。

「セニョリータ、誓ってこの薬を将軍に飲ませるんだよ！　あの人は呪われているんだ」

フリアは震えつづけていた。

「それから教えておくれ、詮索して悪いんだけど、将軍をこんなふうにしてしまうのに、あんたの国ではどんな薬草を飲ませたのかね?」老女はたずねた。

「何も、グレゴリア」

「つまり、ひとりでにここまで夢中になってしまったのかい?」

「そうよ、グレゴリア、ひとりでによ」

遅くなってから、将軍は部屋に戻ってきた。フリアがベッドに横になっているのを見て、彼女に近づくと、指先でその髪の毛をそっとなでた。フリアは身動きもせず、愛人は椅子に腰をおろして泣いた。彼女は彼を泣かせておいた。

「あたしはもう行くよ、フリア嬢ちゃん」グレゴリアがおずおずと言った。

ふたりとも答えなかった。

「ここに煎じ薬を置いておくよ、フリア嬢ちゃん。それに将軍にも一杯あげるんだね。きっと効果があるよ。とても疲れておいでのようだから」と、老女は意味ありげに片目をつぶってつけ加えた。

フリアは無言のまま、将軍は顔を手で覆ったまま、おやすみ、とも言わなかった。

XIII

ここからグレゴリアの家が見える。あの夜の彼女が見えるようだ。ちょうど家について、扉を開けながらなかに入るまえに十字を切っているところだ。家のなかにはびんがならんでいる。灯油が入っていたり、ゼラニウムやチューリップで一杯になっているものもある。庭には、記憶のなくなる薬草や恋をするための草、また怒りを鎮める草とか、敵から逃れるための薬草などが生えていた。でもグレゴリアが魔女だったなんて思わないでもらいたい。いいや、グレゴリアはわたしが悪い評判をたてられるもとになったニエベスのようではなかった。ずいぶん遠くから人々はニエベスに会いにやってきて、魔術にかけられることになる者の服の切れ端や、髪の毛の房、写真などを渡したものだ。沿岸地方の出のマルタがファン・ウルキーソといっしょにイステペックにやってきてから、もう何年になるだろう？　ニエベスから彼にほれ薬を渡してもらおうと、ここまで連れてきたのだ。月日は過ぎ去り、マルタが故郷で死んだことを、わたしたちはニエベスの仕業でほうけた顔つきになったまま、歩いて首都《メヒコ》へ行く途中にイステペックを通ったファン・ウルキーソから聞いた。それ以来、年に二度、彼はわたしの通りに姿を現すようになった。一度は首都《メヒコ》へ行くときに、もう一度はそこから帰るときにだ。マルタが死んだ日には沿岸地方にいてやりたい、というのがその旅の目的だった。行くのに六か月、帰るのに六か月かかり、いつも徒歩だった。彼が戻ってくるのを見て、わたしたちはちょうど一年たったことを知ったものだ。

こうして彼は自分が不幸とも思わずに、平穏に過ごしていた。商人だったから、商品を目いっぱい積んだらばを何頭か引いていた。ぼろぼろのワラッチェを履き、破れた服を着て真っ黒に日焼けした肌と限りなく青い目をした彼を見て、人々は同情した。誰もその家族のことは知らなかった、ファン・ウルキーソはスペイン人だったからだ。彼がイステペックを通ると、ドン・ホアキンは自分の家に泊めてやり、赤れんがのふろ場に石けんとタオルを用意させ、清潔な衣類を与えた。彼はありがたくほどこしを受け取り、一晩村に泊まって、夜が明けると首都《メヒコ》か、海岸か、行きか帰りかによってどちらかを目指して出発して行った。ドニャ・マティルデが頼み込むようにすすめる。

「ねえ、ドン・ファアン、二、三日ここで休んで行きなさいよ」

ファアン・ウルキーソは休むわけにはいかなかった。

「ドニャ・マティルデ、あなたは本当に良いお方だ。でも、あっしにはマルタを裏切るなんてことはできませんや。一日遅くなれば十一月の十四日に海岸に着くのは無理なんでね。ドニャ・マティルデ、あっしに起こった不幸をご存じないんで？　マルタが死んだ日なんですよ。あいつを独りぼっちにするわけにはいかんのです……あいつと話ができるのはその日だけなんで……あいつを覚えておられますかい、ドニャ・マティルデ？」

そう言うとファアン・ウルキーソは、わたしたちみんなと同じように事情はわきまえている夫人が、こう言って慰めるまで泣きつづけるのだった。

「もう泣かないで、ドン・ファアン、十一月十四日はもうすぐですからね」

十五年まえに彼は旅することをやめた。ティストラの近くの平地で死んだということだ。もうずいぶん年を取っていたから、頭にはわずかな白髪が残っていただけだった。きっと、強い日差しが照りつけていた日だったに違いない。


フリアがあの飲み物を将軍に飲ませたのかどうか、わたしたちは知らない。フリアは無口で心を開くことはなく、運命が変る度にかたちを変えるそのほほえみのなかに閉じこもって、つねによそ者を決めこんでいた。そして日々は一日また一日と同じように過ぎていった。昼食は十二時半、そして三時にはわたしの通りを行き来する者はほとんどいなくなる。村人たちはハンモックで昼寝をし、暑さが退くのを待つのだ。庭も広場もよどんだ細かい塵で覆われ、息をするのも苦しくなる。犬どもは教会の前庭のアーモンドの木陰に寝そべって、ほとんど目を開けず、台所の火は消えて、夕方六時になるまで点けられなかった。ラ・ヌエバ・エレガンシアという名の洋服店を営むトルコ人のセリム夫妻は胸の上にはさみを置いたまま、カウンターの後ろでうとうとしていた。息子たちが真っ黒いコーヒーを小さなカップに入れて運んでくる。「暑いときにはもってこいだよ。あっちではこれで眠気をさましたり、ほてりをとったりしてたんだ」

広場では、アンドレスが露店の下に引っ込んで、ピンク色の羽ぼうきでココナッツキャンディに群がる蜜蜂や蠅を追い払っていた。

「フリアの売女に何が起ころうと、俺には関係ないね。そこへゆくと感じがいいのはあの娘たち、双子の姉妹の方だな。中佐はまったく運がいいよ、美人をふたり、それもふたり同時に見つけるなんてよ！」と、アンドレスは言い、ロサとラファエラがキャンディを買いにやってくると、ただ同然でふたりに菓子を渡してやった。

近くでは、タマリンドの幹にくさりでつながれた鷲のルセロが、主人が与える臭いのする生肉の塊を、獰猛な目つきで見張っている。

「で、どこで捕まえたの？」生き物の迫力におびえて、双子はいつもこう聞いた。

「とても高いところだよ、お嬢さん、よいものならなんでもある場所だ」

飲み物売りのファナは自分の露店の後ろに座り、レモンの皮をむくせいで濡れてピンク色をした指をおろし金の上にのせ、色とりどりの飲み物目当てでやってくる浮浪児たちをののしるのをやめにして、まぶたを半分閉じ、うとうとしていた。

ハビエルは籠の山から離れて、麦わら帽子を深くおろし、ござのうえに横になって、たまに店のそばを通りかかる女たちの脚をのぞき見していた。

馬車引きたちは御者台に座って動かず、あぶを嫌って足踏みをする馬の脚音だけが聞こえてきた。午後は同じようにくり返され、アリエタ医師だけが、暑くて乾燥したこの季節のイステペックでよく起きる熱病のせいで、この時間にもあちこち駆けずりまわって働いていた。

フリアがホテル・ハルディンを出たのは、そんなある午後のことだ。その時刻、愛人たちは昼寝の最中で、閉じられたよろい戸がそのむき出しの腕や湿った髪の毛を彷彿とさせていた。ドン・ペペ・オカンポは引きとめようとした。

「お願いだ、セニョリータ、出ていかないでくださいよ!」

「あたしの勝手でしょ!」フリアは高飛車に言った。

「将軍はじき戻られますよ。あの方のおっしゃることを鵜呑みにしてはだめです。戻ると言われた時間よりまえに戻られるに決まってるんですから」

「じゃあ、そのときはあなたが代わりにしばらくお相手してあげて」

「セニョリータ・フリア!」彼女が出ていくのをとめようと、老人はロビーを行ったり来たりしながら懇願した。フリアはそれを冷たく眺め、立ちどまって老人が走りまわるのをやめるまで待った。

「私のことをかわいそうだと思ってくださいよ！　あんたを行かせるわけにはいかないんだ。もし将軍に知れたら、どんな目にあうか……」

「何も言わなければいいわ。すぐ帰りますから」そしてフリアはドン・ペペを押しのけて外に出た。化粧はせず、髪はきれいに梳かれ、そのばら色の唇はあせていた。歩道を行く彼女の姿に、広場にいた商人たちはみんな立ちあがった。

「おい、誰がやってくるか見てみろよ！」アンドレスは仰天して叫んだ。

「それもひとりでだせ！」ハビエルは帽子の下から顔をあげて答えた。

「あの目立ちたがりやがどうしたって？　あの娘は不幸な最期をとげると、あたしは思うね」

そう言うとフアナは口をぽかんとあけて、明るい色のモスリンのドレスを着てやってくるフリアを眺めた。青ざめたその顔には、まだ数日まえの鞭のあとが薄黒く残っていた。太陽の光の下で、彼女はさらにはかなく見えた。フリアは広場を横切ると、コレオ通りを下っていった。

「彼のところへ行くんだな」

「だから言ったでしょ、彼は彼女のために来たんだって」

「あんな美人が、残念なこった。もうこのあたりで見かけることもなくなるな」そう言うとハビエルは帽子を傾けた。

「あの娘が歩くのは、この午後が最後だわね」フアナが締めくくった。

馬車引きたちは御者台に座って、フリアが進む道筋の情報を絶えまなく送ってよこした。フリアは素足にかかとの高い靴を履き、調子をとってかなりの速さで歩いていた。

「パストラナ家のまえを通りすぎたぞ」

フリアの姿は徐々に小さくなり、曲がりくねった通りの向こうに消えた。モントゥファル家のまえを通り、反対側の歩道に渡って、ドン・ホアキンの家のまえで立ちどまると、何度か扉を叩き、落ち着いて待った。なかでは訪問客があるとは思ってもおらず、扉の音は庭の茂みのなかに吸い込まれていった。しばらくして、テファが扉をあけた。

「奥様はおいででしょうか?」フリアはあの独特の声でたずねた。

「少々お待ちを……」テファは突然の訪問に度胆を抜かれて言った。

フリアはなかへ入ろうとせずに、陽のあたる通りで待った。走ったために息を切らしながらテファが戻ってきた。

「どうぞこちらへ、セニョリータ」

フリアは家のなかに入り、あの切れ長の目でまわりを見まわした。影のなかに隠れている何者かを探していたのだ。ドニャ・マティルデが廊下に姿を現した。びっくり仰天し、寝起きの顔でまぶたを腫らし、枕のレースの跡をまだ片頬に赤く残していた。フリアは突然、自分の訪問が目的を失なってしまったかのように呆然とした。

「すみません、奥様、どうかお許しを。私、フリア・アンドラーデと申します……」

「もう存じあげておりますよ……いえ、遠くからお見かけしただけですが……」夫人はどぎまぎして言葉を切った。

フリアに見振りでついてくるように言い、ふたりは薄暗い廊下をひっそりと進んだ。足音が赤いタイルの床に響いてうつろな音をたてた。「この女は何をしに来たんだろう？　悪い結果にならなければいいけど！」と夫人は思ったが、フリアはフリアで、自分の立場を説明しようと準備してきた言葉を忘れてしまいそうになっていた。「言わないでおこう……言えないわ……」客間の入口に着いたとき、フリアは口のなかでくり返した。ふたりはその涼しい奥まった部屋に顔をこわばらせて入っていった。めったに使われることがないその部屋の住人は、黒い小机の見張りに立つ陶製の羊飼いと、髪に薔薇の飾りをつけ、足元にはよく慣れた金色の虎をはべらせてテラスに横になったポンペイの女たちだった。扇子や鏡や花束が飾られ、壁の高いところにはみこころの像がかけられて、ろうそくがともされていた。ひじ掛け椅子の上には縫い終わったイサベルとコンチータの衣装があった。ドニャ・マティルデは衣装を片づけて言った。

「失礼、お芝居の衣装ですのよ」言ってから自分の言葉に困惑してほほえんだ。この訪問者はなんと思うだろう？　ちゃんとした家庭に芝居の衣装だなんて！

「甥や姪たちがですわ、私たち家族のためにお芝居をやろうというんですの……」

ふたりは客間の椅子に腰をおろし、どぎまぎして見つめあった。フリアは顔を赤らめてほほえもうとし、夫人を眺めた後、自分の指先に目をやった。話を切りだすことができなかったのだ。ドニャ・マティルデは何を言うべきかわからずに、落ち着かない様子で訪問客が話をするのを待った。こうして、ふたりはしばらくのあいだ、おびえたようにほとんど相手と目をあわせずに、ひそやかな笑みを浮かべていた。

「奥様、フェリペに出ていくようにおっしゃってください……将軍は今日はトゥスパンに出かけていて、遅くまで戻りません。だから、忠告に来たんです……」

初め、ドニャ・マティルデは誰のことを話しているのかわからなかった。少ししてフェリペというのは自分の家の泊まり客の洗礼名だということを思いだし、突然に思いが乱れて呆然とした。

「なんでフェリペが出ていかなければいけないのかしら……フリアが忠告しに来たって、どうしてまた……」

「将軍は彼を殺すつもりなんです……」フリアが耳元に言葉を寄せてささやいた。

ドニャ・マティルデはぎょっとして彼女を見つめた。フリアが自分の家の門先に姿を現すことなどなければよかったのにと思い、来てしまったからには一刻も早く立ち去ってもらいたいと思った。でもどうしてそんなことが言えるだろう？　フリアを見て、彼女こそ裏切りのかどでまっさきに将軍に殺されるだろうにと考えた。

「それであなたは？」と夫人はたずねた。

「あたし？　将軍にはわかりっこありませんわ」フリアは自信なげに言った。

「密告する者がいるに決まってますよ」

そう言うと、夫人はこれがフリアを見る最後になるかもしれないと思い、つくづくとその姿に見入った。「この娘をどうこうするなんてこと、将軍にはできるかしら？」目の前にいる娘は、はかなさのなかに暴力的なものを秘めた幼い子供のように見えた。まるで不幸の前ぶれのように娘は自分の家に入ってきたのだ。この世のものとは思えない彼女の存在は、軍隊の存在より危険だった。夫人はフリアのきゃしゃな胸元や弱々しい鎖骨、ばら色のモスリンのドレスやスカートの上に置き去りにされたような二本の手を眺めた。ろうそくの灯がちらちらとまたたいて、その金色の肌にオレンジ色の光を投げかけている。フリアの目は涙で大きくふくれ、うるんだ笑みが唇に浮かんだ。突然、氷のつぶをともなった激しい風が部屋を吹き抜けた。

「彼に会わせていただけません？」

フリアの声は、光り輝くその体から発する激しい嵐の真只中から、ドニャ・マティルデの耳に届いた。きらきらとした彼女の姿は、分裂してガラスの破片となった。夫人はめまいを覚えた。

「……ほんの数分だけでも」フリアの声が今度はドニャ・マティルデの耳元に迫った。冷たい風が吹いて氷のつぶは消えた。落ち着き払ってスカートの上で両手を組み、羚羊のような暗く用心深い目でこちらを見ているフリアが見えた。そのときフェリペ・ウルタードが部屋の戸口に姿を現した。フリアは立ちあがってゆっくりとした足取りで迎えにいき、ふたりは廊下の奥へ姿を消した。ドニャ・マティルデは泣きだした。この午後の衝撃と、フリアの存在によって引き起こされた幻影のせいで、泣くよりほかに道はなかった。あるいは、夫人は自分がひどく年とったように感じたのかもしれない。

フリアとウルタードは庭を通り抜けて彼の部屋に入った。通りがかりに羊歯を眺めながら、あたかも別の次元に属しているかのように、腕を組んで歩いていった。使用人たちが遠くからふたりを見張っていた。

「フリアが来たよ！」

「ドン・カストロはうまいことを言ったよな。男の行くところには、かならず女ありってね」そして彼らは、風のなかにフェリペ・ウルタードをイステペックにまで連れてきた光り輝く足跡を見つけようとした。

使用人たちはひとかたまりになって台所へ通じるアーチの下に陣取り、閉ざされた別棟をしっかりと監視していた。なかにあの恋人たちがいるのだ。どんなことを言いあっているのだろう？　別棟は静まりかえり、庭も穏やかで、台所までふたりの夢のおこぼれが漂ってきた。教会の塔が五時を告げ、空の色が変わりはじめて、木々の枝がさらに暗くなった。鳥たちは沈黙し、たそがれの最初の香りが家中に広がった。時は過ぎていったが、別棟は静かなままだった。

「あの人たち、命で償うことになるだろうよ……」

使用人たちは、庭に出てきたフリアのドレスの影を見て悲しくなった。フェリペ・ウルタードがつき添っていた。恋人たちは落ち着いていて、その動作は穏やかだった。

「気の毒にねえ……ほんとに気の毒に！」

若者たちは、ドニャ・マティルデが身動きもせずに待っていた客間に戻った。ふたりを見て夫人は取り乱した。彼らのことなど忘れてしまっていたと言うべきだろう。

「まあ！　なぜいらしたんだったかしら？」

「彼に出ていくように言おうと……」

「ああ、そうだったわね、出ていくように……いますぐ旅の支度をしましょうね……」

夫人は女中たちに指図をしに部屋を出ると、「やることがたくさんあるわ、たくさん……」と廊下に立ちどまって両手を眺めながらくり返した。

ウルタードが来たとき、最初に感じたのはごく小さな砂つぶが時計の装置に入りこんで微妙に、しかし確実に時間を変質させるように、彼もまた厳格に作りあげられたこの家の秩序を壊しに来たという印象だった。今日という日、午後は庭の木々に紛れこみ、大騒動が引き起こした予期せぬ混乱のなかで、あらかじめ計算してあった時間も行動もこなごなに砕けて足元に散ってしまった。

「あたしは何をしたらいいの?」と言うその言葉には意味がなく、小さな事がらで成りたっていたその全人生は壊れた機械のようになってしまった。「時間の外で生きるなんて、弟のマルティンは賢い」とわけもわからずに考えた。計算はすべて無駄になってしまった。使用人たちが夫人の指図を待っていた。

「あの青年の旅の支度をしてやらなくちゃ」と口にはしても、どの旅のことを話しているのか、何を支度するのか、わかってはいなかった。

「ホアキンはもう帰ったの?」

「いえまだです、奥様」

「なんだってこんな時間に外をうろついているんだろうねえ?」よそ者が来て生活に生じた目に見えない亀裂が、この瞬間にけたたましい音をたてて広がり、稲妻のような速さで近づいてくるその暗い裂けめに、建物全体が吸いこまれてしまうのではないかと思われた。

「あら、日が暮れたわ」フリアが不思議な声を出し、イステペックにある影という影を全部この家に呼び寄せたかに見えた。夫人はフェリペを眺め、夕刻の薄暗がりのなかでその温和な表情を見てとると、最初に会ったときと同じようにこのよそ者に心を許した。そして「運命はいつも思いがけない顔を選ぶのだわ」と、あきらめ顔で思うのだった。

「あなたが彼についていけるようにお手伝いしますよ」もはや何をしても自分の運命をふたりの運命から切り離すことはできないと観念して約束した。

フリアは両手をしっかり握りしめて二、三歩踏みだし、急いで音もなく玄関に向かって走ると、扉を開けて通りへ出ていった。

フェリペ・ウルタードは彼女を追って走ったが、扉の閉まる音に立ちどまった。閉まった玄関の扉のまえでためらっていたが、額に手をやってたばこを一本取りだし、それに火をつけると、何も言わずに庭を横切って別棟に閉じこもった。

「行って、甥たちに今日は芝居はやらないって言ってきておくれ……フリアのことは一言も言うんじゃないよ！」ドニャ・マティルデは激しい口調で命じ、また泣きだした。その午後、泣くのはそれが二度目だった。

XIV

フリアはホテルに帰るのに、来たときと同じ道は通らなかった。帰りは人気のない通りを探し、塀際をゆっくり歩いていった。ひどく怖がっているようだった。薄暗がりのなかですれ違った人々は、誰も彼女に気づかなかった。彼女をとりまいていた亡霊は取り残され、フリアの記憶は追い払われて、お祭りさわぎの日曜日や隅々に明かりのともされたダンスの広場、着る人のないドレス、役たたずの愛人たち、仕種や宝石などがすっかり石畳の上に落ちていった。かかとがじゃまになって靴を脱ぎ、通りがかりの家の敷石の上にきちんとそろえて置いた。そうやって、目のまえにそびえ立つ白い壁のような未来に向かって歩みながら、裸足でホテルの玄関まで帰ってきた。壁の向こうには子供の頃に自分を育ててくれた物語があった。「昔々、話をする鳥と歌をうたう泉と金色の実がなる木がありました」フリアはその木がきっと見つかるだろうと信じて進んでいった。ホテルではフランシスコ・ロサスがフリアの帰りを待って、その陰気な長身で入口をふさいでいた。フリアはそれを見ても彼とは気づかなかった。

「どこへ行ってたんだ?」男は低い声でたずねた。

「行ってたんじゃないわ。見にいくのよ」フリアは十二歳の体と顔で答えた。ロサスはフリアの子供っぽくもつれた髪とその目にかぶさる巻き毛を見、裸足の足に目をやった。女の肩をつかんだ。

「何を見にいくんだ?」乱暴に女を揺すりながらたずねた。自分が手をかけているのが見たこともない少女のような気がして、もう一度怒りにまかせて揺さぶった。

「木よ」と、フリアは答えた。

「木だと?」

フランシスコ・ロサスは憎しみをこめてフリアを揺すった。まるで彼女こそ彼から世界を覆い隠す木に他ならないとでもいうように。

ドン・ペペ・オカンポが、柱の陰からふたりの様子を伺っていた。「何をやらかしてきたか、わしは知っとるぞ、この恥さらしの売女めが……」

ラファエラとロサは自分たちの部屋に閉じこもったままだ。アントニアはベッドのふちに腰かけて、フスト・コロナが無理にも答えさせようとしかけて来る質問へ「はい」か「いいえ」で答えている。ルイサはランプを消してベッドに横になったまま動かなかった。フリアが出ていってからというもの、ホテルは驚くほど静まりかえっていて、フランシスコ・ロサスとフリア・アンドラーデが自分たちの部屋に入るのを聞いた者はひとりもいなかった。


ドニャ・マティルデは扉に錠をおろし、かんぬきをかけて犬どもを放した。使用人たちは沈みきって台所に集まり、無言でフェリペ・ウルタードの夜中の旅の支度をした。青年は別棟に閉じこもったまま、テファが呼んでも答えなかった。夜が庭に忍びこみ、家はおびえて自分の殻のなかへ退却していった。

誰かが入口の扉を叩いたので、使用人たちと夫人は急いで玄関へ向かった。

「どなた?」ドニャ・マティルデは敵が来ると予想して、扉にぴったり身を寄せながらきいた。

「わしだ! ホアキンだよ……」夫は妻のただならぬ声に驚き、扉の反対側から答えた。「もう、始まったか」と思ったのだ。使用人たちはかんぬきをはずし、ふたたび錠をおろした。

「ホアキン、大変なことが起きたのよ!」

彼は青ざめた。イステペックを歩いていて、フリアが自分の家に来たことを知り、村が災難を予想していることは知っていた。

「良い結果になるはずはないぞ」イステペックの人々は口をそろえてくり返した。近所の家々はよろい戸をおろし、早くから引きこもって、通りという通りは静まり返っていた。

夫妻は夫人の部屋に入ったが、しばらくするとドン・ホアキンが部屋から出て別棟へ行き、扉を叩いた。長い間叩きつづけたが返事は返ってこない。フェリペ・ウルタードに逃げるように言うつもりだった。カストロがティストラに連れていってかくまえば、危険をやり過ごすことができるはずで、後はどこへでも好きなところへ行けばよいのだ。しかし、客はそんなことに耳を貸す気にはなれなかった。暗い部屋のなかで黙り込み、扉を叩く音にも彼の身を思う呼びかけにも耳を閉ざしつづけた。たったひとり身じろぎもせずにベッドに横たわって、一体何を考えていたのだろう。

犬どもが主人の恐怖を感じとり、うろうろと落ち着きなく庭を見張っている。使用人たちは台所に車座になって声をひそめて話し、静かにたばこを吸いながら夜の物音に耳を澄ましていた。ときどき彼らのところにまで、ドン・ホアキンが青年の部屋の戸を用心深く叩く音が聞こえた。カストロは食物の入った袋とペソ貨でふくらんだ胴巻きをそばにおいて、客が旅に出るために部屋から出てくるのを待っていた。

「あの若造、生きるのが嫌いとみえるな」

「彼女のために来たってのに、ひとりで行けって、おまえだったら言えるか?」カストロは自分の言葉に自信をもって答えた。

夜の十時をまわったころに、フランシスコ・ロサスは軍服の胸をはだけ、顔も髪もほこりだらけにして静まりかえった村を通り抜けた。どの家でも、よろい戸の後ろでこっそりそれを見張っている気配がした。

「来たぞ！」「来たぞ！」という声がバルコニーからバルコニーへ伝わった。軍靴を引きずって歩く自分の姿を見ている影の者たちにおかまいなく、フランシスコ・ロサスはそのまま歩きつづけた。この時間、静かな分いつもよりも大きく見える広場を横切り、パンドの酒場の扉を押しあけ、ひとりでテーブルについた。ひどく疲れた目をして、表情はうつろだった。軍人たちは誰も言葉をかけようとせずに、みんなうつむいて自分たちのコニャックを飲み、彼を見ることを避けている。将軍はテーブルの上で腕を組み、頭を垂れた。眠っているように見えた。

自分の家のバルコニーからドニャ・エルビラが合図した。「来たわよ！」ドニャ・マティルデはよろい戸から離れて庭に出ると、別棟の扉口に座り込んでフェリペ・ウルタードを呼びつづけている夫を探した。

「もう遅いわ……将軍がこの辺りを歩きまわっているのよ……」と、夫人はつぶやいた。

「神のご意志におまかせするよりほかないだろう」

夫妻は自分たちの部屋に戻り、ランプの灯を消して小さなろうそくの灯に頼った。

「かわいそうに、あんなによい人なのにねえ……」夫人は椅子の端に腰かけて言った。

「服を脱ぐんだ！　こんなところを見つかってはめんどうだぞ……あやしいと思うに違いない」夫が命じた。

ふたりは寝巻き姿で、ろうそくの光もほとんど届かない部屋の暗闇で待った。夫人の白い寝巻きがさまざまな色に染まる。光はオレンジ色から緑になり、青にかわって、そのあと赤くなり、ふたたびはげしく燃えて黄色になった。光の反射が時間を引きのばして見せている。部屋の隅々にとてつもない形が現れ、巨大な油虫の臭いが透き間から入ってきて、ねばねばした湿気が壁やシーツに染み込み、外では木から病葉の落ちる音がしていた。昆虫が行ったり来たりして息が詰まりそうな音を立てている。熱帯の夜は幾千という動物たちにむさぼり食われて、四方八方に穴をあけられつつあった。ふたりは無言で穴が攻め入ってくる音を聞いていた。

「怖いわ……かわいそうだわ、あんなによい人なのに」

「あんなによい人だったのに、と言ったらどうだね？」夫がつらそうに答えた。

「そうね……あんなによい人だったのに」

夜の十一時頃、うそのように静けさが一時間まえの不安に取って変わった。おそらくすべては将軍への恐怖のなせるわざだったのだ。たぶん将軍は想像していたほど恐ろしい人間ではなく、ことは思いどおりに運ぶかも知れない。時計が規則正しく時を刻み、夜はいつもの速さで更けていった。影に穴をあける音はやみ、強烈な臭いは消えて気持ちの良い香りに変わった。夫妻はベッドに横になって十二時の鐘を聞いた。

「神は聞き届けてくださったんだ」ふたりは言った。

フェリペ・ウルタードは、暗闇のなかでひとり思いをめぐらせながら待っていた。ドニャ・マティルデは、夜中にひとりでいる青年を想像してみた。

「男らしい青年だ。彼女を放ってひとりで行くわけにはいかないのさ。運命を共にしようというんだよ」ドン・ホアキンが言った。

ふたりは青年のことを想像しようとした。こんな時間に、何を考えているんだろう？　フリアへの思いに耽っているのだろうか、彼女が残した痕跡をたどりながら……あるいは泣いているかも知れない。

「将軍の愛より彼の愛の方が強いと思う？」夫人がたずねた。

「さあね……おまえこそ一緒にいるところを見たんだろう？　どう思うかね？」

ドニャ・マティルデはどう答えたものかわからなかった。急に好奇心にかられたことを恥じてふたりは黙りこんだ。これは友人の信頼に対する冒瀆だ。愛は神秘的なもので、秘密にしておかなければならない。軽い眠気が雲のように目を覆い、ふたりとも穏やかな眠りについた。

夜中の一時過ぎに軍楽隊の音が聞こえた。村のなかをまわり道はせずに、ドン・ホアキン・メレンデスの家をめざして、まっすぐにコレオ通りを下ってきた。

「来たわ、ついに！」ドニャ・マティルデはびっくりして目を覚ますと叫んだ。

夫は答えなかった。冷たい汗が首筋に流れた。彼は目を閉じて待った。

近所の人々がよろい戸の透き間から成り行きをうかがっている。将軍は馬に乗ってやってきた。楽隊の音に混って、石畳の上で足踏みをする馬のひずめの音が聞こえる。馬に乗った軍人たちが後に続き、口々に叫ぶ声がした。隊列はドニャ・マティルデの寝室の窓格子のまえでとまった。楽隊が演奏を続けるなかで、誰かが主人の名前を苗字をつけて呼び、玄関の扉を力まかせに叩いた。

「ドン・ホアキン・メレンデス、扉を開けたまえ！」

フランシスコ・ロサス将軍の声だった。夫人は恐怖で体が硬直したまま動けなかった。夫はベッドからはね起きると、部屋のなかを行ったり来たりした。馬のひずめの音を聞き、軍楽隊の演奏を聞いて言葉を失ない、すべては何かの間違いで、この乱暴な男たちが探索に来たのは自分の家ではないというありもしない希望にすがりついた。家のなかでは犬どもが吠えながら、狂ったように廊下を駆けまわっている。外では扉を叩く音が続き、窓が大きな音をたてて揺れた。声がイステペックク中に響き渡った。

「開けろ、ドン・ホアキン！」

主人はバルコニーへ向かった。妻はとめようとしたが、夫は乱暴に振り払った。

「手始めに、あなたが撃たれてしまうわ……」

「いま行きますよ、将軍！　こんな時間に何のご用で？」そう言うと、ドン・ホアキンは覚悟を決めてよろい戸を開け放った。

「音楽をどうも、かたじけないことで、将軍！」なごやかにやろうと努力してつけ加え、不安げなまなざしで暗闇のなかに将軍の顔を探した。

将軍は馬に乗ったまま、バルコニーの手すりをつかんだ。

「セニョール・メレンデス、私はうさぎを一匹探しに来たのです」

ドン・ホアキンは笑いだした。

「いやはや、将軍！　こう鳴り物入りで来られては、うさぎはとうていやぶのなかに逃げ込めませんよ」

将軍は手すりをつかんだまま、落ちてしまうかと思われるほどぐらついた。酔っていたのだ。

「そう願いたいものだね！」

「で、どのうさぎなんです、将軍？」

フランシスコ・ロサスは、ばかにしたような目つきでドン・ホアキンを一瞥し、馬上で体勢を立て直した。

「ごたいそうなこの家に隠れている、いま話題の奴ですよ」

「なんと！　マティルデ、コニャックをひと瓶を持ってきてくれ、将軍と私で一杯やろうじゃないか！」ドン・ホアキンは将軍の気をそらそうとした。こちらが友好的な態度をとれば、相手も気持ちをやわらげるだろうと思ったのだ。将軍は手すりをつかみ直してうなずいた。ひどく疲れていていまにも泣きだしそうな様子だ。

「コロナ！　ヘネシーをよこせ！」

大佐が馬に乗って、瓶を手に闇のなかから現れた。

ロサスは副官が差しだす瓶をつかみとり、一口飲んでからそれをドン・ホアキンに渡した。

「君たち、ラス・マニャニタスをやってくれ。あの馬鹿野郎を起こすんだ！」

軍楽隊は将軍の命令に従った。

これぞマニャニタス
ダビデ王の歌いし歌
麗しき乙女へ

捧げる歌
目覚めよ、乙女、目覚めよ……

フランシスコ・ロサスは馬上で音楽に聞き入り、ドン・ホアキンは無視された。

「将軍に乾杯！」彼は大声で叫んだ。

「あんたにもだ！」と、軍人は答え、メレンデス氏の手から瓶を受け取るとまた飲んだ。

「女のことで貧乏くじを引くなんて、ひどいじゃないか」コニャックを飲みほしながら、フランシスコ・ロサスはこぼした。

「服を着たまえ！　一緒にひとまわりして、あのうさぎを片づけるんだ」突然、将軍が命令を下した。

「でも将軍、もうちょっと話をしましょうや」

「服を着るんだ！」将軍は濁った目を向けてくり返した。

ドン・ホアキンは自分の部屋に行き、困惑のきわみで身支度を始めた。ドニャ・マティルデは椅子に座りこみ、呆然として夫が服を着るのを眺めていた。廊下では女中たちが大きな声で祈りをあげている。「ご先祖様、マリア様、われらをお救いください！」彼らはランプに灯を入れようとはしなかったので、ため息と泣き声が闇のなかに響いた。裏庭に面した部屋で寝ていた石けん売りたちが「羊歯の庭」に出てきた。

「何時間もまえからこの家は包囲されているよ」彼らは怖そうに報告した。

フェリペ・ウルタードの部屋だけが、家のなかで起こっていることには関わりなく静寂を保っている。

通りではあいかわらずどなり声が飛び交い、演奏が続けられていた。また将軍の声がした。

「服を着るようにと言え！　裸のまま殺すのはいやだからな！」

「そのうさぎにも、名前はあるはずですな、将軍！」ドン・ホアキンは競争相手の名前を言わせようと、冷たく言い放った。

「おい、ヘロニモ！　あいつなんて名前だったか？」将軍は部下のひとりに向かってどなった。

「フェリペ・ウルタードであります、将軍！」反対側の歩道から、呼ばれた男が素早く答え、馬のたずなを引きながら、ドン・ホアキンのバルコニーに近づいた。ドン・ホアキンはピストルを腰にさし、窓から顔を出した。

「もう一杯どうです、将軍？」

「よかろう」とロサスは答え、瓶を口に持っていき、それからドン・ホアキンに渡した。

ドニャ・マティルデは別棟の入口まで出向いて、そっと戸を叩いた。よそ者の青年が姿を現し、うす暗がりのなかでその悲しそうな目が見て取れた。青年がまえに立つと、夫人は泣きだした。

「あの連中があなたを探しに来たわ……」

客は自分の部屋にとって返し、旅行鞄を手にして出てきた。将軍の陰鬱な声が聞こえてきた。

「いいかね、ドン・ホアキン、あんたの家で殺したくはないんだよ」

フェリペ・ウルタードは夫人を抱き締めた。

「さようなら、ドニャ・マティルデ、ありがとうございました。見も知らぬ者のためにあなたがたがこんなにひどい目にあうなんて、どうか、どうかお許しください」

廊下をなかば行ったところで立ちどまると彼は言った。

「ニコラスに伝えてください、芝居をやるようにって！」

使用人たちは涙で目を曇らせて、彼が去っていくのを見送っている。みんな服を着かけたまま髪をくしゃくしゃにし、心配そうな顔をしていた。「彼のことをとやかく言ったり、いやいや仕えたりしたのは、許されることじゃなかった」イステペックの人々もみな、来たときと同じようになぞめいた仕方で去っていこうとしている若者の運命に心を乱されていた。そして、首都《メヒコ》から汽車でやってきたあの青年が実際何者だったのか、ついにわたしたちは知ることがなかった。そのときになってやっと、出身地のことも何をしにきたのかもきかなかったことに気づいたのだ。しかしもう遅すぎた。彼はその夜出ていこうとしていた。通りでは、フランシスコ・ロサスが馬に足踏みをさせ、ひとりの兵士がもう一頭の馬のたずなを引いていた。ドン・ホアキンのための馬だった。二頭の馬の脚の間にウルタードをはさんで連れていくことになっていたのだ。楽隊は演奏を続け、夜がいけにえを待ち受けていた。よそ者の青年は、使用人ひとりひとりに手を差しのべて別れを告げ、彼らは頬を涙でぬらしてじっと床を見つめていた。

「さあ！　将軍をお待たせするわけにはいきません」彼はドン・ホアキンに向かって大声で言った。

フランシスコ・ロサスは馬を駆けさせて、玄関すれすれに停止させ、大勢の者がそれに倣った。楽隊は演奏しながら後に続こうとした。

ドン・ホアキンはウルタードを押しとどめた。

「われわれみんなを殺す気なんだ!」と、老人は懇願した。

青年は彼独特の、見知らぬ風景で一杯のあのまなざしで老人を見た。ふたりは玄関に立って敵の叫び声に耳を澄ました。

青年は錠をあげ、かんぬきをはずして扉を開けると、外に出た。ドン・ホアキンが続いた、とそのとき、これまで決して起こったことのないことが起こった。突然、時がとまったのだ。いや、とまったのか、あるいはただ過ぎていく間、わたしたちが眠りに襲われていただけなのか、わたしにはわからない。それは経験したことのない眠り、全き静寂だった。人々の脈の音すら聞こえなかった。実際何が起こったのか、わたしにはわからない。わたしは時の外に、風もなくささやき声もなく、木の葉のざわめきもため息すら聞こえない場所にいた。わたしのいる場所では、こうろぎは歌う姿勢のまま決して歌わず、ほこりは空中に舞いあがったままそこにとどまり、薔薇の花は静止した空の下で凍りついたようになっていた。わたしはそこにいた。わたしたちはみんなそこにいたのだ。ドン・ホアキンは玄関のそばで片手を高くあげ、まるでこれまでもそしてこれからもずっとその絶望的な怒りの姿勢でいるかと思われた。使用人たちは主人のそばにいて、頬のなかほどに涙をつけたまま動かず、ドニャ・マティルデは十字を切っているところだ。将軍はノルテーニョにまたがったまま、ノルテーニョは前脚で宙を蹴りながら、この世のものではない目でそこで起こったことを凝視している。鼓手と喇叭手は何か一曲演奏しかけ、フスト・コロナは鞭を手に帽子をあみだにかぶって、パンドはほとんど人気のない酒場で銀貨を広い集めている客の方にかがみ込んだまま、動かなかった。モントゥファル母娘は恐怖に青ざめた顔をしてバルコニーの奥から様子をうかがっていた。モンカダ家もパストラナ家もオルベラ家も同じだった。みんながどの位の間この不動の空間をさ迷っていたのか、わたしにはわからない。

馬引きの男がひとり村に入った。彼の話によれば、畑地ではもう夜が明けはじめていたのに、コクーラの木戸まで来ると夜の闇に出くわしたということだ。イステペックだけがまだ夜なのを見て彼はびっくりした。まわりは朝だったからよけい暗く見えた、と彼は言った。恐ろしくて、その光と闇の境界を越えていいものかどうか迷ったという。躊躇していると、男がひとり馬に乗り、ばら色のドレスを着た女を腕に抱えて通っていくのが見えた。男はめだたない服装で、片手で女をささえ、もう一方の手で馬のたずなをとっていた。女は笑っていた。馬引きは彼らにおはよう、と言った。

「おやすみなさい!」と、フリアが大きな声で答えた。

ばら色のドレスや、笑い声、首に巻きつけた金のネックレスから察して、それは確かにフリアだった。馬で駆け抜けていったという。

ふたりは夜から脱けだし、コクーラへの道をとって、ばら色に輝く夜明けの光のなかに姿を消した。馬引きは村に入り、イステペック中が真っ暗に眠りこけていて、人々が通りやバルコニーで動かずにいた様子を、わたしたちに語って聞かせた。

「まわりの夜明けの光に囲まれて、そこだけ真っ暗な海のようだったぜ」と彼は言った。それから先、わたしたちがあの恋人たちの消息を聞くことはなかった。

第二部

I

　その後、わたしはふたたび沈黙した。フリア・アンドラーデやフェリペ・ウルタードの名前を口になどできるものではなかった。ふたりがいなくなってわたしたちは言葉をなくし、日々の挨拶をするのがやっとだった。

　フリアはもういないのだ。彼女のきらびやかなドレスが消えて、セレナータはすっかりくすんでしまった。もはやあの金のネックレスが広場の木々を照らすことはなく、将軍は彼女の持ち馬カスカベルを射殺してしまったから、わたしたちのもとに彼女の美しさを偲ばせるものは何も残らなかった。「ひどい人生だ、死んだほうがましだ！」わたしたちは、自分のものではない日々をさ迷っていた。

　フェリペ・ウルタードのことは忘れてイステペックに残されたその痕跡も消してしまわなければならなかった。それ以外に不幸を避ける道はなかった。「あの男は魔術師だった！」とドン・ペペ・オカンポは思い、不安げに椅子を玄関に持ちだして壁際に寄せて座ると、目のまえで午後が過ぎ、人々が行き交うさまを眺めるのだった。彼は腹を立てていた。

「とっとと失せろ！」たまに近づいてくる人間がいるといらいらして言った。あんたがたに何を言えというのかね？　ラファエラもロサも歌など歌わんし、ルイサもアントニアも黙りこくっている、平凡な名前に閉じこめられた四人の女たちはフランシスコ・ロサスを避けている、とでも？　手持ちの情報がつまらないものばかりなので彼は不機嫌だった。無言であのよそ者の青年と過ごした午後を再現しようとした。「わしに催眠術をかけおった！」フェリペ・ウルタードの言葉を思いだせなくなる度にくり返した。南部の村のほこりだらけの、最下層の連中しかやってこないホテルを営む自分の人生で、たったひとつ手が届きそうなところにあった秘密を逃してしまったのだ。「その上あの娘だって、あんなに長い間ここにいたのに、何ひとつ聞きだせなかったんだからな！」

そして、フリアのしぐさや笑顔をひとつひとつ思いだしてみた。根気よくやればなぞは解けるだろう。「ここで奇跡が起こったのに、わしは気づかなかった……」こうして彼の目の前で、午後は毎日同じように過ぎていった。

「しばらく、マティルデのところには行かない方がいいだろうねえ……どうだろう？」

「そうね、ママ」コンチータは悲しそうに答えた。

ドニャ・マティルデの家の別棟や回廊が恋しかった。芝居もおしゃべりももうおしまいだ。あんな夜はもう二度と来ないだろう。フランシスコ・ロサス将軍の目論見どおり、コンチータは悲しかった。

「あの人たち、ひどい目にあうよ。ロサスがウルタードの件で黙ってるなんて考えられないからね」

夕暮れ時、ドニャ・エルビラは窓から顔をのぞかせて、閉ざされたままのメレンデス家のよろい戸を懐かしむように眺めながら言った。

ドニャ・マティルデは別棟を閉めて、夫とともに家に閉じこもった。彼女のもとを訪れるのは弟のマルティンだけだった。

ドン・ホアキンはひどく具合が悪いという話だったが、容態をたずねに立寄る者はいなかった。甥たちは作りかけの舞台衣装をしまい、ある朝誰にも別れを告げずにテテーラへ発っていった。ニコラスとファンがイステペックに戻ってくるのは、だいぶたってからのことだ。

フランシスコ・ロサスはあてもなく村をさ迷っていた。毎朝、暁の光が酔って帰るその姿を目にし、村人たちは通りの石畳に長靴を引きずって歩くその足音を聞いた。将軍の後には、自分の人生に衝突してよろめく足音だけが残った。毎朝、女中たちはうわさしたものだ。

「ゆうべ聞いただろ? 娼婦の家に行くところをさ」

ルチは彼が怖かった。ロサスは誰も連れずにやってきては、暗い顔をして崩れ落ちるように椅子に座ると、コニャックのグラスを手に夜が更けるのを待つ。フリアの声がこだまし、その体の跡が残るホテル・ハルディンの部屋へ戻るのが怖いのだ。少しでもフェリペ・ウルタードが来るまえのできごとを思いださせる言葉を聞くと、顔色を変えてげんこつをふるい、テーブルやグラスを飛び散らせた。

大統領閣下がいるとロサスはいらいらした。自分を見つめる狂人の笑いと目つきが気に障った。ファン・カリーニョと親しいフローレス大尉が閣下を説得にかかる。

「もうお引き取りください、大統領閣下、ずいぶん遅いですよ……」

「あのお若い将軍は、あのようにどなったりすべきじゃありませんな。私に対する敬意が足りない。

解任するしかないでしょう。将軍殿、明日私の事務所に出頭しなさい！　あんたの振る舞いは目にあまる」

そう言って、ファン・カリーニョは威厳たっぷりにルチのサロンから引きあげる。部下たちは勉めて陽気に振る舞ってロサスを取り囲み、気をつかって「将軍殿！」「将軍殿！」と絶えまなく「将軍殿」を口にした。ロサスは黙りこくって、冷やかにそれを一瞥し、物思いにふけったまま誰とも交わらなかった。

「フリア嬢ちゃんは、将軍にあの煎じ薬を飲ませなかったに違いないよ。将軍はいつまでたっても不幸なままだ……ファン・ウルキーソみたいな最期にならなきゃいいが！」ホテル・ハルディンの中庭でロサスとすれ違う度に、フリアの治療に行って、彼が苦悩の涙を見せたあの夜を思いだして、グレゴリアはくり返した。

時は過ぎていったが、わたしたちはフリアを失なった悲しみを忘れなかった。記憶のなかでフリアはますます美しくなった。もはやわたしたちを見ることのないあの目は、いまどんな景色を眺めているのだろう？　どんな耳があの笑い声を聞き、どの通りのどんな石にあの足音が響き、わたしたちの夜とは別のどんな夜にあのドレスは輝いているのだろう？　わたしたちもフランシスコ・ロサスと同じように、架空の場所にフリアを探しだして、連れだしたり、連れてきたりした。フリアはわたしたちが彼女を探すのを夜に紛れて眺めていたかもしれない。おそらく、タマリンドの木の下に残された広場の自分のベンチを見、軍楽隊が自分のために演奏するのを聞いていたのだ。そして教会の前庭のアーモンドの木に隠れて、喪服を着た女たちが教会に入っていき、その後出てくるとあの優美な襟元を探してあたりを見まわすのを見て、ほほえんでいたに違いない。イステペックを出ていった者は、かならずフリアの消息を持って戻った。ある者は首都《メヒコ》を歩いているのを見たと言った。フランシスコ・ロサスが馬にのせてラス・カニャスに連れていったあの夜と同じように笑い声を立てながら、ウルタードと腕を組んで歩いていたと。別の男が低い声で言うには、テナンゴの祭りであの輝くドレスを見かけたので、声をかけようとして近づくと、消えてしまったという。

「将軍に居場所を教えられたら困るとでも思ったんだろうよ！」フリアは死んだものと思っている者もいて、夜中にあの笑い声が亡霊のように通りをさ迷うのを聞いたと言う。

「昨日の夜、あの笑い声がコレオ通りを行ったり来たりした後で、門のすきまからメレンデス家に入り込み、悲しそうに庭をさ迷って別棟に閉じこもるのが聞こえたよ。一晩中、彼と一緒にロサスを笑い者にしたんだ、惨めな目にあわせてやったといってね」

ウルタードの方が強かったと、将軍を見て思った。フランシスコ・ロサスは見られているのを感じとって、獲物に飛びかかるまえの虎のようにその場を離れていった。

「かわいそうな人だわ！」

アナ・モンカダは薄地のカーテン越しに、ロサスが通っていくのをのぞき見ようとして刺繡の布を落とした。ロサスは軍服のシャツの胸をはだけ、ただやみくもに歩いていた。

「ごらん、イサベル、あそこを行くわ！　自分で自分を責めているのよ！」娘はバルコニーに近寄り、母親の肩越しに、不幸に縛られて身動きがとれずに酒場へ酔いにいく長身の将軍の姿を見つめた。

「かわいそうに！」

イサベルはまた自分の椅子に腰をおろし、平然とした母親の顔に激しい視線をあびせた。「ママが考えていることはわかってるわ。自分の犯した罪を償うのはあたりまえだってね」……あの夜、フリアとウルタードが姿を消してからというもの、イサベルは家の廊下や部屋をうろうろし、つるつる滑る影を踏みつけては椅子から椅子へ倒れ込んだ。叔父たちを訪ねる気はしなかった。庭をさ迷うよそ者の、目に見えない影に出くわすのが怖かったのだ。別棟は見るのもいやだった。そこでは舞台装置があっという間に過去のものになりつつあった。雨の夜に魔法のように現れ、フランシスコ・ロサスが競争相手の身柄の引き渡しを求めてやってきたあの夜消えた世界の残骸が、イサベルをほこりだらけの片隅に追いやった。もし兄や弟が一緒だったら、この生活も我慢できただろう。話をするまでもない、こう言いだすだけでよかった。

「ニコ、悲しいわ、とっても……」

ニコラスならば、このひとことでわかってくれる。一緒に作りあげた夢がこわれてしまったと言いたいのを。両親に向かってだと、いちいち説明したり、言っても決して彼らを納得させはしない理由を述べたりしなければならず、しかも両親の忠告が慰めになることはなかった。兄弟は大人のやり口に慣れていたから、架空の世界を作りあげた。このみせかけの世界の後ろに、イサベル、フアン、ニコラスの三人が子供の頃から探し求めていた本当の世界があった。

夜、イサベルは居間に座って口をつぐんでいた。フェリクスが時計をとめてまわるのを眺め、日々の時間から逃れるためのそのむなしい動作を見て、ひじ掛け椅子に捕らわれて新聞を読んでいる父親が哀れに思えて、胸が一杯になった。母親はランプのそばで刺繍や縫い物をしながら、ときおりフェリクスが注いでくれるコーヒーを飲んでいた。

「政治家たちにはデリカシーがないわ」

「デリカシー?」

「そうよ。自分たちが絶対に必要な人間だなんて、ずうずうしいったらないでしょ?」

イサベルはほほえんだ。カジェスにデリカシーがないなんて言えるのは母親ぐらいなものだ。権力の座にとどまるために、じゃまになりそうな者を皆殺しにしているというのに。

「デリカシーがないっていうより、もっと重大なことだよ……」

そう言ってマルティン・モンカダは新聞を読みつづけた。その頃、あらたな政治的軋轢が起こっていて、政府と教会の関係は緊迫していた。利害が対立し、権力の座にある両派ともが、ぼかしておきたい唯一の争点、「土地の分配」から人々の注意をそらすために、戦争に突入しようとしていたのだ。

新聞は「キリスト教の信仰」と「革命の権利」について述べたてた。ポルフィリオ・ディアスに与するカトリック教徒と無神論者の革命家が、ともに農地改革主義者たちの墓穴を掘っていた。両派の合意によってエミリアノ・サパタやフランシスコ・ビジャ、そしてフェリペ・アンヘレスが暗殺されて、まだ十年とたっていなかったから、この革命の指導者たちの思い出はインディオたちの記憶に新しかった。教会も政府も、不満を抱く農民たちをたきつけるための火種をでっちあげようとしていた。

「宗教的な迫害だ！」

マルティン・モンカダは新聞でニュースを読んでしょげかえった。悲惨な生活に苦しむ人々が、戦いに巻きこまれることになるだろう。

農民や村の神父がむごたらしい死に備えて覚悟を決めているというのに、一方では大司教が無神論者である統治者の妻たちとトランプに興じているのだ。

「悲しいことだ、まったく！」

そう言うとイサベルの父親は「メキシコの進歩」を標榜する新聞を乱暴に投げ捨てた。新聞の役目は混乱の種をまき散らすことで、その目的は達せられつつあった。

「あんたはどう思うの？」ドニャ・アナは、何か言わせれば、娘をその茫然自失の状態から引きだすことができるかと、探るようにたずねた。しかしイサベルは答えず、くたびれた様子でぼんやりと新聞のニュースを聞いていた。すでにこんなにもみじめなんだもの、もっと不幸がふりかかってきたからって、それがなんだっていうの？　無関心を決めておやすみを言った。

「パパ、ニコとフアンはいつ戻ってくるの？」居間の戸口からイサベルがたずねた。

「あの子たちは、放っておき！」母親がいらいらしながら答えた。イサベルは何に対しても興味を示さない。自分のことしか考えないのだ。

「だって、ひとりぼっちなんですもの！」イサベルは恨みがましく言った。

父親は心配そうに娘を見た。娘がいつも不満をかかえていることが気がかりだった。

イサベルはがっかりして自分の部屋に入ると、ランプをベッドの脇の小机に置き、黙って服を脱いだ。この先もずっとひとりぼっちだろう。夢に出てくる顔だって、一度も自分に目を向けてはくれない。憂鬱になって、箪笥がきちんと閉まっているかどうか確かめ、その後で母親の最後の言葉の音節を数えた。「放っておき！」六音節！　大股に六歩でベッドまで行こうとした。最後の一歩は飛びあがり、蚊帳にからまってベッドに倒れ込んだ。自分を待ち受ける正体不明の不幸を避けようとしたのだ。何年もの間、この同じ部屋で兄弟たちと一緒に眠っていた。子供たちが大きくなると、母親は男の子たちを別の部屋に移した。ひとりになったいま、彼女はひどく怖かった。真っ暗な海の幽霊さながら暗闇に浮かびあがる白い蚊帳にもぐり込んだ子供の頃と同じように、灯のともったランプだけが頼りだ。ニコラスを呼んでいる子供の自分がいた。

「ニコ！」

その声は部屋を横切り、ランプの灯が届かない隅々の闇をただよった。

「怖いのかい、イサベル？」隣りのベッドから、兄の声が安心させるように届く。

「ろうそくよ……あたしのろうそく、終わりかけているのかしら？」

そこで、ニコラスとイサベルは手を取りあって、ドロテアのお話のなかへ降りていく。こわごわ地下室の丸天井の下の人間の命がしまわれている場所に行くと、そこではいろいろな長さの無数のろうそくが燃えていた。あるものはすでにぱちぱち音をたてる芯だけになっていた。黒い服を着た女がろうそくの間を歩きまわり、一息で灯を吹き消す。そのとき、地上ではろうそくの持ち主が死んでいくのだ。ニコラスは自信のない声でお話のなかから抜けだした。

「イサベルのろうそくは、僕のと同じ長さだよ……」

ドニャ・アナが部屋に入ってくる。

「ファンが眠れないじゃないの！」

ニコラスの蚊帳をあけ、身をかがめて口づけをする。その後でイサベルのベッドに行くが、イサベルは触れられるのを拒むので、ファンのベッドへ行く。

「いい夢を見るのよ！」

母親の声はいつもと違っている。部屋を何歩か歩いてランプの上にかがみ込むと、ひと吹きで灯を消す。三人の子供たちは彼らの船に取り残され、自分たちだけで夜に向かって漕ぎだすのだった。

「ニコラス、あたしママって嫌い！」

「わかってるよ、夜にはいつだってママが嫌いなんだろ？」少年が答える。

「ふたりはいつ帰ってくるのかしら？……」

イサベル・モンカダの頭を、不吉な思いがよぎり、夜がさらに暗くなった。

「首都《メヒコ》で起こっていることが、少しでも理解できるかい……？　政府が何をねらっているんだか？」

「わからないわ、ママ」コンチータはニコラス・モンカダのことや、四方の壁に囲まれて一日また一日と消費されていく自分の日々に思いを馳せながら答えた。

「ほら、誰も、何もわかっちゃいないんだから」

ドニャ・エルビラは新聞を床に投げ捨て、ひじ掛け椅子のなかでいらいらと体を揺すった。それ以外にできることがあっただろうか？　日常のささやかな楽しみをひとつひとつ壊していく、自分には理解できない意志の力があった。「フスティノのような人間がいなくなることは、決してないんだわ」独裁者どもに夫の名前をかぶせて、いささかも良心の呵責を感じなかった。

何も特別なことを要求していたわけではないのだ。飼っているカナリアの歌を聞いたり、祝日を守ったり、鏡のなかの世界を眺めたり、友人たちとおしゃべりがしたいだけだ。しかし、それすらもできないという。遠くにいる敵が、こうした罪のない振る舞いを犯罪だと決めたからだ。平和な日常も、祝うべき日々も、決して戻ってはこないだろう。彼女は、床に散らばった新聞を恨みがましく眺めた。

「イネス、新聞を拾ってちょうだい！　この部屋はごみためみたいだわ」

イネスは紫色の服を着て、髪をいつものようにかっちりと三つ編みにし、音もなく入ってくると、おじぎをして夫人に新聞を手渡した。ドニャ・エルビラはそわそわと写真に目をやった。

「この顔、まったくなんて顔なんだろうねえ！　見てご覧、笑ったことがないのよ。死刑の判決を読みあげるために生まれてきたんだわ」

イネスとコンチータは夫人の肩越しに身をのりだし、毎日のように新聞を賑わす独裁者の顔を見た。

「カジェスみたいなやつに、何が期待できるっていうの！　それにこの片腕の男、一体何なのよ？」アルバロ・オブレゴンの丸々とした顔を指さしてつけ加えた。

「ふたりとも不幸な最期をとげますよ」イネスは自信ありげに言った。

「でもそのまえに、あたしたちの生活はもっとひどいことになるよ」

「それもそうですが、とにかく不幸な最期をとげますよ」イネスは顔色ひとつ変えずに言いはった。

しばらくして、脂ぎった晩餐会の最中に、アルバロ・オブレゴンがモーレの皿につっ伏して死に、極度に暴力的な支配の下にいたとはいえ、わたしたちは大いに喜んだものだ。

II

日が暮れかかっていた。信仰の禁止を告げる新聞売りの大声がわたしの通りを貫いて、商店に入り込み、家々に侵入して村中を騒然とさせた。人々は外に出ると、群れをなして教会の前庭へ向かった。

「わしらから聖人様を取りあげようというんだな!」

すみれ色の夕暮れの光りのもとで、人だかりが増えていった。

「誰が、誰を親から引き離そうと言うのか、見てやろうじゃないか!」

低い声で怒りを押し殺し、石ころで鍛えられた裸の足で、頭をむきだしにした貧しい者たちがアーモンドの枝の下に集まった。

「グアダルーペの聖母様、あのくそったれどもをくたばらせるのに、手をおかしくだせえ!」

ときおり叫び声が起こったが、その後は沈黙が戻った。待っている間、男たちは安もののたばこを吸い、女たちは子供たちの世話を焼いていた。わたしたちは何を待っていたのだろう？　わたしにはわからない。いつまでも際限なく待っていたのを覚えているだけだ。イステペックの紳士や婦人連もやってきて、共に苦しむのは初めてだと言わんばかりに、インディオたちに加わった。

「一体、どうしたんだ？」みんながみんな口にした。夜の七時に、最初の兵士たちが先端に剣のついたライフル銃を肩に現れ、前庭に侵入した人々が出ていくのを阻止しようと、冷然として守備位置についた。大きなざわめきが広がり、不満の声がうねりとなって伝わってくるのが聞こえたが、兵士たちは不動の姿勢を保っていた。夜の熱っぽい闇が、アーモンドの樹の梢から降りてきて中庭を包み込んだ。

聖具係のドン・ロケが群衆をかきわけて進んだ。全身ほこりだらけで髪の毛は乱れていた。

「みんな、家に帰るんだ！」

群衆はドン・ロケの声に耳を貸そうとはせず、前庭では火が焚かれ、大きなろうそくに灯がともされて祈りの声が響いた。夜が明けると近隣の村の住人たちも加わって群衆はふくれあがり、もうもうと土ぼこりが立って、飛び交う質問やたき火の煙、ろばを追う声や戸外で煮炊きされる食べ物の匂いと混ざりあった。酔っ払った連中がひとかたまりになって、ほこりのなかに転がって眠り、女たちはショールにくるまって静かに休んでいた。

何年もたった今、教会のために寝ずに過ごしたあのいつ果てるとも知れなかった夜は、一条のほたるの光りのように、鮮明にわたしの記憶のうちによみがえり、またほたるが逃げていくように消えていく。

オレンジ色の光が朝を告げて空を明るくしたが、わたしたちは前庭を動かなかった。眠くてのどが渇いていたが、教会をみすみす軍の手に渡してしまいたくはなかった。教会もなく、祭りもなく、わたしたちの嘆きを辛抱強く聞いてくれる聖人たちの像もなしに、どうやって生きていくのだ？　やつらはわたしたちにどんな罰を与えようというのだろうか？　石ころだらけの、不毛の土地を開墾せよと？　みじめな人生を送った後で、文句も言わずにのら犬のように死んでいけというのか？

「戦って死ぬ方がましだ！」ひとりの男が帽子を空に放り投げて叫んだ。他の者たちはその叫び声に、嘆きの声を長く引きのばして答え、イステペック中の声が「こん畜生！」と口をそろえた。

教会のまわりは、冷たい飲み物やシラントロの匂いのするタコスを売る人たちで一杯になり、兵隊たちはそれぞれの位置についたまま、片目だけ動かして、軍規によって口にできない菓子類を物欲しそうに眺めていた。ドン・ロケが、信仰禁止になるまえに、神父が希望者には祝福を、まだ洗礼を受けていない幼児にはその秘跡をさずけると告げた。聖具係の言葉はただならぬ気配を帯びて響き、人々は静かになった。ベルトラン神父が教会の入口に姿を現わすと、人々は忍耐強く列を作り、ひざまずいたままで神父のまえまで進んでいった。その日の歩みもまた遅く、塵の雨が降り、太陽が人々の頭をじりじりと照らした。神父はほこりにまみれて祭式を執り行なっていたが、三十年来の僧衣に身を包んだその姿は、ひどく年取って見えた。ああ、神が神父の祈りをお聞きになり、あの不幸な人々の肩から少しでもその苦しみを取り除いてくださったら！　この瞬間、彼は生きるべきではない数え切れないほどの日々を生きているように感じた。胸に「マリアの娘」の青い帯章を斜めにかけたチャリートが叫んでいる。

「殉教の血が流れるだろうよ！」

しかし、その叫び声は菓子売りの叫びに紛れ、急に降ってわいた使命を果たしている神父の気をそらすことはなかった。彼は教会の入口から離れずに、立ったまま未知の力に動かされて、その一日が過ぎていくのを眺めていた。日が暮れると、軍司令部から夜中の十二時までに教会から立ち退くようにという命令が届いた。別れの時まで四時間あった。わたしたちを子供の頃から暖かく迎え入れてくれた場所だ。人々はひしめきあい、誰もが最後にもう一度教会のなかに入りたがった。神父は扉口から離れ、青ざめた顔で主祭壇の足もとに立った。

聖堂のなかにひしめく群衆の間で、ドロテアはイサベルとその母親に会った。三人とも顔にびっしょり汗をかき、黒いベールはくしゃくしゃだった。

「あたしたち、十二時までに出なくちゃいけないのよ」モンカダ夫人は言った。

「あたしゃ、将軍に会いにいくよ」信者たちにもみくちゃにされて母娘から遠ざかりながら、ドロテアが宣言した。

「あたしも一緒に行くわ！」

ドニャ・アナは群衆をかきわけてドロテアに近寄ると、一緒に外へ出ていった。イサベルはひとり取り残され、母親が戻ってくるのを待った。波に揺られる水草のように、群衆に押しやられ、また押し戻されながら、ぼうぜんとその波に身をまかせていた。自分からはかけ離れた力によって人々から引き離され、見知らぬ場所に運ばれてひとり取残されたような感じだった。

「あの野郎、地獄へでも落ちやがれ！」

脅しの言葉が口々に発せられ、柱の間を回転して近づいたり遠ざかったりするのが聞こえた。フランシスコ・ロサスが稲妻の海を横切り、そのはるか下に教会で発せられた言葉が残った。「あたしたちのことなんか恐れていないんだわ」イサベルは思った。すると、信者たちの頭上に将軍の姿が浮かびあがった。フランシスコ・ロサスはわたしたちとは別な世界に住んでいた。ロサスを愛するものはひとりもいなかったし、ロサスも誰も愛してなどいなかった。彼が死んだとしても、それは彼自身にとってさえ何の意味もなかった。かわいそうな男だった。おそらく、イサベルやその兄弟と同じように、子供の頃から探しつづけてきた秘密、ありもしないその答えを見つけられないでいたのだ。

「……イサベル、山って本当にあると思う?」

子供の頃のニコラスの声が聞こえてきて、イサベルは涙の渦まく教会から、兄弟たちと一緒に家を飛びだして夜遅く馬引きの男に連れ戻された、あの朝へ出ていった。子供たちは、イグアナや蝉が一杯いる岩だらけの山に登った。でも、あれは山ではなかった! その石ころだらけの場所から本当の山を眺めていたのだ。青く水でできていてほとんど空に、また天使たちの光にまで届きそうな本当の山を。その真っ赤に日焼けした顔と、乾いてふくれあがった舌を見て近所の人たちは言ったものだ。「あの子たちは性悪だよ!」

フランシスコ・ロサスが性悪なのは、きっとあの水の山を探したのに、見つけられなかったせいだ。イサベルは将軍に同情した。それぞれ固まって集まっているまわりの人々を眺めても、自分がその仲間とは思えなかった。とすれば、そこで何をしていたのだろう? 神はほとんど信じていないし、教会の運命もどうでもよかった。そのとき、人込みをかきわけて自分のところにやって来る母親の姿が見えた。「あそこに来たわ、あんなにしょげちゃって。いつも神父たちの悪口を言っているくせに……」

「会ってくれなかったわ！」

母親の言葉も悲嘆にくれたドロテアの姿も、イサベルの関心を引きはしなかった。老女にとって教会は家であり、聖人たちがその唯一の家族であることは知っていた。まるで自分の知人のことを話すように聖人たちの話しをしていたからだ。「ドロテアはマリア様のいとこで、聖フランシスコの親友なのさ」とニコラスは笑いながら言ったものだ。その瞬間、友人の悲しみはイサベルにわけのわからない喜びの感情を引き起こした。できることなら、フランシスコ・ロサスのそばへ駆けつけたことだろう。孤独な者たちが棲む世界に行きたかった。悲しみを分かちあうことも、聖人の親戚を持つことも願い下げだ。母親が何度も名前を呼んだ。誰かに腕をとられ、しっかりと支えられて群集のなかから連れだされるのを感じ、気がつくとさわやかに香る前庭の空気を呼吸していて、間近に自分を見つめる母親の顔があった。ふたりは黙々と静まり返ったわたしの通りを横切り、家に帰った。

「本当に変わった人だわ……あんなに若いのに……」

母親が並べる注釈にイサベルは答えなかった。ドニャ・アナは黒いベールを脱ぎ、何気なく鏡をのぞき込んだ。娘はベッドのふちに腰かけて、母親の言動には何の関心を示さない。自分の部屋から遠く離れ、記憶のなかで形をとりつつあった未来を歩んでいたのだ。

「死人が出るわ」夫人がつけ加えた。

ふたりは沈黙に襲われた。家具の上を歩く蟻のような正確さで時計がチクタクと音をたてている。フェリクスが時を止めるのを忘れていたのだ。娘はその正確な動きに身をまかせ、はっきりと記憶している未来へいざなわれていった。母親がショールをしまおうとして衣装箪笥を開け、ナフタリンの匂いと香水の香りがあたりに漂う。そのとき、父親が部屋に入ってきた。教会へは行かなかったのだ。父親のまえでイサベルはやましさを感じて目を伏せた。遠くで教会の塔の鐘が十二回鳴り、モンカダ親子は顔を見あわせて待った。数分後、最初の銃声が聞こえた。打ち上げ花火の音のようだった。

「死人が出るわ……」アナはくり返した。

通りは人の走りまわる音とうめき声で一杯になった。人々は追い散らされ、モーゼル銃の一斉射撃におののいて逃げまわっている。ドン・マルティンはたばこに火をつけると、壁に顔を向けた。漆喰の壁に血が飛び散るのが見えるような気がした。

「パパ、パパ！　誰もあたしのことわかってくれない……誰も！」イサベルは父親にすがりついて叫んだ。

「落ち着くんだ！」父親は娘の髪をなでながら言った。

「誰もよ！」イサベルはしゃくり上げた。

「気がたっているんだよ……」

そこでドニャ・アナは台所に立ち、娘のためにシナノキの花を煎じた茶をいれた。

明け方の四時に、最後まで残った侵入者が教会の前庭を離れ、アーモンドの木の下に、銃尾で頭を割られた女たちや足蹴にされて顔がくだけた男たちが残った。親族の者が彼らを外に引きずりだすと、兵士たちは勝ち誇ったように教会の扉を閉め、庭の鉄格子に鎖を巻いて錠をかけた。その後、もみあいで興奮した兵士たちは、カトリック教徒が捨てていった食べ物をかぎまわるのら犬を数匹撃ち殺した。朝には統治者たちがあれほど好きな治安というものが回復していた。輝く太陽の下に散らばった犬の死骸や血まみれのショール、逃げる時に置去りにされたふぞろいのワラッチェ、壊れた鍋などが、貧しい者の戦いの戦利品だった。兵士たちが非常線をはって破壊の跡を見張っていた。

その日、イステペックはバルコニーも開けず、店も閉ざしたままで、わたしの通りを歩く者はなく、フランシスコ・ロサスはホテルに引っ込んだままだった。午後になると、ドロテアが花輪を持ち、いつものように急ぎ足で独り言を言いながらやってきた。教会の前庭に着くと、足元をふさぐごみの山もそこにいる軍隊も無視して、あたり前のように錠のかかった鉄格子を開けようとした。兵士たちが引きとめた。

「ちょっと、奥さん！」

「神にお仕えのみなさん！」とドロテアは応じた。

兵士たちはどっと笑ってドロテアに近寄り、花輪をもぎとると遠くへ放り投げた。花は石に当たって群がる蝿を飛び立たせ、蝿は怒り狂って犬の死骸のまわりをぶんぶん飛びまわった。男たちは銃剣の先で突き刺す仕種をし、誰もいない前庭に凶暴な笑い声が響いた。ドロテアはあきらめ、通りの真ん中に座り込んで泣きだした。その姿は、山のようなごみのそばに捨てられた小石のように見えた。

「家に帰りなよ、おばあさん」彼女が泣くのを見て兵士たちは頼むように言った。その頼みは黙りこくった村にうつろな音となって消え、ドロテアは通りの真ん中に座り込んだまま、夜遅くまで泣いていた。

幾日か静かだったが、その後また無意味で血なまぐさい暴動があった。わたしは怒りのざわめきではちきれそうだった。教会が閉ざされ、兵士たちがしゃがみこんでトランプをしながらその鉄格子を見張っているのだ。それはもう以前のわたしではなかった。あんなことができるような連中は、一体どこから来るのだろう。長い間生きてきたが、洗礼や結婚式、死者のための祈りやロザリオの祈りを奪われるなんて、あった例がない。わたしの街角や空にもはや鐘の音は流れず、祝日も時刻も廃止されて、わたしは未知の時間に後戻りした。日曜日も平日もないのは奇妙なものだ。激しい怒りの波が空っぽのわたしの通りや空を埋めつくした。突然まえに進みでては橋や塀をなぎ倒し、生命を奪い、将軍たちを生み落としていく目に見えないあの波だった。

「災いといったって、百年も続くわけじゃなし!」「天に向かってはいた唾は、自分の顔に降りかかる!」人々が木や屋根の上から叫び、フランシスコ・ロサスはそれを聞いて歩調をゆるめた。

「よう、フランシスコ、おまえついてるな、俺がおとなしい人間で!」将軍は笑って、脅し文句を吐いたのが誰なのか顔を見ようとした。フリアのことは忘れて関心のまとはいまやわたしたちのようだった。怖がっていたのかどうか顔には出さなかったが、まもなく司祭館を軍司令部にしてしまい、ある午後、教会の聖人像でたき火をするように命じた。そういうわけで、わたしは聖母像が燃えあがり、マントが青く長い炎と化すのを見るはめになった。その間にも軍人たちは司祭館に入っていき、ごっそり書類をかかえて戻ったかと思うと、恐れげもなく火にくべた。広場には灰が山のように残り、やがて少しずつ飛び散っていった。

ベルトラン神父が姿を消した。逃げたのだということだ。どこを通っていったのだろう？　テテーラへの道なのか、コクーラへの道なのか。神父が出ていくところは見なかったし、わたしの山々を歩きまわったのかどうかも定かではない。イステペックで勾留されていて、都合のよい夜を選んで殺されようとしているのだというわさもあった。ロサスの目の届かない緑のとうもろこし畑のなかを、長い法衣の裾をひるがえしながら無事に歩いている、そうわたしたちは信じようとした。「ここで何が起こったか、知らせに行ったんだ。味方が助けに来てくれるだろう」と期待して待っていたが、その間に、家々の扉や司祭館の入口にポスターが貼られているのが見つかった。ポスターにはキリストの顔の写ったベロニカの布と、「王なるキリスト万歳！」というなぞめいた文句が書かれていた。夜中の銃撃戦も始まり、市場では兵士たちが死体となって夜明けを迎えた。死んで硬直した指に、夕食にオレガノ入りのポソレを食べた鉛のスプーンを握ったままの者もいた。イステペックの男たちは姿を消し、毎朝、わたしを取りまく野原に、手足を切断されて捨てられた死体がいくつか見つかった。ほかにも何人もの人々が、わたしたちのまえから永久に姿を消し、またどこへとも知れず去っていった。暗闇を歩くのに使う手提げランプが禁止され、「灯を消すんだ、くそったれ！」の一声とともに一発の銃弾が光を打ち砕く。わたしは罰せられるのではないかという恐怖と、自分自身の怒りに対する恐れを感じるようになった。わたしたちは毎晩家に閉じこもって、ひそかに外をうかがった。

「来てくれるだろうか?」

いいや、誰も来はしなかった。わたしたちを覚えている者などいなかったのだ。災難は絶え間なしに落ちる水のしずくのようにくり返し襲ってくる。わたしたちは降ってくる災難に打たれる石ころに過ぎなかった。

金曜日のことだ。夜はじっと動かず、わたしを囲む乾いた山々の重苦しい息づかいが聞こえ、雲ひとつない真っ黒な空が地面すれすれに降りてきて、暗がりにこもる熱気が家々の輪郭をぼかし、コレオ通りは静かで、闇を乱す光線とてなかった。明け方の二時頃だったか、イステペックを駆け抜ける足音がまるで太鼓の連打のように響いた。他の足音がそれに続き、靴が勢いをつけて振り下ろされる鞭のようなうなりをあげた。誰かが逃げ、それを逆上した大勢の足音が追いつめていた。先頭を走っていた足音が突然止まり、荒い息づかいが聞こえた。すると他の足音も止まり、押し殺したような声がした。

「やれ!　やっちまえ!」

石つぶてが石畳に音をたてて降り、よろい戸をたたきつけ、はずみのついた石が通りの舗石に火花を散らした。人々は家のなかで息をひそめた。誰かが殺されようとしていた。

「やれ!　もっとだ!」

石をもっと投げろという声だった。男が助けを求めた。

「通してくだされ！　お助けを、イエス様！」

殺し屋のだみ声がその声をさえぎった。

「たったいま助けてやるぜ、この野郎！」

石の雨が男の哀願に降りかかった。ドニャ・マティルデの家のバルコニーの支柱にからみついた声がうめいた。「聖マリア……」

最後の石つぶてがはじけてその声を消した。

「行こうぜ！」血に飢えた声が言った。

「そうだな、後で拾いにくればいいか」

「何で後なんだ？　いますぐ運ばなきゃだめだ」

「血で汚れちまうぜ」不平たらしい声がした。

「それもそうだ。もう少し待とう、血が切れるまでな」

玄関がきしみ、かんぬきが落ちる音がした。

声は沈黙し、通りを横切って郵便局の入口に身を隠した。そこから様子をうかがっている。あの信心深い男は誰だったのだろう？　寝巻き姿のドニャ・マティルデが、灯のともったランプを手に通りに出て、灯も入り込めない暗闇を手探りで進んだ。

「どこ？　どこにいらっしゃるの？」

殺し屋どもは走って逃げ、夫人はその音を聞きつけて立ちどまった。「先まわりして角であたしを待ち伏せる気だわ」と考えると、それから先には進むことはできなかった。足音はあっという間に遠ざかり、夜はふたたび静まり返った。恐ろしさで張りついたようになって、夫人はランプの灯の及ばない、自分を取りまく目に見えない暗闇を見つめた。一秒一秒が巨大な灰となって頭上に落ちてくるような気がした。通りの向い側では、モントゥファル母娘が薄地のカーテン越しにこちらを見ていた。やはり恐怖で言葉を失ない、ドニャ・マティルデが闇を追い払うようにランプを上げたり下げたりするのを呆然と見つめている。「こうしている時間はないわ」夫人はそう思ってまえに出ようとするが、足もとで地面が沈む。バルコニーが家の玄関からこんなに遠いとは、それまで思ってもみなかった。窓の下に着いたとき、犯罪の現場は静まり返っていて、死体はなく、血は石の間に素早く消えていった。「運んでいったんだわ」と思い、ドニャ・マティルデは血で汚れた柱と壁をいぶかしげに眺めた。通りの向こうからモントゥファル母娘が合図を送ったが、夫人は気づかなかった。「ニコとファンが無事家に着くといいけど……」アラルコン通りとコレオ通りの交差点から、ぎらぎらした目の一群が夫人をうかがっていた。一画をひとまわりしてきた殺し屋が、闇のなかから食い入るように夫人を見つめているのだ。ドニャ・マティルデは探るようにぐるっとまわりを見まわし、もと来た道を戻って家に入ると扉を閉めた。ランプの光の輪が消えて、夜はまた影に戻った。殺し屋の目が束になって用心深く犯罪の現場へ移動した。

「や、どういうことだ！」低い声が言った。

「どうしたんですか？」ほとんどささやくように、哀れっぽい調子の声がたずねた。

「知るもんか！」おじけづいたふたつの声が答えた。

「神様のことに口を首をつっこむってのは、うまくねえな……」また悲しげな声が言った。

「死人が消えちまった……」

「ここから出ようぜ」

低い声はドニャ・マティルデの家から遠ざかり、夜は静けさを取り戻した。それから三十分ほどして、村の反対側、テテーラの木戸の近くで四頭の馬がひずめを鳴らした。

「何かあったんだな……」

「ああ……誰も来なかったもんな。行こう」ニコラスが低い声でうながした。

弟と兄弟に従ってきたふたりの馬丁は、モンカダ家の方へ道をとった。兵士の一団が現れて立ちはだかり、一行を押しとどめた。

「誰だ?」

「味方だよ」ファン・モンカダが答えた。

「この時刻に外を歩くことは禁じられている」

「それは知らなかった。テテーラから着いたばかりなんだ」重ねてファンが答える。

「とにかく、おまえたちを逮捕する」

「逮捕だって?」ニコラスは腹をたてて叫んだ。

「そうだ、夜中に兵士狩りをしている一味の者ともかぎらないからな」

そう言うと、ある者は薬莢を切り、ライフルを肩にかついだ。別の者がモンカダ兄弟の手綱を奪い取り、いまは軍司令部となっている司祭館へ引立てていく。オレンジの木が植えられた中庭を横切ると、木々の香りに混じって強いアルコールの匂いがした。ふたりはベルトラン神父の居室だった部屋に連れていかれた。以前は冷酷なほど整然としていたその部屋はいまや様変りして、たばこの吸いがらや書類が散乱し、壁は卑猥な落書きで汚れている。聖人像がかけられていた釘には、自ら「革命の最高指導者」と名のる独裁者の冷酷な顔と、アルバロ・オブレゴンの丸々とした顔の写真がかかっていた。

「で、神父さんは?」ファン・モンカダがたずねた。

「逃走中だよ……」ひとりの兵士が答えた。

「いまじゃ聖職者は逮捕されるというのが決まりでね、だから逃げたというわけだ」別の男がつけ加えた。

「いつ釈放してくれるんだ?」ニコラスがいらいらしながら言った。

「将軍が着いたらすぐにだ。絞首刑となると絶対遅刻しないお方だからな」

ふたりは沈黙し、男たちはカード遊びを始めた。部屋は苦みのきいたたばこの煙でむせ返り、どなり声が響いた。

「スペードの三!」

「ダイヤのクイーン!」

「ハートのキング!」

飛び交うカードの名前が、いっとき汚れた部屋のなかで輝き、女王や王がしみのついた壁を取り壊して、きらびやかな夜の人物たちを招き入れた。

「お若いの、一本どうだい?」兵士のひとりが遠慮がちにすすめ、ニコラスはほほえんでたばこを受け取った。

「眠気ざましだよ」男は言いわけがましくつけ加える。

ニコラスはたばこに火をつけ、ふたりは互いの目を見つめあった。

「人生ってのは、願いどおりにはいかないものさね」兵士は恥ずかしそうに目を伏せながら言った。

ふたりは無言でたばこをふかした。ニコラスは気難しい顔をして椅子にまたがり、ファンがその視線を追った。

「自分の満足か……他の人々の満足か、ふたつにひとつを選ばなければならないのさ」男はひどく低い声で言った。

ニコラスは、生命という言葉を満足という言葉に言い換えた男の気配りにほほえみ、兵士は、逮捕された若者と逮捕した者の間に恨みがないことを知った。オレンジの中庭から話し声と足音が聞こえてきて、兵士たちは立ちあがり、カードを片づけて黒髪をなでつけた。

「共謀者はどこだ?」

「こちらであります、将軍殿」

乱暴に扉が開けられ、フランシスコ・ロサスが兄弟のまえに立った。将軍は立ちどまってじっとふたりを見つめ、汚れた長靴、長旅でしわのよったズボン、そして日に焼けたふたりの顔を観察した。傍らには背嚢が、テーブルの上にはピストルが置いてあった。

「やあ……こんな時間にどこから来たのかね?」

「テテーラからです。暑いから夜にしたんですよ」ファン・モンカダが答えた。

将軍はしばらくふたりを眺めていたが、兵士たちの方を振り向くと言った。

「モンカダ兄弟だということがわからないのか？」

兵士たちは平然としていた。

「もう行ってよろしい」ロサスは不機嫌な声で言った。

ファンとニコラスは自分たちの背嚢を取りあげた。

「武器はここに置いていきたまえ」将軍は権力をゆるめぬかわりに、声をやわらげて命令した。

「おやすみなさい」

モンカダ兄弟は出ていこうとした。

「ところで……途中でアバクックに会わなかったかね？」フランシスコ・ロサスが何気なくたずねた。

アバクックはかつてのサパタ派の闘士だ。ベヌスティアノ・カランサがサパタを暗殺したとき、アバクックは沈黙を守り、武器を捨ててささやかな商売に専念した。村から村へラバにまたがって旅をし、安っぽい品物を売り歩いて、カランサの政府については沈黙を守った。オブレゴンがカランサを暗殺して政権を握った後でそれをカジェスに譲るのをなぞめいた様子で眺め、政府の指導者がかつての革命家を次々と暗殺しているのを横目に、彼、アバクックは、紙ビーズの首飾りや金のイヤリング、絹のスカーフなどの商売を続けた。しかし宗教弾圧が始まると、アバクックと装飾品をつんだラバは市場から姿を消した。山に立てこもって、そこでカトリック教徒の、つまり「クリステロ」の反乱を組織しているということだった。

「会いませんでしたよ、将軍」ニコラスは生真面目な顔で答えた。

「仲間を大勢集めているんだ」ロサスはうんざりしたように言った。

「そうみたいですね」

フランシスコ・ロサスは片手をあげて別れの挨拶をした。

「また会おう、モンカダ……」

ロサスはふたりに背をむけ、兄弟は司祭館を出た。自分たちの家の玄関に入ったとき、すでに夜が明けようとしていた。

III

朝、ニュースがふたつ、口から口へ伝わった。「ロサスはアバクックが怖いんだ」というのと、「知らないのかい？　きのうの夜、ドン・ロケが殺された。死体が消えちまったといって、いま探している最中よ」というものだった。

聖具係の死体が消えてしまったので、軍司令部ではフランシスコ・ロサスが激怒していた。

「見つけてここへ運んでこい！」将軍は狂ったようにフスト・コロナ大佐をどなりつけた。

大佐は目を伏せて唇をかみ、朝八時に小隊を引き連れてきまぐれな死体の捜索を始めた。険しい表情をして、ねじったハンカチを首に巻き、コレオ通りへ向かった。ドン・ロケが倒れた現場に着くと、しっくいの塀についた血の跡を調べ、部下たちが聖具係の頭めがけて投げつけた石を手に考え込んだ。

「まさにここです、ここで消えてしまったんですよ、大佐殿」

「死人が消えるもんか！」

フスト・コロナの声は近くの家々のなかにまで届き、カーテンの陰からその様子をのぞいていたモントゥファル母娘は、意地悪そうに目くばせをした。ドニャ・マティルデは自分の家の窓の外で何が起こっているのか知らされると台所へ駆けこみ、わけもなくたまごの白身を泡立てはじめた。ドロテアには大声でじかに知らせを伝えたが、老女は平然としてゼラニウムの水やりを続けていた。

「ええ、消えるはずはないんですが、大佐殿、消えてしまったんです」兵士は断固とした態度で答えた。

「つまりですな、大佐殿、絶対に起こるはずのないことが、突然起こったのでして」別のひとりが言った。

「生きていたのかもしれんな」コロナは頭をひねりながら言った。

「確かに死んでいました。頭にあれだけの石を投げられて生きている人間はいやしませんよ」

「照らしてみました、大佐殿。奴の目を照らしてみたんですが、反応はありませんでした……」

フスト・コロナは通りにころがっている石ころを蹴とばした。

「どの家の門が開いたんだ?」

「真っ暗闇だったもんで、大佐殿」哀れっぽい声の男が答えた。

「だが、一体どのあたりで音がしたというんだ?」コロナは顔をしかめてしつこくたずねた。

「あそこでした」ひとりの兵士がメレンデス家の門を指して言った。

「いや、そうじゃない、あっちですよ」と、もうひとりがアラルコンの四つ角を指さした。

「あんなときにゃあ、よくは聞こえないもんですよ」かったるい声の男が言った。

「死体は死体だろう!」

　コロナは疑わしげに部下たちを見た。

「じきに腐ってきますから、大佐殿、臭いだけでどこにあるかわかりますよ!」大佐の目に不信感を読み取り、挽回しようとして最初の兵士が言った。

　フスト・コロナは無言で男の言うことを聞いていたが、やがて通りの角へ歩いていって、そこからドロテアの家までどのくらいあるか測った。老女の家の入口は、メレンデス家の入口よりも犯行の現場に近かったからだ。地面に血痕を探した。コレオ通りと直角に交わるアラルコン通りはきれいに掃かれて水が打たれており、いかなる痕跡も見つからなかった。コロナはドロテアの家の扉を上から下まで眺めまわした。

「その婆さんはひとりで住んでいるのかね?」

「ひとりっきりで、大佐殿」

「どんな婆さんだ?」大佐は重ねてきいた。

「うっ、ひどい老いぼれで!」兵士たちはどっと笑った。

「腰もたっぷり曲がっておりまして」別の男がにやにやしながらつけ加えた。

「さきほど申しあげたようにですね、出てきたのは婆さんではなくて向こうの家の奥さんです。何か見つけたかどうかですか？　いえ、何も！　死体はもう逃げた後だったんですよ」

「あれは見物でしたよ、大佐殿。探して、探して、探しまくって」フスト・コロナはコレオ通りに戻り、ドニャ・マティルデの家の扉のあたりをじっと見つめた。

「出てきたっていうやじ馬女のことだな？」

「もう申しあげたように、確かに出てはきました。でも何も見つけやしませんでしたよ」兵士たちはじりじりしながら言った。

コロナはあごに手をあてて、考え込む姿勢を取ったが問題は解決しそうになかった。向いの家でこっそりその様子を伺っていた、明るい色のカーテン越しに人影を見て、大佐は乱暴に通りを横切ると、モントゥファル家の入口に向かった。扉を叩くのに使う環のついたブロンズ製の手を面白そうに眺め、それで何度も扉を叩いた。

「狂信者どもめ、いまに見てろ！」

女中が出てきた。コロナは、その唇が震えているのに気がついた。

「奥さんを呼んでこい！」言うが早いか女中を押しのけて家のなかに入った。

「みんな、入るんだ！」

部下たちはすばやく命令に従い、鳥籠とカナリアのさえずりで一杯の玄関が、男たちを迎えた。女中は奥へ向かい、コロナはあつかましくもその後に続く。廊下にはアザレアの鉢と鳥籠がならび、大佐を見てオウムとインコが金切り声をあげた。

オウムよ、起床のラッパを鳴らせ
なぜって、大佐のご命令……

フスト・コロナは、オウムの歌を自分へのあてこすりのように取って、不快感をあらわにした。怒りで赤くなっていくのが自分でもわかった。女中が食堂の入口を指したので、断固とした足取りでなかに入っていく。未亡人と娘は大急ぎでバルコニーから食堂へ取って返したところで、食卓には朝食の用意が整っているが、状況から見て、たったいま食卓についたばかりなのはあきらかだ。ふたりともひどく青ざめ、驚きを隠すのは無理というものだった。ふたりが驚愕しているのを見て、大佐は満足そうに笑みを浮かべて立ちどまった。

「おはようございます、奥さん！　おはよう、お嬢さん！」

「おはよう……」母親がぎこちない動作で大佐に椅子を勧めている横で、コンチータはつぶやいた。頭を下げ、手に震えがくるのをなんとか止めようとしている。コーヒーを注ぐことなどとてもできそうになかった。大佐の眼はコンチータに釘付けになった。

「お嬢さん、ずいぶん神経が過敏になってますな」大佐は意地悪く言った。

「過敏ですって？」

会話がとぎれ、コロナは沈黙をわざと長引かせた。「どうしたらいいんだろう……コーヒーでもすすめようかしら？」ドニャ・エルビラは手をじっとひざにおいて考えた。廊下では無頓着にされずるカナリアの歌声とオウムの叫び声がしている。

「いいわねえ、鳥たちは！」コンチータが思わず口にした。

母親はうなずいて娘に目をやった。こんな男のあばただらけの視線から逃れて、鳥たちのかわりに籠のなかで歌っていられるものなら、何をやっても惜しくない！　男はほほえんだ。

「それほどではありませんよ、お嬢さん。何も悪いことをしてないのに、捕らわれの身なんですからな。われわれ人間であれば、そういうはめに陥るのは犯罪を犯した場合だけですからね……でなければ犯罪を隠しているか」

そう言うと、フスト・コロナはじっと母娘を見つめた。ふたりは体を固くした。

「たとえばの話ですが、あなたがたが容疑者だとして、大胆にも鉄格子の後ろで歌おうとするとか……」

「鉄格子の後ろで歌うですって？」コンチータが無防備に答えた。

「そうですよ、お嬢さん」

コンチータはうつむき、ドニャ・エルビラはほほえもうとした。

「昨晩、この通りで殺人がありましてね、犯人が死体を隠したんです。当局の役目はその犯人と犠牲者を見つけだすことでして。もし、自分たちの敵を自由に殺したり、埋めたりしていいということになれば、いったい世の中どうなるか想像して見てくださいよ！」

女たちは答えなかった。さては、犯罪を犯したのは私たちだとでも？　あるいは私たちを怒らせて、非難の言葉を吐かせようとする罠なのか？　事件の目撃者になるなんて、モンカダ兄弟ならやりかねない！　でもそれは避けなければならない。夫人は自分の思いを伝えようと、娘に強い視線を送ったが、娘は呆然とし、子供の頃からたたき込まれてきた言葉を口のなかでくり返すだけだった。「口はわざわいのもと！」ことあるごとに言われたこの言葉が、幼年期のコンチータをしばった。言葉は彼女と世界の間に立ちはだかり、菓子や果物、読書や友人や祭りのまえに越えることのできない壁を作って、少女をがんじがらめにした。思いだしてみれば、いかに女はおしゃべりで耐えがたい存在かということを、父親や祖父からくり返し聞かされ、そうやっていつもゲームは始まるまえに終わってしまっていたのだ。「しっ、お黙り！　口はわざわいのもとだってことを忘れるな！」彼女はこのことわざのこちら側にひとりぼっちで呆然としたまま取り残され、祖父と父はまた際限もなく、女が劣等であることを話題にしゃべりつづけたものだ。この十文字の言葉を越えようと思ったことも、自分は人生で何がしたいのか考えてみたこともなかった。いま、その言葉は、コンチータと、いぶかしげな視線で彼女を見つめるコロナ大佐との間に、壁のように高くそそりたっていた。

「潔白だというんなら、凶悪犯罪の解明に協力してくださいよ……」

女たちが何か言うのを待ちながら、コロナは断りなしにたばこを取りだし、うまそうに吸いはじめた。コンチータは、うっかり鳥などと口に出してしまった後は沈黙を決め込んだ。しゃべるのは危険だと思って、責任を母親に押しつけたのだ。ドニャ・エルビラは椅子のなかで背をまっすぐにのばし、コロナを見てほほえもうとした。自分が巻き込まれなくてすむように、言葉を探した。

「女ふたりっきりで何ができまして、大佐？」

「昨晩見たこと、聞いたことを話すことですよ」いい線を行っているなと思いつつ、コロナは言った。

「眠ってました！　あんな時間に家のなかをうろついているはずがないでしょう？」

「あんな時間？　なるほど！　起こった時間をご存じで？」

「私たちは夜七時には寝てしまいます、ということを申しあげているのですわ」夫人は真っ青になって答えた。

「女の眠りは浅いもんです。男が叫んだのは死ぬずいぶん前ですぞ」

「もし何か聞こえたんだったら、とっくに申しあげています」

フスト・コロナは唇をかみ、腹立たしげに女たちを見た。うそをついていることはわかっていた。

「死体はこの通りにあったんですよ！」

ふたりは黙り込み、軍人の厳しい視線を避けて目を伏せた。コロナの声が悲劇的に響いた。

「モントゥファル夫人、あなたの家を捜索します。非常に遺憾なことではありますが、あなたを共犯者と断定せざるをえません」

「お好きなようになさってくださいな」夫人は言った。

フスト・コロナは、あっけにとられてことの成り行きを見ていた女中の方を向いて言った。

「さあ、行って男たちにここに来るように言ってくれ。それから、ふたりは玄関の見張りにつくようにとな」

女中は出ていった。

「死体を見つけてくるんだ、隠した連中も捕まえろ、という命令なのです」コロナ大佐はしかつめらしくつけ加えた。

コンチータもその母親も口をつぐんだままだった。女中が数人の兵士を連れて戻ってくると、一時間とたたないうちに、モントゥファル家はすっかり様変わりしてしまった。コロナは衣装戸棚を空にし、箪笥や机の引きだしを引っくり返し、マットを床に引きずりおろして、枕をなぐりつけた。次いで庭を調べ、納戸を探し、女中たちを尋問した後で、夫人と娘のそばに戻った。ふたりは怒りのあまり顔面蒼白になり、椅子から動くこともできずに破壊の音に耳を澄ましていた。大佐は女たちが断固として口を開くつもりがないのを見てとって、頭を下げて別れの挨拶をしたが、扉口で振り返った。

「厳罰に処せられたくなかったら、ほんのちょっとしたことでもいい、死体が消えたことに関わりがあれば、おっしゃってください」

少し待ったが無駄だった。母娘は口を開かなかった。通りへ出ると大佐は怒りを爆発させた。強情な女たちに踊らされ、なす術もなかったのだ。部下たちは上官の敗北を見て見ぬ振りをし、うつむいて歩いていた。

「最悪だ、女を相手にするのは！」

「まさに、大佐殿、おっしゃるとおりです！」

「気をつかえば図に乗りやがって」コロナは続けた。

「女は腹黒いですからな、大佐殿」

「もうひとりの方を当たってみよう」コロナはドニャ・マティルデの家に目をやりながら腹立たしげに言い、大股で通りを横断した。

ずいぶんまえから、メレンデス夫人はたまごの白身を泡立てるのをやめ、落ち着きなく廊下を歩きまわりながら、大佐がやってくるのを待っていた。扉を叩く音が聞こえると、召使いを待たずに自ら急いで開けにいった。コロナは夫人を見て驚いた。

「奥さん……つらい任務でまいりました。お宅を捜索します」

ただちに核心に入ったのは、夫人と話をして時間と忍耐力を浪費したくなかったからだ。夫人はにこやかに大佐を通した。兵士たちは庭にまわり、大佐は彼らに池や庭などを隅々まで調べるように命じた。その後で、ウルタードが住んでいた別棟を開けるために鍵を要求し、三人の部下を従え、ドニャ・マティルデに案内されて別棟へ向かった。陰気に静まりかえった家のなかに断固とした足音が響く。廊下の奥の、台所に通じるアーチの下では、召し使いたちが好奇心を丸だしにして待ちかまえていた。大佐は家の主人がベッドに寝ているのに気がついた。

「ご病気ですか?」と丁重にたずねた。

「はい、大佐、熱がありまして」そう答えるドン・ホアキンは、軍人たちが自分の家からフェリペ・ウルタードを連れ去ったあの夜を境に、めっきりやせてしまっていた。

礼儀正しく細心の注意をはらって、コロナは部屋を調べた。メレンデス氏は何も言わず、ドニャ・マティルデもベッドのそばで顔色ひとつ変えず口もはさまなかった。兵士たちが隣の部屋で立てる騒音が聞こえてきた。コロナは後ろを振り向いて言った。

「昨日の夜、外に出られましたな、奥さん……」

　夫人は皆まで聞かずに言った。

「兵隊たちが、かわいそうに男の人を殺そうとしているのが聞こえたのです。助けようと思って外へ出ましたけど、見当たりませんでしたわ」

「奥さん、気をつけてくださいよ。兵隊たちとおっしゃいましたな？」

「言いましたわ、大佐」

「わけもなく言いがかりをつけると罪になるのを、ご存じないんですか？」

「知ってますとも、でもこれは言いがかりではありません。あれは兵隊たちでした」

「まず、死体を見つけなければなりません。犯人を告発するのはそれからですよ」コロナは苦々しげに言った。

「ここではそのどちらも見つかりませんよ」ドニャ・マティルデは答えた。

　コロナは沈黙した。「この婆さんは向かいのふたりよりたちが悪いぞ。知っていることを吐かせて、あの鼻をへし折ってやる」

　何もすることがないままに、大佐は軍服のポケットをさぐってたばこを取りだすと火をつけた。ぼんやりそれを吸いはじめたとき、ドニャ・マティルデの声がした。

「すみませんが、たばこは主人に障りますので。もしお吸いになりたかったら、どうぞ部屋をお出になってくださいまし」

　コロナは急いでたばこを消し、ほほ笑みを浮かべた。

「失礼しました！」

夫妻は笑みを返さず、他人の場所と時間を占領する闖入者を見るように大佐を見つめた。兵士がひとり入ってきた。

「何もなかったのか？」

「何もありませんでした、大佐殿」

出て行くしかなかった。夫人が玄関まで見送り、コロナは最後のだめ押しをした。

「誰が死体を持っていったのか、我々の参考になりそうな音は何もお聞きにならなかったんですね？」

「なあんにも！　年寄りは耳が遠いですからね」そう言うと、してやったりという顔で大佐を見た。

「横柄な婆あだ、芯から性悪だな！」通りへ出るとフスト・コロナは大声でわめいた。

すでに陽は高く、強い日差しが家々の塀や屋根に照りつけていた。時計を見ると十時半になっていた。

「二時間以上もだぜ、手紙だの靴だの見せられて！」コロナは吐き捨てるように言った。

「まったく、大佐殿、ご婦人方ときたら、やたらに思い出の品とやらをとっておくもんですな」兵士たちは笑おうとしたが、ひきつったコロナの顔を見ると笑いがのどに凍りついた。

「ほんとうに、大佐殿、まえのふたりの方が扱いやすかった、まだましでしたね……」

「ここの婆さんとは大違いだった！」別の男がまえの男にならって、コロナの怒りをそらせようとした。

「もうひとりの婆さんに会いに行こう！」

コロナは角を曲がってドロテアの家の扉を勢いよく叩いた。老女がじょうろを手に姿を現した。その仰天した顔と年輪のきざまれた目を見て、コロナはためらった。

「さあさ、なかへ！　粗末な家ですがどうぞお楽に、日陰だけはありますよ！」

男たちはその言葉に従い、ドロテアは彼らを少しは涼しい廊下の一隅に通した。

「暑いったって！　こう暑くてはねえ、まったく！」ドロテアは信じられないというように頭を振り、自分に言い聞かせるようにくり返している。

兵士たちは黙って後をついていった。

まえに訪れた二軒の家とは大違いだ。壁のしっくいは煙にいぶされて変色しており、れんがは崩れて色あせ、鶏が数羽、家のなかを駆けまわって割れたタイルの床をつついている。マグノリアの木の枝には着古したブラウスが数枚陽に干され、壁にはとうもろこしとにんにくの束にならべて、大小のろうそくの束がかけられていた。

蠅もじっとして動かず、扉のない部屋からは穴蔵の闇が漂ってくる。ほこりのなかでただひとつ活き活きとして見えるのは、水をたたえた素焼きの甕だけだ。コロナも部下たちも言葉がなかった。そこは一種の終着駅、孤独な老人が、どんなものかも知らず行き先もわからない汽車が来るのを待っている終着駅で、まわりにあるものは生きるのを放棄してしまったものばかりだった。

「みなさんをお通しするような場所がなくて……革命派の人たちが家を焼いてしまったものだから……」

コロナは頭をかき、途方にくれて部下たちに目をやった。男たちの目が「だから申しあげたでしょう?」「本当によぼよぼでしょうが?」と言っている。ドロテアはトゥレ編みの椅子をいくつか運んできてすすめた。

「おかまいなく」コロナはあわてて老女の手から椅子をもぎ取り、自分でならべてそのひとつに腰をおろした。

「お水を一杯いかが? それとも花束がいいかしら? お水か花束なら誰にでも差しあげられますよ」

そう言うとドロテアはコロナの辞退の声にはおかまいなく、ばらやジャスミンやチューリップを切りに庭に出ていった。

「いやはや大佐殿、まるで針金みたいだ! あれであの立派な死体をどうやって動かしたというんです?」

「墓場に足をつっこんでますよ、もう……」別の兵士がつけ加えた。

ドロテアが戻ってきた。気がつくと、背の低い椅子に座ったコロナの手にばらとジャスミンの花束が渡されている。ドロテアは冷たい水の入ったコップを配り、兵士たちはそれをありがたく頂だいした。こんな老婆を尋問しようとしているなんてこっけいだとコロナは思った。

「セニョーラ……」と言いかける。

「セニョリータですよ。結婚はしたことがありませんのでね」ドロテアは訂正した。

「セニョリータ」コロナは言いなおした。「びっくりなさらないでください……昨晩、この近くで人が殺され、死体が消えてしまったんです……司令部が近所の家の捜索命令を出しまして、あなたの家もその範囲内なものですから、我々としてはやらなければならんのです」

「ご自分の家と思って、将軍、お好きなようになさってくださいまし」ドロテアは相手の階級をあげて答えた。

コロナは部下たちに合図を送り、部下たちは部屋や庭、裏庭などに散っていった。大佐は老女のそばに残って会話を続けた。何人かは数分で戻ってきた。

「部屋は全部焼けてしまってます、大佐殿。寝室には簡易ベッドと飾り物が少しあるだけで」

「裏庭には石しかありません」後から戻ってきた者が言った。

「仕方あるまい……」コロナは手のひらで腿を叩きながら、あきらめ顔で言った。立ちあがってドロテアに一礼し、老女はそれに笑顔で応えた。

「引きあげるぞ！」

通りに出るや、コロナは足を速めた。そのあたりの連中に自分の敗北を見られたくなかったのだ。ドロテアの家の扉が開いて、老女があたふたと通りへ出てきた。

「将軍！　将軍！」

呼ばれてコロナは振り返った。

「あなたのお花ですよ、将軍！」走ったために息をきらして、ドロテアはコロナがトゥレの椅子の上に置き忘れてきたばらとジャスミンの花束を手渡した。

大佐は赤くなって花を受け取った。

「これはどうも、セニョリータ」

花束を投げ捨てる勇気はなく、コロナはその場を離れた。通りの真ん中にじっと立ったまま、笑みを浮かべて見送っている老女に、自分の方が観察されているようだった。イステペックではみんな大喜びでうわさしたものだ。「ドロテアがコロナを幼子のイエスさまのように花で飾ったそうだよ」

「いずれ出てくるさ!」フスト・コロナが敗北を喫したことを報告すると、ロサスはそう言い切って窓辺に近寄り、たばこを吸いながら煙が広場の風にのって霞のように消えていくのを眺めた。タマリンドの木のてっぺんもまた、朝の空気のなかで霞んで見えた。イステペックには形のあるものは何もない。死んだ聖具係さえ自分の死体を残さなかった。村は全部煙でできていて、両手の間から逃げてしまうのだ。

「出てくるはずだ!」とロサスはくり返し、ロサス自身をも亡霊にしてしまったこの現実離れした村のなかで、それが唯一の現実であるかのように自分の言葉にしがみついた。

「いやどうですかね……どうですか!」コロナは確信が持てなかった。

部下の疑いで、ロサスはまたイステペックの架空の世界へ引き戻された。コロナも異質な光のなかで自分を失ないつつあった。彼、フランシスコ・ロサスはどうだったのだろう? 口から出たものではない叫び声がロサスを追い、ロサスはロサスで目に見えない敵を追っていた。そして鏡のなかに沈み、底なしの平面を進んでいったあげく、木に侮辱され、屋根に脅され、沈黙と、歩道や広場を自分のために明け渡してくれる丁重さが反射して目がくらんだ。そうやって、フリアを奪われ、誰のものでもない叫び声にだまされ、別の世界に映しだされたその姿を見せられた。いま、木に吊された別の死体のなかにフリアの姿を見て、ロサスは昼と夜を、また亡霊と生きている者を取り違えた。宇宙のなかに映しだされた別の村の影のなかを歩いているのは知っていた。イステペックに着いてから、フリアはこの時間の外にある裏道を通って、彼のまえから消えたのだ。ロサスはフリアを失なったその同じ場所で彼女を探しつづけるだろう。しかしイステペックがそれを言葉に出してロサスに言うことはなかった。ロサスにはわかっていた。日々をくすねとられ、日付けをばらばらにされ、いつが日曜日なのかさえ教えてもらえずに一週間が過ぎていくのだ。フリアの跡を追っているうちに、ロサスは自分の人生を見失ない、街路は砕け散り、光り輝く小さな点となって、フリアが通りに残した足跡を消していった。こののろわれた村を支配していたのは、わけのわからない秩序だった。

フスト・コロナは上官に近づいた。彼の両手もからっぽだった。イステペックはへびのようにするりと逃げていってしまった。ふたりは目の下に広がる石でできた鏡のような広場を眺めた。ふたりにも、ふたりが抱える悩みにも知らん顔を決め込んで、人々は広場を行き来していたが、そのときその無邪気な顔の奥で軍人たちを盗み見て、ひそかに殺人犯の手から逃げたドン・ロケの死体の敏捷さを笑いの種にしていたことを、わたしは知っている。「いつだって、あいつはずるいやつだった」……「へっ、俺が言ってたとおりだ、死んだってやつは捕まらんとね」

「信心深い女どものことだ、聖別された土地じゃなければ埋葬させないだろう。埋葬許可を出してくれと頼みに来るのは、時間の問題だ」

フランシスコ・ロサスがそんな言葉を口にしたのは、コロナのまえで、負けたとは言いたくなかったからだ。信心深い女ども！　信心深い女だろうが、神父だろうが、ロサスにとってはどうでもよかった。おえら方にならって口にしたまでだ。

「さあ……、どうでしょうかねえ！　あの婆さんたちはやっかいですよ」

フスト・コロナはいつも自分の言葉に自信を持っていた。その朝コロナが悲観的だったのは他でもない、首都《メヒコ》から受けた命令をまっとうできなかったからだ。

何日かたったが、司令部にドン・ロケの遺体を埋葬する許可を求めにくる者はいなかった。将軍は驚かなかった。イステペックにだまされるのには慣れていたし、聖具係なる者が実際にいたのかどうかさえ疑っていたのだ。ロサスは何と言ったらよいかわからず、うんざりして事務所のなかを歩きまわった。

「あの連中、何かたくらんでますよ！」フスト・コロナはくり返し言い、ドン・ロケの死体がどこに行ったのか、その手がかりを探して落ち着きなく窓の外を眺めた。部下の言葉はフランシスコ・ロサスの耳に届いたが、ロサスは聞いていなかった。村の人々も、聖具係も忘れてしまいたかった。ロサスはかたちにならない何かを探し、煙が渦をまいて消えるようにいままさに消えなんとしている過去のほほえみを追いかけていたのだ。この過去こそ、彼に残されたたったひとつの現実だった。

「そうだな大佐、何かたくらんでいるな……」

部下の言うことに反駁するわけにはいかず、まして自分にはこの連中などどうでもいいと打ち明けるのはいやだった。フスト・コロナは上司に裏切られたような気がした。将軍に見捨てられ、戦のなかにひとり取り残されたのだ。

「将軍、やつらはまたあなたのことを笑い者にしていますよ。それが私にはつらいんですよ」意地悪くフリアのことをあてこすった。

フランシスコ・ロサスは歩きまわるのをやめて立ちどまり、部下の顔をまじまじと見た。まさにそのとおり！　コロナが言うのはもっともだ。イステペックの嘲笑が彼の不幸の根源だった。ロサスは不機嫌そうに窓辺に寄り、わたしの人々が往ったり来たりするのを眺めた。

「たしかにそうだな、連中は何かたくらんどるぞ！」

軍人たちはわたしたちを見張り、わたしたちはクリステロ派のアバクックが現れるのを待った。アバクックは決起して山にこもっており、その名は村から村へ駆けめぐっていた。男たちは決起した者たちに合流しようと、真夜中に秘密の道を通ってイステペックから逃げた。アバクックは昼間は眠り、夜になると鬨の声をあげながら近隣の村に現れ、兵隊たちを殺し、捕虜を解放し、牢獄や公文書館に火をつけた。男たちは彼らの叫びに声をあわせて歓迎の意を表し、馬に乗ってふたたび山中の険路に姿を消すその後ろ姿を追って裸足で走った。いつの夜かイステペックも彼の叫びを聞くはずだった。「王なるキリスト万歳！」それは、フランシスコ・ロサスにとって、最後の夜になるだろう。

「もうそろそろ来るころだ！」ふたたび炎に包まれるイステペックをうっとりと想像しながら、わたしたちは笑いあった。

「来るといったら……来る！」

軍人どもはわたしたちを見張っていたが、わたしたちは軍司令部の窓を見もしなかった。将軍もその部下たちも、わたしたちの捕虜だったからだ。

IV

紫色をしたある日の午後、六時にアバクックとは別の軍隊が到着した。兵隊たちは広場で野営し、たき火で子豚を焼き、銃殺された男たちに献げられた古い歌を歌った。

あいつは家々をまわって
ペンと紙とを探してた
例のあのイサベルに
手紙を一通書くのだと

わたしたちは恨みがましくそれを眺めた。「ろくでなしだ、命を捧げようと思う人のために、喜んで死ぬことさえしないやつらだ!」もうひとりの将軍がやって来た。この一帯を視察するためだ。午前中は、背をまっすぐに伸ばして自動車に乗り、石畳の道をガタガタと走りまわった。新しい将軍には片目がなかった。鼻が低く、肌は黄色みを帯びていて、通りがかりに犬がほえようが、車があげる土ぼこりのなかをめんどりがおびえて逃げまわろうが、顔色ひとつ変えず、ぴったりとした高襟の上着を身につけ、短く刈った頭に軍帽をまっすぐにかぶって、汗をかきながら片目で平然とわたしたちをにらんだ。

夜ホテル・ハルディンでフランシスコ・ロサス将軍と話をし、朝まだ早いうちに部下の兵士たちを従えて出ていった。ホアキン・アマロ将軍といい、クリステロ派と戦うことになっていた。

「あいつはヤキだ！　裏切り者のインディオだ！」わたしたちは眉をひそめて言った。裏切り者のヤキといえば、ありとあらゆる悪が連想される。片目の将軍の片方だけの視線には、処罰してやろうという意図が丸見えで、わたしたちは闘争心を燃えあがらせた。夜中、わたしたちのあげた割るような叫び声が、通りから通りへ、街から街へ、バルコニーからバルコニーへ駆けめぐった。

「王なるキリスト万歳！」

「王なるキリスト万歳！」窓のなかから答が返った。

「王なるキリスト万歳！」暗やみの片隅からも返事があった。

「王なるキリスト万歳！」

叫び声は門口ごとに引きつがれ、村中をまわる声を追って銃声が響いた。闇のなかで兵士たちはその声を探しまわったが、声は夜の隅という隅からわきあがった。あるときは追っ手のまえを走り、また背後から彼らを追いかけた。兵士たちは手探りで声を探し、進んだり後戻りしたりしながらそのたびに怒りをつのらせた。叫び声と兵士たちのゲームは毎晩くり返され、わたしの村の迷路のような道や通りをジグザグと行進した。

毎朝、軍司令部のドアに貼られる聖ベロニカの布とキリストの顔、「王なるキリスト万歳！」と書かれたポスターをフランシスコ・ロサスは見ないようにした。将軍はドン・ロケを殺した兵士たちを呼びつけた。

「死んだというのは確かなんだろうな？」

「確かです、将軍殿。頭を壷みたいにたたき割ったんですから」

「やつの目に光をあててみましたが、カッと見開いたままで。死んでましたよ、もう……」

フランシスコ・ロサスは考え込み、フスト・コロナとふたりで自分の部屋に閉じこもった。

「誰か統率者がいるな、死んだのかどうかわかったもんじゃない……」

「でも確かに死んだと言ってます」コロナは当惑しながら答えた。

「じゃあ、おれはイステペックにからかわれているというわけか」

「みせしめの懲罰が必要ですな」

「誰にだ？」

「聖具係の死体を消した連中にですよ」

ドニャ・マティルデを念頭においてフスト・コロナが言った。ロサスはどう答えてよいかわからなかった。誰がやったというのだろう？　それはわからない。わかっているのはただひとつ、ドン・ロケが消えてから、イステペックが変わってしまったということだ。誰かが闇のなかで叫び声と夜毎の犯罪の指揮をとっていた。

「女たちの誰かが庭に埋めたか、生きているのをかくまっているかだ。そいつがこの騒ぎの張本人だろう。もう一度捜索するんだ、大佐、土が掘り起こされた形跡とか、れんがが修復された跡が見つかったら調べろ！　聖具係はそこだ。そのままここに運んで来い、隠したやつもだぞ」

フスト・コロナは小部隊を引き連れてふたたびコレオ通りへ向かった。ドニャ・マティルデの家に捜索隊が向かったといううわさは、大佐がそこに到着するまえに彼女の耳に届いていた。夫人はモントゥファル母娘とドロテアに危険を知らせた。フスト・コロナはやってきたが、三軒の家でまえとまったく同じように迎えられ、ドン・ロケの死体について何の新事実も発見できなかった。れんがを動かした形跡のある家はなかったし、庭土は平らで植物には触れられた跡がなく、裏庭の石ころや雑草も何年も手つかずのままだった。大佐は落胆して司令部に戻った。

「何も見つかりません、将軍殿！」

「神父が逃げたということは理解できるが、死体がなくなったというのはな」

「わかってます、将軍殿。でも、とにかく何もなかったのです」


軍人たちはうつむいた。ロサスの部屋のバルコニーから、ドニャ・カルメンが風呂あがりの洗い髪で編み物のかごを腕に、通っていくのが見えた。医師の妻が毎日ドニャ・マティルデを訪問するのは怪しいと、彼らは思った。

「あの連中は何をたくらんどるのかね？」

ふたりはたばこに火をつけ、バルコニーのガラス戸の奥に陣取って通行人を監視した。市場帰りの女中たちが何人かつづいて通り、少年たちが追いかけっこをしながらパチンコでオレンジの皮を撃ちあって、脚に赤いしみをこしらえている。遅くなってからアリエタ医師の馬車が姿を見せた。その後ろからは水運びの者がふたり。それぞれ他意はなく、みんな自分の務めに没頭しているように見えた。

「三軒とも見張りを立ててあるんだろうな」

「夜昼ぶっつづけに、将軍殿」

軍人たちはイステペックの沈黙に負けた。あの無邪気な顔をまえにして、一体何ができるだろう？　朝はきらきらと輝き、夜は暗く、流砂のように変わり身の速いこの村をまえに？

「密告者を探すんだ！」コロナは突然叫んで、こんな単純なことをなぜもっとまえに思いつかなかったのだろうと驚いた。

「あの三軒のそばで見つけることだな」

数日後、イエスカス軍曹がモントゥファル夫人に仕えている女中のイネスを口説いていた。

将軍はフローレス大尉を呼びつけた。

「大尉、ルチの家に遊びに行ってこい。聖具係のことで何か知っていないか探って来るんだ」

フローレス大尉は一言口にしかけたが、フランシスコ・ロサスの断固とした視線と、フスト・コロナの不機嫌な目を見て、つまらない役目をおおせつかったものだと恥ずかしく思いながら、何も言わずに上司のもとを去った。夜、大尉は「街の女たち」の家に現れた。もう何日も足を向けていなかったので女たちは冷たかったが、大尉は陽気そうに振る舞って、みんなに飲み物を注文し、蓄音機をまわさせた。ルチがそばに座った。もう以前のような気分にはなれなかった。悲しかった。

この女たちに探りを入れるなんて、思ってもみなかった。どこまで堕ちてしまったのだろう?

「どうしたのさ?」おかみがたずねた。

「わからん、この村はすっかり陰気になっちまった……ここを出て、どこか遠くへ行きたいなあ」

ルチは目を伏せた。フローレスは横目で女を見た。百姓どもを銃殺するのはもううんざりだ、コロナの恨みもロサスの理不尽な態度も俺には理解できないと言いたいところだった。しかし、何も言えない。自分もふたりの共犯者で、女の命にかかわるかも知れないことを調べに来たのだ。

でも、なぜルチなんだ? 世間から切り離されて、惨めな家のなかに閉じこもっているルチのような哀れな女が一体何を知っている? 何も知っちゃいない! この女は聖具係の遺体の紛失とはかかわりがない、フローレスはそう確信して気を落ち着かせた。与えられた命令を遂行しよう、それから気分を変えて彼女を踊りに誘おう。しかし、何をどうやってきりだしたらいいのか見当がつかない。彼は兵隊であって警官ではなかった。

「この村の連中ときたら、うわさ好きだからなあ!」

「そうだね……」言葉少なにルチが答えた。

「聖具係のことで何か聞いたかい?」

「聞かないね」

「死体に何が起こったのかと思ってね……」

ルチは顔色を変え、大尉を厳しい目つきでにらんだ。大尉はほほえんで女を当惑させた質問の重さをごまかそうとした。

「自分たちで殺しておいて、こんどはあたしたちを脅かそうってのかい」

「俺たちが殺したって、はっきりしてるのか?」フローレスは笑顔で答えた。

ルチは立ちあがり、ファン・カリーニョが座っている部屋の隅に行き、耳元で何ごとかささやいた。狂人は熱心に耳を傾けていたが、立ちあがるとフローレスのところまでやってきた。

「お若いの、人をひっかけるような質問をして、この家の秩序を乱すようなことはしないように」

「大統領閣下!」

ファン・カリーニョは相手の肩に手を置くと彼を乱暴に椅子に押し戻し、ルチが座っていた場所に腰かけてじっとその顔を見つめた。泰然自若とした狂人の視線にさらされて、フローレスは居心地の悪いを思いをした。

「ルチ嬢を見てみなさい。ひどく気分を害しとりますぞ」

「なぜだ?」フローレスはたずねた。

「なぜだ、ですと? ああ! お若いの、あんたがたには力はあるが、分別というものがない。だから、自分たちの犯罪を私たちのせいにしたがるんだ。私たちを責める理由が欲しいからだ」タコンシートスがこっそりその場を見守っていたが、ルチは彼女に近づくと怒って命令した。

「いますぐ出ていって、寝ておしまい!」

娘は逆らわず、かかとを鳴らしながらサロンから出ていった。南京錠のかけられたファン・カリーニョの部屋のまえで「気違いじじい!」と恨みがましくつぶやき、自分の部屋のドアを蹴って開けると、ベッドに俯せに転がり込んだ。そこにまでチャールストンの陽気な音が聞こえてきた。フアン・カリーニョがばか騒ぎに出かけていき、夜明け近くまで戻らなかったあの夜以来、彼女の生活は耐えがたいものになっていた。

「ねえ、ちょっと、もう朝の二時だっていうのに、大統領閣下がまだ戻ってきてないよ」あの夜、彼女はおかみに言ったのだった。ルチは答えなかった。

「だって、もう二時過ぎだよ……」彼女はしつこく言い張った。

「で、それがどうしたっていうのかい?」

タコンシートスは詮索好きだった。夜遅く、客が帰った後でサロンに残って忙しく灯の始末をしていると、入口の扉を引っかく音が聞こえた。「まあ、何と遠慮深い!」と思い、最後の灯をひと吹きで消すと、ひじ掛け椅子の後ろに隠れた。続いてまた音がするのを聞いて息をひそめた。きっとルチに男ができて、それをあたしたちに用心して隠しているんだ。もうちょっとで秘密に手が届くというときの、詮索好きの人間に取りつく奇妙な喜びに心臓がどきどきし、胸に鋭い痛みが走った。暗闇を透かして様子をうかがっていると、ルチがサロンを横切り、ホールを抜けて玄関の扉口まで出ていった。「なんてうまく隠しているんだろ!」

「こっちへ来て、大統領閣下」ルチはささやきながら、ファン・カリーニョと一緒にサロンに入ってきた。ふたりが暗い家の奥に消えていったのを見て、がっかりして隠れていた場所を出ようとしたとき、またルチが出てきた。腕に大きな包みを抱え、つま先でサロンを横切ると、玄関を通って外へ出ていった。「おや、何をたくらんでるんだろう」ルチがドアを半開きにして出ていったのを聞いて、待つことにした。一時間後にそっとドアが開いて、二度目の外出から帰ってきたファン・

カリーニョが、サロンの暗がりに姿を見せ、落ち着き払ってまた真っ暗な家の奥に入っていった。タコンシートスは啞然とした。寝ようかと思って立ちあがったところへ、また玄関のドアがきしんで、カチッと掛け金のかかる音がした。震えながら待っていると、ルチがまえと同じ包みをかかえてふたたび入ってくるのが見えた。

「またあんたなの?」タコンシートスはうっかり口を滑らせた。

「あんた、あたしを見張ってたのかい?」ルチは怒りでのどを詰まらせた。

「大統領は何かたくらんでるよ……二度も入ってきて……それも出ていくところは見なかったのに」

「もう一度言ったら、その顔を切り裂いてやる!」ルチは脅した。

この夜以来、タコンシートスの生活は耐えがたいものになった。翌日は村中がドン・ロケの死体が消えた話で持ちきりだったが、口をはさむことはできなかった。ルチが外に出してくれなかったし、仕事もさせてくれなかった。客がつきそうになると、おかみはなんとか理由をつけて、彼女をサロンから追いだしてしまった。タコンシートスは部屋にこもってふさぎ込んだ。

「ふん、なにさ! おしゃべりもできないってのかい!」そう言って、頭を枕の下に埋めた。いま家のなかで起こっていることは、決して起こってはいけないことだ。サロンの様子はたやすく想像できた。狂人がこわい目をしてフローレスを見張っており、女たちに近寄らせないようにしている。

「みじめな話だよ、仕事がなかったらじきに飢えて干あがっちゃうじゃないか!」

V

フランシスコ・ロサスはバルコニーから、女たちがやってくるのを見た。三人の女たちは短い髪を念入りに梳し、顔におしろいをつけてよそゆきの服を着込んでいた。

「コロナ、おい、コロナ、やってきたぞ！」将軍は驚いて叫んだ。イステペックが直接自分に立ち向かってくるなんて、一体ありうるだろうか？　フスト・コロナはバルコニーに急いだ。ドニャ・カルメン・アリエタとドニャ・アナ・モンカダ、そしてドニャ・エルビラ・モントゥファルがちょうど司令部に向かって広場を渡ろうとしているところだった。

「見てくださいよ、将軍、頼みごとにきたんでしょうな。あの連中には厳しくなさらんと！」

「死体を返しにきたんだろう……」フランシスコ・ロサスはこの思いがけないできごとにほくそ笑んだ。

軍人たちはシャツの襟元に手をのばして、明るい色のギャバジンのネクタイの位置を確かめ、櫛を取りだして髪をなでつけると、愉快そうに笑いだした。勝負に勝ったのだ！

婦人たちはオレンジの木が植えられた中庭をおずおずと横切り、兵隊に案内されてロサスの部屋の入口にたどり着いた。

三人はただちになかに招き入れられ、ロサスと目をあわせないようにしながら入ってきた。将軍は礼儀正しく椅子をすすめ、立ったままもどかしそうに女たちを観察している部下に目くばせをした。

「私に何のご用でしょうか、奥様方?」

婦人たちはくすくすと笑いだした。あがっているようだった。フスト・コロナはたばこを一本取りだすと、吸ってもかまわないかとやさしくたずねた。

「もちろんですわ!」三人は一斉に叫んだ。

将軍もたばこに火をつけ、上機嫌で三人の向い側に腰をおろした。婦人たちはまた声をたてて笑い、どぎまぎして顔を見あわせた。「まあ驚いた、こんなに若いなんて」と、ドニャ・エルビラは思った。

「何のご用でしょう?」ロサスはやさしくくり返した。

「私たち、将軍にオリーブの小枝を持ってまいりましたの!」ドニャ・エルビラがもったいぶった様子で切りだしたが、相手が若くてハンサムなので満足だった。

言葉の意味を計りかね、将軍が冷やかな目つきでドニャ・エルビラを見つめた。

「この雰囲気を何とかしなければなりませんわ……暴力のなかでは私たち、生きていけません。内戦状態だなんて、誰にだっていい迷惑です。こんなことはもうおしまいにして、仲良くしたいと思って……」

医師の妻は口をつぐんだ。相手の呆然とした顔を見て後のせりふを忘れてしまったのだ。ドニャ・エルビラが助け舟をだした。

「お互いに顔をあわせれば、敵も敵でなくなります！」

「私たちも、勝手が過ぎました……」ドニャ・エルビラはため息をついた。この時点ではそれは本音だった。フランシスコ・ロサスがあんまりハンサムだったので、過去の悪事は記憶のかなたに消えかかっていたのだ。

フスト・コロナは驚いて一言も逃すまいと聞き耳を立てた。たばこを口に女たちから目を離さなかったが、何を言おうとしているのか皆目見当がつかない。フランシスコ・ロサスは微笑し、目を細めて医師夫人が話し終えるのを待った。用心深く、一語一語に注意を払って、一見無邪気に見えるその言葉の裏に何が隠されているのか探ろうとした。自分は何も言うまい。沈黙は気にならなかった、むしろその方が水を得た魚のように泳ぎまわれた。女たちはおしゃべりだから、しわの寄った偽善者面の下に隠している秘密をすぐにも暴露するに違いない。ドニャ・カルメンは危険区域に足を踏み入れたと感じてそれ以上ためらわず、勇敢にも奇襲攻撃をかけた。

「将軍に敬意を表して、パーティを開こうと思いまして」

「パーティですと？」フランシスコ・ロサスは仰天して叫んだ。

「そうですわ、将軍、パーティですわ」夫人は落ち着き払って答え、村と軍隊が敵対することはもうないとはっきりさせるには、パーティをするのが一番だと、無邪気に説明してのけた。

「笑いは涙を消しますからね」ドニャ・カルメンはにこやかに話を締めくくった。

フランシスコ・ロサスは招待を受けることにした。ほかにやりようがあっただろうか？　夫人たちは日取りを決めると、にこやかにそして友好的にロサスの部屋を出ていった。将軍はコロナを振り返った。

「どう思うかね、大佐?」驚きから覚めないままにロサスはたずねた。

「さあ、私には女は信用できませんな、ましてイステペックの女ときた日には。もしかすると、われわれ全員を毒殺するためのパーティかもしれませんよ」

「そうだな、わなかも知れんな」

フランシスコ・ロサスはふたたび、足もとをおびやかすイステペックの迷路にはまり込んで途方に暮れた。

VI

フランシスコ・ロサス将軍のためにパーティを、という考えを人々が熱狂的に支持したことは驚きだった。人間はなんと変わり身が早いことか! 教会が閉鎖され、聖母像が炎と化したのを、みんな一瞬にして忘れてしまったとでもいうのか。聖ベロニカの布やイエス・キリストの顔が描かれたポスターが家々の扉口で夜明けを迎えることはなくなり、「王なるキリスト万歳!」という夜毎の叫び声も消えた。わたしの夜はまた静かになった。パーティの一言で魔法のように吹き払われた恐怖は熱狂に姿を変えた。これに匹敵するものといえば、記憶するかぎりでは村の百年祭のときにわたしを襲った狂気しかない。あの目がくらむような日々を思いだすと、それは記憶のなかでドニャ・カルメン・B・デ・アリエタの家のパーティに先だつ日々と混じりあう。あの当時裕福な人々は首都《メヒコ》へ行ってしまい、残されたわたしたちは気を滅入らせ、しかしむさぼるように首都から輝かしいニュースが届くのを待っていた。幸運からは見放されていた。わたしたちも独立百年祭を催しはしたが、その花火も晴れ着も、外国の大使たちではちきれそうになった四輪馬車や華やかな騎馬行進、首都を燃えあがらせた中国製の打ちあげ花火がたてた土ぼこりのなかに埋まってしまった。

いま、将軍のために準備されているパーティは、以前のパーティが残していった輝かしい航跡を追っていた。コクーラの木戸に吊される死体を誰もが忘れたがっていた。国道沿いに見つかった死人の名前を口にする者はいなかった。わたしの人々はベンガル花火というつかの間の輝きを選び、パーティという言葉がきらびやかな打ちあげ花火のように発せられた。なかでもとりわけ興奮したのは、ファン・カリーニョだった。ひっきりなしにシルクハットを持ちあげては村人たちに挨拶し、満足気にほほえんだ。仕事は休みだった。そのとき宙をただよっていた言葉はお気に入りのものばかりだったから、安心して帽子を取ることができた。帽子のなかに悪意の言葉は入っていなかったからだ。家のなかでは華やかな言葉を駆使してパーティの趣向についてしゃべった。

「ひとつの芸術なのだよ!」自分たちは出席できないパーティの準備の話を聞いて寂しそうにしている女たちのまえで、もったいぶって説明してみせた。

「ベンガル花火がもう届いたぞ!」ある日の午後、必要のなくなった帽子を部屋のよごれた小机の上に置いて、カリーニョは報告した。女たちは暗い顔で笑った。

「ベンガル花火だ!」ファン・カリーニョはくり返し、「街の女たち」が住む家の貧しさを言葉でにぎやかに飾ろうとした。

「まあ、素敵じゃないの……」自分たちのために奇跡を起こそうとやっきになっているカリーニョを孤立させないように、ひとりの女が言った。

「君たちはベンガルって何なのか、知ってるかね?」

女たちは驚いて顔を見あわせた。そんなことは思ってもみなかったからだ。

「知らないよ、大統領閣下……」

「ちょっと待ってくれ、辞書を見ればわかるだろう、辞書には人間の知恵が詰まっているからな」

ファン・カリーニョは自室にとって返し、数分後、目を輝やかせて戻って来た。

「ベンガル、ベンガル! すばらしい国だ、遥かかなたに広がる青い国で、黄色の虎が棲んでいる、それがベンガルだ。戦いが終わったことをはっきりさせるために、光はやって来たのだよ! 停戦だ!」


誰もが待っていたその日は他の日々をかきわけて進み、オレンジのように真ん丸く完璧なかたちでやってきた。それは美しい金色の果実のように、わたしの記憶のなかでその後にやってきた闇を照らしつづけている。時間は半透明になってその日の表面に着地し、ひとつの輪を開くと、あたふたとカルメン・B・デ・アリエタの家に入っていった。光の波と食いいるように見つめる目、そして警備隊に囲まれて、イステペックはパーティが始まる瞬間を待っているのだ。家もわたしたちと一緒にうっとりとして待っていた。薔薇の花で飾られた椰子の木がきらめき、敷石はワックスでもかかったように光って、壁からはチューリップとジャスミンの枝が垂れ下がっている。オレンジ色の紙で包まれた羊歯の大鉢は緑色の光を放つ太陽のようだ。回廊の奥では、飲み物のびんやグラスの準備が整ったテーブルが、召し使いの手が触れる度に涼しげな音をたてている。庭はまるできらきら光る美しい扇子のように広がり、噴水の水は入れ替えられて水面に映ったアカシアの枝をゆらめかせ、枝に吊り下げられた日本のちょうちんが光の道を作って、噴水と遊歩道を照らしていた。ドン・ペペ・オカンポは木の下にテーブルをいくつもしつらえ、虫を寄せつけないように、オレンジ色の薄地のモスリンの覆いをかけた。マエストロ・バタヤが楽員たちをオレンジの木の下に陣取らせたので、葉の茂みは期待のこもったバイオリンの音色で満たされ、太陽のように輝く光がバルコニーや玄関から洩れて、通りの暗闇を照らした。

招待客が到着すると、家のまえに集まった村人たちは道をあけ、名前を言いあった。

「オルベラ夫妻が来るぞ！」

「クエバス夫妻が着いた！」

客たちは大声で笑ったりしゃべったりしながら、まるで燃え盛る火に飛び込もうとするように勇を奮って門をくぐっていった。ドロテアが「小さなごみの山」と呼んでいた貧乏人たちは、気前よく開かれたバルコニーに満足し、貪欲にパーティのおこぼれをかき集めている。「イサベルは赤いドレスだよ！」とひとりが言うと、「ドニャ・カルメンは白い羽根の扇子を持ってる！」と隣のバルコニーから声がした。ホテル・ハルディンの玄関まで、将軍とその部下たちを迎えにいく役目を仰せつかった娘たちが、夜九時に家から出てきた。わたしたちは彼女たちを見送った。

「もうすぐ一緒に戻ってくるぞ！」

軍人たちと一緒に娘たちが戻ってくるのを見ようと、わたしたちは急いで玄関に近づいた。

「来たぞ、来たぞ！」

主賓を通すために、道が開けられた。

長身のフランシスコ・ロサス将軍は、無言でテキサス帽を浅めにかぶり、ぴかぴかに磨きあげた長靴をはいて、明るい色のギャバジンの軍服の上下に身を包み、三人の若い娘たちに取り囲まれてアリエタ家の玄関に入っていった。まるで初めて見るように、わたしたちは彼を眺めた。続いて将校たちが入ってきた。フスト・コロナ、フローレス大尉、それにコクーラの出身で、まわり中を見渡せる、扇のように見開かれた真っ黒な目をしたパルディニャス大尉などの顔があった。一行のなかにクルス中佐の姿が欠けていた。

彼らの到着とともに、パーティ会場にはひげそりクリームやローション、軽口のたばこがたてるさわやかな香りが漂った。軍人たちは立って不動の姿勢をとったまま一家の女主人を待っていたが、夫人が震えながら客を迎えに出てくると、将軍はゆっくり帽子をとり、嘲笑ともとれる笑いを浮かべて、うやうやしく彼女に向かって一礼した。部下たちもそれにならって一礼し、他の客たちに軽く挨拶しながら、一団となって明るく照明された回廊を進んでいった。ドニャ・カルメンの客たちは、その挨拶を好意の現れと受け取った。

彼らが通っていくのを庭の奥から驚いて見ていたマエストロ・バタヤのところに、ドン・ペペ・オカンポが走っていき、ただちに楽団の喇叭が鳴り響いた。

記憶というのはあてにならない。しょっちゅうできごとの順序を逆さまにし、人を暗い入江に誘い込んだかと思えば、そこでは何も起こらなかったりするのだ。軍人たちが入ってきた後で何が起こったのか、わたしは覚えていない。片足に体重をかけて立っている将軍の姿が浮かぶだけだ。低い声で礼を言っているのが聞こえる。その後で三回ほど踊った。将軍を迎えに行った三人の娘たちと順ぐりに踊ったのだ。将軍の胸のすぐそばにイサベルの視線がある。ロサスがイサベルを席まで送っていき、その場を離れるまえに一礼したときの、彼女の呆然とした顔が見える。コンチータはリズムに乗りそこなって許しを請い、好意的に受け入れてもらっている。また、相手の寛容なほほえみに向かってしゃべっているミカエラの姿も見える。将軍はふたたびひとりになって、あの回廊の片隅で部下たちを相手にたばこを吸い、その傍らで、パーティはカップルをこしらえたり引き離したりしながらぐるぐるとまわっていた。

撒き散らされた氷で半透明になった盆がまわされ、客たちはそれぞれ冷たい飲み物が入ったグラスを取って、手にきりっとした冷気を感じ、つかのま正気をとり戻した。バルコニーの外からは、貧しい人たちが音楽にあわせて合唱し、その声が歓喜の嵐となってパーティに侵入した。

イサベルはひとりぼっちで柱のそばに避難し、ブーゲンビリアの枝の下に置いてあった椅子に座って、ぼんやりと花のついた枝をひき抜いては歯でかみちぎった。トマス・セゴビアがまえに来て一礼した。娘は青年に視線を向けたが、その目は何も見ていなかった。ちぢれ毛の、女のようにやわらかい顔をした小男の、わざとらしく整った様子がイサベルには不愉快だった。

「踊らないか、イサベリータ?」

「いやよ」

トマス・セゴビアは断られても動じなかった。椅子を引き寄せてうれしそうに隣に座り、ちょっと間をおいて、ポケットから紙切れを一枚取って差しだした。イサベルはいぶかしげな顔で受けとった。

「僕の一番新しい詩だよ……君に献げた……」

若い薬剤師はいまだにせっせと詩を作りつづけていたのだ。詩にかけるその情熱は相変わらずだった。イサベルはしぶしぶその詩を読んだ。

「これあたし?」

「そう、神の作り賜うた、いとすばらしき女よ」セゴビアは自分の言葉を強調するために、まばたきをしながら言った。しかし、心のなかでは悲しかった。「彼女だろうが、他の誰だろうがどっちでもいいじゃないか? どのみち僕が愛するのは、詩などは解さない人間なんだ。そう、詩など……本物の詩などは、だ……」

「忘却のかなたの羽のように!」イサベルの朗読がセゴビアの思いを中断させた。彼女は大声で笑い、その笑い声がパーティを貫いたので、父親は仰天して娘を見つめた。トマスは女友達の陽気な反応に気を悪くしたりはしなかった。イサベルの笑いは「媚びを売るための呪いの術」について、込みいった理論を練りあげるのに役立つからだ。イサベルはトマスをしゃべらせておいた。愛する女の沈黙に気落ちして、セゴビアはイサベルから離れ、近くの柱の陰に身を寄せて、そこから彼女を観察することにした。彼は「かなわぬ恋」が好きだった。それは「洗練された挫折の喜び」をもたらしてくれるからだ。

イサベルはまたひとりになり、楽しいというにはほど遠い思いに耽った。父親がそばにきた。

「なんでトマスと踊らないんだね?」

「詩人は嫌いよ。自分のことしか考えないもの。今日という日にあの人の話を聞きたいなんていう人、いると思う?」

「だからこそ彼と踊るべきなんだよ。馬鹿げたことしか言わない男だからね、おまえはいま考えているようなことを考えなくてすむ……」

ドン・マルティンは振り向いて、誰かが聞き耳を立てていないかどうか確かめ、それから礼儀正しく娘のまえでお辞儀をすると、踊りを申し込んだ。ふたりは将軍のそばを回転しながら通ったが、将軍は部下たちに囲まれて慎重な態度を崩さなかった。わたしたちと交わりたくなかったのか、それとも交わることができなかったのか?

彼は他の誰とも違って見えた。あんなにも静かで悲しそうな目をした男が、わたしたちを苦しめている追跡劇の元締めだなどと、一体誰が見抜けただろう? ひどく若かったはずだ。おそらく、三十歳にもなっていなかった。唇にかすかな笑いが浮かんでいたが、自分で自分を笑っていたのではなかったか。イサベルの母親がそばへ行った。

「私はクエタラ家の出ですのよ……この名前、覚えていらっしゃるかしら?」名字から、夫人も北部の出身なのは明らかだった。

「はい、奥さん、覚えていますよ……」

「わたしの兄弟でしたの」夫人は説明した。

将軍は彼らが死んだのを承知しているように夫人を見つめた。

「亡くなられて……いやつまり、以前に亡くなられて……」将軍は悔やみのつもりで言った。

「以前って？」夫人はいぶかしそうにきいた。

「私たち、ここにいる者たちより以前に、ということです」と、将軍はつけ加えて会話を打ち切った。

夜十時に、客たちは庭にならべられたテーブルについた。パーティの進行役を仰せつかったトマス・セゴビアが、ラテン語をちりばめた演説をした。演説のなかで彼は将軍に賛辞を呈し、意味ありげな視線を送った。

やっと「高貴な」言葉を使って話すことができたのだ！　ロサスはその賞賛の言葉を、わたしたちに向かって示すいつもの無関心さで聞いていた。イサベルは将軍の左側に座っていたが、テーブルクロスの上に置かれた将軍の手を見つめたまま、そのよそよそしさに気を悪くして口をつぐんでいる。他の軍人たちはあちこちのテーブルに散らばり、会食者たちと笑ったり冗談を言ったりしていた。

ひとりフスト・コロナだけは、遠くから上官の一挙一動を見守り、落ち着かない様子で何度も腕時計に目をやった。酒で活気づいたおしゃべりが木々のあいだを旋回し、笑い声が庭を駆けまわったが、コロナは表情を崩さずに注意深く将軍を見ていた。

食事の後はふたたびダンスとなり、将軍は不機嫌な顔をして回廊の隅に近い、もといた場所に戻った。フスト・コロナが合流して、ふたりは小声で会話を続けた。イサベルはふたりから目を離さなかった。それで、コロナが楽しそうに踊っているパルディニャスに合図を送り、パルディニャスが踊るのをやめて他の将校たちのところへ向かうのを目にすることになった。軍人たちは将軍のまわりに集まり、将軍は絶えず腕時計に目をやって時間を確認した。イサベルは青ざめ、この家の女主人を探しにいった。

「何が何だかわからないのよ……」イサベルはドニャ・カルメンの耳元でささやいた。

夫人はぎょっとし、困惑の表情で軍人たちに目をやった。彼らはパーティ会場から出ていこうとしており、帽子を手に目で夫人を探していた。

「ねえ、どうしたらいいの?」夫人は動転してたずねた。

「引きとめるのよ!」イサベルは訴えるように言った。

ドニャ・カルメンは軍人たちの方へ走っていき、引きとめようとした。

「こんなに早く、どうしてですの、将軍?」

「役目です、奥さん」

「だめ、だめですわ! 何にもお飲みになっていらっしゃらないじゃありませんか。さあ、一杯だけでも……」

将軍は冷淡な目つきで夫人を見た。客たちは踊るのをやめ、無理にでも立ち去ろうとしている者と、もう少し残るように言い張る女主人を驚いて見つめ、「もう帰ってしまうのか?」とがっかりして言いあった。「でも、なぜ?」アナ・モンカダが蒼白な顔で夫のそばに行った。

「落ち着くんだ！　何かあったわけじゃなし」夫は平静を装って言った。

「何なの？　何なのよ！」彼女は震えながら答えた。

イサベルは母親を見、軍人たちを見た。そして客をかきわけて勇敢にも将軍に近づいていった。

「パーティを中断してはいけませんわ」そう言うと、手を差しのべて彼をダンスに誘った。

フランシスコ・ロサスは驚いてイサベルを見つめていたが、帽子をコロナに預けると、その腰に手をまわした。ふたりは音楽にあわせて回転した。イサベルは顔を紅潮させ、目を将軍の顔に釘付けにしたまま、血なまぐさい世界をさ迷っているように見えた。フランシスコ・ロサスはあえて話しかけようとはせずに、横目で女を眺めた。つぎつぎと相手を連れてくるドニャ・カルメンに負け、部下たちが上司のまねをするのを見て、将軍の表情はさらに険しくなった。

「マエストロ、休まずに演奏してくれ！」ドン・ホアキンが、楽士たちめがけて走り寄って頼んだ。バタヤは驚いたが、とにかく命令に従った。自分が何か重大なことにかかわっているのを感じ、ドン・ホアキンが自分を秘密の仲間にしてくれたことを嬉しく思った。

夢中で一曲、また一曲と演奏し、踊り手たちは休まずにダンスを続けた。村人たちがバルコニーから歓声をあげて、イサベルと将軍の踊りを盛りあげる。女主人は彼らに酒を何瓶か届け、打ちあげ花火の雨がそれを歓迎した。

おおはしゃぎの真っ最中に、小隊を引き連れたイエスカス軍曹が群衆をかきわけてアリエタ家の門をくぐり、険しい顔で家のなかに入った。ドニャ・カルメンは彼を迎えに出たが、インディオのイエスカスはそのまじめくさった表情を崩さなかった。夫人を無視して、イサベルと踊りつづけていた将軍のところへ行き、気をつけの姿勢をとると、将軍に内密で話がしたいと告げた。フランシスコ・ロサスは踊りを中断し、相手に一礼して、イエスカスをお供に女主人の方へ歩いていった。パーティは膠着状態に陥った。マエストロ・バタヤは次から次へ演奏を続けたが無駄だった。ドニャ・カルメンはロサスを一室に案内し、将軍とイエスカスは、後ろ手にドアを閉めて部屋のなかに姿を消した。軍人たちは無言で気まずそうに顔を見あわせ、客たちは不安そうにフランシスコ・ロサスが姿を消した部屋のドアを見つめた。

モンカダ氏は大きなグラスにコニャックを注いで、一気に飲みほした。「本当に起こってしまったのかしら?」イサベルは椅子を探し、腕を垂らしたままうつろな表情で倒れるように座り込んだ。

「どうしたんだ?」マエストロ・バタヤが庭の奥からたずね、ドン・ペペ・オカンポが走っていった。

音楽がだんだん小さくなった。

「ハラベを一曲頼むよ、マエストロ、ハラベを!」

ハラベが木々の梢に響きわたり、回廊をにぎやかに進んできて空中を天までのぼっていった。

台所では女中たちが大きなポットでコーヒーの用意をしていた。汗みずくになってあちこち駆けまわり、炭火をかきたてている。彼らはイステペック始まって以来の豪華なパーティでお役に立てて満足していた。かまどのそばに青ざめたチャリートが息を切らして立っていた。

「まあ! おどかさないでくださいよ、セニョリータ・チャヨ!」

黒いショールに身を包んだ信心深い老女は、女中たちがいる方へ歩み寄った。

「真っ赤な炭火が、呪われた人たちの上に降る！　天使たちが正しい人々を守るために、炎を遠ざけるだろう！　地面が開いて、地獄の化け物どもを通し、祝福された者たちが大地に飲み込まれるを見て、悪魔は喜んで踊り、魔王が輝く硫黄の炎に包まれて真っ赤に焼けたフォークを手に、この地獄の踊りを、そして世界がいやな匂いのする大いなる炎のなかで消えていくのを見物するだろうよ……」

「どうなさったんですか、セニョリータ・チャヨ?」女の言葉とその様子に度胆を抜かれて、女中たちはたずねた。

「カルメンはどこ……カルメンを呼んできておくれ！」

「まあ、お座りになって、セニョリータ……今コーヒーを入れて差しあげますから」突然現れた女が、あれほど楽しみに準備したパーティをだいなしにしようとしているのにいらだって、女中たちは言った。チャリートがコーヒーを飲むのも椅子に座るのも拒否したので、女中がひとり、夫人を探しにいった。ドニャ・カルメンは心配そうに台所に入ってきたが、女を見るとぎょっとした。

「黙ってちょうだい、チャリート、あなたのせいで全部がだいなしになるわ！」チャヨがもう一度同じ説教を始めたので、夫人は大声で言った。

「あんたたち、捕まったんだよ！」老女は答えて、わかってもらえないもどかしさに両腕を落とした。

「やめて！　それは誤解よ……あたしいま話してる時間ないのよ」ドニャ・カルメンは耳をふさぎ、走って台所から出ていった。

将軍がイエスカス軍曹を連れて部屋を出たのと、女主人が回廊に戻ってきたのは、ほとんど同時だった。

ドニャ・カルメンは大急ぎで将軍を出迎えた。婦人たちが何人か後に続いた。イサベルは力なく腕を垂らし、目を曇らせて彼らに近づいた。男たちは口を開かなかった。

「何かありましたの、将軍?」夫人は落ち着いた声でたずねた。

「いえ、何も、奥さん……」

ドニャ・カルメンはほほえんだ。

「残念ですが、お暇しなければ」ロサスもほほえんでつけ加えた。

「お暇する、ですって? またわたしたちを脅迫なさるのね? それでパーティは? 将軍、あなたのためのパーティでしたのよ!」

フランシスコ・ロサスは夫人の目を奥まで覗き込んだ。なかばは感心のあまり、なかばは好奇心のためだった。

「お暇しなければならんのです」とくり返し言った。

「でも……戻ってきてくださいますわね?」最後のお願いというように、夫人は頼み込んだ。

将軍は笑った。彼が笑うところを見たのはそれが初めてだった。笑うと子供のような顔になったが、目は悪意に満ちていた。夫人を見つめ、それからふと思いついたように言った。

「パーティはまだ終わりませんよ、奥さん。私が戻ってお開きにします! 私が戻るまで、踊りを続けてください」

そう言うと、目で部下たちを探した。ひとりが帽子を差しだした。それを受け取ったフランシスコ・ロサスはすでに腹を決めている様子で、唇をかみしめながら玄関に向かって歩きだし、部下たちは急いでわたしたちに頭を下げてその後を追った。ロサスは途中で足をとめ、振り返ってわたしたちを見た。その視線は、信じられないといった面持ちで将軍が出ていくのを眺めていたイサベルの上にとまった。

将軍はイサベルから目を離して言った。

「フローレス、私が戻ってくるまでここにいろ！　みんなが音楽と踊りを続けるように面倒を見るんだぞ。それから、次の命令があるまで誰もここから外に出ないように！」

そしてさっと向きをかえて、またイサベルのいる場所に目を向け、じっと彼女を見つめた。

「そこのお嬢さんだけは家へ帰ってよろしい……もし帰りたければだが」将軍は大きな声で言った。それからさらに声を大きくして、人を呼ぶような仕種で叫んだ。

「音楽だ、マエストロ！」

楽団はその場のおかしな雰囲気におされ、あわててワルツを演奏した。その哀愁を帯びたメロディーに混じって将軍の足音が回廊のタイルの床に長く、くり返し響き、残りの軍人たちの足音が規則正しくその後を追った。彼らがパーティから去っていくのを見て、わたしたちはがっかりして互いに顔を見あわせた。フローレス大尉が玄関の扉を閉めたが、恐怖のまなざしで自分を見つめている客たちをまえに、ばつが悪そうだった。イエスカカス軍曹が引き連れてきた兵士たちが護衛に残った。

「演奏を続けてください、マエストロ、将軍はパーティを中断させたくないのです」フローレスは自信のない声で指図した。

客たちはしんとなり、動転してチャールストンが演奏されるのを聞いていた。

「みなさん、踊ってください！」フローレスは命令した。

その場を動く者はひとりとしてなく、フローレスの言葉は晴れ着を着て動けないでいる人々の上でむなしく消えていった。ドン・ホアキンがゆっくり回廊を横切り、モントゥファル夫人に近づいた。

「きっと私の家を捜索しているに違いない」女友達の耳元でささやいた。

「黙って、お願い！」夫人は扇子で涼を取りながら叫んだ。

「彼らをつかまえたんだよ」ドン・ホアキンはなおも言った。

「お願いだから、ホアキン、あたしをいらいらさせないで！」ドニャ・エルビラは声を強めて叫んだ。

「だいじょうぶよ、安全な場所にいるんだから」ドニャ・カルメンがふたりのそばに来て言った。

「安全な場所などないんだよ」ドン・ホアキンが答えた。

夫人連は不安そうに顔を見あわせた。それももっともだった。

「確かに……でも、あるものとしてふるまわなければいけないわ」ドニャ・カルメンは反論した。

「これは狂気の沙汰だって、何度も言ったはずだ、別の解決策があるはずだってね」ドン・ホアキンは非難がましく言った。

「別の解決策ですって？　別の？」モントゥファル夫人はひどく気を悪くしたようだった。

女主人は友達の抗議にはとりあわずに頭を垂れた。音楽がドニャ・エルビラの言葉と動作をばらばらに分解してしまった。

「なんてことなの！　なんて恐ろしい！　踊らなくちゃ……」

そう言うと、ドニャ・カルメンは友人たちを残して夫を探しにいった。カップルが何組か、ふたりにならって踊りだした。

「怖いことなんか何もなかった頃のこと、覚えてる？」

「怖いって？　僕はいつだって怖かったよ。もしかしたら、いまが一番怖くないかもしれないな、ほんとに怖いものがあるからね。人生の陰に隠れた敵のこわさが一番応えるんだ」と、医師は踊りをやめずに答え、少しずつパーティを侵していく恐怖を忘れるために、その言葉にすがった。イサベルのそばを通ったとき、アリエタ医師は彼女の方を見ないようにした。妻の方は片目をつぶって合図したが、反応はなかった。娘の父親が青ざめた顔でつき添っていた。

「まったくの失敗だったわ！」イサベルは声を高くして言った。

「あせるんじゃない。まだ何もわかっちゃいないんだ」自分の言葉にすがりつくように父親は答えた。

「これ以上何が知りたいの？　あたしたちは捕虜なのよ！」

「僕たちは違う……もし何もかも失敗したっていうんなら、まずもってここから出したくないのは僕たちのはずだよ」

イサベルは絶望して父親を見た。自分の言葉を信じてはいないように見えた。

「踊ろう」不吉な考えを振り払おうとして、父親が言った。

「あたし、もう踊らないわ。ここから出ていきたいの」イサベルは承諾を求めた。

マルティン・モンカダは、記憶を影で覆ってイサベルの声さえわからないようなばかげた場所に自分を閉じ込める、こんな暗い日の存在しない別の世界はどんな様子だろうと考えた。

どこへ行こうとしていたのだろう。彼は地下にある蟻の世界に入り込んでいた。極小のトンネルが複雑に入り組んだ、思考の入る余地もないその世界では、記憶は土の層であり、木の根っこでしかなかった。おそらくそれは死者の記憶であり、蟻のいない蟻塚、草にたどりつく出口のない、土のなかの狭い通路だった。

「いま起こっていることは、まえから知ってたわ……ニコラスもよ……子供の頃からあたしたち、今日というこの日で踊ってたのよ……」

イサベルの言葉は地崩れを引き起こし、マルティン・モンカダが自分の記憶を追っていた地下の世界を、土の層が無言で消してしまった。

「そんなふうに言うもんじゃないよ、おまえ……」

彼は自分がどこにいるかを思いだし、フアンとニコラスを思いだした。何世紀もの過去が雨となってイステペックのパーティを襲った。もしかして、過去何百年間の年月を解き放って子供たちの体の上に落としたのは、この自分ではなかったか。自分もこのばか騒ぎに熱中した者のひとりだった。音楽が壊されたいま、自分を駆りたててきた記憶が何であったのか、思いだせなかった。分別をなくしていたのだ。「僕は生まれてこなければよかった」と思ってうなだれた。イサベルにあわす顔がなかった。「あの子は生まれてこなければよかった」いまでは混じりあってひとつの夜となってしまった三つの別々の夜に、彼は未知の運命から子供たちを引き離したが、彼らは父親に追い立てられてその未知の運命のもとへいたましい姿で戻っていきつつあった。その瞬間にも、子供たちは場所も空間も光もないところへ後戻りしていった。父親のもとに残ったのは、子供たちの体のない体の上の、大聖堂の重みだけだった。マルティンはもうひとつの記憶を失ない、驚くべき光の恩恵もなくしてしまった。

「知っていたのよ……もう知っていたのよ……」とイサベルはくり返した。その赤いドレスは重く、陽に照らされた石のように熱かった。コンチータの脇に座って自分の言葉を説明するために空中に図を描いているトマス・セゴビアの上に、その視線が落ちた。「あの手の人間は燃えないんだわ。冷たいところに住んでいるんだもの」と考え、赤いドレスの燃えるような重みのなかで、フアンとニコラスのことを考えた。

「行きましょう！」とイサベルはせかした。

動くことも、この照明のきいた回廊に居つづけることもできなかった。マルティン・モンカダは妻を探しに行き、三人はひとまわりして皆に別れを告げた。なぜか彼らとはもう二度と会えないような気がして、わたしたちは別れの言葉《アディオス》を口にした。不思議な力が三人をパーティーから連れ去ろうとしていた。彼らはその場を離れることができる唯一の家族だったが、その幸運を羨やましいと思う者はひとりもなく、男たちは喪に服してでもいるように頭を垂れ、女たちはすぐにも地の底に消えようとしている知人の顔を眺めるように、不安そうな顔で彼らを見つめた。

「おまえが望んだことだよ、おちびさん」ホアキン伯父が口づけをしながらささやいたが、イサベルは答えなかった。

フローレス大尉が玄関を開け、モンカダ一家は青ざめた顔で夜のなかへ出ていった。通りに人影はなく、一時間まえにバルコニーでダンスにあわせて歌っていた人々はすでに姿を消していた。

「どうか踊ってください！」フローレスは懇願した。

誰ひとり耳を貸す者はいなかった。客たちは仰天して、たったいまモンカダ親子の後ろで閉じられた玄関の扉を見つめていた。フローレス大尉は何を言うべきか、誰のところに行けばいいのかわからず、腕を下げた。大尉自身も驚いていた。ドニャ・カルメンがにこやかに近づき、手を取って娘たちが集まっているところに彼を案内していった。

「大尉と踊るのは、だあれ？」

娘たちは顔を赤らめた。夫人は笑顔をふりまき、給仕に飲み物をのせた盆を持ってこさせたが、手をつける者はいなかった。アリエタ夫人の努力は効を奏さず、パーティは行き詰まってしまった。恐怖が音楽のなかを漂って、木々の枝と人々を沈黙させ、バルコニーは静まり返ってイステペックで惨事が起こったことを告げていた。

「あたし、暑くって！」コンチータは悲しそうに母親に近づくと、ため息をついた。

「何言ってるの！　暑いだなんて！　あたしなんか寒くってしょうがない……」モントゥファル夫人が投げ捨てた扇子が音もなく庭に落ちた。

コンチータは赤くなり、両手で顔を覆っていまにも泣きだしそうになった。

「やめてよ、ママ！　未亡人振って、と悪口言われるわよ」

「寒いっていうのが、未亡人振ってるの？　まったく口さがない連中だね！」ドニャ・エルビラは、イステペックで知らない者のない、あの怒りの発作の寸前だった。

「私も寒くて、暑いよ」ドン・ホアキンが間延びした声で口をはさんだ。

「踊っておいで、コンチータ！　踊るんだよ！　今夜、みんなここで死ぬんだからね」夫人は腹をたてて指図した。

「踊りたくなんかないわ……もう朝の三時よ」反抗すれば母親の怒りに火をそそぐことになるのを覚悟で、コンチータは答えた。眠かったし、悲しかった。泣くのはいやだった。泣いたらなぜ泣いたのか聞かれるに決まっていたし、ニコラス・モンカダのことは秘密だったからだ。

「朝の三時ですって……どういうわけなの、まだ戻ってこないなんて、あの男！」ドニャ・エルビラはそう言うと、目を大きく開いたまま黙り込んだ。まわりではフローレスに促されて何組かのカップルが夢遊病者のように踊っており、他の客たちは不自然な姿勢で動かなかった。パーティは沈黙に襲われていた。

兵隊たちが医師の家のバルコニーのそばに陣取り、中断されたパーティの残り物をもの珍しそうに眺めまわした。

「もう兵隊が来たぞ……」ドン・ホアキンが傍らの夫人にささやいた。

「私たちを銃殺する気よ」ドニャ・エルビラが怒りのあまり真っ赤になった。

夜明けの光が庭の上で空を明るく染めたとき、楽団はラス・マニャニタスを演奏し、ドニャ・カルメンは椅子のなかで気を失ないつつある客たちを元気づけるために、スープと熱いコーヒーを用意させた。女たちは眠気に襲われ、朝の緑色を帯びた光の下でドレスがたちまちのうちに古ぼけていった。

男たちは低い声で話しをし、おぼつかない手つきでコーヒーカップを握った。不眠と夜明けの光のせいで寒さにふるえていたのだ。フローレス大尉だけは相変らず入口に目を光らせている。

台所では、チャリートがしゃべるのをやめて静かにしていた。ドニャ・カルメンがちっとも帰って来ないので黙ってしまったのだ。話しても無駄だ。なにもかも無駄だった。負けたのだ。独り身の老女は寝不足のせいで目を紫色にし、呆けたような顔をしてトゥレ編みの椅子に座っていた。

「コーヒーをどうぞ、セニョリータ・チャヨ」

老女はコーヒーを受け取り、朝の光で鈍くなった頭で考えにふけりながらゆっくりと飲んだ。

「今朝は、昨夜とはたいした違いだね!」女中のひとりがささやいた。他の者たちは、火のまわりに座りこみ、疲れ果てて黙っている。光り輝く彗星だった家は燃え尽きてしまい、太陽の運行によって熱の軌道に乗せられてしまった。夜の火事の燃え残りは、鏡が発する光となって客たちを涙目にした。

ドニャ・エルビラは別の部屋に運ばれて横になり、おびえて目を大きく開いたまま、将軍が戻るのを待っていた。

「あの男はまだかい?」

「まだよ、ママ」娘は何度もくり返される質問にうんざりしていた。もし母親が自分の意見を聞いていたら、こんな結果にはならなかっただろう。夫人は娘に話をさせなかったから、軍人たちをあざむくためにドニャ・エルビラが考えだした計画の落とし穴を、コンチータは指摘することができなかった。驚いたことに、大人たちは母親の無茶な計画に飛びついたので、何も言わなかったのだ。いまドニャ・エルビラは恐怖で寝込んでしまい、敵がもう帰ってきたかとひっきりなしにたずねている。「なんで、ママは彼に戻ってきてもらいたいのかしら? 自分が立派な気違いだと悟るために?」コンチータは平然と母親を眺めた。

「あの男はまだかい?」

「まだよ、ママ」

あまりしつこくたずねるので、コンチータはひんやりとした暗がりに紛れてひとりもの思いにふける楽しみを返上しなければならなかった。しかしすくなくとも、午後二時の過酷な太陽と、吐き気をもよおさせる光景と化したパーティからは逃げだすことができた。もう蠅がわがもの顔に飛びまわる、食べ残しで一杯のテーブルを見なくてすむ。少しまえまで、秘密のごみ製造機からコルクやパンの切れはし、空き瓶や紙切れなどが芝生や廊下に吐きだされる様子を呆然と見つめていたのだ。コンチータは汚物の侵攻をまえに気分が悪くなった。花飾りはしおれ、婦人たちのドレスは汗にまみれてみじめな有様になっていた。何組かのカップルは、いまや凶暴な様相を呈するにいたったフローレスの監視のもとでまだ踊りつづけている。その白い部屋に隠れていると、コンチータは安心できた。医師の家を歩きまわる警備の兵隊の足音が聞こえてきた。

ドン・ホアキンが友人の様子を見に部屋に入り、窓辺に近寄って注意深く外を眺めた。時は刻々と過ぎ、通りには相変わらず人っ子ひとりいない。

「みんな死んじまったみたいな光景だ」彼はうつろな声を出した。

ドニャ・エルビラは何も言わなかった。娘は頭に手をやって、まえの晩にその黒髪を飾ったしおれた花をはずし、寂しそうに小机の上に置いて、母親のそばで暗い表情を崩さなかった。

「なんだか長い一日ね……」

「終わることはないだろうよ。あたしたちは永久にここから出られない……」夫人は振り返って娘に同意を求めた。

「でも、時間はどんどんたっていくわ。もう二時よ」コンチータは腹立ち紛れに言い返した。

「ウルタードがいなくなった晩から、何か恐ろしいことが起こるだろうと思っていたよ」ドン・ホアキンは同じ調子でつけ加えた。

「あたしたちみんな、倒れてたらよかったのに！」夫人はベッドの上に身を起こしたが、その様子は痛々しかった。

「そうすりゃ、これから見なけりゃならないものも、見なくてすんだのになあ」ドン・ホアキンが同意した。

「連中はあたしたちより一枚上手だったわ！　あたしたちは目がくらんでいたのよ！」ドニャ・エルビラはうめき声をあげた。

「神は滅ぼしたい者の目を見えなくするんだわ」

外では、使用人たちが昨夜の食事の残りを暖め直して配って歩いた。客たちは食べるより泣きたい気分で、悲嘆にくれて皿のなかを見つめている。マエストロ・バタヤは自分の皿を木に投げつけ、決然としてフローレス大尉のところへ行った。

「大尉殿、これは人権蹂躙ですぞ！　私は家に帰らなきゃならん。団員たちの顔色を見てやってくださいよ」

何人かが抗議に加わった。しばらくはみんなで反乱でも起こしたかに見えた。

「これは命令です！　命令なんですよ！」フローレスはくり返した。

客たちは恐怖で口がきけなくなり、オーケストラは行進曲を演奏しようとしたが、バイオリン奏者がひとり気を失なったので曲は中断された。この異変がきっかけで大騒ぎになり、男たちは庭に殺到し、女たちはおびえて悲鳴をあげた。騒音はドニャ・エルビラが寝ている部屋にも聞こえてきた。

「あたしたちのなかから、ついに死人が出たわ！」夫人は叫んだ。

庭は午後四時の乾いた強い光のなかで燃えたっていた。芝生は灰色になり、木々の枝は動かず、石ころは煙を立てながら、じっと動かない火のなかで燃えつきようとしている。こおろぎが声をあわせて単調な鳴き声をあげて破滅の歌をうたい、太陽はわたしたちに容赦ない光を投げかけながらまわっていた。湿り気の痕跡、あるいは水の記憶さえ甦りはせず、ぎらぎら反射する乾いた光からわたしたちを救ってくれるものは何もなかった。時は進まず、太陽を隠してくれるはずの山々は地平線から消えた。焼き尽くされて望みも失ない、わたしたちは椅子に崩れ落ちたままで待っていた。唇のひからびた裸足の使用人たちが色つきの飲み物を配ってまわり、わたしたちは道をあけて通してやった。

トマス・セゴビアが激しく吐いたが、介抱しにいく者はいなかった。同じ椅子に座ったままで、まるで死の床についた者のように、羞恥心も礼儀作法もあったものではなかった。彼本来の韻や音節の世界からは強引に断ち切られ、前後のわきまえもなく、場所柄も汚れた服にもおかまいなしに、頭を肩にあずけて長い間居眠りをしていた。フローレス大尉が柱のそばに立ち、まるで壊れた人形でも見るようにじっとそれに目を注いだ。アリエタ医師が大尉に近づき、怒りで顔を赤くしながらたずねた。

「この冗談はいつ終わるのかね?」

フローレス大尉は苦悩の表情を見せて、視線をそらせた。

「知りません。何も知らないんですよ……私は命令を受けるだけで」

「命令? 命令だって?」

「一体、どうしろとおっしゃるんです?」フローレスはうめくように言った。

医師は思案しているようだったが、まじまじと士官を見つめると、たばこを一本すすめた。

「いや、別に!」

ふたりの男はきらきら光る石灰岩の柱のそばで、まわりに人がいることを忘れて政治の話に熱中した。

夕闇が忍び寄ったとき、わたしたちはぐったりしてうす汚れた一集団になっていた。他人を気遣う者はひとりとしてなく、村は死んだままだった。時間になると衛兵交代の音がかすかに聞こえてきた。ドニャ・カルメンは、この死んだような村の死んだような一日の最後を見届けようと、バルコニーから外をのぞいた。

「何にもない……誰もいないわ！」

夫人は家のなかに入り、ランプやガス燈に火を入れるように命じた。使用人たちがその日の最初の灯りを持って出てきて、客たちの間を通り抜けながら、その青ざめた顔を照らしていった。

「マエストロ、何か陽気な曲をやってくれ！」フローレスがうろたえて命令を出した。

マエストロ・バタヤはじっとしたまま動かず、大尉の命令を無視した。ドン・ペペ・オカンポが大尉の味方になった。

「マエストロ、お願いだ……みんなのためだ……」

マエストロはむっとして彼をにらみつけた。ドン・ペペは民間人のなかで自分ひとりよそ者であると思い知らされ、楽団から離れて汚れたシルクのシャツとしわのよったネクタイを整えた。ひとり崩れるように椅子に座って、大きな声でロザリオの祈りを唱えはじめたが、誰も応じる者はいなかった。その敵意に満ちた瞬間、彼にできたのは神に助けを求めることだけだった。夜はゆっくりと更けていき、噴水の水は黒々として映しだす明かりもなく、木々の枝はのびて空を隠した。灯のともされた大きな燭台のまわりをあぶら虫が飛びまわっていたが、疲労で茫然となった客たちの目は、それに気づきもしない。ときおり、モントゥファル夫人の声が、次第に調子をあげながら同じことをたずねるのが聞こえた。

「あの男はまだかい？」

夫人の質問はまだ行動することに意味があり、希望が存在する世界から発せられていた。沈黙のなかで保たれていた調和を破る大きな声を聞いて、客たちは当惑した。彼らはもう完全にあきらめてしまっていたからだ。人は平和を受け入れるのと同じように素早く暴力をも受け入れてしまうものだ。カルメン・B・デ・アリエタのパーティはすでに死を受け入れていた。扉を叩く音が聞こえたが、椅子のなかでぐったりしている人々を甦えらせはしなかった。おそらくエルビラ・モントゥファルは正しかった。世界ではなおさまざまなことが起こっていたからだ。しかし一体どの世界で？　それにいまさらそんなことに興味をもつ者がいただろうか？　玄関を開けようと急いで駆けつけたフローレス大尉の他には。フランシスコ・ロサスが部下を引き連れて、ふたたびアリエタ医師の家に入ってきた。

迎えに出た者はなく、うつろな目が将軍の姿を追ったが、本当に見ていたのかどうか、将軍などもうどうでもよかった。女たちは乱れた髪に手をやることさえせずに、その姿をさらし、男たちはどういう顔をしようが同じことだと思って、そのままじっとしていた。フランシスコ・ロサスは驚いてその光景を眺めた。将軍と部下たちはきわだってさわやかで清潔だった。同じローションと軽口のたばこの匂いが男たちを包み、腫れあがった目だけが昨夜は徹夜だったことを物語っていた。将軍はフローレスの敬礼をほとんど無視した。ぼろぼろになった人々をまえに、躊躇しているようだった。ドニャ・カルメンが挨拶に出た。

「ずいぶん、遅くおなりですのね、将軍！　でもご覧のように私どももみんな、お望みどおりここでお待ち申しあげておりました……」夫人は笑みを浮かべた。将軍は皮肉な目つきで夫人を見た。

「申し訳ありません、奥さん、ご存じのとおりこれ以上早くは戻れなかったんですよ」

医師は妻に近づき、将軍に頭を下げて挨拶した。

「先生、同行していただくことになりますよ」

アリエタ医師は答えなかった。その青ざめた顔がさらに青くなった。

「奥さんもです」ロサスは夫人に目を向けずにつけ足した。

「何か持っていくんでしょうか」夫人は無邪気にたずねた。

「お好きにどうぞ」

その言葉は重苦しい沈黙に迎えられた。客が何人か立ちあがって、用心しながら夫妻とフランシスコ・ロサスのところへ近づいていった。

「部下たちがこの家を捜索します」

答える者はいなかった。ロサスがコロナ大佐に合図を送ると、大佐は兵士四人を従えて部屋のなかに入っていった。衣装簞笥をかきまわし、家具を動かし、引きだしをひっくり返す音や、命令を下すコロナのざらざらした声がした。医師とその妻は軍人たちが自分たちの私生活を侵している音を聞いて、額に細かい汗をにじませた。

将軍はドン・ホアキンを呼び、老人は何も知らない様子で駆けつけた。

「どうです、軍隊に入りませんか？」

「とんでもない、将軍！　私という人間をよくご存知でしょうが。だいいちこの歳で、もっと若ければともかく……」

「逮捕しろ！」ロサスがさえぎった。

パルディニャス大尉が老人の肩をつかみ、兵隊たちの間に立たせた。ドン・ホアキンはわたしたちみんなを、わらをもつかむといった様子で眺め、誰もが予期しなかったことをした。ハンカチを取りだして泣きだしたのだ。ドニャ・マティルデが夫のそばに寄ろうとしたが、パルディニャスが押しとどめた。

「気をつけてくださいよ、奥さん。大佐が警告しておいたはずですよ。あんたも男らしく負けを認めたらどうです！」

ドン・ホアキンは頭を振って何か言おうとするが、嗚咽が込みあげて話にならない。わたしたちは彼の言葉を待った。

「恥ずかしくて、涙が……あなたがたのことが恥ずかしいんですよ……」すすり泣きながら軍人たちに向かって言った。

フランシスコ・ロサスは唇をかんで彼に背を向けた。

「昨日の夜、イエスカス軍曹が着くちょっとまえにきた、あの信心婆さんを連れてこい」

ドニャ・カルメンは憎しみを込めて将軍をにらんだ。将軍はすべてを承知で自分たちをあざ笑っている。自分たちは自からしかけたわなにはまってしまったのだ。

暗い廊下の奥からチャリートが出てきた。散らばった椅子もみんなの視線も気にせずに、黒いショールにくるまってまっすぐに進んできた。ロサスはそれを見て首をかしげ、老女から目を離さずに部下に向かって言った。

「気をつけろ、パルディニャス、武器を持っているぞ」

老女はそれが聞こえたように両手を下げて将軍に近づいた。

「はい、信心婆さん、参りましてございます」穏やかな口調だった。

兵士たちはその肩をつかむと、ドン・ホアキンの隣に立たせた。

「あんたも、昨夜の騒ぎに加わっていましたね！」フランシスコ・ロサスは微笑しながら言った。

大佐が捜索中の部屋から出てきた。家々の扉や窓に貼られた「王なるキリスト万歳！」と書かれたポスターとそっくり同じ紙切れをたくさんかかえていた。ほかにも、兵士たちがライフルやピストルを運んできた。ドニャ・カルメンも医師も、まるで自分の家にそんなポスターや武器がしまわれていたことなど知らなかったと言わんばかりに、あっけにとられてそれを眺めた。

「奥さんの部屋で見つけました、将軍殿」

「司令部へ持っていけ」ロサスはそっけなく言うと、声の調子を変えてつけ加えた。

「メキシコ政府の名において、アリスティデス・アリエタ、カルメン・B・デ・アリエタ、ホアキン・メレンデスとロサリオ・クエリャルを、反逆罪のかどで逮捕する。コロナ大佐、連中を軍監獄へ連行しろ！」

医師とその妻、チャリートとドン・ホアキンの四人は後ろ手に縛られ、一小隊の兵士たちがその前後を固めた。

ついで将軍はパーティの招待客全員のリストを要求し、文書を作成してみんなに署名させた。

「各自、自宅に帰って命令が出るまで外に出ないように」

誰ひとりその場を動かなかった。催眠状態だったのだ。将軍は雰囲気を明るくしようと、気さくな調子でバタヤにどなった。

「音楽を頼むよ、マエストロ!」

マエストロ・バタヤは何の反応も示さなかった。

「アベ・マリアをやりたまえ!」バタヤはぶつぶつ言いながら近くまでやって来た。

「しかし、将軍、何でまた……」

「あんたもクリステロの仲間かね?」

バタヤはあわてて庭の奥の暗がりへ逃げた。

「さあ、アベ・マリアだ」

「さようなら、みなさん!」フランシスコ・ロサスは大きな声で言った。

そして、アベ・マリアにあわせてきびすを返すと、アリエタ医師の家を後にし、捕虜たちを護送する一団が後ろに続いた。客たちは目を伏せ、彼らを見ようとはしなかった。

大きく開かれた玄関から、客たちは言葉もなく音もたてずに、ひっそりと夜のなかへ出ていった。沈黙と暗闇がそれを迎え、彼らが通りで出会ったのは、イステペックをパトロールする兵隊たちだけだった。

「誰だ?」

「私たちは……」

「通してやれ、パーティの客たちだ」

ドニャ・マティルデはひとりで出てきた。夜の闇に足を踏み入れたとき、聖具係を探したことを思いだし、ふたたびこの世のものとは思えないあの犯罪の世界に入っていくのを感じた。早く帰って自分の部屋に入り、闇にひそむ危険から逃れたかった。

手探りで石につまずきながらわたしの通りを歩き、監獄の塀のまえにさしかかった。夫が自分から永久にひき離されてこの中にいるなんて、とても本当だとは思えなかった。「ホアキンは家であたしの帰りを待ってるわ」悪い夢を見ただけだと思いたくて自分に言い聞かせた。「目が覚めればベッドのなかで、糊のきいたシーツの上よ」でも死ぬというのは、目覚めを望むことなのに、目覚めが絶対来ないとしたら？　不安にさいなまれ、家の玄関にたどりつくと、ブロンズのノッカーで扉を続けざまに打った。どうせ呼んでも誰も答えず、開けてもくれないだろうと思うと、扉は打つ度に音がしなくなり、ますます頑なになっていく。しばらくしてテファが扉を少し開けた。

「奥様！」女中は声をあげて泣きだした。

ドニャ・マティルデは安全な自分の家のなかに入った。それはよく知っている塀の内側にあって、決して終わりそうもない悪夢の外側だった。エステファニアの涙にも、まるでハリケーンに襲われた後の家みたいに、引っくり返されて乱雑に散らかった部屋の有様にも気づかなかった。

「昨日の夜、奴らがやって来て、家中を引っかきまわして、だんな様のライフルを持っていってしまいました……わたしらは外へ出るなって言われて……」

「ベッドを整えなくちゃ」床に放りだされたマットを見て、ドニャ・マティルデがさえぎった。

「で、だんな様は？」

「連れていかれたわ」

「連れていかれた！」

ふたりの女は顔を見あわせた。人々を連れていってしまう者、家から連れだして暗闇に閉じ込める者がいるのだ。「連れていかれる」のは死ぬより悪い。ふたりは黙っていることにした。ドン・ホアキンをこの家のなかに取り戻してくれる言葉はなかったからだ。夫人は揺り椅子に倒れ込み、エステファニアは主人の顔を見ないようにしながらベッドを作りはじめた。

「ドロテアがどうなったのか、わかりませんで……きのうの夜、銃声がしたんです。あの人からは何も言ってきませんし、わたしらはここから動かなかったものですから。兵隊たちがここから出ていったあとで、銃の音がしたんですよ、ドロテアの家で……」

「垣根から声をかけてごらん」夫人は苦しそうに命じた。

テファとカストロがドニャ・マティルデの家とドロテアの家を隔てる塀にそっと近づき、身を寄せて隣の庭から何か聞こえてこないかと耳を澄ました。しかしそこには、うつろな静けさがあるばかり、頭上からは暗い空とオレンジ色の星たちが、焼け焦げの古屋敷で起こっているできごとを眺めていた。

静まり返っているので恐くなり、テファとカストロははしごを探してきて塀に立てかけると、向こう側で何があったのか覗いてみようと登りはじめた。カストロが頭をほんの少しのぞかせたところで、警戒中の声がどなった。

「誰だ？」

「あやしい者ではありません!」カストロはすばやく頭を引っ込めて答えた。

「何の用だ?」声がたずねた。

「ドロテアはどうしたかと思いまして」

「どうしたもこうしたも! そこに、ドアのまえにころがってらあな、顔に蠅を一杯とまらせてよ!」向こう側から答えが返った。

「何だって! そんなら経帷子を着せてやりたいが……」

「命令がないからな。この家に入ってくる者は、みんな逮捕しろという命令しか、俺たちは受けてないんだ」

「死んだ者の目をそんなふうに開いたままにしておいちゃあいけない」カストロは塀の上から頭をのぞかせながら言った。

「まあ、怒りなさんな。いま目を閉じてやるよ」

つづいて遠くのどなり声が、入口の丸天井に反射して響いた。

「こりゃもうだめだよ、こわばっちまってらあ!」

テファは十字をきって、ドロテアに着せる経帷子として使えそうなシーツを探しにいった。カストロが庭のこちら側からシーツを放った。

「経帷子なんで……祈ってやってくださいよ!」

「ずるがしこい婆さんだった……なんだってまた聖具係を隠したりしたんだろうな?」

「神さまだけがお裁きになることだ」

「それはそうだ。埋葬許可をもらいに行ってはどうかね？　将軍に会うことだよ。俺はもう臭くてかなわん。朝の二時から転がっているんだからな……」塀の向こう側の声が答えた。

ドニャ・マティルデの使用人は忠告に礼を言った。「おやすみなさい、神のご加護がありますように」

「あんたにもな、セニョール」丁寧な答が返ってきた。

夫人に知らせるまえにカストロはテファといっしょに台所へ行った。

「俺の部屋に巻き紙があるから持ってきてくれないか。飾りものと旗を作るんだ。すぐに戻ってくるよ……神がそう思し召せば、だが」

女中たちはひとかたまりになって、何も聞こえなかったように呆然としていた。

「このところ神さまは何も思し召さない……災難続きでまいっちまう」料理頭のイグナシオはつぶやいて、言いつかった用を足すために立ちあがった。

カストロは台所を出て夫人に知らせにいった。びっくりさせないように、つま先立ちで部屋に入った。ドニャ・マティルデは籐のひじ掛け椅子から動かなかった。カストロが低い声でドロテアが死んだことを告げると、夫人は驚いた表情は見せずに、軍司令部へ行ってドロテアの遺体を動かす許可をとってくるように命じた。

「もし夜明けまでにおまえが帰らなければ、どうすればよいか考えておくから」

「いまどきでは、さそり一匹の命の方が人間の命より値があるんでございますから」とカストロは答えた。

「そういうことだね」テファはうなずいて、夫人の足元にうずくまった。

カストロは暗闇に出ていって、兵隊たちと顔をあわせるのが怖かった。この家は監視されていて、兵隊たちが自分のことなどなんとも思っていないのは明らかだった。ほんのささいな言葉や疑わしい動作が命取りになる。闇に目をふさがれたまま、彼は夜中に足を踏み入れた。

手で肩をつかまれた。

「どこへ行くんだ？」

「軍司令部へです、セニョール」

「行け！」

ふたりの男に伴われて司祭館に着いた。と、ただならぬ動きがあることがわかった。中庭はいくつもの石油ランプで照らされ、士官たちが集団で出たり入ったり、にぎやかに話したり笑ったりしている。彼らはカストロを事務室に連れていき、タイプで書き物をしているふたりの士官のまえに立たせた。カストロは思いきって自分の要求を述べることができずに目を伏せ、つきそってきた兵隊が事情を説明した。

「待ちたまえ！」答はそっけなかった。

「教えていただきたいんで……」ドニャ・マティルデの使用人は切りだした。

「待っていろ、大佐はいまフアン・カリーニョを尋問中だ」狂人の名前を聞いて、カストロは質問をしかけたが思い直して何も言わなかった。

「待て、と言ってるんだ！」また士官がどなった

「そうしてるところですが、セニョール……」

「だったら、そこをどいたらどうだ！」

カストロは当惑して、もっとめだたない場所を探した。めだたないようにといっても部屋が小さかったから、軍人たちからは一番離れていると思われる片隅で壁に張りつくように立って、棕櫚の葉の帽子を手に目を伏せて待った。目のまえで、士官たちは強者が弱者を見下す破廉恥な振る舞いに出た。卑猥な冗談をとばし、厚かましくたばこをふかし、イステペックの名の知れた連中をあれこれあげつらったのだ。カストロは恥じ入って足元を見つめるばかりだった。返事をもらわずに出ていくことはできなかったし、聞くに耐えない言葉はいやおうなく耳に入ってくる。自分とは関係のない秘密を耳にしているような気がして、あえて聞かないように努めた。一時間たったが、誰も名前を呼んでくれない。カストロは塵まみれの悲しみに沈み、もうもうと煙のたちこめる喧騒に満ちたその部屋にひとりぼっちでとり残された。よそ者以下の、存在もせず名もなく取るに足らない者として、すり減ったワラッチェに納まった自分の足を見つめながら、ひたすらその場から消えてしまいたいと思った。女の足音がしてびっくりして目をあげると、ルチの家の女がふたり、タイプを打っている士官に近づいていくところだった。

「あたしたち、将軍と話がしたいんだけど」ふたりは低い声できりだした。

「なんだって？　将軍はお待ちかねです、とでも言えっていうのかね！」

中尉の答えにどっと笑い声が起こった。

「いえ、その、まあ誰とでもいいんだけど……」

「待っていろ！」

女たちは待っていられそうな場所を探し、しょんぼりとドニャ・マティルデの家の下僕の隣に避難した。

VII

ドニャ・カルメンのパーティの夜、ルチの家の扉を叩く者はひとりもなく、赤いサロンのバルコニーは閉ざされたままで、女たちは台所に集まってごみ溜めに捨てられた残飯のように無気力だった。こんな夜には自分たちの醜さが思い知らされてみんな怒りっぽくなり、互いの顔を見るのもいやになる。同じような乱れ髪、同じように丸っこい唇、お互いあまりにも似すぎていた。女たちは怠惰にまかせてぐずぐずとタコスを食べながら、遠まわしの卑猥な話に花を咲かせた。

「そのうちにわかるよ！　そのうちにね！」タコンシートスはガウンをはだけて床に座り、のろのろとトルティジャを食べながら何度も同じことをくり返した。

「お黙りよ、もう！」他の女たちがいらいらしながら言った。

「災難続きじゃないか……いまにわかるよ」タコンシートスはまた言った。

「あたしたちにはわからないだろうよ」ウルスラは答えて、タコンシートスをつっ突いた。

「災難を面と向かって見ることになるだろう、って言ってんのさ」タコンシートスは暗い顔でかまどの脇に引きこもり、炎のなかに自分の予言した不幸を読み取ろうとするかのように、真っ赤な炭火を見つめた。

「あんた、酔っ払っているんだよ！」ウルスラが言った。

他の女たちは軽蔑の目で彼女を見、うんざりしながら食べつづけた。夜十時にルチが台所に入って来た。タコンシートスは身動きもせず、ルチに一瞥すらくれなかった。何を言われるかわかっていたからだ。

「身仕度をおし。なんて顔をしてるんだい！」おかみは不快そうに女たちを見て指図した。

女たちは髪をなでつけ、ある者は手の甲で口をぬぐったが、相変らずみんなぐずぐずしていた。誰のために、何のために身仕度なんかするのだろう？

「祝福を受けたくないのかい？」ルチがたずねた。

女たちはそわそわとして、ある者は立ちあがり、他の者は笑いだした。

「言っただろう？　不幸なことが山のように起こるって」タコンシートスは姿勢も変えずにくり返した。

「不吉なことを言う女だね！」

それを聞くと、彼女は炭火につばを吐き、無数の火花が飛び散った。

「おいで」ルチはそれ以上の説明はせずに言った。

「街の女たち」はルチの後についてファン・カリーニョの部屋へ行った。ルチは部屋に入ると後ろ手にドアを閉め、しばらくしてから外に出てきた。

「入っていいよ」声の調子に驚いて、女たちはつまさき立ちで部屋に入った。そこではベルトラン神父が、ファン・カリーニョのフロックコートと縞のズボンをはいてベッドの端に腰かけ、一方僧服を着た大統領閣下が神父の脇に立って、慣れない服を着たせいで窮屈そうにしていた。女たちはあっと驚いた。信心深い何人かはひざまずいたが、他の女たちは仮装姿のふたりの男たちがかもす笑いを抑えようと、手で口を押えた。タコンシートスは、入口から仲間の頭越しになかの様子を見て叫んだ。

「やっぱり！　言わなかった？　入ってくるのを見たんだよ……」

「何をぶつぶつ言ってんの！」ルチが腹を立てて言った。

「入ってくるのを見たんだよ……ファン・カリーニョが二度。でも最初のは大統領閣下の服を着た神父さんだったんだ。それからあんたが洋服の包みをかかえて出ていって、ドロテアの家に持っていった。待っていた大統領閣下がその服を着てここへ戻り、あんたは神父さんの服を持って戻ってきたってわけだ。そうだろ？　ドン・ロケが石でやられたあの晩だった。神父さん、いつからドロテアの家に隠れていたんだか！」

「そういうことだ。ドン・ロケと私と、ふたり居る場所はなかったんだよ。彼はひどいけがをしてたから、私が出てこなければならなかった。この人たちのお陰がなかったら、私はとっくに銃殺されていたはずだ」神父は認めた。

ファン・カリーニョは謙虚に目を伏せ、神父はほがらかな笑い声をあげた。女たちもそれにならったから、大統領閣下の部屋は話し声と笑い声で活気づいた。

「やつらが探しまわっている間中、神父さん、こんなところにうまく隠れていたなんて！」

「連中ががなりたてるんで、眠れなかったよ」

「騒々しい連中だからね」

　ルチは入口のそばに立って悲しそうに神父を見た。「娼婦の命にはどれほどの価値があるんだろう？」と思うと苦々しく、そっと部屋を出て真っ暗な家のなかを横切っていった。声がしなくなった。からっぽの部屋から部屋へ渡り歩きながら、ルチは孤独だった。「あたしはずっと、殺されるだろうってわかってたわ」と考えて、舌が冷たくなるのを感じた。「もしも、死というのは暗闇で殺されるって知ることとなんだとしたら？　ルス・アルファロ、おまえの命には何の価値もないんだよ！」大きな声で自分の名前を口にし、頭のなかではっきりした形を取りつつある考えを払いのけようとした。もしその晩に死ぬとしたら、死ぬ恐怖、自分の記憶からかけ離れた片隅で待ち伏せる殺し屋をまえにした命の恐怖を知っているのは、自分だけだ。暗がりのなかで玄関に立ちどまっり、ルチはしばらく泣いた。それから扉を開けて通りの様子をうかがった。ベルトラン神父の出発の合図を待っていたのだ。通りは静かで、向かいの柵のノパルサボテンの影もじっとして動かなかった。ルチは待ちくたびれていた。決してやって来そうもないその残虐な瞬間以外に、待つものは何もなかった。「ああ神様、この恐怖を取り除いて、もうあたしを休ませてください！」そのとき、ノパルサボテンの影のそばに長身でがっしりとしたドン・ロケの輪郭が浮かびあがり、合図を送った後で動かなくなった。ルチは合図を返し、軽く扉を閉じて部屋に戻った。ルチを見て女たちは笑うのをやめた。

「神父さん、ドン・ロケが待ってます。モンカダ兄弟はラス・クルセスに」

ルチの言葉は厳しい調子を帯びて響き、ベルトラン神父は笑いを引っ込めて真っ青になった。

「行きましょう……」ファン・カリーニョは言って、神父の腕を取った。

神父と狂人はルチと女たちにつき添われて部屋を出た。玄関のホールまで来て神父は女たちの方を振り返って言った。

「私と、今晩私のために自分たちの命を危険にさらす者たちのために、祈っておくれ」

ルチとファン・カリーニョはひざまずき、神父がふたりに祝福を与えた。

「神父さん、ドン・ロケが先頭に立って道案内をします。壁にぴったりついて進んでくださいよ。少しでも物音がしたら戻ってくるんです」

誰もがルチの言葉を聞いて敬意をあらわにした。ルチは心を決めて扉を開けた。

それ以上の言葉は交さずにベルトラン神父は素早く戸口から抜けだし、通りへ出た。外からは物音ひとつ聞こえて来ない。女たちは恐ろしさに息をひそめた。たったいま、神父を死の手にゆだねてしまったような気がした。ルチは数分待って十字を切ると、振り向きもせずに家を出ていった。

「二分後にあたしが出ていって背後を確認します、危険はないと思うけど……」

ファン・カリーニョは扉を閉め、床に座って耳をぴったり扉の透き間にあてると、石畳の上を急いで遠ざかっていくルチの足音に耳を澄ませた。

「そのランプを消して！」低い声で命じた。

女たちは一吹きでランプを消し、狂人を囲んでうずくまった。夜は静まり返り、玄関は真っ暗で、ひとかたまりになって座る女たちの上に果てしない悲しみが降りてきた。

ささやくような小声で沈黙を破ったのは、ファン・カリーニョだった。

「ドン・ロケが暗闇のなかを先導し、ルチが背後を固める……真ん中が神父さんだ、大ろうそくのように輝いてな。三十分もしたらその聖なる光はモンカダ兄弟と落ちあい、夜明けには山のなかで、偉大なる戦士アバクックの手のうちにある谷間を照らすことになる！」

ファン・カリーニョは話を中断した。女たちは話に聞きほれて恐怖を忘れた。しばらくして狂人はさらに声をひそめて続けた。

「フランシスコ・ロサス将軍はベンガル花火と音楽に飾りたてられて踊っている。ルチが守護の天使として崇高な使命を終えてひとりで通りを歩いてきても、誰にも聞こえないだろう……我々はここでルチを待つ、フランシスコ・ロサスが踊って踊って、踊りまくっている間……」

朝の二時、ファン・カリーニョと女たちはルチの家の入口でうずくまったまま待ちつづけていた。睡魔に負けた者もいたが、何人かはひっそりと暗闇のなかで恐怖をつのらせていた。ひとり狂人だけが注意深く夜の物音に聞き耳をたてている。「そんなはずはない！　そんなはずは！」しかしその恐れはしだいに可能性をおびてきて、大統領閣下は両手で頭を抱えた。口は乾き、体は汗でびっしょりだった。

「君たち！　おい君たち！」低い声で呼んだ。女たちのうち何人かが頭をあげた。

「はい、大統領閣下……」

「まあ聞きなさい。サラセン人がやって来て我々をたたきのめした。神が善人を助けるのは、善人が悪人より多いときだけだからさ……」

女たちは答えなかった。

「古いスペインの知恵だ。スペイン人はスペイン人にしか過ぎないが、かつてものを知っていたこともあったのだよ」狂人はスペインを引きあいに出したことの言い訳をして、話を締めくくった。イダルゴ神父をあれほど信奉していた彼としたことが！

「いま何時なの、大統領閣下？」ファン・カリーニョが絶望しているのを察したひとりが聞いた。

「ここからは星が見えないんだ。時間を教えるっていっても、どうやって教えたらいいんだね？」ファン・カリーニョは不機嫌そうに答えた。女が時間はとっくに過ぎている、と言いたいのはわかっていた。遠くから、挑発するように、大勢の者たちの足音が聞こえた。足音は通りを下ってルチの家に向かっていた。

「あれはルチじゃない……ルチじゃあないよ！」と女たちは言って立ちあがった。

「隠れて、大統領閣下！」

「シッ！」とファン・カリーニョは答え、威厳をもってその場を離れた。

足音は家のまえでとまり、何人ものこぶしが扉を激しく叩いた。女たちは黙ったままだったが、叩く音は激しさを増し、扉はいまにも破られるかと思われた。

「法の名において、この扉を開けるんだ！」

「くそったれのろくでなし！」女たちは答えた。

扉の錠はモーゼルの銃尾の攻撃に屈し、フスト・コロナは勝ち誇ってルチの家に押し入った。彼が片手で女たちを制して、カンテラのぼんやりとした明かりをたよりにサロンへ向かうと、光の輪が椅子に座ったファン・カリーニョを照らしだした。その姿は公の位を持つ人間の威厳に満ちていた。大佐は仰天したが、ベルトラン神父の僧服に身を包んだ大統領閣下に明かりを向けると、声をあげて笑いだした。兵士たちはおもしろがって狂人を眺めた。

「ランプに灯をつけろ！」コロナが笑いながら言った。

「街の女たち」は命令に従い、灯を持ってきてサロンのテーブルの上に置いた。

「おまえたちのうち、三人はこの家を捜索しろ！」コロナは、青ざめてじっとしているファン・カリーニョから目を離さずに命令した。

「誰がここに神父を連れてきたんだ？」しばらくしてから大佐はたずねた。

女たちもファン・カリーニョも口を開かなかった。

「ベルトランはどこから来たんだ？」コローナは声を荒げてくり返した。

「大佐殿、私の目のまえでどならんように」狂人は僧服に包まれたぶざまな姿で威儀を正しながら言った。

「冗談はもうたくさんだ！　司令部へ連行しろ」フスト・コロナは命令した。

兵士たちは容赦なく大統領閣下の手をしばり、手荒く家から連れだした。

「いずれ声をそろえて白状するだろう！」コロナは出ていくまえに言った。

女たちはうなだれた。家のなかは引っくり返っていたが、乱れた部屋を片づけようとはせずに、おじけづいて台所に集まった。

「大統領閣下は釈放されると思うかい?」

「あたしゃ、銃殺だと思うね」火の消えたかまどのそばにうずくまったタコンシートスが答えた。

「ルチは何時になったら戻って来るんだろう?」まだ年のいかない女がためいきをついた。

「もう二度と戻ってこないよ」タコンシートスが言った。

女たちはむなしくルチの帰りを待った。朝十一時、ひとりが扉から外をのぞくと、そこには家を見張っている兵士たちの退屈した顔があった。

「ルチがどうなったか知らないかい?」女はおずおずとたずねた。

「ラス・クルセスで転がってるよ」彼らは冷たく言い放った。

日が暮れたが、希望をたずさえてやってくる者もなく、女たちは汚れた格好のまま、脅えきって台所で泣いた。夜も更けて遅くなってから、彼女たちはルチの遺体の引き取りを許可してもらいに司令部へ行く決心をした。ふたりが申しでてその難しい役目を引き受けた。兵士がひとり、士官の詰所までふたりを連れていき、そこでふたりはカストロに会ったのだった。

「セニョール、いま何時なのかしら?」勇気のある方がたずねた。

「もう二時をかなりまわっていると思いますがね」ドニャ・マティルデの使用人は答え、ふたりの女とひとりの男は待ちつづけた。

VIII

「誓って俺はパーティなんかには行かんぞ！」クルス中佐は笑顔で言った。

　ラファエラとロサはベッドに横たわったまま、恨みがましく中佐をにらんだ。ドニャ・カルメンの花火の音は、ふたりの耳にも届いていた。

「信じてないな？　俺の目を見ろよ！」

　そう言うと、クルスはベッドに身をかがめ、目をすえてふたりを見つめた。双子の姉妹はしかめっ面でそれに答え、中佐はその道の熟練者が雌馬の尻をなでるように、ふたりの愛人の胴や太腿をなでた。

「おまえたちのところで手に入らないもので、パーティに行けば見つかるものがあるとすれば、何だ？」手をひとりから別の方へ移動させながら、クルスは言った。

「侮辱さ！」ロサが答えた。

「侮辱だって？」男は叫んだ。

「そう、あたしたちに対する侮辱だよ」ラファエラは不機嫌に男の手を払いのけながら言った。

「誰が俺の喜びを侮辱できるんだ？」

「あの女たちだよ！　あたしたちを招待してもくれない、あのお上品な女たち……」

「上品なだと……上品な女がどんなものか、おまえたちにはわかっちゃいない！」クルスはばかにしたよう言い、双子の怒りを紛らせようと、手でふたりの体をなでまわした。ふたりは落ち着きを取り戻し、目を閉じてうっとりと部屋に忍びこんできた果物の香りを吸いこんだ。廊下で中佐を呼ぶ声がした。中佐はもう静かになっていた姉妹から離れ、そっと部屋を出ていった。男が行くか行かないうちに、ラファエラは体を起こしてベッドに座り、愛人が出ていったばかりの扉に疑わしそうな目を向けて、ドニャ・カルメンのパーティに行こうと集まった男たちの陽気な声に腹をたてた。

「準備はいいか、中佐？　もうお嬢さんたちが着いたぞ」フランシスコ・ロサス将軍の声がした。

やがて、ぴかぴかの長靴がたてる足音が廊下に響いて玄関を抜け、通りへ消えていった。

「このお返しはさせてもらうよ！」

「あいつは何でもベッドで解決できると思ってんのさ！」ロサが答えた。

ふたりは怒りに体をふるわせてあたりを見まわし、復讐の種を探した。ルイサとアントニアがノックもしないで入ってきた。

「どうしたんだい？」ルイサが双子の憤然とした顔を見てたずねた。

「あたしたち、北へ行くわ！」

「行ってしまうのかい……いつ？」

「いますぐにさ！」姉妹は答えた。

「あたしをひとりで置いてかないで！」アントニアが懇願した。

ルイサも不安そうだった。姉妹はベッドから飛び起きた。心を決めたことで勢いづいたのだ。

「お食べよ！」ラファエラは果物の籠を差しだし、椅子に座ると真剣な顔で言った。

「クルスがもっと男らしくなれるかどうかだね！」

「自分の喜びを侮辱しちゃあいけない！」ロサがつけ加えた。

「パーティへ行くまえのあの男を見せたかったよ。あそこにいたんだ」ラファエラはベッドを指さした。

「あいつを興奮させておいたんだ。疑わせないようにね。高く持ちあげておいて、それから落としてやることだよ……」

「ほんとに行っちゃうの？」アントニアが疑わしそうにたずねた。

「もちろん、行くよ！」

双子の姉妹はつるしてあった洋服を降ろしてベッドに積み重ねた。ルイサは不安げにそれを眺めながらたばこを吸っていたが、立ちあがるとかすれた声で宣言した。

「あたしも行くよ」

「四人で出ていこう！　あいつらが戻って来たときにゃ、あたしたちはもういないってわけさ！」

そう言うと、姉妹は軍人たちが戻ってきて、からっぽの部屋を見てびっくりするところを想像して笑いだした。

「時間はあるんだ。あいつらが踊っている間に馬を手に入れよう。明日になったらあたしたちを探しまわるって寸法だよ」

「もう村も男も取り換える時期だよ」

「まったく、別の言葉を聞きたいもんだ」ロサが叫んだ。

「行って、荷造りしておいで」ラファエラは言って、ルイサとアントニアを部屋から追いだした。ふたりだけになると、姉妹はベッドに身を投げだして泣きはじめた。世の中を旅するのが、ホテルを出て別の村や別の男を探すのが怖かったのだ。

アントニアは自分の部屋に入ったが、ランプが見つからず、暗闇のなかでもし今晩双子の姉妹と逃げたらどういうことになるか想像してみた。家に向かってまっしぐらに馬を走らせることになるだろう。眠っている村を横切り、山刀を手に暗闇に包まれた野原を歩く車引きにおやすみを言い、蛇が一杯いる山を越えて、夜明けにはティエラ・コロラーダまで行かなければならない。そのあとで平底の船に乗り、漕ぎ手の視線をあびながら川を渡って、対岸からまた海をめざして走るのだ……それでもまだ海はずっと遠い。内陸もかなり深くまで連れてこられているからだ。アントニアは顔を両手で覆って泣いた。ひとりで旅をするなんて無理だ。夜の山はかたくなで逃亡者を通してはくれず、道には岩がころがり、さまよえる亡霊がうめき声をあげて黒々とした峰々を歩きまわる。アントニアは馬のひずめの音が聞こえるような気がして、自分が山中で迷って死んだ女のように冷たく感じられた。「あの人たちの行くところへあたしも行こう。そこからパパに連絡してもらって、迎えにきてもらうようにしよう……」そう決心して、呼ばれるのを待った。「ああ、もうこの臭いから逃げられるんだわ！」

ルイサは洋服簞笥を開け、自分の衣装を眺めた。自分の人生が街路のかたちをしてやってくるのを感じた。通りは交わりあい、自分めがけて飛びかかって来た。バルコニーや閉じられた扉が目に入った。いったいどこに行ったらいいのだろう？　姉や妹の家を巡ってみる。子供たちが列をなし、子守の女と黒い服を着た夫が一緒だった。伯母たちの家へも入ってみた。フランス風の欄干と鏡と貝殻があった。「いい子にしていればね、ルイシータ、帰るまえに貝殻の海の音が聞けるよ」メルセデス伯母さんのサロンでルイサは言われたものだった。彼女は金色の椅子に座ってくずれやすいクッキーを食べながら、床に届かずにぶらぶらしている自分の足を見ている。メルセデス伯母さんは黒いサテンの靴をはいて、年取った女中に世話をしてもらいながら灰色の猫をなで、ときどき黒いクレープのドレスにくっきりとした線を描く、一連の真珠の先の小さな金時計に目をやった。メルセデス伯母さんはルイサを可愛がっていた……。

伯母さんが死んだことは、もうずいぶんまえに新聞で知った。綾模様のカーテンがかかった伯母の家を頭に描こうとした。メルセデス伯母さんはルイサの祖母の姉妹で、磁器製の品々と召し使いに囲まれてずっとひとりで暮らしていた。「こんな村にいるあたしを見たら、なんて思うだろう」目に見えないカーテンのひだから伯母の声が聞こえるような気がした。「お行き、おちびさん、さあ！」ドレスを二枚選んで小さな荷物を作った。過去のものは何も持っていきたくなかったのだ、……だった過去の自分の。売女といいかけてルイサはためらった。少女時代のようにしとやかにひっそりと自分の部屋に暇を告げ、アントニアの部屋をノックした。夫や子供たちのことは考えもしなかった。あまりにもかけ離れてしまっていたからだ。アントニアは何も持たずに現れた。

「あんた、行かないの？」

「いいえ、行くわよ……」

「何も持たずに？」

「何もよ、この部屋にあるものはみんな臭うんだもの……」アントニアは嫌悪感もあらわに顔をしかめて言った。

姉妹の部屋は上を下へで、靴や香水の瓶やドレスが床に散乱していた。

「ちょっと待って、ちょっと待ってね！」ラファエラは荷物の上に馬乗りになり、力ずくで締めつけようとしていた。

「で、どうやってこれを運ぶんだい？」ルイサは床にころがっている荷物や鞄を指差してたずねた。

「もらったものだもの、がらくたでも置いていくわけにはいかないよ。それとも、あたしたちが男にくれてやった楽しみを返してくれるとでも言うのかい？」

「二、三度往復すりゃ……」ラファエラが言った。

「それはできないね。いったんここから出ていったら、もう戻れないんだよ」ルイサが真面目な顔で言った。

「じゃあ、全部置いていこうよ！」ラファエラはいさぎよく言った。

「いやよ、あたしは緑色のドレスは持っていく！　クリアカンで何を着て歩けっていうの？」ロサはわめいて、そのみどり色のドレスを探そうと荷をほどきにかかった。

「ほんのちょっとしたきまぐれで、とり返しがつかなくなるんだよ！」ルイサは腹をたてた。

「きまぐれって、あんたなんだか知ってるの？　知らないだろう……」ロサがうめくように言った。

「きまぐれってのはね、はきだめに咲く薔薇の花で、一番貴重で思いがけないものなのさ」ラファァエラがドレスやスカートを引っくり返しながら説明した。その手が姉妹の緑色のドレスを探しあて、女たちのまえで喜び勇んで振ってみせた。

「さあ、行こう!」

ランプを消して、廊下をのぞく。男たちのいないホテルは、妙に静まり返っていた。年配の兵士、レオナルドとマルシアルが、灯のともったランプを手に庭を見まわっている。女たちはその足音に耳を澄まし、灯が貯水場の方へ向かったときに、はだしで靴を手に持ち、すばやく玄関へ走った。笑いをかみ殺し、数秒待ってからかんぬきをはずして錠をあけ、細めに開けた扉から通りへ忍び出ると、外から扉を軽く閉じた。遠くからドニャ・カルメンのパーティの花火や音楽の音が聞こえてきた。用心ぶかく歩いて厩舎まで行った。フランシスコ・ロサスの馬番のファウストは酔っ払っていて、嬉しそうに女たちを迎えた。

「散歩ですか?　いいですとも、お嬢さんがた、いますぐ馬に鞍をつけますよ」

男は、女たちの要求が時間も時間な上、とっぴなものだということに気づいていないようだった。女たちは大喜びで笑いだしたが、ファウストは真面目な顔になった。

「人にはそれぞれの世界ってものがありますからな」

男はだまされていないとラファエラは思った。自分たちが逃げようとしているのはわかっているのだ。男に考えがあることが見て取れた。「何か魂胆があるんだわ」

「ファウスト、新しい帽子が欲しくない?」そう言うと、ラファエラは金貨を数枚差しだした。

「何のためです、ラファエラ嬢ちゃん?　べっぴんさんがいなくなるってのに」

女たちは笑いを引っ込めた。男の言葉で悲しくなったのだ。

「長いことお顔をおがませてもらって、イステペックの連中はとっても喜んでいたんですぜ」ファウストはラファエラの灰色馬の尻をなでながら言った。彼女は金貨をしまい込んだ。彼を傷つけたくなかったからだ。

「あたしたち、イステペックでとても幸せだったわ」お世辞のお返しにロサが言った。

「アントニア嬢ちゃんが来てくれたのは、はじめてだね……ルイサ嬢ちゃんも乗り方を知らねえし……」ファウストは、アントニアの金髪の巻き毛と青ざめた顔を、そしてルイサの青い目を見ながら言った。

「そうよファウスティト、でも大丈夫、アバヘニョに鞍をつけてよ！」

「楽しみも、もうおしまいってわけか……」ファウストは話を切りあげて、フスト・コロナのアバヘニョを探しに、厩舎の奥まで入っていった。その足音は馬糞に消され、声だけが石の丸天井の下に低く響いた。

ルイサはたばこに火をつけた。不安だった。まずはラファエラの馬で、それからロサの馬で行くことになるだろう。だが、あの姉妹にわが身をあずけると思うと、不安になるのは避けようもない。みぞおちから込みあげてくる寒気は忘れようとした。「楽しみはもうおしまい」……これからどこへ行くのだろうか？　誰かの愛人になるんだろう。ラファエラはその誰か、という言葉に隠されている顔を見わけようとした。彼女を待っているのは、他の村であり、中身も名もない別の制服だった。軍人たちは農民を縛り首にしたり、自分たちの長靴を磨きあげることにうつつを抜かすようになってから、愚かしい存在と化していた。「そんなことのために、給料が支払われているのかい？　郵便配達と同じように！」馬鹿にされたような気がした。出ていった方がましというものだ。「こんどの愛人は給料をもらわない男にしよう！」うんざりして考えた。クルスの給料袋を見たことがある。出費をまかなえるような額ではなかった。「あいつはどろぼうだ……」ラファエラは啞然とした。ファウストが馬に鞍をつけている間に、驚くようなことばかり明るみに出る。でも、クルスはどうやって盗んだんだろう？　いつ？　蛮人のようなあの笑い声が聞こえ、金貨をじゃらじゃらともてあそぶ貪欲な手が見えた。悲しくなった。クルスは彼女をだましていた。違う男の振りをしていたのだ。

「ちょっと、いやに手間取るねえ、ファウスト……」ロサが言い、もの思いにふけっていたラファエラを現実に引き戻した。そういえば、ファウストの動く音がしないし、馬たちも静かにしている。

「ファウスト！　ファウスティト！」ラファエラは、恐る恐る呼んでみた。

「どうしたんだい？」ルイサがいぶかしげにきいた。

「さあね、返事がないんだよ……」

女たちは厩舎のなかに入ってみた。だまされたなんて考えられない、自分たちを見てあんなに嬉しそうだったし、親切にしてくれたのに……

「ファウスト！　ファウスティト！」ラファエラはもう一度声をかけた。

答える者はいなかった。フランシスコ・ロサスの馬番は、音もたてず、蛇のようにこっそりと抜けだしてしまっていた。

「ろくでなし！」

「行きましょうよ！」アントニアがせきたてた。

「村の出口で捕まりたいのかい？」

「フリアのことを忘れるんじゃないよ！」ロサが暗い声で答えた。

通りへ出ると、壁にぴったりと寄り添うように走っていく女たちや子供たちに出くわした。何が起こったのだろう？　ドニャ・ローラ・ゴリバルの家を通りかかると、明かりのついた窓の後ろで、夫人と息子のロドルフィートが好奇心に目を光らせて外を眺めているのが見えた。それは、暗闇に紛れて愛人たちと村人が一緒になって逃げている常軌を逸した光景のなかで、平静に見える唯一の家だった。おそらくいまでも礼拝堂があってきちんきちんとロザリオの祈りを唱えている唯一の家だからだろう。ゴリバル家の富と隠れた権力は、イステペックが貧しくなるのに比例して大きなものになっていた。おびえた女たちはホテルに戻り、半開きの扉をそっと押してなかに入ると、錠をかけた。

壁際にふたつの影がしゃがみこんで女たちを待っていた。

「あんたたちが外出したことは、報告しなければならん」影のひとつが言って、女たちの方へやってきた。

ラファエラは見張りの男たちから離れて自分の部屋へ向かった。他の女たちも、手に靴をぶらさげて堂々とそれにならった。

「報告せにゃならん」レオナルドは権限を持っているのは自分だぞと念を押すようにくり返した。

ふたりの兵士は悪態をつき、錠を確かめてからまたホテルの庭の巡回を続けた。

女たちはおじけずき、散らかった姉妹の部屋を片づけた。逃亡の痕跡を残したくなかったのだ。

「村の人たちが走っていったね?」

「ああ、何か恐ろしいことが起きたんだわ……」

そう言うと、自分たちを囚人のようにに閉じ込めている部屋の壁を見つめた。愛人から逃れることはできないのだ。ほんのちょっとまえに女たちを戸惑わせた自由への憧れは、いまや耐えがたいものとなり、ホテル・ハルディンは恐怖の館となった。通りの駆けっこは終わり、村は静けさを取り戻した。イステペックも女たちも同じように捕らわれの身で、同じようにおびえていたのだ。庭では相変わらずマルシアルとレオナルドのカンテラがぐるぐるとまわり、通りでも同じように兵士たちのカンテラが犯罪者を見つけようと動きまわっていた。

誰かが玄関の扉を叩いた。ラファエラがランプを消し、四人は様子を見に廊下へ急いだ。ふたたび乱暴に扉を叩く音がし、レオナルドが明かりを持って玄関に近づくのが見えた。やがて、フランシスコ・ロサスの長い影が廊下に現れた。

「女と一緒だよ!」ラファエラがささやいた。

フランシスコ・ロサスが赤いドレスを着た女を連れてホテル・ハルディンの廊下を進んできた。レオナルドの持った明かりが、そのドレスの光沢と黒い巻き毛に覆われた頭を浮かびあがらせた。ふたりはロサスの部屋のまえでとまった。将軍はレオナルドの手から明かりを受け取り、見知らぬ女をつれてフリアのものだったその部屋に入った。

「見たかい?」

「ああ」ルイサはささやいた。

「そうだ、イサベル・モンカダだったよ」

「そうだ、イサベルだった」とルイサは答え、手探りで椅子に腰をおろした。

ラファエラが廊下に出ていって、レオナルドをつかまえた。

「あれはイサベル・モンカダよね?」男はうなずいて、廊下の暗がりに姿を消した。

「何か恐ろしいことが起こったんだ!」

四人はベッドの上にうずくまって、声をひそめてしゃべった。離ればなれになる気もせず、眠る気にもなれずに一晩中起きていた。夜明けの光が射してきたときも、同じ姿勢のままだった。朝になると、レオナルドが朝食の盆を持って通っていくのが見え、しばらくすると、ひげを剃り、コロンの香りをさせたフランシスコ・ロサスが通りへ出ていった。ラファエラはフリアの部屋のドアを叩いたが返事はなかった。

「返事がないよ」仲間に向かって言った。

「何か恐ろしいことが起きたんだわ!」ルイサがくり返した。軍人たちは誰もホテルに戻ってきていなかった。

IX

「マルティン、子供たちはどうなったの！」

アナ・モンカダは自分自身に言い聞かせるようにくり返した。母親もあのマホガニーの扉のある天井の高い家で、同じことをたずねたものだ。薪の燃える匂いや窓の透き間から入り込む凍てついた風と、ロウソクの灯のちらちら揺れるこの部屋が、記憶のなかでごちゃまぜになった。革命は彼女の北部の家を壊した……いまその南部の家を壊そうとしているのは、誰なのだろう？「子供たちがどうなったのか知りたい」と、母の手紙には書いてあった。アナの手元に届いた兄たちの死の知らせは、末の妹サビーナの手で日付けが入れられていた。

「マルティン、子供たちはどうなったの！」当惑して夫を見やり、部屋に目を移しながらくり返し言った。雪の匂いや、自分のまわりに漂っている薪の匂いを説明することはできなかった。

もしかして、でっちあげられた未来の時間を生きているのだとしたら？　ベッドから起きあがってバルコニーへ行き、木のよろい戸を開けた。チワワ山地の氷のようにつめたい空気を吸いたかったからだ。しかし、そこにあったのはうろこ雲に覆われた、熱せられたイステペックの夜だった。その風景におじけづいて、アナは泣きながらベッドに身を投げだした。夫は妻を泣かせておいた。マルティンが座っている揺り椅子が、行ったり来たりしながら何度もイサベルの名をくり返した。

「ひどい娘！　ひどい娘だわ！」アナ・モンカダは自分の娘が犯した罪に責任を感じて叫んだ。恐ろしそうにベッドを眺め、「来ない？」と言っている自分の声を聞いた。その同じ言葉でロサスはイサベルを呼び、イサベルは彼と連れだって玄関の暗がりを出ていったのだ。

「来ない？」ニコラスが生まれた後、毎晩夫に声をかけたものだ。アナはあの夜々を思いだした。フランシスコ・ロサスがしたように、声をやわらげてアナはマルティンを呼ぶ。「来ない？」すると、夫はそれまで知らなかったアナの魅力に惹かれ、夢遊病者のようにベッドまでやってきて、ふたりで曙の光が射しそめるのを見るのだ。

「なんて活発なの！　まあ、なんてかわいいんでしょ！　楽しんで作ったんだって、わかるわよ！」生まれたばかりのイサベルに産湯を使わせながら産婆が言うのが聞こえた。「こんなふうにできた子は、こんなふうに育つのよ」と女はつけ加えた。

アナはベッドで頬を染めた。マルティンが物欲しそうな目をアナに向けた。娘が活発なおかげで、自分がみだらなことがみんなに知られてしまう。怒りのあまり唇をかんだ。イサベルは自分を告発するために生まれてきたのだ。アナはわが身を改めることを誓い、それを実行した。しかし、イサベルはずっとあの夜々に似たままで、彼女は汚名をすすぐことができなかった。妻の行動の変化に、夫は娘を避難場所にして気を紛らせた。娘はまるで自分たちの一番良いところと一番悪いところを足して作られた、ふたりの秘密をみんな保管してある倉庫のようだと思い、ときに娘を恐れまた悲しくなった。「この娘は僕たちが知っている以上に僕たちのことを知っている」と思うと、娘をどう扱うべきか、何を言うべきかわからず、娘のまえでは恥ずかしさに目を伏せた。

いつまでも枯れないでいる弁慶草の色あせた花束、赤いビロードの額縁のなかの写真の数々、磁器製の大きな燭台、蓋の閉まった裁縫箱などが、マルティン・モンカダの揺り椅子が行ったり来たりしてたてる音を無関心な様子で聞いていた。ろうそくの灯がベッドで泣きじゃくるアナの白いドレスにちらちらとした光を投げかけ、夫は相変わらず妻の涙に何の反応も示さない。パーティ用の晴れ着に身を包んだふたりは、舞台の上で悲劇が進行しているというのに、役もなく取り残されて年老いていく俳優に似ていた。呼ばれるのを待っていて、そのうちに服も顔もしわとほこりにまみれていくのだ。

裸体の天使が支える時計が、チクタクという音をたててその夜の終わりを告げ、ふたたび一日が過ぎてまた夜が来たのを告げた。待たなければならない時間も、ふたりを苦しめている不幸もそっくりもとのままだった。

家はまえとは別のリズムで動いていた。空気はうつろで、蜘蛛がたてるかすかな足音が、箪笥の上を平然と流れる時計の音と混じり、どっしりと動かぬものが居座って家具を静止させ、絵のなかの人物の表情を凍りつかせた。

居間では、小机が宙づりになり、鏡は厚かましくもその映像を放りだしてしまった。これから先、モンカダ家がこの呪いから逃れることはないだろう。ピアノの音もしない、声も聞こえない時間がその歩みを始めつつあった。台所では使用人たちが、この家の沈黙を沈黙のうちに見張っていた。

朝の三時半に玄関の扉を叩く者がいた。その音は中庭に落ち、部屋のなかに響いた。数分後、フェリクスがカストロを連れて主人の部屋に姿を現した。

「だんな様、カストロが戻って参りました」フェリクスは夫妻の部屋の敷居をまたごうとせずに低い声で言った。

マルティン・モンカダは揺り椅子から動かず、妻も枕から頭をあげない。

「だんな様、カストロが戻りました。司令部からです……」

夫人はベッドの上で身体をおこしたが、夫は椅子を揺すりつづけた。

「お知らせに……」カストロは手にした帽子をもてあましながらおずおずと切りだした。「お知らせに参りました……四時に遺体を引き渡すってことで……」

マルティン・モンカダは表情を変えなかった。夫人は目を丸くしてカストロを見つめた。

「遺体って?」夫人は何も知らずにたずねた。

「ドロテアとルチと、それに……フアン坊ちゃまのです……」カストロは説明して目を伏せた。

「フアン坊ちゃまの遺体だって?」母親はくり返した。

「さようで、奥様、あそこにありました……たったいま見てきたところです……」カストロは涙をぬぐった。

「で、ニコラス坊やの遺体は渡さないっていうの?」アナ・モンカダはたずねた。

「あの方は生きておられます。逮捕されて……」カストロは、いくらかでも良い知らせを伝えられるのが嬉しかった。

「行こう」父親は立ちあがりながら言った。

そして、ふたりの使用人を従えて家を出ると、軍司令部へ向かった。

夜明けに、ドニャ・マティルデの使用人たちがドロテアの遺体を引き取った。入口のほこりっぽいれんがの上に黒っぽいしみが残った。軍人たちは引き取ることは許可したが、その家で通夜をすることは認めなかったので、カストロはテファに手伝ってもらって遺体をシーツでくるみ、チャリートの姉妹の家なら置いてもらえるかと、腕にかかえてその場を去った。そこで遺体に死装束をつけ、手に束ねた小さなメキシコの国旗を持たせた。日差しが暑くなりはじめると、蠅が集まってきて死人の顔にとまった。カストロは大きい方の旗で虫どもを追い払いながら、あわただしく声をあわせて祈りの文句を唱えた。朝の九時までには遺体を墓地に運べと命令されていたからだ。

故人の家には兵士が四人残っており、焼け焦げのある部屋の床下倉の上げ戸がまだ上げられたままになっていた。コロナがそのままにしていったからだ。重傷を負い、ベルトラン神父の手で倉に運び込まれて以来、ドン・ロケはそこにいたのだ。最初の試みが失敗し、モンカダ兄弟がテテーラへの木戸で待ちぼうけをくっていたときのことだ。その夜、神父はドロテアの家の入口で様子をうかがいながらドン・ロケを待っていて叫び声を聞いた。それでドニャ・マティルデが外へ出てきて兵隊たちが一画をひとまわりしている隙に、怪我人をなかに運び入れたというわけだった。

倉庫にはまだ、アリエタ医師が傷の治療に使った包帯や薬が残っていた。いま山のなかでは、兵士たちがまたも逃亡したドン・ロケを追っていた。「じきに捕まるさ。山は乾いていて、イグアナと毒へびがいるだけだからな」

ドロテアを墓地へ運んでいく小さな葬列は、ルチの葬列に出くわした。女たちは思いつめた表情で急ぎ足に歩いていた。何もかも早く終わらせてしまいたかったのだ。太陽の光の下で、ルチの死は女たちがその帰りを待ちつづけたあの二晩に想像したよりも、ずっと悲惨なものになっていた。青い空と、緑の木々の枝、そして地面から立ちはじめた蒸気が、けばけばしい安物の絹を張った棺のなかに閉じ込められたルチの身体の乾きとぶつかりあった。女たちは、吐き気をもよおさせる女主人の姿から解放されたかったから、朝九時までに埋葬せよという軍人たちの命令に、心のなかで感謝した。

墓地からの帰りに女がふたり、ラス・クルセスへの道をとった。その存在が目のまえから消えてしまうと、死を悼む気持ちで胸が一杯になり、友人が死んだその場所で少し祈りを捧げたかったからだ。ふたりはとげのある草がおい茂る、石ころだらけの坂道を登っていった。その侘しい場所の見張りに立つふたりの兵士を見つけたとき、陽はすでに高かった。

「ここだったんだね?」暑さとほこりで口をからからにして女がたずねた。

男たちは臆面もなく笑った。ひとりは乾いた草の葉をちぎりとって口に入れ、答えるまえに何度もそれを噛んだ。

「ちょうど、ここんとこだ」男は女を横目で見ながら言った。

「ここで全員、小鳥みてえに捕まえたのさ」仲間が言った。

「密告したやつがいるんだね」女のひとりが苦々しげに答えた。

「ま、そういうことだな」男は言って、軽蔑するように白い歯を見せて草を噛みつづけている。

「午後の五時から、俺たちはノパルサボテンの陰に隠れてたのさ。夜の十時ごろだったか、モンカダ兄弟がやってくるのが見えた。テテーラから来たんだよ、神父とドン・ロケのための馬を引いてね。そのあとでセニョリータ・チャヨが食い物の入った籠を持ってやってきて、それからだ、聖具係と神父とルチがつづいて来たのは。ふたりが馬に乗ろうとしたところで、クルス中佐が逮捕命令を出した……ふたりが倒れて、ドン・ロケは逃げた……」兵士は話しを中断した。女たちは石の上に腰をおろし、ルチとフアン・モンカダが死んだ場所を険しい目つきで眺めた。空は高く丸く広がって微動だにしない。蝉の鳴き声が聞こえ、そこで惨事が起こったことを示すようなものは何もなかった。

「ちょうどここだ、ルチが倒れたのは！」兵士のひとりが、軍靴でとげのある草だらけの地面を蹴りながら言った。

「フアン・モンカダが倒れたのはそこだ！」もうひとりが足で離れた場所を指して言った。

「誰が密告したのか、俺たちは知らん。誰かが密告したってことだけは知ってるがな」草を口にした男が、むさぼるように女たちを眺めながら言った。

別の男がたばこをすすめ、女たちは気のない様子で受け取った。

男たちは目くばせしあい、怪しい目つきで女たちに近づいた。

「何すんのさ！」女のひとりが、厚かましく胸元に伸びてきた手を荒々しく振り払った。

「上品ぶろうってのかい？」兵士は怒りをあらわにして女をにらみつけながら叫んだ。

「だったらどうなのさ！」女はうんざりして立ちあがり、腰を振りながら男から遠ざかった。もうひとりもそれにならい、ふたりは顔を上気させながら、かかとの高い靴で用心しながら坂を下って行った。

男たちは坂の上に取り残され、いまいましげに石をぬって去っていく女たちを眺めた。遠くで女たちのあざけるような笑い声がした。

「売女めが！」兵士は叫んで、噛んでいた草を腹立たしげに吐きだした。


暑さに打ちのめされ、青ざめて汚れたシャツを身につけたまま、マルティン・モンカダはわたしの通りを足早に歩いていた。彼の家の使用人たちと、姉マティルデの女中たちが何人か後に続いた。「ファンを埋葬してきた……ファニートを埋葬してきたんだ……」マルティンはひと足ごとにくり返した。まるで、たったいま済ませてきたことは現実にあったことなんだと、自分自身に言い聞かせているようだった。ばら色や白色のわたしの家々は輝く朝の光に溶け込み、そこに向けられたマルティンの目には何も映っていなかった。それらは、朝の熱せられた空気のなかで消えていくきらきらとした大量の塵に過ぎなかった。彼自身は瓦礫の山で、その足は身体とは無関係に動いていた。「ファンを埋葬してきた……ファニートを埋葬して……」息子のびっくりしたような顔が目に浮かび、それは一枚の葉が水に沈んでいくように、少しずつ黒い土のなかに沈んでいった。質の悪い墓地の土の確かな手ざわりと黒い棺の記憶が、マルティンの身体からすべての感覚を奪い去った。

イステペックの通りを歩いていたのは、彼、マルティン・モンカダではなかった。それは自分の記憶を失ない、滅亡した村の崩壊した街角でその手足をなくしつつある、見たこともない人物に過ぎなかった。マルティンは自分の家の門のまえを通り過ぎた。

「ここでございますよ、だんな様……」フェリクスは主人の腕を取り、そっと家のなかに引き入れた。後ろで門扉が重々しく閉じられようとしていた。そしてそれは永遠に閉じられたのだった。その後、彼の姿をわたしの通りで見かけることはなかった。

モンカダ家の門扉が閉められたちょうどその時刻に、フラシスコ・ロサス将軍は捕虜たちの尋問を始めた。

陽の光が明るく部屋に差し込んで、ドロテアの家で見つかった聖杯や祈禱書を照らしだし、隣の部屋には、パーティの招待客たちの家で発見された武器やクリステロ派のポスターなどが置いてあった。フランシスコ・ロサスは明るい色のギャバジンの軍服を着用し、コロナが机の上の書類を整理したり、タイピストが鉛筆の芯をけずったりしている間、ぼんやりとたばこをふかしていた。落ち着かなかった。勝ったとはいえ、期待していたように嬉しくはなかった。自分の部屋にイサベルがいては、成功はぶち壊しだ。フランシスコ・ロサスはバルコニーに近寄って広場を見渡し、軍司令部の向かいにあるホテルに目をとめて、「あそこにいるんだ!」と苦々しく思った。なぜついてきたのだろう? アーチの下でイサベルを呼びとめ、ファンはすでに死んでいてニコラスは部隊付属の牢のなかだということを知っていながら、自分の部屋に連れてきたとき、自分は完全にイステペックに勝ったと思った。真夜中に一緒に歩いている娘がどういう人間であるかさえロサスは知らなかった。部屋に入って近くで娘を見たとき、まずそのかたくなな目と赤いドレスに気分をそがれた。将軍は淡い色に包まれた穏やかな女が好きだった。ばら色をしたフリアの影が、彼と彼の考えを見抜いて恨みがましい目を向けているイサベルの間に立ちふさがった。困惑したロサスが最初にしようとしたことは、「もう行け、家に帰れ」と言うことだった。しかし、ロサスは自分を押えた。イステペックでものを言うのはフランシスコ・ロサス将軍の意志だけだ。それを自分でも確め、またイステペックの連中にも分らせたかった。もしかして、やつらは何か月もまえから自分を笑い者にしてきたのではなかったか？ みんなフェリペ・ウルタードとぐるだった。ロサスはコニャックの壜をつかんで一気に飲み、部屋の真ん中に無言で立っているイサベルを振り返って思った。「いまこそやつらも思い知るだろう、俺はやつらにとって一番大切なもので、俺のベッドを満足させてやるのだ」

「服を脱げ！」娘の方は見ずに言った。

イサベルは逆らわずに従い、ロサスはおじけずいてランプの灯を吹き消した。ベッドのなかで、ロサスは無言で自分に身をまかせる不思議な体と触れあった。夜明けの光が孤独なロサスを照らしだした。かたわらではイサベルが眠っていたか、あるいは眠っている振りをしていた。ロサスはベッドから抜けだし、音をたてないようにひげを剃った。部屋の外に出たかったのだ。窒息しそうになっていた。レオナルドが熱いコーヒーを持って現れると、将軍は唇に指をあてて黙っていろという仕種をし、急いでコーヒーを飲むと部屋を出た。マグノリアの香りのする朝の空気が将軍を元気づけた。一日中ホテルには戻らなかった。夜には部下が着替えを取りにいって執務室に持参し、将軍はその場で着替えをした。不機嫌だった。司祭館には風呂がなく、井戸のそばで体を洗わなければならなかったからだ。「時代おくれの神父ども！」氷のように冷たい井戸の水で背中を流す間中、ロサスはぶつぶつと文句を言った。その後機嫌を直してドニャ・カルメンのパーティをお開きにするために部下たちと出かけていったが、夜も更けてからホテルに戻ると、またイサベルのかたくなな視線と出くわした。自分を待っているのはイサベルではなく、もうひとりの方だと想像してみたものの絶望し、灯を消してベッドに入った。娘もそれにならい、蔓植物とその肉厚の葉が部屋一杯に広がった。自分のいる場所も自分の過去のための空間もなく、息が詰まりそうだった……「部屋中にのさばっている」と思ったその瞬間、ロサスは自分が取り返しのつかない過ちを犯したことに気がついた。

コロナ大佐とタイピストが命令を待っていた。ロサスはあいかわらずホテルを眺め、「あそこにいるんだ！」と激しい調子でくり返した。「戻ったら、出ていくように言ってやる、もし反抗するようだったら、この手で外へ放りだしてやる……厄病神め！」その言葉で笑いが戻った。この新たなスキャンダルに警戒心をあらわにする村人の顔を想像してみた。するとイサベルのかたくなな視線が彼の記憶を呼び起こした。フリアの代わりを務めることができる女は彼女ではなかった。愛する者の名前は、ロサスをバニラの香りの過去へ連れ戻し、フリアの肌のやわらかい感触が刺すように指先に甦って自分を呼ぶ女の声が聞こえた。甦った思い出にぎょっとして、コロナに顔を向けた。「あほうどもをひとりずつ通すように！」言うと同時に怒りにかられて誓いをたてた。「ホテルに戻ったら、放りだしてやる……」逮捕された者たちが次々に現れた。ベルトラン神父の番が来ると、将軍は笑みを浮かべ、狂人の礼服と縞のズボンを身につけた神父の姿を見て上機嫌になった。

「ええ、いいですとも、清潔な下着は差しあげましょう。しかし、服はそのままで。証拠品ですからな……」

神父は答えなかった。怒りで顔を赤くして、自分の調書に署名すると、挨拶もせずに部屋を出ていった。

フアン・カリーニョが入ってきた。フランシスコ・ロサスは敬意をもって相手をし、立ちあがってまるで本物の共和国大統領の言葉を聞くようにその言い分を聞いた。狂人は満足げな様子だったが、神父の服を着て裁判に出廷しなければならないと聞くと、怒りを爆発させた。

「将軍は一八五七年から教会と政治が分離されていることを、ご存じないとみえますな?」

「いいや、セニョール、知っておりますよ」将軍は控え目に答えた。

「それでは、なぜこの偶然の任官の変更を永続的なものにしようとなさるのか? 私はこの新たな侮辱に対する私の抗議を明らかにしたい!」フアン・カリーニョはタイピストに、自分の抗議と自分の敵で横領者であるフランシスコ・ロサスの悪意を記録するようにと命じた。狂人が部屋を出ていった後、次に供述する者がニコラス・モンカダと知ると、彼は笑うのをやめた。若者をまえにして、将軍は考え込んだ。ニコラスはあまりにも妹に似ていた。

「出かけるぞ! コロナ、君が尋問を続けたまえ」立ちあがりながら言って、どこへ行くというあてもなしに通りへ出た。

広場を何度かまわり、それから司令部に帰った。副官のひとりがホテルから食事を運び、フランシスコ・ロサスはそれを兵士たちの往来する場所から離れた自分の部屋で食べた。コロナが上官と一緒にコーヒーを飲もうと入ってきた。

「なんと言った?」ロサスは不安そうに、イサベルの兄の名前を口にすることを避けてたずねた。

「全部です!」コロナは満足そうに答えた。

「妹弟の身に起こったことを知っているのか?」

「知っていると思いますが、たいした若者ですよ!」

「女はみんな売女だ!」ロサスは怒りにまかせて決めつけ、コロナは上官の意見に同意した。

「そうです、みんなです!」そして葉巻を大きく吸いこんだ。

X

午後になると店が開いた。ふたたび陽を浴びることができ、また友人たちに会えるうれしさに、人々はいそいそと村を点検しに出かけた。夜、イステペックはうわさ話でわきたっていた。「イステペックで反乱が起きた」という内容になって、うわさは近隣の村々にも達したから、馬引きの者たちは土曜日に山から降りてこなかった。日曜日はからっぽだった。人々は窓越しに親不孝な娘のイサベルを見ようと、ホテルのまわりをうろついたが、娘はよろい戸を閉じて姿を見せなかった。逮捕された人々はいまだに軍司令部に監禁されており、何度そのまえを通っても無駄で、兵士たちは決して情報を洩らそうとしなかった。月曜日には、暴動と祖国に対する裏切り、それに殺人の罪で逮捕者を告発する旨の告示が貼られた。将軍や州知事など名の知れた人々、そしていかめしい名前を持った人物、つまり「再選ではなく、実際の選挙を」の名前が署名されていた。

こうして、わたしたちはまた暗い日々に戻った。死のゲームは入念に行なわれ、村人たちも軍人たちも殺人と陰謀の企てに明け暮れた。彼らが行き来するのを見てわたしは悲しかった。彼らを連れてわたしの記憶を巡り、もう死んでしまった世代の人々を見せてやれたらと思ったが、その涙も深い悲しみも、何ひとつ残っていなかった。ミントの深い味わいや、夜の光や、色を織りなす無数の色素について知るには人生はあまりにも短い。しかし彼らは自分たちのことに夢中で、それに気づいていなかった。ひとつの世代の後には次の世代が続く、そしてそれぞれがまえの世代と同じことをくり返す。死ぬ一瞬まえに初めて夢を見、自分の思うままに世界を描いて別の世界を呼び起こし、あらたな設計図を作ることもできたのだと気づく。またじっとうごかない木々の旅や星々の航海を自分のものにしていた時期があったことに気づき、動物たちの言葉の暗号や鳥たちによって空中に開かれた町を思いだす。数秒の間、自分の幼年時代や草の香りがしまわれている時間へ立ち戻るが時はすでに遅く、もう別れを告げなければならない。死が片隅で自分を待っていることを知り、目は自分たちが起こした口論や犯罪の渦まく暗い風景に向かって開かれ、自分が過ごした年月で描いたその絵に愕然としたまま去っていくのだ。別の世代がやってきて同じ行為をくり返し、同じ最後の驚きをくり返す。わたしは何世紀にもわたって、同じことをくり返すいくつもの世代を見ることになるだろう。いつかわたしがもはやほこりの山でさえなくなり、ここを通る人々にわたしがイステペックだったという記憶さえなくなる、その日までは。

ドニャ・カルメンのパーティはホテル・ハルディンの魔力を打ち砕き、もうその住民たちにわたしたちが心を奪われることはなかった。いまやイサベルが謎の中心人物だった。彼女は、わたしたちと同じように弱みを持ったよそ者を打ち負かすために、でなければ、わたしたちの敗北を決定的なものにするためにそこにいたのだ。その名前はフリアの記憶を消し、よろい戸の後ろに隠れたその姿はイステペックでただひとつの謎となった。かつては完璧な仲間だった軍人とその愛人たちの集団はばらばらになってしまった。兵士たちは上司の悪口を言い、その愛人たちをばかにした。

「なんだってまたあんな売女を大事にするのかね？」

彼らは女たちが行き来するのを冷たい目で眺めた。愛人たちはもはや羨やむべき存在ではなかった。イサベルという目に見えない存在が他の女たちの影を薄くし、女たちを参加したくもないドラマの端役に変えてしまった。女たちは「彼女」がそこにいると思っただけで髪を梳かす気がしなくなり、だらしのない格好で口紅もささずにぼんやりとした目つきで歩きまわった。

「なんて罪深いんだろう！　なんて罪深い！」女たちはくり返し言った。

なぜイサベルは兄弟の身に起こったことを知りながら、将軍と一緒にいるのだろう？　女たちは恐怖感を抱き、怖がってイサベルとは出くわさないようにした。イサベルは誰ともしゃべらなかった。自分の部屋に引きこもり、夕方暗くなる頃、廊下を渡って風呂場に閉じこもった。使用人たちはシャワーの音に耳を澄まし、愛人たちは遠くから彼女を見ようと出てくるのをうかがった。イサベルは観察されているのを感じ、冷ややかな態度でホテルの住人との接触をさけた。いつもひとりで食事をし、フランシスコ・ロサスが部屋に入ってくるのを暗い顔で待っていた。将軍が夜明けに帰ってくると、イサベルはまるで訪問客のように椅子に座って起きていた。赤いドレスを着たままで、顔が日一日と青ざめていく。娘もその赤いドレスも将軍をいらいらさせた。フリアにしたように贈り物をする気にはなれなかったから、将軍が知っているのは、ホテルに来たときに着ていたそのパーティ用のドレスだけだ。最初にイサベルに近づいたのはグレゴリアだった。孤独な娘の姿を哀れに思ったのだ。

グレゴリアは、イサベルがよく知っている年老いた召し使いのやさしい言葉遣いで話しかけたから、老女とフランシスコ・ロサスの新しい愛人の間には友情が生まれた。イサベルは老女にいますぐ必要な下着を買ってくるというようなちょっとした用事を頼んだ。夕方、グレゴリアは小さな包みと、イステペックのニュースをたずさえて部屋に入り、風呂場にまでつきそっていって背中を拭いてやったり、髪を梳かしたり、また愛情のこもった言葉をかけたりした。イサベルは老女に身をゆだね、おとなしくその言葉を聞いた。

「何て言ってるの?」ラファエラが老女にたずねた。

「何にも、後悔なんかしていませんよ」

「弟のファンが死んだのは知ってるのかい?」

「ええ、あたしが教えてやりました。黙り込んでしまいましたがね」

「悪いことに、将軍はあの娘を愛してないんだよ」

「愛しておられるのは、亡くなったフリア嬢ちゃんだけですよ」グレゴリアはきっぱりと言った。

それは本当だった。イサベルの存在は、フリアの不在を耐えられないものにしていた。フリアの軽やかな影は、新しい愛人の声と体に追いだされて消えていきつつあった。夜部屋に入るまえに、将軍は自分に誓う。「こんどこそ出ていくように言ってやる」しかしその後でイサベルをまえにすると、一種きまりの悪い哀れみを感じて、女を外に放りだすことができず、自ら名づけて「俺の弱み」と呼ぶものに激しい怒りを覚えて不機嫌に明かりを消し、言葉ひとつかけずにベッドに入った。彼は判断を誤ったのだ。ちゃんとした娘が、どうして自分の家族に起こったことを承知で自分とベッドを共にできるのだろう？　フランシスコ・ロサスは、イサベルの心のなかで起きていることを推測しようとした。しかし、新しい恋人のその重苦しい額も暗い視線も、彼女と交したあいまいな会話も、将軍には理解できなかった。「あのアーチの下で声をかけたことを、いくら後悔してもしきれないだろう」

「もう寝なさい！　寝るんだ！」椅子に腰をおろしたまま、壁に映ったランプの灯が踊るのを見つめているイサベルに気がついて、ロサスはくり返した。イサベルは一言も発せず、服を脱ぐとベッドに横になって部屋の天井をじっと見つめた。

「何を考えているんだね？」ある晩、ロサスはイサベルの目つきにぎょっとしてたずね、「考えるのはよくない……よくないことだ」とつけ加えた。

ロサスは考えたくなかった。何のために考えるんだ？　考えの行き着く先は、夜ごと影に取り囲まれたベッドを共にする度に強いられる辛抱だったからだ。

「考えているんじゃないわ、頭のなかに少しずつ落ちてくる砂の音を聞いているのよ。それがあたしをすっかり覆っていくの……」

「君はアントニアより始末がわるい……俺には恐怖だ」男はいらいらしながら答え、横目で娘を見ながら軍靴を脱ぎにかかった。女は本当に小さな砂粒で覆われているように見えた。

「何か言って……」男に視線を向けながら、イサベルは頼んだ。

「だめだ……」ロサスは答え、今日のニコラスの尋問を思いだした。兄妹は同じ目つきで自分を見つめる。「この目つきで見つめられるのはごめんだ」昼も夜も同じ目つきで見つめられるなんて不公平だ。ロサスは明かりを吹き消した。見たことのない片隅から自分を観察しているあの目に、裸の自分を見られたくなかった。ベッドに入ったが、シーツのなかの自分は自分ではないような気がして、できるだけイサベルの体から離れようとした。

「壁があって、あたしの家と兄弟をふさいでしまうの……」

「眠ってくれ！」兄弟という言葉にぞっとして、ロサスは懇願した。

ドアにはまった格子越しに、夜の空は高く澄みきっていた。

星たちが孤独な光を放っていた。フランシスコ・ロサスはそれを懐かしそうに眺め、星がベッドに降りてきてフリアの体を流れ、小川のようにきらきらと冷たく光った夜を思い出した。イサベルも星を見つめた。それはその昔、家で自分を眠りに誘ってくれた星たちだった。もうひとつの自分の家、もうひとつの生活、もうひとつの夢がどんなだったのか想像しようとして、記憶をなくしてしまったことに気がついた。

「フランシスコ、あたしたちにはふたつの記憶があるのよ……昔はその両方のなかで生きていたけど、いまはこれから起ころうとしていることを思い出させる記憶のなかに生きているだけ。ニコラスもそうよ、未来の記憶のなかにいるの……」

フランシスコ・ロサスは激情にかられてベッドで体を起こした。ニコラスの名も、その妹のたわごとも聞きたくなかった。

ロサスはたったひとつの記憶しか、フリアの記憶しか持たない男だった。モンカダ兄妹は自分をフリアから引き離して、フリアを知るまえの暗闇に沈めようとしていた。わなにはめられたのだ。運命にしつこくつきまとわれているような気がしてみじめになった。

「眠るんだ」低い声でふたたび命令した。

しかし夜が明けたとき、ふたりはまだ眠っていなかった。レオナルドが朝食を運んで行くと、ふたりとも青ざめてよそよそしくしており、それぞれ別々の軌道をまわっているのが見て取れた。給仕人は、盆をテーブルの上に置くと、いつものようにラファエラに会いにいった。

「一晩中眠ってないね」

「考えごとでもしていたの？」

「ああ、逃げているんだ」レオナルドはうなずいた。

ラファエラは考え込んで自分の部屋に入り、冷ややかな目つきでクルス中佐を見た。姉妹のロサはまだ眠っていた。

「わかったかい、おまえたち？　俺様は裏切らなかったぞ。パーティには行かなかったんだ。逃げだした坊主とモンカダの野郎どもを引っ捕らえに行ったのさ」ドニャ・カルメンのパーティの翌日、ホテルの自分の部屋に戻ってクルスは愛人たちにそう告げた。

「俺をほめてはくれないのかい？」姉妹が黙っているの見てクルスはきいた。

「いやよ、パーティに行ってくれてた方がずっとよかったわ」ロサが答えた。

「なんだと?」

「気の毒な神父さんなんか追いかけるより、踊ってた方がよかったっていうのよ」

クルスは笑いだした。女たちを理解はできなかったものの、愛人たちの怒りと気まぐれを静めるには笑いが一番だと心得ていたからだ。女たちはいつもなら笑いに屈するところだったが、今度ばかりはきつい視線で男をにらみ、男は笑いをのどに凍りつかせた。

「来いよ、おまえたち……」そう言って、ふたりを愛撫しようとクルスは手をのばした。

「さわらないでよ、ろくでなし!」姉妹は部屋の隅に引きこもり、クルスの手はむなしく空を愛撫した。

「そう強情張るなよ……俺はすごく疲れてるんだ」中佐はうめいた。

女たちは答えなかった。ふたりの怒った目を見て、おとなしく「風呂に行ってくる」と言って部屋を出た。一睡もしておらず、寝不足と、神父とモンカダ兄弟を追跡したときの興奮で、頭がぼうっとしていた。「ふたりを喜ばせるのは後だ」冷たい水で元気を取り戻すと、そう自分に言い聞かせ、どうやって満足させてやろうかと考えてみだらな笑いを浮かべた。不平を言う理由は何もなかった。彼にとって人生は喜びだった。昼は気楽で夜は優しかったからだ。素早く体をふき、ふたたび女たちのそばに行こうとした。しかし、ふたりはあいかわらず無愛想だった。女たちを微笑ませることができないままに何日かたち、それからさき彼の人生は暗く、夜は孤独で寂しいものとなった。

双子の姉妹は男に相談もなくふたりで片方のベッドに入り、クルスはもう一台にひとりで寝るはめになった。中佐は、明かりを消すまえに女たちがひざまずいて長い祈りをあげるのを、悲しそうに眺めた。「なんていい女なんだ」と思いながら、ネグリジェがかろうじて隠しているその体を目でなでまわした。

「これが坊主どものやることとさ。快楽のために生まれてきた女ふたりを不幸にするってことが」からっぽのベッドがとりわけ耐えがたくなってきて、ある晩女たちに言った。

「罰あたり……」

中佐は起きあがると、遠慮しながらふたりに近づいた。半裸のふたりを目にしながら触れることもできないなんて、あまりにも残酷だった。

「ちょっとでいいから、触わらせておくれ」と中佐は頼んだ。

「だめよ、人生、二度ともとには戻らないんだから」

「何が欲しいのか言ってくれ。いつだってわがままを聞いてやったじゃないか」男はさらに頼み込んだ。

姉妹は祈りを中断し、ベッドに腰をおろして真剣な顔で男を見つめた。クルスはふたりが話をする気になったのを見てほっとした。じっくり話を聞いてやり、そうして一緒に寝てやろうじゃないか。女たちの小麦色の肌を見て、自分の指がこの体を自由に這いまわれさえすれば、悲しみはすぐ消えるだろうにと思うのだった。

「何が望みかって？　ベルトラン神父を釈放することよ」

「神父を釈放しろだと?」クルスは飛びあがって叫んだ。

「そうよ、逃げるのを手伝ってやって。そうすりゃ、何もかも今までどおりよ」

「そんなことを言うのはやめてくれ、頼むよ!」クルスは懇願した。

「それじゃあ、自分のベッドにお戻りよ」ラファエラは命令した。

「眠れないんだよ、ほんのちょっと触わらせてくれよ」クルスは悶々として言った。

ロサが猫のように体をのばして、シーツの下に滑り込み、ラファエラもそれにならって、ふたりは抱きあって眠りについた。クルスはその絡みあった肉体の天国に入れてもらえず、うなだれて自分のベッドに戻ると、ふたりの寝息が聞こえてきた。気を滅入らせて枕に頭を埋めた。クルスは敵意に満ちた世界にいて、ひとり除け者にされ、自分のものとは違う意志と願望に取り囲まれていた。目を閉じて、自分以外の人間はどんななのか、ロサとラファエラはどうなのか想像して見ようとした。「ふたりの満足と俺の満足が同じかどうかさえ、俺には分からん」わびしくそう思う頃には、すでにドアの透き間から朝日が差し込んでいた。ラファエラが予言したとおり、その後、彼の人生は二度ともとのようにはならなかった。

息子のロドルフィートと一緒に、ドニャ・ローラ・ゴリバルがファンの死に悔やみを述べにモンカダ家の扉口までやって来た。

イステペックでもっともにぎやかな家を取り囲む、異常な明かりと寂寥感と沈黙に夫人は仰天した。息苦さを感じ、気後れがして、ブロンズ製のノッカーで扉を叩いて待つ間にも、喪服のマントのひだを直し、ロドルフォの黒いスーツに手をやった。カルメン・B・デ・アリエタの招待を断ったことは、いくら喜んでも喜び足りないくらいだ。将軍のためのパーティには何か危険が潜んでいると本能的に思った。「信用しちゃいけないよ、信用しては」と息子に言い、ふたりは薄地のカーテンの陰で、音楽と花火に続いて起きたあの惨事をそっと眺めていたのだった。

「言ったとおりだろう?」起こった悲劇の大きさを物語る無言の扉をまえに、歩道で待っている間に母親は言った。

「あの連中は頭がおかしい……」モンカダ家の塀や扉の背後に何か秘密が隠されているような気がして、びくびくしながら息子は答えた。

向かいの歩道で、やじ馬が数人、びっくりしてふたりを眺めていた。家のなかからは物音ひとつ聞こえてこない。「何しに来たんだろう?」とゴリバル母子は自問した。閉ざされた窓と動かぬ塀のせいで、家は危険に見えた。ファンを埋葬してから数時間しかたっておらず、モンカダ兄弟とその仲間たちが企てた冒険がどういう結末を迎えることになるのか、まだ予想がつかなかった。夫人は息子を振り返って言った。

「行こうか……開けてくれないみたいだから……」

このあたりからは出ていく方が賢明だろう。ロドルフィートはうなずいた。通りの様子と家の高さが彼を不安にしたのだ。母親の腕を取って離れようとしたちょうどそのとき、まるで家の秘密が漏れるのを恐れるように、ドアがほんの少し用心深く開けられ、フェリクスがきまじめな頭をのぞかせた。

「主人はどなたさまにもお会いになりません」

ロドルフィートとその母親は、面食らって自分たちの喪服に目をやった。悔やみを言いにいくべきかどうか、何時間も考えたあげくがこの有様とは？

「失礼します……」とフェリクスは言い、ゴリバル母子の仰々しい服喪のいでたちを無視して、ほんの少しだけ開けた扉をまた閉じてしまった。召し使いのやり方は侮辱的だと思われた。

「イサベルのことがはずかしいのさ」夫人は言った。近所の人たちは夫人が息子の腕にもたれて遠ざかっていくのを目にした。ゴリバル夫人言うところの、イステペックの恥であるモンカダ家の敗北を、その家の内側で見届けることはできなかったのだ。

月曜日から日曜日へと日々は過ぎていったが、モンカダ家は相変わらず閉ざされたままで動きがなかった。使用人たちは市場へ行き、果物を買ったり新しい屋台をひやかしたりしたが、かたくなに沈黙を守り、村人たちが寄ってきて挨拶しても、そのどう動かしようもない秘密を分かちあおうとはせずに、横柄な態度で離れていった。友人たちがブロンズのノッカーで扉を叩いても無駄だった。少しだけ開かれたドア越しに返ってくる答はいつも同じ「主人はどなたさまにもお会いになりません」だった。ドニャ・マティルデは家をたずねることはせずに、使用人を通して弟と連絡をとっていた。

夫人は家に閉じこもって、秩序が回復し、ホアキンも子供たちもそれぞれ自分の家に帰れるようになるのを待っていた。家族の身に起きたことを認めようとしなかったのだ。「旅行中なんだわ」とくり返し言い、ついにホアキンは甥たちと首都《メヒコ》へ遊びに行っていると信じ込んだ。午後になると夢中で新聞の催し物のプログラムを調べ、甥たちや夫を首都に引きとめている映画やレストランを想像した。一方、ドニャ・エルビラはくる日もくる日もモンカダ家を訪れ、友情をこめた「みんなあたしのせいだわ……」という自分の言葉に対して扉が閉ざされたままなのを、辛抱強く受けとめていた。快活さはどこかへ行ってしまい、鏡からは目の下にできた黒い隈が物語る悲劇の映像が返ってくるばかりだった。

「かわいそうなイサベル！」ある朝友人の家の門口で、夫人のまえに立ちはだかる疑い深い女中の耳に口を寄せてため息をついた。

「はい、かわいそうなお嬢様で……フリアのせいでございますよ」

「あの女が災いのもとだってことは、まえからわかってたよ」女中のしゃべりそうな気配に、期待をこめて夫人は答えた。

「用がありますので」女中はぶっきらぼうに話の腰を折った。

「アナにあたしがついているからって伝えておくれ……」

「まあ、もし奥様をご覧になったら……」女中はため息をついてそっと扉を閉めた。

女中の言葉に夫人は呆然とした。アナはどんな様子なのだろう？　夫人が急いでその場を離れると、モンカダ家の扉の透き間からもれた情報を夫人の顔に読み取ろうと、数人のやじ馬が後を追ってきた。夫人は腹立たしげににらみつけた。何も言ってやるつもりはなかった。彼らの好奇心にはいらいらした。それに、そしらぬ顔でついてくる貪欲な目つきの連中と話をする気分ではなかったのだ。「誰が裏切るかわかったもんじゃないからね」パーティの裏にあったものを誰かがロサスに告げたに違いなかったし、その密告がわたしたちを悲嘆の底に陥れたのだ。彼女は足を速めた。使用人たちの手に残されたカルメンの子供たちを訪ねてやらなければならなかった。「ああ、もしも裏切り者を見つけられるものなら、この手で殺してやるのに……」そう思うと、怒りで顔が真っ赤になった。夫人はあの冒険で無傷で済んだ唯一の人間だった。友人たちは自分の忠誠を疑っているかもしれない。潔白だと思いつつも、他人のまえでやましさを感じるのが怖くて、夜は眠れなかった。「裏切り者を見つけなければ！」知人が何人かすれ違ったが、考えごとにふけっていて気づかなかった。

「子供っていうのはおかしなものねえ！　見てみてるといいよ。あの子たち、カルメンのこと、忘れているんだよ！」

夫人は刺繍のイニシャルが目立つナプキンを取って、向かいに座っている娘を見た。娘は聞いていないようだった。村をひとまわりし、物見高い視線やうわさ話から離れて自分の家に戻るとほっとした。帰宅して鳥たちや植物を見るのは楽しく、街でのいやな思いを忘れさせてくれた。

「子供っていうのはおかしなものだっていうのよ……」そう言いかけて、コンチータの気のない顔を見、「そんな気分じゃないんだわ」と思って、イネスが昼食を持って現れるのを待った。歩きまわったので夫人はお腹がすいていた。友人たちは牢に入っていて、ファンはかわいそうに十九歳にもならずに死んだというのに、食欲があるなんて恥ずかしい……。しかし、彼女はそういう人間、つまり食いしん坊だった。食堂のクリスタルの品々や銀の水差しを照らす太陽の輝きを見ると、その美しさに元気づけられた。「モンカダ家に起きたことは、神のおぼしめしに違いない……」イネスが盆を持ち、素足で薄紫色の服に身を包み、黒い三つ編みの髪を午後一時の金色の光に漂わせて入ってきた。夫人はインディオの女の切れ長の目に向かってほほえみ、感謝の気持ちを伝えた。

コンチータは皿から目をあげずに給仕をさせた。女中は目を伏せて素早く部屋を出ていった。

「ママ、イネスはコロナの副官のイエスカス軍曹とつき合っているのよ……」

「何だって?」ドニャ・エルビラは皿の上にフォークを落として叫んだ。

「イネスは、イエスカス軍曹の恋人、なのよ」コンチータは一言ずつ区切ってくり返した。

夫人はその言葉を聞くと、呆然と娘を見つめた。バルコニーが暗くなり、テーブルの上では銀の水差しが危険な光を放っている。水に毒が入れられているに違いなかった。

「どういうことかわかる?」娘はきついまなざしで母親を見つめながらたずね、「あたしにはわかるわ」と残酷につけ加えて、恐怖で動けないでいる母親を尻目に、トルティジャにつけあわせてあった赤かぶをひとつゆっくりと食べた。「もう探す必要はないわ。密告者はここにいたのよ」長い沈黙の後で娘ははっきりと言った。

夫人は目をあげて何かひどいことを言おうとしたが、またその美しきイネスが、いけにえの心臓でものっているようにうやうやしく盆を捧げて現れた。ドニャ・エルビラは顔を手で覆い、コンチータは平然として給仕を受けた。

「あたしたちは売られてたんだ……」イネスが扉の向こうに姿を消すと、夫人は言った。

「追いだすわけにはいかないわよ」コンチータは手短に答えた。

「とんでもない! 考えてもごらん、仕返しをされるから。あのインディオどもは裏切り者だよ!」

「シッ！」娘は指を口にあてて、静かにという合図をした。夫人はそれに従ったが、形のない恐怖がどっと押し寄せてきて、あやうく気を失なうところだった。裏切り者が自分の家から出たことは疑う余地がない。自分の名誉を挽回することも、友人たちの恨みを晴らすこともできないのだ。呪われた女はそこにいて、食堂を出たり入ったりし、夫人の不幸を笑いものにしていた。せっかくカルメンの面会許可をもらったのに、もう会わせる顔はなかった。いったいどこの誰が、自分の家から裏切り者が出たなどと言えるだろう？

「ここで、あたしたちはずいぶんしゃべったわ！　ずいぶん！」夫人は激高して叫んだ。

娘とかわした会話をはっきり思いだし、誰かが聞いているかもしれないのに、「計画」の細かい点までおおっぴらに説明したことを思いだした。

「おまえのお父さんが言ったことは正しかったよ……まったく！　口はわざわいのもとってね」

ドニャ・エルビラはがっくりとして自分の部屋に引きあげた。木曜日、夫人は牢にいる友人の面会には行かず、使用人のひとりが、奥様はご病気ですという言伝てを届けに行った。エルビラ・モントゥファルは恐怖に取りつかれて苦しんでいた。

「未亡人の病さ」使用人たちはあざけった。

「怖がっているんだよ……」イネスは恋人のイエスカス軍曹に会いに行く支度をしながら、自信たっぷりに言った。

XI

日付けはどこから来てどこへ行くのだろう？　一年の間旅をし、精密な矢さばきで特別な日を射抜いて空間のなかに存在する過去を示し、わたしたちの目をくらませては消えていく。隠れた時のなかから正確に現れ、一瞬のうちに動作の断片や忘れ去っていた町の塔、本のなかに封じ込められた英雄たちの言葉、わたしたちの名前が決まる洗礼式の朝の驚きなどを思いださせてくれるのだ。

忘れていた身近な空間に入るには、魔法の数字をひとつ唱えるだけでよい。わたしの記憶のなかではいつも、十月一日といえば招待客たちの裁判が始まった日だ。それについて話すとき、わたしはこの石のようなものの上に座ってはいない。下に降り、被告人たちの運命を知ろうと早暁から広場へ向かう人々に混じって、ゆっくりと広場へ入っていく。裁判は軍司令部で行なわれたが、わたしたちは閉じられた扉の背後の弁論や身ぶりをひとつひとつ追っていた。将軍が木々の梢を見あげながらすぐそばを通っていった。その瞬間、さわやかなコロンの香りと、木々の枝葉に向けるうつろなまなざしがわたしに触れた。わたしたちは相変わらず、偏執狂的な正確さで同じ犯罪を積み重ねる将軍の動かぬ影の下にいた。その静止した時間のなかでは、木々の葉は生まれ変らず、星は動かず、行くという動詞は来るという動詞と同じだった。フランシスコ・ロサスは、言葉や行為を紡いだり解いたりする愛の流れをせきとめて、わたしたちを地獄の輪のなかに閉じ込めてしまった。

モンカダ兄弟はイステペックから逃げだし、星の動きや潮の干満、太陽のまわりをまわる光り輝く時や、距離が人の手に届く空間を見つけたいと思っていた。他でもないイステペックのあの血なまぐさい日から逃れたかったのだ。しかし、ロサスはわたしたちを記憶の空間へいざなう扉を壊し、自らわたしたちの上に積みあげた動かぬ闇を、恨みがましく兄弟のせいにした。将軍が知っていたのはいくつかの通りがあることだけだった。しかし思い込みが過ぎてそれらは架空のものとなってしまい、そこに触れるためには、街角で見かけるその影を追うしか道はなかった。硬直したその世界のつけを、わたしたちは犯罪というかたちで支払わされたのだ。

「あの妹と寝てきたところよ」女たちは苦々しく陰口をたたいた。

「ニコラス・モンカダ万歳！」誰かが叫んだ。

「ニコラス・モンカダ万歳！」大勢の声がそれに応じた。

フランシスコ・ロサスはその叫び声を聞くと、笑みを浮かべて司祭館に入り、兵士たちは警戒線を張って建物を包囲した。その後、大勢の軍人たちが鞄を手に心配そうな顔で到着した。

「おやおや、弁護士様のお出ましだぞ！」ひとりがふざけた叫びをあげ、わたしたちは一斉に笑った。弁護士とは！　誰を裁くつもりなのだろう？　答は決まりきっていた。祖国に対する裏切りだ。どの裏切り、どの祖国？　そのころ、祖国にはカジェス＝オブレゴンという二重の名前があった。祖国は六年ごとにその姓を変える。その朝弁護士が来たのを見てあんなに笑ったのは、広場で待っていたわたしたちみんながそれを知っていたからだ。

女たちがやって来て、トルティジャや冷たい水を売った。みんなでちょっとしたものをつまんでいるその間にも、愛国者である軍人たちがわたしたちを銃殺していた。

ホテルの窓格子の後ろで、ドン・ペペ・オカンポが広場のできごとを眺めていた。男たちが何人か、バルコニーに近づいた。

「イサベルに、兄さんが裁かれているぞと言ってやれ！」

ホテルの主人は軽蔑したように男たちを眺め、遠くにある司祭館の正面に目を走らせた。

「兄貴がどうなっても自分はかまわないというのか？」

ひとりが窓格子にしがみつき、ホテルの主人をあざけるように眺めた。

「ポン引き野郎！」大勢の声が叫んだ。

その侮辱的な言葉を聞くと、ドン・ペペはあわててなかに引っ込み、使用人たちにバルコニーのよろい戸をすべて閉めるように命令じた。ホテルは外の喧騒から遮断され、それ以上罵声の標的にはならなかった。

「タマリンドの木の枝から屋根を伝ってなかに入り、イサベルを救いだして兄貴の命乞いをさせよう！」

「行こう！」何人もの男たちが声をあわせて言った。

「ニコラス・モンカダ万歳！」

猫のようにすばしこく、男たちは木によじ登って屋根に上り、中庭に降りようとした。扉をこじ開けようとした者もいた。そのとき、ざわめきがわき起こってイステペック中に広まった。軍司令部から広場を立ち退くようにという命令が下ったのだ。従う者などいなかった。兵舎の戸が開けられ、厩舎への道が開かれたが、騎兵たちが押し返し、人々は叫び声をあげながら散り散りになった。石ころの上では棕櫚の葉の帽子がぺしゃんこにつぶされ、馬の蹄に女もののショールがからまった。朝の日当たりのよい場所で、ベルトラン神父とその友人たちの裁判はニコラス・モンカダの審理へ進んだ。若者が出てくると、わたしたちは教会のことも他の被告たちのことも忘れ、神父もホアキンも、フアン・カリーニョもチャリートも、医師とその妻も、モンカダ家の悲劇のなかでは端役に格下げされてしまった。イステペックの目という目はニコラスに釘付けになり、その言葉と動作は奇跡的に司祭館の壁を突き抜けて広場に届き、口から口へ伝わった。若者はフランシスコ・ロサスが被告人のためにホテルから届けさせた食事を断り、軍人たちが用意した清潔な下着も受け取らないということだった。夜、警備の者が差し入れた手桶を使って、一枚しかないシャツを洗っていたのだ。

「ニコラス・モンカダ万歳!」わたしの通りと屋根が叫んだ。かつて「王なるキリスト万歳!」という叫びが増殖していったように、いまこの叫び声はどんどん大きくなり、法廷にまで届いた。夜、野営用の簡易ベッドに丸くなって、ニコラスは寂しそうにそれを聞き、翌日裁判官のまえで言うべき言葉と身振りを模索した。自分が袋小路のなかにいて、死よりほかに出口がないことはわかっていた。

「僕たちはイステペックから出て行くよ、出て行くんだ……」

ニコラスとその妹弟は子供の頃からくり返し言ったものだ。最初に出口を見つけたのはフアンだった。ニコラスが近づいてみると、フアンは仰向けに倒れ、その目は永遠に星空を見つめていた。

「歩くんだ、くそったれ!」自分を弟から引き離しながら男たちが言うのが聞こえた。「僕は俯せになって行こう、僕たちを裏切ったこの村のものなど、何も持っていきたくはないからな」……ニコラスは泣くことができなかった。弟の脱出に呆然として、兵隊たちが自分を後ろ手に縛ったことさえ気づかなかった。「僕たちはイステペックから出て行くよ……」三人は村を出ていずれはこの死体置き場のような閉ざされた村に戻り、新鮮な空気の通り道を開きたいと思っていた。独房の鉄格子が閉じられ、ニコラスは立ったままフアンはどこにいるのだろうと考えた。

「なぜ、フアニートが?」一瞬のうちにファンは自分の手もイサベルの手も離して、別の場所へ逃げてしまった。「ここでは夢は命で償われるんだ」と言うフェリペ・ウルタードの声が、兵士たちの汗と一緒に入ってきた熱せられた夜の奥から聞こえた。夜が明けるのが見えた。最初の供述をしに行くまえに、見張り番がイサベルとフランシスコ・ロサス将軍が寝床を共にしたことをニコラスに教えた。「いますぐ死んでしまえばいいんだ!」ロサスがそこにいるので、ニコラスは泣くことができなかった。尋問にたつフスト・コロナの顔は見ていなかった。「罪のない者たちの血から、悪人どもの罪を洗い清める泉が涌くんだよ」ドロテアの声が幼年時代の物語をくり返し、ロサスの執務室のなかで、コロナの鈍い声が意味のない言葉に変わった。ラス・クルセスの石ころに散った血の泉と玄関に撒かれた血の泉は、誰を清めたというのだろう? 清められたのはホテル・ハルディンに閉じこもっているイサベルでさえもなかった。怒りは疲れにとって替わり、人生は古いぼろぼろの服を着たただの一日になってしまった。妹の裏切りは兄を瓦礫のようなこの日に放りだし、ニコラスは廃墟のなかで、あたかも判事たちと同じように無傷の日々を生きているかのように振る舞わなければならなかった。冷静に将軍を見ようとし、自分と妹弟たちの人生に何が起こったのか知ろうとした。数日後にはベルトラン神父とドン・ロケを迎えに戻ってくるつもりでテテーラへ出発したあの夜は、三人とも悲しかった。すっかり気落ちして、「ローマ」と「カルタゴ」の木陰に逃げ込み、三人で最後のおしゃべりをしたのだった。

「神父さんが生きるか死ぬかがそんなに大事?」イサベルがたずねた。

「いいや」ふたりが答えた。

「神父を救わなきゃならないのは、友達のロドルフィートよ。そうすれば、ずっと盗んだ土地を祝福してもらえるもの……」

イサベルの過激な意見に、兄弟は笑いだした。

「ばかだなあ! 脱出口なんだよ」

「脱出口」はいま、イステペックの監獄の一番奥の独房で無残にも閉じられようとしている。あのとき自分の家の木の下で、兄弟はまた戻ってきてフランシスコ・ロサスの呪いを破ることができると信じていたし、そう話しあいもした。その後物思いに沈んで蟻の行列に小石をぶつけ、蟻たちは庭で盗んだアカシアの葉を運びながら急いで逃げていった。

「このフランシスコたちは泥棒だ!」

最後になったその午後に、ニコラスは蟻どもにフランシスコ・ロサスの名で洗礼をさずけ、三人は大いに笑った。

「僕たちうまくいくと思うかい?」ニコラスが、「カルタゴ」の影の下からたずねた。

「「カルタゴ」はやめて、「ローマ」へ来いよ！」ファンは叫び、迷信深く指を交差させて姉の木にとりついた悪運を追い払おうと、勝利の木の肌に触れた。「ローマ」の枝の下で、イステペックへの恨みつらみを話題にし、ドニャ・エルビラの言葉とその小太りの顔を思いだした。「たいがい、前ぶれとなるのは単純な人たちなのよ」

「もしも、何か悪いことが起こったら、ロドルフィートはそれでひともうけするだろうな」彼らはそう予告した。

その夜牢獄のなかで、あの午後とそのときの言葉が断片的にニコラスの記憶に甦った。「もしも、何か悪いことが起こったら」……聞こえてきた言葉には遠い過去の匂いと感情がしみ込んでいた。その過去はもはや自分の過去ではなく、そう話しているニコラスは、独房のなかでその言葉を思いだしているニコラスとは別の人間だった。ふたりの間につながりはなかった。別のひとりには自分のとは異なる別の人生があった。ニコラスは、捕らえどころのない夢の正確さでそれを思いだしているもうひとりのニコラスの空間から切り離された、別の空間のなかにいた。イサベルと同じように、ニコラスも自分の家の形もそこで過ごした日々も正確には思いだせなかった。家はいまや歴史もない埃だらけの村の忘れられた廃墟の山でしかなく、彼の過去はこのイステペックの独房であり、絶え間なく見張りをする番兵だった。自分の未来を思いだすと、それはイステペックの平野で死んでいる自分だった。イサベルが裏切ったからには、奇跡的な死はもうありえない。もはや神秘に向かって進んでいくことはないのだ。それでファンは？　自分がいま死のうとしているようにファンも死んだのだと実感した。イサベルなしで髪の毛も目も足も、全身が静止した恐怖のなかで死んでいくのだ。子供の頃に見た、イステペックの平野に捨てられた膨れあがった死体のように、うじ虫に侵されていく自分の死体を、内側から眺めることになるだろう。犯罪からも、村の死からも、逃れることはできないのだ。ニコラスは意地になって想像しようとした。この独房の扉ほどにも身近に迫っている未来のなかで自分たちと落ちあうために、イサベルは何をするのだろう。「ここに残ることもできないし、僕たちをここに置いていくこともできない」子供のころ見た、死体が散乱する野原が目に浮かんだ。「僕たちはイステペックから出て行くよ、出て行くんだ!」

「お若いの、眠れないようだな」ニコラスが夜中に泣いているのを耳にした兵士のひとりが言った。

「何いってるんだ、僕は良く眠ってる」ニコラスは驚いた振りをして叫び、自分の弱みが許せずに、干からびた誇りのなかに閉じこもった。裁判官のまえでは疲労を隠そうとし、一挙手一投足が見張られるその部屋にたったひとりでいる恐怖を悟られまいとした。

「そのとおりです、みなさん、僕は「クリステロ」です。ハリスコで決起した連中と合流しようとしたんです。死んだ弟と僕が武器を買いました」

この告白はわたしたちを戦慄させた。「死ぬために弾を集めているんだ」ニコラスの決意は裁判官をいらだたせた。彼らは証拠で責めたてて自分たちの判決を正当化したかった。釈明させ、過ちを認めさせて、犯罪者として死刑にすることを望んでいたのだ。しかし、ニコラスは自らの手で死のうとしていた。

「誰かに唆されたわけではありません。イサベルとファンと僕とで計画し、誰にも相談せず、自分たちの意志で実行に移したのです」

まるで被告人のものであるかのように口にされたイサベルの名前にコロナは唇をかみ、フランシスコ・ロサスが法廷にいるかどうか確かめようと振り返った。いなかったのでほっとした。

「奴らをからかっているのさ。アバクックがイステペックに来るところなんだ」待ち望んでいた軍隊が、今晩か明晩にでもやって来て助けてくれるだろうと信じて、わたしたちは言いあった。ある者はニコラスの言葉を聞いて、イサベルから救いがもたらされるだろうと推察した。イサベルがホテルに入ったのは、わたしたちを裏切ったからではない。正義のための復讐の女神として、そこで好機を待っているのだ。

「もうののしるのはよせ！　必要だから行ったんだ！」

「子供のときから、えらく勇敢な娘だったからな！」

そう言ってわたしたちはフランシスコ・ロサスを嫉妬の目で見た。自分の愛人の兄に万歳を唱えるためにタマリンドの木の下に集まった村人たちを無視して、ロサスは広場を横切って歩きつづけた。裁判には出ずに、近くの部屋でトランプをしたり、副官たちとしゃべったりしていた。その間、法廷で起こっていることはすべて報告された。若者が自分の有罪を主張していることがくり返し伝えられると、将軍はゲームを中断して落ち着きなく窓辺に近寄り、広場にあふれるモンカダの支持者たちを眺めた。ひどく落胆しているようだった。兄妹の勇気は、自分をなじみのない土俵へ引きずり込んでしまった。ニコラスを裁くことも、その妹と寝ることもできない。しかし別の道を行くにはもう遅過ぎた。いったい、何ができただろうか？　おじけづき、遅くなってから自分の部屋に戻り、イサベルと向きあった。その赤いドレスが、ランプのそばの黒い瞳の下で光っていた。

「明かりを消せ！」
ロサスの声はすさんでいた。自分の過去の足跡を見つけることはもうできなかった。モンカダ兄妹が彼からフリアを奪い取ってしまったからだ。闇のなかで長靴を脱ぎ、ベッドに入るまえにためらった。ベッドのなかには自己への恐怖しかなかった。ロサスは道に迷い、モンカダ兄妹が投げた影に従って見知らぬ夜と昼を踏みつけて歩いた。

XII

十月五日、イステペックの人々は言った。「今日判決が下るぞ……今日はアバクックが来る……今日イサベルが何かやるだろう……」その日はこうした言葉に飾られて成長し、空は丸くなり、太陽は完璧に輝いていた。そのまぶしい光りに浮き浮きして、わたしたちは広場に行って待つか、ホテルのバルコニーでもひやかそうと出かけていき、早くから軍人たちが外へ出てきて、急いで司祭館へ歩いていく様子を眺めた。彼らはおびえているように見えた。わたしたちは自信たっぷりにそれをあげつらい、芋《ヒカマ》や落花生を食べた。谷の上に広がったその日は、まるで日曜日みたいに、ばら色のシャツやココナツ菓子であふれていた。わたしたちは広場のベンチを占領し、寄り集まって朝の穏やかな空気のなかで手足をのばした。タマリンドの木の梢では時がゆるやかに流れ、影が木々のまわりをまわっていた。昼になると、わたしたちは落花生のせいでのどが乾き、足はアバクックを待っていらいらしはじめた。ホテル・ハルディンの入口と閉じられた窓へ目をやり、イサベルの名前が暴力的になった。午後二時頃には、言葉と怒りが暑さのなかで溶けていき、その日は日曜日ではなくなった。

「ベルトラン神父、死刑！」

判決はほったて小屋を襲う岩のような、馬鹿げた激しさで広場に襲いかかった。わたしたちは仰天して顔を見あわせ、日の当たる場所を探した。「どうってことないさ、まだ早いんだから」……アバクックの馬が駆ける音がしはしないかと耳を澄ませたが、返ってきたのは静寂だった。山は遠いし、この暑さではゆっくりしか進めない、でもやっては来るだろう。こんな悲惨な日に、彼らがわたしたちを見捨てるはずがない。

「アリスティデス・アリエタ医師、死刑！」

わたしたちはしゃべるのをやめ、脅し文句も吐かずに、ふたたび到着まで何年もかかっているあの蹄の音を待った。

「ホアキン・メレンデス、死刑！」

もし、イサベルがわたしたちを裏切ったとしたら？　そして味方が来なかったら？　それにもし、わたしたちが誰からも耳を貸してもらえない孤児だとしたら、味方とは一体誰なのだろう。わたしたちはあまりにも長い間待ちながら生きてきたので、もはやそれ以外の記憶はなかったのだ。

「ニコラス・モンカダ、死刑！」

ニコラスも死ななければならないのか？　わたしたちはもう一度ホテル・ハルディンの窓を眺め

たが、ホテルは静止したまま取りつくしまもなかった。ばら色の壁と黒い鉄格子のはまったホテルはひどく遠くに見えた。イステペックのなかでホテルはよそ者だった。敵にまわってからもうずいぶん長く、その存在はわたしたちの苦しみに対する侮辱だった。なかにはもうひとりのよそ者、イサベルがいた。女たちは泣きだし、男たちはポケットに手を突っ込んだまま、足で土を蹴散らし、苦悩を紛らそうと空を見あげた。

「ロサリオ・クエリャル、禁固五年！」

「カルメン・B・デ・アリエタ、保釈！」

「フアン・カリーニョ、判断能力なしにつき釈放！」

余所から来た者たちの意志によってすべてに決着がつけられたが、わたしたちは広場から動かずに待っていた。

太陽がわたしの山々の後ろで燃えあがり、タマリンドの木に住む鳥たちが夜のおしゃべりを始めていた。過去といわず未来といわず、わたしの日にはいつでも同じ光があり、同じ鳥たちが騒ぎ、同じ怒りがある。年月は訪れまた去っていくが、わたし、イステペックはいつも待ちつづけているのだ。

軍人たちは司祭館を出、ハンカチを取りだして平然と汗をぬぐうと、落ち着いてホテルへ帰っていった。わたしたちの怒りや涙を、誰が気にかけてくれたというのだろう？　彼らでないことは確かだった。軍人たちは、ここにいるのは自分たちだけだと言わんばかりに、悠然と動いていた。紫色のスカートやばら色のシャツが、夜のオレンジ色の影のなかに無言で消えていった。

もしも、あの瞬間がすべて記憶に甦るものなら、わたしたちが広場を引きあげた様子や、アグスティナの作ったまだ暖かいパンの上にほこりが舞い、その夜は誰もそれを食べようとしなかったことなどを、いまここでお話しできただろう。

そして、その夜の弔いの灯がどういうもので、紫色の木々がどういう形をしていたかも。しかし、わたしには思いだせない。おそらく広場は永久に空になり、床屋のアンドレスだけが妻をきつく抱きしめて踊りつづけていたのだった。あんまりきつく抱きしめていたので、妻は音楽にあわせて泣き、わたしたちも驚いてその抱擁を眺めていた。しかし十月五日は日曜日でも木曜日でもなく、セレナータもなければアンドレスが妻と踊るはずもなかった。わたしたちはただ呆然とし、ニコラス・モンカダの名前だけがあたりを漂っていたが、その声もだんだん小さくなっていった。わたしたちは忘れたかった。ニコラスのこともその妹弟たちのことも知りたくなかった。まさにその午後、わたしたちは彼の目に映る風景のなかで生きることを放棄したのだ。彼を思いだし、それを認めることは恐ろしかった。いまこの石のようなものの上に座って、わたしは何度となく自分に問いかける。あの目はどうなるのだろう？　あの目に映しだされたわたしたちの目を飲みこんだ大地は、何にその姿を変えたのだろうか？

この午後の後にやってきた朝はいまここに、わたしの記憶のなかにあって、他のすべての朝とは異なり、ただひとつだけ輝いている。太陽はずっと低いところにあってまだ見えてこない。庭も広場も夜の冷気で満たされている。一時間後には、誰かが死にいくためにわたしの通りを横断し、世界は絵はがきのなかの絵のように静止するのだ。人々はふたたびおはようと挨拶をしあう。しかし、その言葉は意味を失ない、テーブルは恥じ入り、ただ死んでいく者の最後の言葉だけが口にされて、くり返され、くり返される度にますます意味がわからなくなって、誰もそのなぞを解くことができない。

処刑の日と決められたその日の明け方、村人たちは弔いの行列を待つために、広場や通りの入口へ出かけていった。四人たちは午前四時に連れだされ、処刑場として選ばれた墓地まで連行されるということだった。広場は静かで、教会の中庭のアーモンドの木はそよともせず、人々は口をつぐんだまま、かすかなばら色に染まりかけた地面を見つめていた。すべては言い尽くされていたからだ。

フランシスコ・ロサスは自分の部屋で上半身裸になり、鏡で自分の姿を見ていた。見知らぬ顔が鏡の奥から自分を見つめている。将軍は目のまえにある顔を真っぷたつにしてやろうと、鏡の表面にひげそり用のブラシを走らせた。しかしその顔は、水に映った顔がばらばらになって消えていくようには変形もせず、姿も消さずに、平然とこちらを見返していた。鏡は本人も知らないもうひとつの顔を映しだしていた。その黄色い目は植物の世界から自分を見つめている油のしみであり、漆喰の壁が冷たく光る部屋の暗い片隅から、ランプの明かりが自分の姿を浮かびあがらせていた。自分を見つめている顔を変装させようと、ロサスは頬に石けんを塗りたくり、ひげを剃ることに神経を集中させた。

ベッドのなかでは、イサベルが半裸でその動作を見ていた。

「なんでこんなに早く起きるの?」

ロサスはぎょっとした。女の言葉で、青ざめた鏡の世界から引き離されたのだ。上唇を切ったので、石けんの泡がばら色に染まり、いちごのアイスクリームのようになって、鏡のなかのぶざまな顔がそれを見ていた。

「なんということをきくんだ！」ロサスは激怒して答えた。

「これから起こるっていうことは本当なの？」

イサベルの言葉は侮辱となって鏡のなかに侵入した。

「もう知ってるだろう……知ってたはずだ」男はぶっきらぼうに答えた。

イサベルは口をつぐんだ。ロサスは鏡に向き直ってひげを剃り終え、それからゆっくりと服を着て、細心の注意をはらってネクタイをしめ、ハンカチを二枚選んでオーデコロンでしめらせると、考えごとをしながらそれをズボンの後ろのポケットにしまった。イサベルは魅せられたようにその動きを目で追った。フランシスコ・ロサスの背の高い影が壁の上で同じ動作をくり返した。タイルの床を行ったり来たりする長靴の音が部屋の丸天井にこだまし、外からは何の物音も聞こえてこない。夜はまだ明けていなかった。

「あたしのせいじゃないわ……」

一瞬、足音がとまり、男は振り向いて女を見た。

「俺のせいでもない……」

「あたしだけが悪いんじゃないわ……」

「それじゃ、俺のどこが悪かったんだ？　あの夜、玄関のアーチの下でおまえに声をかけたことか？　おまえがそのまえに自分から誘ったんじゃないか。潔白だなんぞとほざくな。承知のうえで、おまえは俺を、おまえの地獄へ引きずり込んだんだ……いいか、おまえの地獄にだぞ！」

フランシスコ・ロサスは蒼白になり、脅かすようにこぶしを挙げてイサベルに近づき、顔を殴ってめちゃめちゃにしてやろうと身構えた。しかし、男の怒りに無関心なイサベルの目を見て、ロサスは思いとどまった。

「ニコラスに会いたい。ニコラスなら、みんなが死ぬのはあたしのせいじゃないって、わかっているわ……」

「黙れ！　モンカダの名前はもう聞きたくない……二度とな！　俺と踊っていたときには、おまえは何もかも知っていたんだ……」

「あなたがあたしに声をかけたときには、もうフアンを殺していたくせに」イサベルはベッドから飛びおり、フラシスコ・ロサスの顔に自分の声を近づけた。将軍は椅子に崩れ落ち、頭を抱えた。それは本当だった。ロサスはそのことを知っていて、それだからこそ玄関で彼女に声をかけたのだ。なぜそんなことをしたんだろう？　答がわかることは決してないだろう。イサベルは将軍に近づき、その耳元にかがみ込んで、低い声で命令した。

「ニコラスを返して」

フランシスコ・ロサスは目をあげて、イサベルの少年のような顔を見た。

「ニコラスを返して」イサベルの顔がくり返し、その顔はくり返す度ごとにニコラスの顔に似てくるのだった。

外では、処刑場へ行く準備を終えて上官の部屋にやってくる兵士たちの足音がしていた。フランシスコ・ロサスはその音を聞き、女に聞こえはしないかと恐れた。立ちあがり、入口のまえに置いてある衝立をどけて扉を閉めた。イサベルは急いで赤いドレスを取りにいき、身支度を始めた。将軍はその肩をつかんで言った。

「よく聞け、イサベル、そのとおりだ。俺はおまえの弟のファンが死んだのを知っていた……」

女は男を見つめた。ひどい寒気でもするかのように、がたがた震えていた。

「ああ、知っていたさ」ロサスはしつこく言った。

「だからあたしを呼んだのね。そうするだろうって、あたしにはずっとまえからわかっていたわ……」

「俺はそうじゃなかった」ロサスは言って、肩を落とした。女から手を離し、部屋の片隅に逃れた。背後で、イサベルが怒り狂ってたてる物音がした。箪笥の引きだしを開け、衣類を引っかきまわし、シャツや香水びんやネクタイを床に放り投げ、それでいて何も見つけることはできなかった。

「何を探しているんだ?」将軍は驚いてたずねた。

「それがわからないの……何を探しているのかわからないのよ」イサベルは香水びんを手にそう答え、自分が何も探していないことに気がついた。

将軍は近づいていって、その手から香水びんを取りあげると、床に落とした。

「もう探すな、何もないんだよ……君はまだわかってないかも知れないが、本当に何もないんだ」

「なにも?」

「なにも、だ」フランシスコ・ロサスは確信をもってくり返した。

「なにも」イサベルはくり返し、ボタンが半分しかとまっていない自分の赤いドレスを眺めた。

将軍はほっとした。「なにも、というのは何もないという意味の三文字だ」なにも、とはこの部屋を出てこの生活から離れ、この先何年も同じような日を過ごさない、つまりやすらぎを手に入れるということだった。

「じゃあ、ニコラスを返して……」

「もっと早く言ってくれればよかった」ロサスはうめき、まだ何かがある、自分は毎日底なしの断崖に投げ落とされた小石のように、あちこちにぶつかりつづけるのだろうかと思った。

「もっと早く……」くり返し言って、イサベルを抱きしめた。落ちるのをとめるためにはどんな草にでもしがみつこうとするように。イサベルは抱きしめられて息が詰まり、愛人の胸で長い間震えつづけた。

廊下では、士官たちが互いに目をあわせないようにしていた。上官の震えた声も、イサベルの取り乱した声も聞かなければよかったと思っていた。ドン・ペペ・オカンポがいそいそと近づいてきた。

「いま暖かいコーヒーをお持ちしますよ」

士官たちは答えなかった。重苦しい表情で床を見つめ、ベルトをしめ直した。フローレス大尉はズボンのポケットからコニャックの小びんを取りだして仲間たちにまわし、みんなでひとくちづつ飲んだ。

「これは生活必需品だ……」

「生きていくためには、こうでもしないと」仲間の顔は見ずに注釈を加えた。その朝、フローレスはみじめだった。日ごとに不運がつのっていくように思われた。フランシスコ・ロサスと同じように、死やトランプ遊びや歌や叫び声にしつこく姿を変えようとする虚無を彼も待っていたのだ。友人たちと一緒にいても、何の慰めにもならず、いま廊下に落ちる影が涙を隠すのに役立った。仲間に背を向けると、ルイサが青いガウンを着て部屋の入口に立っているのが見え、素直に女のそばに行った。

「これからは、何も期待しないでおくれ」ルイサは言ってばたんと扉を閉めた。フローレスはちょっとの間閉められた扉のまえにたたずんだ。何を言ったものかも、どういう態度をとるべきかもわからなかった。期待などはしていなかったからだ。当惑して大尉は士官たちのところへ戻った。

「大尉、ああいったふるまいを許すべきではないな。女は従わせなきゃ」

士官たちは微笑んだ。フスト・コロナはいつも同じことを言った。今日、十月五日、ひとりの神父と将軍の愛人の兄である二十歳の若者が銃殺されようとしている、今日という日までは……

「男なんて、追っかけた女とも追ってきた女とも、どのみちやっかいなことになるのがおちなのさ」パルディニャスがフランシスコ・ロサスの遅刻をあてこすって言った。

「クルスもあの双子に反乱を起こされたんだ。まだ出てこないよ。パルディニャス、呼びにいってくれ、遅くなる」フスト・コロナはランプの明かりで腕時計を見ながら言った。

パルディニャスはクルスの部屋の入口に近づき、扉をどんどん叩いた。うろたえた中佐の声がした。

「誰だ?」

「中佐殿、もう朝の四時です」

「すぐ行く」クルスは答えた。

なかではラファエラとロサが低い声で祈りをあげていた。クルスは服を着てひげも剃りおわり、ふたりのまえで許しを得ようとしていた。

「俺にどうしろと言うんだ? 俺は命令にそむくわけにはいかないんだ……それとも俺が銃殺されればいいっていうのか? ええ、それがおまえたちの望みなのか? そうか、おまえたちは俺が撃たれて、腹を裂かれて倒れているところが見たいんだな! それで俺を愛している振りをしていたってわけか? 俺が死ぬのを見たかっただけとはな。おまえたち、よく聞けよ! 俺は人生を愛する男だ。俺は神父なんかとは全然違う……だいたい神父が何の役にたつ? 女も愛さなければ、人生も愛していないじゃないか。奴にとっちゃ、死ぬも生きるも同じことだ……いま殺してやれば、奴は天国へ行けるんだ……それにひきかえ、この俺には、おまえたちがくれたこの人生と天国のほかに、楽しみはないんだよ……」

姉妹はひざまずいて祈りつづけた。

「わかったよ、行ってくる……」クルスはそう言って扉へ向かった。

ちょっとのあいだ待ったが、ふたりの愛人が姿勢を変えないのを見ると、こぶしで壁をたたいた。

「俺が、自分で流した血の海に倒れているところを見たいんだろうが、そうはいかんぞ!」中佐は荒々しく扉を閉めて出ていった。

XIII

黒々とした地平線から、オレンジ色の細いひとすじの光がのぼった。夜だけ花を咲かせる花はその花びらを閉じ、消えさる前のつかのまの香りがあたりにただよった。庭は紫色の影のなかからその青色の姿を見せはじめた。別の朝が通り過ぎていったが、さらなる死の準備に出かけるまえにコーヒーを飲んでいた男たちはそれに気づかなかった。クルスがその男たちの一群に加わった。ドン・ペペはクルスに湯気の立つコーヒーをすすめた。中佐はカップを受け取り、仲間たちを見てほほえもうとした。

「どうしたんだ?」とロサスの部屋の扉を指差してきいた。

「やすらぎを手に入れるために争っておられるんです」フローレスは言葉少なに言った。

将軍はイサベルの巻き毛と額をやさしくなでた。それから、そっと体を離し、軽く身なりを整えると、震えながら廊下に出た。部下たちはうつむいて床を見つめた。男たちを一瞥し、その手にもったコーヒーカップを指差した。

「奴はどこだ?」ばかにしたように言った。

「ここにいたんですが。コーヒーを持ってきてくれたんで」

フローレスがホテルの主人を探しに行こうとしたが、ロサスはポットを取りあげて、自分でカップに注いだ。

「冷めてるじゃないか!」将軍は腹をたて、カップを庭の茂みに放り投げた。

ドン・ペペがいつもの笑みを浮かべて姿を現した。

「将軍!」

「扉にしっかり鍵をかけて、奴らをなかに入れないようにしろ」ロサスは主人の顔は見ずに命じた。手すりの上で燃えているランプに近づいて時計を見ると、午前四時十一分だった。

将軍は大股で歩きはじめた。玄関を出、黙りこくった村人たちの群れを見て部下たちを振り返って叫んだ。

「何という人生だ!」

人々はほとんど将軍の方を見ていなかった。彼は勝負に勝ったのだ。征服された村はひたすら悲しみに包まれていた。将軍は、わたしたちが通りにいるのは、自らの敗北に立ち会うためだと気づいて足を速めた。初めて自分とは異なる世界のなかを歩んでいたのだ。煙は消え失せ、木々や家々やそして空気までがはっきりとした形を取りつつあった。

両肩で全世界の重みをになっているような気がしてひどく古い疲労に襲われ、ホテルから司祭館までの距離が果てしなく遠く感じられた。

ロサスが軍司令部の見張りに立つ兵士たちのバリケードを横切ったとき、復讐心に燃えた男女の一群が、イサベルの部屋のバルコニーに近づいて、名指しで恩知らずの娘とどなったりののしったりし、怒りに満ちたその声で、通りで起こっているできごとを彼女に告げた。

「もう、司祭館に着いたぞ」

人々はバルコニーの木枠を叩いた。しかしイステペックの言葉に、バルコニーは閉ざされたままだった。

軍司令部でフランシスコ・ロサスは、つまらない命令を下している自分の声を聞いた。フローレス大尉の第一分隊は、ベルトラン神父とアリエタ医師だ。フローレスは一歩まえに出て、上官のまえで気をつけの姿勢をとった。

「護送隊は倍にしろ」フランシスコ・ロサスは手短につけ加えた。

パルディニャス大尉の第二分隊は、ニコラス・モンカダとドン・ホアキン。フリオ・パルディニャスは瞬きもしないで、将軍を見つめた。「くそっ、俺に当たるとはな!」と腹立たしく思ったが、いらだちは表に出さないように努めた。ロサスは大尉を脇に呼んで言った。

「われわれが墓地に着くときには、モンカダはもうそのあたりにはいないようにはからえ……」

大尉はどういうことなのか理解できずに将軍を見たが、何もきかない方がよいだろうと思われた。

「川を渡るまえにやじ馬どもを追い払い、護送隊の本体を解散させるんだ」ロサスは声の調子を変えずにつけ加えた。部下に説明するのは好きでなかった。

「しかし……」パルディニャスが言いかけた。

「しかしはなしだ、大尉。中佐が君に別の囚人を引き渡すことになっている」

フランシスコ・ロサスはたばこを取りだして、大尉に一本すすめ、自分も一本取って煙をひと吹きし、腕時計に目をやった。

「クルスがいま村の刑務所でそいつを探してるところだ。クルスの部下からそいつと一緒に出発したと知らせてきたら、われわれも出発する」

窓枠に片足をのせて、ロサスは静かな広場を眺めた。新たな一日の恵みが鳥たちを目覚めさせ、木々の梢を広げて、家々の輪郭をやわらかな線で描きだした。将軍は穏やかな気分になった。

「わかりました。将軍、楽しませてもらったら、お返しをしなけりゃならないってことですな」

フリオ・パルディニャスは将軍を盗み見た。そう言ってはみたものの、この言いようのない時間から逃れることはできなかった。士官は当惑した。と突然、ロサスの思惑に気づいて感嘆の目で将軍を見た。

四人四人を銃殺するという命令を果たし、イサベルの兄の命を救うのだ。誰も将軍を非難することはできない。銃殺を執行する分隊の指揮者であるこの自分をもだ。何かやさしい言葉をかけようとして、イサベルのことを考えた。

「愛されてはいないのに、愛したんだと、あとから人に言われるんでしょうな」

フリアをほのめかすこの言葉は、将軍の穏やかな気分を乱した。フランシスコ・ロサスは振り返って部下を見、たばこを投げ捨てて両手でズボンを調節した。

「忘却が来るのは人生が終わった後だよ、大尉」

フリアは、失なわれたどの夜明けの光のなかをさ迷っているのだろう？　イステペックの夜明けからは永遠に逃げてしまったのだ。その瞬間に、ほかの広場の天上を歩いているフリアが見え、その十月五日という日にイステペックの墓地で銃殺されるのは、自分のような気がして体が重くなった。沈黙が何分か続き、フリオ・パルディニャスは、その部屋のバルコニーまでフリアを連れてきてしまった自分の言葉を後悔した。「将軍は二度と立ち直れない」と考え、ロサスのそばで待つのは、早く終わりにしたいと思った。

クルスの副官が息を切らして到着した。

「将軍、男を選んでもう出発しました。男は……」

フランシスコ・ロサスは激しい口調でさえぎった。

「誰であろうと構わん！　第一分隊は出発の用意をするように。十分たったら、君が受け持ちの囚人どもを連れて出発だ」不機嫌な顔をしてパルディニャス大尉を見ながらつけ加えた。

回廊とオレンジの中庭には、軍人たちの往来やあたふたと下される命令、話し声や足音が錯綜した。他人の死は、完璧な正確さをもって執り行なわれるべき儀式だった。当局の威信は、秩序と無意味な軍事力の誇示にかかっているのだ。最下級の兵隊までもがその日は重々しく、人を寄せつけないような表情をしていた。兵隊たちはライフル銃を高く挙げ、銃剣を突きだして囚人の引き渡しを待っている。フランシスコ・ロサス将軍は少人数の副官を従えて軍司令部を出、馬で墓地へ向かった。人々は将軍が出発したのを見て、口から口へ、通りから通りへその情報を伝えた。

「ロサスはもう墓場へ向かったぞ！」人々はイサベルの部屋のバルコニーのまえで叫んだ。イサベルは通りから聞こえて来るその叫び声を聞いていなかった。じっとしたまま、昼も夜も幻想でしかない別の空間のなかを歩み、時間の外にあって光には背を向け、予想もできないかたちをとる別のいくつものイサベルに分裂した。ホテル・ハルディンの部屋や備えつけの家具は、イサベルがその姿勢を変えずに抜け出て来たもとの時間のもの、消されてしまった過去の証人だった。唯一実在するのは、時の外にある未来であり、イサベルはその予告された結末へ向かって進んでいたのだ。通りにうず巻く叫び声は、他の愛人たちの部屋にも入ってきた。アントニアはその叫び声に追いたてられ、廊下へ走りでたところで、ちょうど双子の部屋へ行こうとしていたルイサと出会った。姉妹は床に座って仲間たちがやってくるのを見て驚いた。ルイサは乱れたベッドに倒れ込み、くすんだ色の髪の毛に手をやった。その青い目の色は、着ている色あせた青いガウンと同じように汚れていた。アントニアはルイサの脇に横になり、顔をシーツに埋めた。

「もう墓地へ出発したのね」ロサが疑わしそうにくり返した。それでは奇跡はなかったのか？　女たちの祈りは効果がなかったのだろうか？「もしかすると、弾丸が発射されるまえに火の雨が降るかもしれない……」

「パパのところへ帰りたい……」アントニアがうめくように言った。

「で、もうひとりは？」

「部屋に閉じこもったままさ」

「かわいそうなイサベル！」海岸地方の出のアントニアが叫んだ。

「かわいそうだって？　出ていけばいいんだよ、将軍はあの娘を愛しちゃいないんだから」

「じゃあ、なぜ連れてきたのよ？」双子の姉妹が無邪気にたずねた

「いやがらせよ！　あの男は悪人だわ……悪人よ！」アントニアが突然怒りにかられて叫んだ。

「そのとおり、いやがらせさ……」

「確かに悪人さ！　でもあたしたちも同じだよ、今夜になればまたもとの生活が始まるんだから」

ルイサが意見を言った。

「それは違うね。絶対に、もとのようにはならないよ」ラファエラが答えた。

XIV

軍司令部の中庭に囚人たちが引きだされていた。第一分隊は出発の用意をしており、ベルトラン神父はフアン・カリーニョのフロックコートと縞のズボンを着て、兵士たちにはさまれて立っていた。ひとりの軍曹が後ろ手に縛ったが、神父はおとなしくされるがままになっていた。アリエタ医師は汚れて隅のできた顔で神父の手が赤黒く変色していくのを見ていたが、同じ軍曹が彼にも近づき、素早く手を縛りあげて神父の横にならばせた。

フスト・コロナが大声でいくつか不可解な命令を下し、その声が中庭にこだました。第一分隊は出発し、オレンジの木の下を通って、まだかすかでしかない日差しのなかを通りへ出ていった。わたしたちは無言でそれを迎えた。「もう連れていってしまうのか……」彼らの出発を見ていた目が、片道だけのその旅から戻ってくる彼らを見ることはもうないのだ。恥ずべきことに思ってわたしたちは目を伏せ、広場の石畳を一本調子で行進していく軍人たちの長靴の規則正しい足音に耳を傾けた。

一行は左におれ、コレオ通りを下って墓地へ行く最短の道を辿った。木々は枝を揺らさず、厳粛な様子で佇んでいた。通りの声がだんだんと高まった。

「もう神父と先生は連れていかれたぞ」


ルイサは首にぶらさげたメダイをなでたが、何の役にも立たなかった。メダイといえども、すでにホテルのなかに入り込んできているこの差し迫った夜から、自分を解き放してはくれない。

「長靴をみがいてくれ！　神父の血が飛び散ったんだ」

ルイサは躊躇することなく愛人の言いつけに従い、鏡のようにぴかぴかになるまで靴をみがいた。自分がはまり込んだ屈辱には、いつでも甘んじることにしていたのだ。「誰がはまり込んだのでもない、いまというこの時はあたしの過去でそしてまた未来なんだ。あたし自身なんだよ。あたしはいつも同じひとつの瞬間なんだ」ふたたび神の顔が彫りつけられたメダイをなで、それをそのまま胸の上に滑らせた。メダイはあの初聖体の日からずっとそこにあった。その日はあまりにも今日という日と似ていたので、ルイサにはどちらも同じ一日のように思われた。

第一分隊がコレオ通りを下っていたとき、フスト・コロナ大佐が馬に乗り、騎兵隊の一団を率いて現れた。

大佐は平静な態度を取ろうとしていたが、ゆがんだ顔と硬直した肩を見れば興奮していることはすぐわかった。わたしたちが囚人たちを解放しようにももう遅すぎるというのに、フスト・コロナは警戒しながら歩を進め、犠牲者たちに無言の別れを告げようとよろい戸を半開きにしたバルコニーや開かれたカーテンを、横目でにらみつけていた。数分後には、第二分隊がドン・ホアキンとニコラスを引き連れて、まだその輪郭もおぼろげなイステペックの朝に向かって出発し、強化された護衛隊がその後を追った。ドン・ホアキンは両手を縛られ、苦労して若者たちの歩調にあわせていたが、まるで最後のイステペックの散歩でぶざまなところは見せたくないとでもいうように、足並みをそろえるのに腐心しているのが見て取れた。疲れた顔をしていたが、監獄で若返ったのではないかとも見えて、そのしぐさには子供っぽいところがあった。ニコラスは後ろ手に縛られて通りへ出たとき、半分は驚きの、半分は喜びの顔でわたしたちを見まわし、それからまえを向いて歩調をあわせて進んでいった。

「アディオス、ニコラス」若者がシャツ一枚で通り過ぎていくと、叫び声がバルコニーというバルコニーから聞こえてきた。その別れの言葉にニコラスは驚きから覚め、はっとして振り向きざまに、閃光のような笑顔を見せた。マティルデ伯母の家のまえを通ったときには目を伏せた。その家の「イギリス」の間では、いまもこれからも、永遠に自分と妹弟たちが遊びつづけているのだ。あの緑の森と小さな赤い上着を着た狩人たちを思い浮かべた。「今朝みたいな乾いた朝でも、あそこは緑のままだ」ウルタードやイサベルの声が入り混じった芝居のせりふが聞こえてきた。妹だけが昼も夜も兄の手につかまって記憶の外で生きていた。「ここに残ることはできないんだ!」その下では母親と伯母が揃いの椅子に腰かけて一行を見ていた。父親はずっと遠くで時計をとめていたが、それにもかかわらず時間はすごい速さで墓地への道を進んでいた。「ぼくたちイステペックから出て行くよ……」

ドン・ホアキンは自分の家の閉じられた窓を見まいとした。「あそこに住んでいたんだ」すべては夢だった。香水びんの数々やそれぞれの身振りが、精確な一瞬のなかで生きている規律ある美しい夢だったのだ。その朝の混乱は彼を困惑させ、甥を見ようと振り返ると、甥も自分を見ていた。ちがう世代に生きているふたりが同時に死ぬ。なんておかしなことだろう！　何も言わない方がよかった。

朝はゆるゆると明け、この時間になると野原へ出て行く牛たちが、囚人たちとすれ違った。犬たちも出てきて、囚人を引き連れた軍人たちの長靴に向かってしばらくのあいだうなり声をあげた。ドン・ホアキンはそれを見て感謝した。「誰かやつらの面倒を見てくれる者がいるといいが！」と思いながら、食べられる物を探してごみ箱をあさっている犬たちを眺めた。かまどに火を入れる家はなく、みんなが行列を眺めていた。女たちが何人かニコラスを連行していく分隊の後を追い、他の何人かは先を行くベルトラン神父と医師の一行についていった。モンカダ兄弟の家は、いまわたしがこの高みから眺めているその家とそっくり同じように静かだった。銃殺刑の朝の不思議な空気を永遠に封じ込んだまま、窓はすでに閉じられていた。

ニコラスとその伯父はイステペックの外れに到着し、パルディニャス大尉が行列についてきた女たちを追い散らして、軍人と囚人だけが墓地へ向かった。

そのあたりでパルディニャスはニコラスを逃がすことになっていた。大尉はときどき、もうすぐ自由になるとも知らずに、死を覚悟して歩いている若者に目をやった。ピルーの木の下で、クルスの副官が村の刑務所にいた囚人を連れて待っていた。木の下で男がふたり、たばこをふかしているのが遠くから見えた。川の反対側、数百メートルほど離れたところに、墓地の白い塀が浮かびあがって見え、背後の丘の上には、黄色い地面に小さな青い十字架が点々と光っていた。

「ニコラスがあそこへ行った！」

その叫び声で、こなごなに壊れていきつつあったイサベルを取りまく暗闇がかたちを取り戻した。イサベルは立ちあがり、広場から聞こえてくるざわめきを聞こうとして窓辺に近づいた。同じ叫び声がしつこくくり返され、まるで小石の雨のように降ってきたが、何を言っているのか理解できなかった。

「ニコラスはもう墓地まで連れていかれた！」

不思議な声がよろい戸の格子に貼りつき、重大な秘密を打ち明けようとするように耳に入った。窓から離れると、また自分がどこにいるのかわからなくなった。イサベルがいたのは、地も空も石でできた静止した風景のなかだった。扉が乱暴に押し開けられた。

「兄さんの命乞いをしにお行き！」ラファエラが命令した。

石の目をした女たちがこちらを見ていた。イサベルは答えなかった。見たことのない女たちだった。セレナータを思い起こし、音楽にあわせて彗星の尾のように広場をまわっていた若い女たちを思いだした。宝石と料理で大騒ぎするその種の席にイサベルは出たことがなかった。見知らぬ女が近づいてドレスのボタンをかけてくれ、床に散らばる衣類に紛れ込んだ靴を探しだしてくれた。

「ロサ、グレゴリアを探しといで」

ロサは老女を探しに出かけた。女たちの目は、フェリクスの手でとめられた時計の針のように、時の外でじっと待った。女中が入ってきた。

「兄さんの命乞いができるように、イサベルと一緒に墓地まで行ってやっておくれ」

「助けてくれるって、あたしに約束したわ」イサベルは思いだした。

「あんたはだまされたんだよ！」

女たちはイサベルの腕を取って、鍵のかかったホテルの入口まで引っ張っていき、ドン・ペペ・オカンポと交渉して錠をはずすと、扉を開けて娘を外に押しだした。イサベルは、形のない一匹の動物のように蠢めく広場の黒々とした群衆に取り囲まれた。グレゴリアが手を取った。「もう兄さんは墓地まで連れていかれたぞ」と、何人もが口を近づけて言い、顔がつばで濡れた。「親不幸な娘だよ、ご両親は恥知らずなあんたのために泣いとるぞ」すると人々の黒い目が一瞬、夢の光に照らされた彼女の目のそばで光った。イサベルはまえに進むことができなかった。教会のなかでフランシスコ・ロサスを探していて仲間からはぐれたあの夜のように、その場をぐるぐるとまわった。

「通してやってくださいまし……」

群衆の憎しみに揺さぶられてイサベルは方角を見失ない、時間は行ったり来たりする人々の足音と声のなかに沈み込んだ。

「通してやってくださいまし……」グレゴリアは懇願した。

コレオ通りに着いたとき、女中の髪はほどけ、イサベルの頬からは涙がこぼれ落ちていた。

「間にあうといいんだがね、嬢ちゃん！」

ふたりのまえから村の出口まで、通りは急な下り坂になっていた。夜明けの光が道を研ぎすまし、道は細い剣に変わった。ふたりは走りだしたが、その足音が石畳とまわりの壁に反射してこだまし、まるで千人もの人々が走ってふたりを追っているかのように響いた。カーテンの後ろで近所の人々が笑っていた。「あれはイサベル嬢ちゃんだ、かわいそうに」マティルデ伯母の家の屋根から、こっそり様子を見ていたカストロがため息をついた。イステペック中でイサベルに罪を償わせようとしていたそのときに、カストロだけはイサベルが兄の命を助けられればと願っていたのだ。

川に着いた。十月の川の流れは浅い。ニコラスの妹は歩いて川を渡ったが、向う岸に着いたときには、その赤いドレスから水がしたたり落ちていた。グレゴリアはずぶ濡れになって、自分のショールが川の流れにさらわれて行くのを見た。

「泣きなさるな、嬢ちゃん、神様が間にあうようにしてくださるよ……」

墓地では、刑が執行されているところだった。将軍は墓石のそばに掘られた墓穴のすぐ近くに立って刑の執行に立ち会っていた。

フローレス大尉がベルトラン神父に近づいてとどめの一発を発射し、血がフアン・カリーニョのシャツのピンと張った襟元を素早く流れていった。朝の最初の光が、奇妙なかたちに硬直した神父の顔を照らした。「若い衆、君たちには分別というものがない、だから犯罪を犯すのだ……」という大統領閣下の言葉が、その血まみれのフロックコートのなかでまだ生きていた。フローレスは目をそむけた。「なんたる混乱だ！　なぜこんな奇妙な顔をして、友人の言葉と服装で死ななければならないんだろう?」

ドン・ホアキンは目を伏せて、すぐにも上から落ちてくるはずの掘り返された土のなかに埋没していく自分の靴を見ていた。「地面の下なんてまた妙なことだ。いつもその上を歩いていたんだからな」しかし、なんだってまた、こんなとんでもない時間に、それも靴を履かせたままで埋めてしまおうとしているのだろう? 太陽は時間どおりにのぼり、ドン・ホアキンはそれが自分の部屋の壁に反射するのを見るかわりに、パーティ用の黒い靴を履いて立っていた。「まだ、服も着替えていないのに」と思って驚いた。その日は時間と行動がちぐはぐしていた。「この手紙は妻にあてたものです」と旧知の声が聞こえ、その言葉は墓から墓へ跳ね返って、その朝をアリスティデス・アリエタの声で満たした。言葉はさらによく響く射撃の音のまえで沈黙した。ドン・ホアキンは自分の靴がこの儀式のための土のなかにさらに少しずつ沈んでいくのを見、太陽が穏やかにのぼって、イステペックのもっとも華麗な祭りの終幕を照らすのを見た。

「将軍殿、あっしは招待客じゃねえんだ! ただの馬泥棒なんで!」

ドニャ・カルメンのパーティの秩序は、ニコラス・モンカダのために掘られた墓穴のそばで、自分は招待客ではなかったと訴える見知らぬ闖入者の言葉によって破られた。一発の弾丸と、とどめの一撃がその闖入者の抗議を終らせた。秩序は回復し、ドン・ホアキンは自分の番が来たのを、そして妻の住む家の扉が自分のまえで永久に閉ざされたことを知った。「天国でも動物たちを受け入れてくれるといいが!」と考え、イステペックののら犬たちの哀れな運命を思いだした。

「これからは、誰がやつらを引き取ってやるのだろう?」そして必死で天国のことを考え、すぐにも顔をあわせるはずの天使の顔を想像しようとした。しかし、もう時間がなかった。血に染まって地面に倒れ、パルディニャスがとどめの一発を発射しようと近づいてきたとき、その目はまだ犬たちの守護の天使の顔を探しつづけていた。

その後、思いもよらぬ静けさが襲った。墓地には火薬の匂いがただよい、大量に流したその血で青い十字架と白い墓石が作りあげた調和を乱す死んだ者たちのまえで、軍人たちが押し黙っていた。砕かれた頭と胸は、いまなお激しく混乱した人生を生きており、青色と白色の墓地は彼らの存在を咎めているように見えた。軍人たちは、困惑して互いに顔を見あわせた。なんで、この人たちを殺してしまったんだろう？　愚かな行為だった。フランシスコ・ロサスは唇を噛んだ。

「欠けている者はいないな？」犠牲者を埋葬するまえに、気を引きたたせようとして言った。

「欠けているのは、僕だ！」墓地の小道から、誰かがどなった。

フランシスコ・ロサスはいまいましそうに振り返った。声に聞き覚えがあったからだ。ニコラス・モンカダが、蒼白な顔をしてまっすぐこちらへ進んできた。若者の出現に絶望して、将軍は士官たちを探したが、血に疲れた顔があるだけだった。「俺の恩赦を受け入れなかったんだな……」と思い、青ざめて手のひらで太腿を叩いた。

「ああ！　パルディニャス大尉の報告では、君は逃げたことになっておるが……」ちょっと間をおいて将軍は言った。

ニコラスは沈黙したままだった。ロサスはあいまいな合図を送り、パルディニャスが若者に近づいた。背後で弾丸が発射されるのが聞こえた。

士官たちはすくんだように、朝のなかに倒れたニコラスの白いシャツが血に染まっていくのを見つめた。誰かが走ってくる足音が聞こえ、墓石の陰から汗みずくになったクルス中佐の副官が息を切らして姿を現した。

「言うことを聞かなかったんです、将軍殿……逃げだして一目散にここをめざして走りだしたんで」男はニコラスの体から目を離さずに言った。

フランシスコ・ロサスは、石の十字架をこぶしで殴り、一言も発せずに唇を噛んだ。

「生きることがいやだったんじゃないでしょうか……」将軍の怒りに驚いて、男はつけ加えた。

「それは貴様の方だ、ばかやろう!」クルスが激怒してどなった。

フランシスコ・ロサスはその一撃で自分の方がこうむった痛みに驚き、自分の手を見つめた。涙がこぼれそうになり、石の十字架をもう一度、さらに強く殴った。部下たちは死人のことを忘れて、ニコラスを逃がした兵士をにらみつけた。ロサスは数秒の間地面に転がっている若者を眺めてからきびすを返した。どうしていつも愛する者を殺さなければならないのだろう? ロサスの人生は欺瞞の連続だった。幸運から見離されて、ひとりで放浪するように定められていたのだ。打ちのめされ、そのうつろなまなざしでロサスの敗北を眺めているニコラスを恨めしく思った。モンカダ兄弟は仲間同士の世界をこちらに見せておいて、信じて自分がそこに入っていくと、それを自分から奪いとった。ロサスはまたたったひとりで、その何もない日々へ引き渡されてしまった。だまされたのだ。こっちは正々堂々と戦ったというのに。「もう二度と誰も許さんぞ……」気を悪くして、イサベルの欺瞞に満ちた言葉と尊大な兄の顔を思いだした。しかし、すでに彼の内部で何かが壊れてしまっていた。これから先の楽しみはアルコールだけになるだろう、そうロサスは思った。

メキシコ軍の将軍としての経歴は、いままさにこの二十歳の青年の血によって息の根をとめられてしまった。ニコラスは何を信じていたのだろう？ 自分が今朝垣間見た何かに違いない。その全人生はイステペックの無言の墓のなかに落ち、叫び声と射撃の音が連続して響いてロサスを麻痺させた。イサベルとフリアは射撃の騒音のなかで砕け散り、ロサスの山の生活と駐屯の日々もこなごなになって飛び散ってしまった。将軍は火薬の匂いのする墓地にぼんやりと立って、墓の上で鳴いている鳥の声を聞いていた。足元には死体が五つ転がり、ニコラスには背後から見つめられていた。

「それで、これからどうするんだ、フランシスコ・ロサス？」上司に敬意を表して無言で地面を見つめている部下たちのまえで泣くのを恐れて、ロサスは自からに問いかけた。しかし、彼は誰の同情も望まず、墓地のなかの小道を歩きだした。こんな青二才の死に自分がこれほど動揺するとは、それまで考えてみたこともなかった。

「もっと生きていろいろなことができただろうに……なんということだ！」自分もまたそこで死んだばかりの、この墓地から逃げだしたかった。走りだしたいのをなんとか抑えた。「一番わりをくったのはあの馬泥棒だな」ニコラスの目を忘れるために、そう独りごちた。

もう、二度とイサベルと目をあわせることはできないだろう……「あっしは招待客じゃねえんだ、将軍殿……」では、彼をイステペックへ招待したのは誰なのだろう？ 彼もまた運命によって銃殺されたのだ。自分の馬を見つけ、目のまえに広がる平野に向かって馬を駆けさせた。イステペックから出ていきたかった。モンカダ兄弟のことは二度と知りたくなかった。彼の悲しみをよそにかがやかしい朝が光とかぐわしい香りに満ちた大地から立ちのぼり、将軍はそのなかをあてもなく走った。フスト・コロナ大佐が全速力で後を追った。遠くから、イサベルとグレゴリアがふたりの姿を見た。イサベルは愛人の馬が十月の金色の光のなかを駆けていくのを目で追った。

「逃げていくんだわ」そう言って岩の上に座り込んだ。服のぼたんをかけてくれたホテルの見知らぬ女が言ったことは本当だった。ロサスはイサベルをだましたのだ。

「そうだね、嬢ちゃん、逃げていく……」グレゴリアはイサベルの隣に腰をおろし、不幸とはなんであるかを知り、そしてそれを受け入れる者のもつやさしさで泣いた。涙もなく孤独のなかで茫然としているイサベルには目もくれずに、ひたすら泣きつづけた。モンカダ兄弟のためにだけ泣いているのではなかった。自分の人生に不幸は次々とやってきたのに、それまでは思いだして泣く暇もなかったのだ。

XV

太陽は力強くのぼり、野原には蟬の鳴き声と毒へびが吐く息の音が充満した。死体を埋葬した後、遅くなって兵士たちは村に帰ったが、道の途中で、岩の上に座っているふたりの女を見かけ、ひとりがイサベルであることがわかるとあわててその場を離れた。グレゴリアは彼らの後を追った。墓地で何があったのか知りたかったからだ。それからイサベルのところに戻ったが、老女はこの若い娘に恐怖を覚えた。赤いパーティ用のドレスを着て野原の真ん中に座っているイサベルは、ひどく奇妙に見えた。兵士たちから聞いたことを、あえて娘に言う気にはなれなかった。老女は長い間イサベルを見つめた。イステペックのパーティの最後の客は、赤い絹の布にくるまれて一体何を考えているのだろう？　ベンガル花火の光に彩られたあの夜の名残といえば、石の上で太陽の熱に乾くこの赤いドレスがあるだけだった。

「あの男をそんなに愛しているのかね、嬢ちゃん……？」グレゴリアはびっくりしてたずねた。

イサベルは答えなかった。グレゴリアは不安になってイサベルのひざを軽く叩いた。見たところはいつもの朝と同じの、その朝にかけられた呪いを破りたかったのだ。

「それは罪なんだよ、嬢ちゃん」そう言うと、グレゴリアはフアンとニコラスが眠っている墓地の方へ目をやった。

「嬢ちゃん、あんたにはもう家がない……」

どんな言葉も、イサベルの心を動かすことはできなかった。悪魔にとりつかれていたのだ。

「ホテルに帰るわけにもいかないし……」

何を言っても聞いてはいないような気がして、老女は静かすぎて音が聞こえないその場所から、立ち去ってしまいたいと思った。

「聖所に行こうね、嬢ちゃん、あそこならマリア様があんたの体からロサスを追いだしてくださるよ」

老女の言葉は、イサベルの音のない世界をぐるぐると回転した。未来は存在せず、過去は少しずつ消えていった。動かない空と、同じように静止したままの平野を見つめた。それはふたつの同じような夜にはさまれたこの丸い一日と同様に、いつも変わることのない山々によって丸く囲まれていた。イサベルは野原の真ん中にある石のように、その日の真ん中にいた。心臓から石が涌きだして体中を流れ、全身が硬直した。「大理石の像のところまでよ、いち、に、さん……！」子供のころの遊び言葉が、鐘の音のように何度も響いた。そう言って三人は、こっそり合図を送っておいた誰かが通りかかって彼らにさわり、魔法を解いてくれるまでそのままじっとしていたものだ。いま、魔法を解きに来てくれる者は誰もいない。兄弟もまた永遠にじっとしたままだった。「大理石の像のところまでよ、いち、に、さん……！」魔法の言葉は何度もくり返され、その一日もまた、光の彫像のようにじっとしていた。グレゴリアは、軽やかな動きのある世界から話しかけていたが、それはもはやイサベルが住む世界ではなかった。イサベルはまばたきせずに老女に目を向けた。

「そろそろ行こうかね、嬢ちゃん」

老女は立ちあがってイサベルの腕を取った。娘は従い、ふたりは一緒にいまわたしが座って自分を眺めているこの聖なる場所へ向かった。ここから、村の端を遠まわりしながらふたりがやって来るのが見える。グレゴリアは村を横切りたくなかった。イサベルが人々に見られ、また彼女が彼らを見ることになるのを恐れたからだ。それでわたしの周囲をまわり、わたしを護る丘のふもとを歩いてやって来た。午後五時頃だった。暑さのなかに日陰を求めてふたりは一本のピルーの木の根元に腰をおろした。グレゴリアは、近くにエネディノ・モンティエル・バローナが住んでいることを思いだした。彼はわたしの村人のなかでも一番賢く、思いやりのある人間だった。その小屋はいまでは石ころの山にしか過ぎず、飼っていた鳩もとっくに死んでしまっている。グレゴリアがイサベルをひとりピルーの木の下に残して助けを求めに行ってから、すでに長い年月がたった。エネディノは善良な貧乏人だったから、自分の持っているものを彼女に与えた。ひと包みのトルティジャに塩を少しと冷たい水を入れたひょうたんだった。イサベルは水を飲み、グレゴリアはトルティジャに塩を振りかけて、控えめに食べた。その時刻までに、ふたりの消息をたずねた者はいなかった。イステペックでは、不幸に打ちのめされて一日が過ぎてゆき、誰もが自分自身にかまけて、わたしの四つ角から一向に出ていこうとしないその日が終わるのを待っていた。

「でも、マリア様は今日のこの朝を消してくださるかしら?」

「神様のお助けでね、だけど、フランシスコ・ロサスのことは二度と考えるんじゃないよ、嬢ちゃん。マリア様のことだけしっかり考えてなきゃいけない。そうすれば、あたしたちがそのお足元にたどり着いたときに、マリア様はあたしたちのことを思いだしてくださる。坂を降りていく頃には、あの男はあんたの心から永久にいなくなっているよ。あそこでマリア様が、ご自分の手で彼をしっかり捕まえていてくださるからね」

イサベルは老女の言葉をしっかり耳にとめ、老女がトルティジャをかみしめる様子を見つめた。ロサスの名には、ほとんど聞き覚えがなかった。過去はその記憶から消えつつあり、驚くべき偶然から成り、いまトルティジャを食べているグレゴリアの姿に凝縮された、その日の朝が残っているだけだった。

ふたりは立ちあがってまた歩きだし、夜七時ごろになっていまわたしが眺めているこの坂道を登って来た。グレゴリアは声を張りあげて祈っていたが、その言葉は突然、青い色をした円錐形や、笑いを浮かべたやもりになり、さらに巨大な紙の切れ端となって、イサベルの目のまえをひらひらと舞った……。

「ニコラスを殺したんだわ、あたしを騙したのよ……ロサスはあたしを騙したのよ」

グレゴリアが言うには、イサベルは後ろを振り向き、おびえた目をして彼女を眺めたという。ひざには血がにじんでいて、ドレスは破れ、巻き毛はほこりで灰色になっていた。陽は沈みかけていて、オレンジ色の最後の光が赤い絹地に暗い影を投げかけた。娘は立ちあがり、坂を降りて走りだした。

「地獄へ落ちてもいい。あたしはもう一度フランシスコ・ロサスに会いたい！」

声は丘を揺さぶり、イステペックの門にまで聞こえた。目から閃光が走り、黒い巻き毛の嵐が体を覆い、土ぼこりが龍巻となってその豊かな髪を隠した。愛人に会いに走っていく途中で、イサベル・モンカダの姿が消えた。さんざん探しまわったあとで、グレゴリアはずっと下の方で石に姿を変えて横たわっているイサベルを見つけ、恐怖のあまり十字を切った。イサベル嬢ちゃんは救われたくなかったのだよ、と老女に告げるものがあった。フランシスコ・ロサス将軍に心も体も奪われていたのだ。グレゴリアはその呪われた石に近づき、神に向かって慈悲を乞うた。そして、人間は自分の罪を愛するものだということの証しとして、その石を聖母の足元に眠る罪を犯した人々のそばに置いてやろうと、一晩かけて坂を押しあげた。それから、グレゴリアはイステペックへ戻って、ことの次第を人々に語って聞かせた。

夜中の十二時が過ぎたころ、フアン・カリーニョは牢を出て村を横切った。わたしの通りを通る者がいなくなる時刻まで、釈放されることを拒んだからだ。僧服を着た姿を誰にも見られたくなかった。死んだ友人を侮辱することになるのではないかと思ったのだ。大きなドアノッカーを叩きつける音が「街の女たち」を仰天させた。狂人の存在などとっくに忘れてしまっていたから、扉の後ろでびくびくしながらたずねた。

「誰？」

「かつて私だった者だ」狂人は答え、それから先を亡霊として生きることに同意した。

XVI

何週間か過ぎ、さらに何か月か過ぎても、わたしたちは、フアン・カリーニョと同じように、ふたたびかつての自分に戻ることはできなかった。フランシスコ・ロサスもまた、もとのロサスであることをやめた。泥酔し、ひげも剃らず、もはや誰かの後を追うことはなかった。ある日の午後、ロサスは兵隊と部下を連れて軍用列車で村を発った。それっきりわたしたちは彼のうわさを聞かない。別の軍人たちがやって来て、ロドルフィートに土地をやり、まえとは違った静けさのなかで、しかしまったく同じ木の枝で、絞首刑をくり返し執行した。誰ひとり、二度と、銃殺刑にされようとしている者を救いだすためのパーティを開く者はいなかった。ときおり外から来た者たちが、わたしの疲れや土ぼこりを見てけげんな顔をする。もしかすると、それは、モンカダ兄弟の名前を口にする者がもう誰も残っていないせいかも知れない。ここにその石はまだ残っている。わたしの苦悩の記憶であり、カルメン・B・デ・アリエタのパーティの結末として。グレゴリアが石に言葉を彫りつけた。わたしはいまそれを読んでいる。その言葉はいわば燃えつきた花火だ。

「私、イサベル・モンカダは、マルティン・モンカダとアナ・クエタラ・デ・モンカダの娘として、一九〇七年十二月一日、イステペックの村に生まれました。一九二七年十月五日、私は驚いているグレゴリア・ファレスの目のまえで、石に姿を変えました。両親を不幸にし、ファンとニコラスの死の原因をつくったのは私です。兄弟を殺したフランシスコ・ロサスへの愛を断ち切ろうと、聖母マリアにお願いに来ましたが、私はそれを後悔し、私を破滅させたあげく家族をも破滅に陥れた男への愛を選びました。私はたったひとりで、自分で選んだ愛とともにここに残ります。幾世紀にもわたり、永遠に未来の記憶となって」

解説

冨士祥子

エレナ・ガーロは一九二〇年、メキシコのプエブラで生まれ、子供時代のほとんどを南部のイグアラという村で過ごした。スペイン人の父とメキシコ人の母はふたりともかなりの本好きで、若いガーロはこの両親のもとで想像力、現実の多様性、東洋哲学、神秘主義、古典趣味などを身につけた。小学校へ行くかわりに、ヨーロッパで教育を受けた父や叔父に家で勉強を習い、フランス語やラテン語を勉強するかたわら、ヨーロッパの古典文学に親しんだ。八歳の時に『イリアド』を読んで、兄弟ともども深く心を動かされたという。ガーロはその作家としての形成に大きな影響を与えたものとして、この時代に読んだセルバンテスの『犬どもの会話』やアラルコンの『疑わしい真実』など、現実と外見の相互関係を扱って読者を魅惑にみちた空想の世界へといざなう、スペインの古典作品をいくつかあげている。

本好きの両親のもとで兄弟やインディオの使用人たちと過ごした幼年期は、彼女にとって自由で幸せな時期だったようだ。この頃の経験は後にいくつかの短編のなかに描かれているが、特にインディオの使用人たちから受けた「魔術的」世界観の影響はガーロの作品を理解する上できわめて重要である。

一九三六年に首都で国立大学に進んだガーロは、そこでバレエや演劇を専攻し、振付師としても活躍するが、三七年、詩人のオクタビオ・パスと結婚、その後一九五九年に離婚するまで外交官だった夫とともに合衆国、フランス、インド、日本などでの生活を経験し、東洋哲学やシュルレアリスムに親しむと同時に、またジャーナリストとして新聞や雑誌に記事を書いた。作家としてのデビューは意外と遅く、一九五七年にパスが率いる前衛劇団のポエシア・エン・ボス・アルタのために書いた数篇の一幕物の戯曲（後に『確かな家庭』*Un hogar sólido* として他の作品とともに出版された）が最初の作品であった。ほとんどがシュルレアリスム色の濃い詩的なもので、現実と幻想のあいだで自由と真実の愛が存在する世界を求めるヒロインと、彼女を支配して理性や慣習、常識などの枠に閉じ込めようとする男との葛藤をテーマにしている。代表的な作品としては、『木の枝を渡って』*Andarse por las ramas* や『バルコニーの婦人』*La señora en su balcón* などが知られている。ガーロはこれらの戯曲によって優れた劇作家として知られるようになり、その後も『フェリペ・アンヘレス』*Felipe Angeles* など重要な戯曲を発表するが、その作家としての地位と名声を確かなものにしたのは、なんといっても一九六三年に出版され、ハビエル・ビジャウルティア賞を受賞した『未来の記憶』*Los recuerdos del porvenir* であった。さらに翌年には短編集『七色の一週間』*La semana de colores* が出版され、そのなかにはこれもガーロの代表作である「トラスカラ人の裏切り」*La culpa es de los tlaxcaltecos* が含まれている。五十年代から六十年代にかけてのこの時期が、作家としてのガーロのもっとも充実していた時期であった。この時期の作品には一貫してくり返される権力争い、殺戮、略奪、裏切りと腐敗、常に権力の犠牲にされる弱者といったメキシコの歴史的現実に対する痛烈な批判精神が込められている。女性の抑圧、インディオに対する搾取など、メキシコの「伝統的な」問題や権力争いによる革命の裏切りといったテーマを中心に据えながら、それを過激な描写や告発的な口調を避けて、独特の幻想的で詩的な表現やユーモアと風刺のきいた文章でくるんで表現し、独自の文学的世界を作りあげたところにガーロの特色がある。

しかし、ジャーナリストとしてのガーロは「過激」だった。若い頃には、ある女子刑務所の記事を書くために、自ら一般囚として三週間の監禁生活を経験して、刑務所の悲惨な状況を暴露する記事を書き、結果として刑務所長の解雇という事態を招いたことがある。また自分たちの土地を追われたインディオのグループが助けを求めてやってきたときには、彼らのために政府の権力者と戦うのを辞さなかった。政治家の間では「どのようなことでもやりかねない、無謀で危険な戦闘家」として知られていたという。農民運動の指導者、ルーベン・ハラミージョが家族とともに政府によって暗殺されたときには、集会を組織し、彼の追悼碑を建てたが、そのために検事局から厳しく非難されている。もうひとりの農地改革派の闘士カルロス・マドラソがPRI（一九三〇年代から二〇〇〇年まで長期にわたってメキシコ与党であった制度的革命党）から除名され、タバスコ州の知事の座を追われたときには、ガーロはガルシア・マルケス他の著名な作家たちと共に「スセソス」誌の記者をしていたが、ジャーナリストの立場を利用して、激しい政府批判を行なった。

その彼女が追われるように国を去らなければならなかったのは、一九六八年、メキシコ・オリンピックの年に首都のトラテロルコ広場で反体制デモ集会に集まった学生が多数、軍隊によって射殺されるという事件がきっかけだった。この件にからんで国家警備隊に逮捕され拷問を受けた学生リーダーの何人かが、デモの煽動者のひとりとしてガーロの名をあげたことからガーロも拘置された。その際彼女はマスコミの非難に応じて、「どうして、この私を? 声明書に署名した人たちの間を探しなさい」と言ったというのだが、新聞は「陰謀者」として知識人のリストを載せ、それをあたかもガーロ本人が彼らを告発したかのように伝えた。この件によってガーロはほとんどの知識人からボイコットされてしまう。脅迫を受け、また見張りをつけられるといった状況のなかで、常にあとをつけられているという強迫観念に悩まされ、一九七一年、国を去って合衆国へ移り、三年後にスペインへ移住した。オクタビオ・パスとの間に生まれたひとり娘のエレニータとふたりの生活は、かなり苦しいものだったようで、この間の事情はインタビューのなかの「娘が就職したので、少しは生活が楽になります」という言葉に伺うことができる。親しい友人だったある作家への手紙には、いつも彼女の作品が出版されるように骨をおってくれたことに対する感謝の気持ちがつづられていたが、それは文学的な理由からというよりは、むしろ経済的な理由からだった。

一九八一年に出版された短編集『ローラと逃げて』*Andamos huyendo Lola* と『マリアナについての証言』*Testimonios sobre Mariana* や、一九八三年の『川のそばの家』*La casa junto al río* などの後期の作品は、この時期の経験を反映して、「追われる者」とその周りの危険で迷路のように複雑な人間関係をテーマにしたものが多い。

メキシコ文学界からは長い間無視されていたガーロだったが、その作品は早くから国外、とくに欧米の女性文学者のあいだでは、フェミニスト文学として高く評価された。国内においても、八〇年代に入ってからはエレナ・ポニャトウスカを始め、彼女を高く評価する批評家が増え、とくに

『未来の記憶』については、現代メキシコ文学におけるもっとも重要な作品のひとつという評価が定着している。文学史上においては、幻想文学、シュルレアリスム文学として、カルロス・フエンテス、ガブリエル・ガルシア＝マルケス、ホルヘ・ルイス・ボルヘスなどによる二十世紀ラテンアメリカ文学の系列に位置づけられる。

晩年は帰国してクエルナバカに住んだが、必ずしも歓迎された帰国とはいえなかったようで、奇しくも前夫オクタビオ・パスの死と同年の一九九八年、ひっそりと世を去った。困窮のうちに、と言うべき状況であったという。

エレナ・ガーロは自分を「反乱分子」「ノー・ペルソーナ（疎外された人間）」と呼んで、はっきりと自分は社会における不正義を告発し、抑圧されてきた弱者（ノー・ペルソーナ）のために書いていると語っている。メキシコ人は『未来の記憶』の登場人物同様、自分たちを救おうという意志がないから何も変わらないのだ、古代メキシコ人が自分たちの世界の周期は必ず地震や洪水などの天災によって閉じると信じたように、自分もいつも何らかの大異変を望んでいるが、一方では自分の西洋的で実用的な部分が、何かの解決法を見つけなくては……と考えているとも。そしてその解決法は常に、もっとも貧しく、もっとも低い層の人々にあると、ガーロは言い切る。

「もしも何かを成し遂げたければ、まずは土台を据えなければね。だから私は農民たちのために一所懸命働いているのよ」

『未来の記憶』のなかでも、ガーロは疎外された人々、すなわちインディオ、女性、娼婦、狂人、などに対する差別と抑圧とを明らかにすると同時に、彼らに重要な役割を与えている。神父を逃がすために自らの命を危険にさらすのは、村の表通りを歩くことさえ禁止されている娼婦であり、正義や秩序を愛し、不正に立ち向かって腐敗した軍人と堂々と渡りあうのは、村の狂人である。偽善的で偏見にみちた主人たちに対比されるインディオの使用人たちは、侮辱に耐えつつ黙々と主人に仕え、人間としての尊厳を崩さない。ガーロはこうしてこれらの「疎外された人々」を抑圧する歴史的現実に対して反逆を試み、現存の神話を覆す。

ガーロはあるインタビューに答えて、「どこから現実が始まるのか、わからないの……。だから、目に見える現実、つまり今起こっていることは真実ではないと、いつも思ってしまうのよ」と語っている。彼女によれば、先住民文化とスペイン人がもたらした西欧文化の併存という文化の二重構造ゆえに、メキシコには常にふたつの現実が存在する。外的、歴史的な現実と魔術的な現実である。ガーロは理性に基づく抑圧的な歴史的現実に対して、非理性の領域、つまり自由で幻想的なもうひとつの現実、先住メキシコ人の宇宙観と神話に彩られた魔術的な現実を対抗させ、現実と幻想の境界線を消してしまって、抑圧的で不幸な歴史的現実を否定することに成功している。本書をお読みになった方はすでにお気づきのとおり、彼女の作品では、神話や幻想はもとより、創造、追想、夢、魔術、さらに狂気といった「武器」が主人公たちを守ろうとするのである。

『未来の記憶』の舞台となっているイステペックは、ガーロが育った「何もない、原始的な」メキシコの一小村がモデルとなっており、作者によれば、登場人物はすべて彼女が実際に知っていた人たちで、小説が出版されたころは「何人かはまだ生きている」人々であったという。時代はメキシコ革命期のなかでもとくに「クリステロの乱」（一九二六―二九）と呼ばれる、政府の反教会主義政策に反対してカトリック教徒が武装蜂起を行なった時期に設定されており、背景として登場する政治家、革命家などは実際の歴史上の人物である。ガーロは自分に与えられたシュルレアリストという定義を否定し、『未来の記憶』についてもこれはリアリズム小説であると言明しているが、たしかにガーロ自身、ふたつの現実が交錯する、この小説に出てくるような世界そのもののなかに生きていたというべきであり、この小説はふたつの現実というメキシコの現実そのものを、豊かに詩的に捉えた作品ということができるだろう。

村という共同体を語り手にし、「わたし」または「わたしたち」という語り口で話を進めていくという形式は、そのアイデンティティの曖昧さによって、落ちぶれた古い貴族階級、暗殺された革命の指導者エミリアノ・サパタの旧支持者たち、インディオ、女性など、近代化にとり残され、新しく生まれた国家から疎外されたすべての人々にそれぞれ「声」を与えて、小説に反逆的な性格を付与するとともに、伝説的な響きを導き入れている。インディオの使用人であるフェリクスやカストロ、村の狂人、フアン・カリーニョの言葉のなかには、ガーロ自身の声が込められているといってよいだろう。

この小説のなかでとくに重要な役割を果たしているのは、「時」の扱いである。西洋人がもたらした時計やカレンダーに支配される進行的時間の観念を、ガーロは現代社会の抑圧的要素のひとつと見ており、この時間の限界を超えた幻想と想像の次元へ主人公を解放しようとするのだが、この「魔術的な時」は、インディオの世界の神話的な時でもあり、子供や女性の幻想的次元の時でもある。

語り手が村はずれの丘の上にある「石」に座って自分を見下ろし、思い出すという形でストーリーが始まり、イサベルが「石」に変えられるところで終わるこの小説は、全体として円環をなし、語り手が「未来を思い出す」ことで話が進んでいく構成になっているが、これはインディオの宇宙観による円環的な時の観念と一致する。メキシコ先住民の世界における時は直線的かつ進行的なものではなく、多様で同時的な時であり、カルロス・フエンテスが「我々の同時代性」と表現しているように、過去、現在、未来が同時に存在する時として理解される。過去は過ぎ去って消えてしまうのではなく、現在と共存する「隠れた現在」(オクタビオ・パス)であって、人は死んでからもこの世から消え去ることなく、生きている者と共に生きつづけると考えられている。『未来の記憶』では、冒頭で語り手である村が自分を「わたしはただの思い出、わたしについての記憶でしかない」と定義しているが、記憶を通してのみ存在する村において、まさに現在、過去、未来は同時に存在することを、作者はまずここで明らかにしているといえるだろう。

ガーロのもうひとつの代表作「トラスカラ人の裏切り」(季刊「ａａｌａ」終刊号、日本アジア・アフリカ作家会議発行、一九九七年二月号に、冨士祥子訳で掲載された)においては、この「メキシコの時」による現実への挑戦がテーマで、この小説のなかでは現在のメキシコと征服時のメキシコとが共存し、主人公のラウラがこのふたつの異なる時を自由に行き来するなかでストーリーが進行する。

ラウラはメキシコの典型的な中産階級である官僚、パブロの妻として、首都の郊外で何不自由ない暮らしをしているが、ある時、自分はかつていとこでもあるインディオの戦士の妻だったことを思い出す。前夫はスペイン人に滅ぼされたアステカ人のひとりであり、ラウラは戦場で仲間が次々に殺されていくのを目撃して、恐怖のあまり夫や家族を捨てて現在の生活に逃げたのだった。そしてインディオの夫が迎えにきて彼女を過去へと連れ戻すたびに、戦場のむごたらしさに耐えられず、再び平和な現在に逃げ帰ってしまう。そんな自分をラウラは、スペイン人に荷担してアステカ人を滅亡に追いやったトラスカラ人と同類の裏切り者であると自覚する。ここでガーロが向きあっているのは、メキシコの国家的神話となっているマリンチェに代表される女性の裏切りのテーマである。伝統的なメキシコ文学には、概ねふたつのタイプの女性が、つまりアダムを誘惑したイヴや、スペイン人を助けてメキシコの敗北に手を貸したマリンチェに象徴される「裏切り者の悪女」と、聖母マリアのように美しく清らかで従順な女性とが登場するのが常であった。男を誘惑して破滅へ導く「悪女」は罰せられ、きまって悲惨な最後を遂げるが、女性が純粋で献身的な精神の持ち主であれば、最後には必ず報われて幸せになるという教訓じみたストーリーである。しかし、ガーロはヒロインを単なる「裏切り者」としては描かず、ヒロインを通して社会批判と権力への挑戦を試み、本当の裏切り者は誰なのかという疑問を投げかけるのである。ラウラは自分が裏切り者であることを認めながらも、パブロとインディオの夫を対比させることで、現代のメキシコ人一般の裏切りを明らかにしていく。勇敢で言葉は少ないが深い愛情をもって、臆病で「裏切り者」のラウラを許し守護するインディオの夫に対して、メスティソの夫パブロは「死んだ目をした、空っぽの体」の男であり、「言葉ではなくて文字で話し」、妻に寛容であるどころか、すぐに腹をたてて暴力で妻を支配しようとする。もっとも批判すべきことは、パブロには記憶がない、彼は過去を忘れた人間であるという事実で、つまりパブロに代表される現代メキシコ人こそ、ガーロにとっては自分たちの過去――スペインによる征服以前のメキシコ――を忘れ、ひたすら国の西洋化、近代化に伴う物質的な豊かさのみに心を奪われている裏切り者なのである。ラウラは何度か現在と過去の間を行き来した後、料理番の女中ナチャの手引きでインディオの夫と共に「真実の時」つまり「永遠の時」へと去っていくが、その時「パブロが自分の敗北を認めなくてはならないのは、あたしのせいじゃないわ」と宣言して、自分の裏切りよりもパブロ（現代メキシコ人一般）の自分たちの過去への裏切りの方がずっと重大であることをほのめかし、さらに「トラスカラ人のせいだわ」とすることで、マリンチェ（ラウラ）だけが裏切り者ではなかったという歴史的事実を思い出させる。

オクタビオ・パスは『孤独の迷宮』のなかで、暴力的な侵略者であるスペイン人と征服された敗者のインディオとを祖先とするメキシコ人のジレンマは、この両者のあいだで自らのアイデンティティを見つけられないでいるところからきていると言っているが、これに対してガーロは、ラウラが最後にしたように、敗者としての屈辱感に耐え、さまざまな障害を乗り越えて、自分たちのより純粋でより精神的なアステカの過去を受け入れ、真のアイデンティティに目覚めることこそが、メキシコ人のジレンマを解く鍵だと言っている。つまり、ラウラとインディオの夫は、新しいアイデンティティを持つメキシコ人の最初のカップル、いわばアダムとイヴであると言うことができ、「トラスカラ人の裏切り」は、ガーロがこれまでのマリンチェの神話を否定して、それに代わるものとして創った新しい神話なのである。ふたりはメキシコの神話的時間に戻ったことで、永遠の現在に生きつづけることになる。

『未来の記憶』では、登場人物は暴力に支配された抑圧的で悲惨な現実から逃れて、幼年期のほとんど神話的といってよい記憶、「失われた楽園」のなかに救いを求める。幼年期とは進行的な時間には支配されない、幻想と空想の次元である。アンドレ・ブルトンによれば、幼年期は人間にとってもっともその「本当の人生」に接近する時期、「人間本来の無垢」な状態であり、オクタビオ・パスによれば「楽園的な過去」であり、ユングによれば、すべての存在が調和のうちに結びついている、対立のない世界、「自我」または「意識」以前の状態である。そこでは人は世界全体の、つまり宇宙のなかの一部であり、パスが言うように、「魔術的な人間は常に宇宙と交流し、全宇宙の一員として自己を認識し、行動する」。

ガーロの作品においても、幼年期は同様なものとして描かれる。しかし、人が成長するにつれ、この魔術的な世界は単なる記憶となってしまい、幼年期の驚異的な世界は、成長した人間の世界ではもはや現実ではなくなり、生活は耐えがたいものとなるのだ。マルティン・モンカダはこの機械的な時間の束縛から逃れるために、毎晩九時になると時計を止めさせる。マルティンが唯一自分に戻ることができるのは、「実際には経験したことのない過去の思い出」のなかだ。モンカダ兄弟は牧歌的な環境のなかで、物語と遊びと夢に育まれて成長するが、次第に村に張りめぐらされた狂気の網に絡めとられてしまう。「ローマ」と「カルタゴ」は自然のシンボルであると同時に、子供時代の人生や希望のシンボルでもあるが、そこから切り離されてしまったモンカダ兄弟はもはや前と同じ人間ではない。フリアが子供時代に自分を育ててくれた物語のなかの「黄金の実をつける木」

を思いだすのも、失なわれた自分の幼年期への郷愁である。ガーロにとっては、幼年期はある一定の年齢で終わってしまう閉じられたものではなく、望みさえすれば、また見る目、聞く耳を持ち、驚きや歓喜に身をまかせることができさえすれば、手に入れることができる恩寵なのである。それはまさに、「その目は深く、なかには川が流れていて羊が悲しげに鳴いていた」と描写される、フリアのなぞの恋人であるフェリペ・ウルタードの世界であり、「たったひとつの記憶しか、フリアの記憶しか持たない男だった」フランシスコ・ロサスとは対極にある世界である。

最後にガーロがふたりのヒロインを通して追及している愛のテーマについて見ていこう。

第一部のヒロイン、フリアはロサス将軍に熱愛されつつも、監禁状態の生活を強いられている「愛人」であるが、表面では将軍の言いなりになっても、決して心からの愛を捧げているわけではない。フリアを通して作者は、力によって愛を支配することはできないということを示すと同時に、腐敗した権力者ロサスの愛に、フリアとそのなぞの恋人であるフェリペの愛を対置させることで純粋な愛の姿を浮き彫りにする。フリアとフェリペの愛の結合は、真実の愛がこの世のすべての権力を越えることを示している。第一部はふたりの恋人が逃亡をはかるところで終わるが、ロサスがフェリペをまさに殺そうとするその瞬間に作者は時を止め、抑圧的な現実を暗闇に閉じ込めて、ふたりを永遠に「もうひとつの現実」に逃亡させるのである。それはアンドレ・ブルトン言うところの「至上の点」、オクタビオ・パスの言を借りれば、「すべての時の始まりでもあり、同時に終わりでもある集合点」で、現実のすべての対立要素――生と死、善と悪、現在と過去など――を越えた点、つまり人間がもっとも完璧な状態になれる「楽園の時」へ到達したことを意味する。シュルレアリスムの世界では、男女の愛の結合によってのみ到達できるとされる次元である。

第二部のヒロイン、イサベルは村人たちや自分の家族を破滅に導いた張本人であるロサス将軍に恋をし、その恋を選んだ裏切りの罪ゆえに、罰として石に姿を変えられて、自らの呪われた運命を神話として永遠に残すことになる女性である。小説の冒頭で語り手が腰掛けている「石」こそ、イサベルの罪の象徴にほかならない。イサベルはしかし、「トラスカラ人の裏切り」におけるラウラと同様、単なる裏切り者なのではない。イサベルが罪に向かって歩みだすのは、彼女が兄弟から引き離された瞬間においてであるが、そのとき彼女は兄や弟と分かちあっていた幼年期の空想的な世界を捨て、「女」として生きなければならなくなる。しかし、彼女は性別によって差がつけられる社会、仕事や旅行その他あらゆる分野のみならず、またヒーローになる資格さえもが男性に独占されているような社会を拒否するのである。イサベルというアンチヒロインを通して、ガーロはメキシコにおいて女性が置かれている状況を際立たせる。そこでは女性はその身分にかかわらず、他の疎外された人々、とくにインディオのような常に受身で権力とは無縁の、身分の保証もなく、発言権を奪われ、逃げ道すら絶たれて、虐待され、暴力にさらされている社会的弱者と同一視されているのである。この小説のなかの女性は、すべてなんらかの抑圧的な状況のなかに閉じ込められている。良家の女性は父親が、また夫が支配する家に閉じ込められ、軍人たちの愛人はホテルに監禁され、娼婦は表通りを歩くことができない。そういう社会のなかで、イサベルは社会によって課せられた女性の受身の役割を拒否し、自らの運命を自分の手で選び取った女性だったのだ。

ロサスに支配されることを拒否したフリア、伝統的な女としての役割を捨てて罰せられることを選んだイサベル、いずれも社会に対する「謀反」である。しかし、その謀反は常に外の世界、別の現実、あるいは別の次元への逃亡という形で終わる。つまりガーロのヒロインたちにとって、抑圧的な現実に対しては逃れるしかなす術がないからである。ただし、逃亡することによって主人公が真に開放されるのか、それが単なる逃避にすぎないのかは、曖昧なままだ。フェミニスト作家として定義されることをガーロ本人は否定しており、この結末の曖昧さ、また『未来の記憶』に限らず、ガーロの作品では、ヒロインが必ず男性との密接なかかわりのなかで存在するという点も考慮すると、彼女をフェミニストと定義することは基本的には難しいという見方もある。しかしこの小説のなかで、作者はイサベルやフリア、その他さまざまな階級の女たちを通して、イステペック村の、ひいてはメキシコのさまざまな女性の運命を追求しており、フェミニスト小説として読むことは十分可能であると思われる。『未来の記憶』は、メキシコ女性のために新しいパラダイムの可能性を示した、メキシコ女性文学の先駆的な作品として位置づけることができるだろう。

訳者あとがき

もう十年近くまえのこと、女性ばかり十人ほどが集まって、翻訳の勉強会を作り、月一回のペースでワークショップを開いていました。ラテンアメリカの女性文学を日本に紹介したい、そのためには翻訳者を育てたい、という現代企画室の唐澤秀子さんの思いと、ニカラグア支援のNGOにかかわり、ラテンアメリカの文学にも詳しい新川志保子さんの熱意が出発点でした。メンバーのひとりがこれはと思う作品を一部翻訳して原文とともにあらかじめ全員に送り、例会時に全員で講評するという形式で、いわば真剣勝負であり、講評する方もされる方もともに鍛えられた記憶がありま す。四、五年つづけてやった後、種々の事情から活動を縮小してしまいましたが、いまだに折にふれて集まっては忌憚なく意見の交換ができる貴重な会となっています。『未来の記憶』の訳者はふたりともこの会の最初からのメンバーであり、とくに冨士はラテンアメリカ女性文学を専攻した経験を生かして、当初文学史のレクチャーを行なったという経緯があります。今回の翻訳は冨士の長年の懸案であったエレナ・ガーロの作品の翻訳に、松本が協力する形で実現しました。ようやく収穫のときを迎えつつあるいま、出発点を振り返り、その道程の長さを思って、感慨もひとしおです。これまで日本にはほとんど紹介されたことのないガーロの作品の翻訳・出版が実現したことはなによりも嬉しく、日本の読者の皆様に、幻想的なガーロ独自の文学世界を味わっていただければ、これにまさる喜びはありません。

翻訳にあたっては、ガーロのエキセントリックな文体を、どうやって日本語に移し変えるかが、最大の課題でした。成功しているかどうかは心許ありません。原文の意を汲んで、日本語としてはいささかなじまない表現をあえてとったところもあり、結果の是非については読者の皆様のご批判を待ちたいと思います。『未来の記憶』はガーロの作品のなかでもとくに充実した作品であり、二十一世紀の私たちにも直接語りかける力を十二分に持っていると確信しております。訳者の力不足もあり、困難は多々あったものの、訳しながら作品の持つ力に常に圧倒されつづけ、充実した翻訳作業となりました。このような小説を訳す機会を与えられたことに、深く感謝いたします。

本書を世に出すにあたっては、現代企画室の太田昌国さん、唐澤秀子さんにすべてにわたって大変お世話になりました。とくに唐澤さんの努力がなかったら、本書が日の目を見ることはなかったでしょう。その他、私たちの出発点でもあった新川志保子さんをはじめとする勉強会の仲間たち、原文の疑問点について数々のご教示をくださったマルタ・ゴメスさん、訳文を読んで貴重なご意見、ご教示をくださった詩人で翻訳家のくぼたのぞみさん、訳者のぐちとも質問ともつかぬつぶやきにいつも的確なアドヴァイスで答えて下さった山内香代子さん、そして私たちを常に励まし、支えてくれたそれぞれの友人たちと家族に、心からの感謝を捧げます。皆様、ありがとうございました。

二〇〇一年七月二十四日

冨士祥子
松本楚子

〔訳者紹介〕
冨士祥子（ふじ　さちこ）
札幌市出身。ミシガン州立大学でスペイン語を学び、カリフォルニア大学アーヴィング校でラテンアメリカ文学の学位を取得した。ミシガン州立大学、カリフォルニア大学アーヴィング校、青山学院大学、法政大学等でスペイン語を教える。共著書にスペイン語教本『PASO A PASO』（エクセルシア　2000年刊）がある。

松本楚子（まつもと　たかこ）
東京都出身。スペイン史専攻。現在は女性作家を中心にしたラテンアメリカ文学を研究し、その翻訳紹介に務める。

未来の記憶

発行――二〇〇一年八月二〇日　初版第一刷　一五〇〇部
定価――三〇〇〇円＋税
著者――エレナ・ガーロ
訳者――冨士祥子／松本楚子
装丁――本永惠子
発行者――北川フラム
発行所――現代企画室
住所――101-0064東京都千代田区猿楽町二-二-五　興新ビル302
電話＝03・3293・9539　FAX＝03・3293・2735
E-mail　gendai@jca.apc.org
URL　http://www.shohyo.co.jp/gendai/index.html
振替――〇〇一二〇-一-一一六〇一七
印刷・製本――中央精版印刷株式会社

ISBN4-7738-0111-5 C0097 ¥3000E